Divina ante la muerte

Divina ante la muerte

J. D. Robb

Traducción de Lola Romaní

TERCIOPELO

Título original: *Glory in Death*

Ésta es una obra de ficción. Nombres, personajes, lugares y situaciones son producto de la imaginación del autor. Cualquier semejanza con la realidad es pura coincidencia.

Este título ha sido editado por Berkley Books, editorial dentro de The Berkley Publishing Group, una división de Penguin Putnam Inc.

Primera edición: noviembre de 2009

Marquès de l'Argentera, 17. Pral. 1.ª
08003 Barcelona
correo@terciopelo.net
www.terciopelo.net

Diseño de la colección: © Damià Mathews
Imagen de portada: © imasd
Fotografía de portada: © Getty Images

Impreso por Brosmac, S.L.
Carretera de Villaviciosa - Móstoles, km 1
Villaviciosa de Odón (Madrid)

ISBN: 978-84-96575-98-1
Depósito legal: M. 40.500-2009

Capítulo uno

Los muertos eran su negocio. Vivía con ellos, trabajaba con ellos, los estudiaba. Soñaba con ellos. Y, como parecía que eso no era suficiente, en algún lugar profundo y secreto de su corazón, lloraba por ellos.

Una década de trabajar como policía la había endurecido, le había otorgado una mirada fría, clínica y, a menudo, cínica hacia la muerte y hacia sus muchas causas. Ante esa mirada, las escenas como la de esa noche, una noche lluviosa en una calle asquerosa y llena de basura, resultaban demasiado habituales. A pesar de todo, la conmovían.

La muerte ya no la impresionaba, pero continuaba resultándole repulsiva.

Esa mujer había sido hermosa. El pelo, largo y dorado, se expandía en mechones como rayos de sol sobre la suciedad de la acera. Los ojos, muy abiertos y todavía con esa angustiada expresión que la muerte les confería a veces, eran de un profundo color púrpura y destacaban contra las mejillas, pálidas y mojadas por la lluvia.

Llevaba un traje chaqueta caro, del mismo color de sus ojos. La chaqueta se encontraba perfectamente abrochada, a diferencia de la falda, que estaba levantada y mostraba unos muslos esbeltos. Las joyas brillaban en sus dedos, en las orejas y sobre la elegante solapa de la chaqueta. Al lado de la mano había un bolso de piel con cierre dorado.

La garganta presentaba un corte horroroso.

La teniente Eve Dallas se agachó al lado de la muerta y la estudió con cuidado. La escena y el olor eran familiares, pero siempre, cada vez, había algo nuevo. Tanto la víctima como el asesino otorgaban a la escena su propia huella, su estilo, y hacían que un asesinato fuera algo muy personal.

La escena del crimen ya había sido grabada. Los sensores policiales y la pantalla de privacidad habían sido colocados para mantener a los curiosos a distancia y para proteger la escena del crimen. El tráfico de la calle había sido desviado. El tráfico aéreo era escaso a esa hora de la noche y casi no provocaba ninguna molestia. El aire vibraba con los graves de la música procedente de los prostíbulos del otro lado de la calle y, de vez en cuando, se oían las exclamaciones del público. Los neones giratorios proyectaban sus luces de colores sobre la pantalla y el cuerpo de la víctima.

Eve hubiera podido ordenar que los cerraran esa noche, pero le pareció una molestia innecesaria. Incluso en 2058, con la prohibición de armas, y aunque las pruebas genéticas a menudo conseguían eliminar los rasgos hereditarios más violentos antes de que pudieran ver la luz, el asesinato era algo que sucedía a menudo. Lo suficientemente a menudo como para que los clientes se hubieran molestado al ser echados por una inconveniencia menor como lo era la muerte.

Un agente de uniforme continuaba grabando el vídeo y el audio. Al lado de la pantalla, un par de examinadores forenses se apretaban el uno contra el otro bajo la lluvia y charlaban de deportes. Todavía no se habían tomado la molestia de echar un vistazo al cuerpo, todavía no habían realizado el reconocimiento.

¿Era peor cuando uno conocía a la víctima?, se preguntó Eve con un sentimiento de dureza en el corazón mientras observaba la sangre lavada por la lluvia.

Ella solamente había tenido una relación profesional con la abogada fiscal Cecily Towers, pero la había conocido lo suficiente para formarse una excelente opinión de esa fuerte mujer. Una mujer con éxito, pensó Eve, una luchadora, una mujer que había perseguido la justicia con tenacidad.

¿La había estado persiguiendo allí también, en ese miserable vecindario?

Con un suspiro, Eve alargó la mano y abrió el elegante y caro bolso para confirmar su reconocimiento visual.

—Cicely Towers —dijo hacia la grabadora—. Hembra, edad, cuarenta y cinco, divorciada. Reside en la Ochenta y tres, en el número 2132 Este, en el apartamento 61-B. No ha sido un robo. La víctima todavía lleva las joyas. Aproximadamente... —Miró en el monedero—. Veinte en billetes, cincuenta vales de crédito, seis tarjetas de crédito. No hay signos evidentes ni de lucha ni de agresión sexual.

Miró de nuevo a la mujer tumbada en la acera.

«¿Qué diablos estabas haciendo aquí, Towers? —se preguntó—. ¿Aquí, lejos del centro, lejos de tu casa, de tu vecindario elegante?»

«Además, vestida de trabajo», pensó. Eve conocía el severo estilo de vestir de Cicely Towers y lo admiraba, tanto en los tribunales como en el ayuntamiento. Los colores fuertes —siempre preparada para posar ante una cámara—, los accesorios a juego, y siempre algún toque femenino.

Eve se levantó y se frotó los tejanos mojados a la altura de las rodillas.

—Homicidio —dijo—. Metedla en la bolsa.

A Eve no le sorprendió que los medios de comunicación hubieran olido el asesinato y de que ya lo estuvieran persiguiendo antes de que ella hubiera podido llegar al brillante edificio donde Cecily Towers había vivido. Unas cuantas cámaras y unos cuantos periodistas ansiosos habían acampado en las limpias aceras. El hecho de que fueran las tres de la madrugada y de que estuviera lloviendo a cántaros no les amedrentaba. Eve percibió el brillo depredador en sus ojos. La historia era la presa y la audiencia, el trofeo.

Eve no hizo caso de las cámaras que apuntaron en su dirección ni de las preguntas que le lanzaron como dardos. Ya estaba acostumbrada a no ser alguien anónimo. El caso que había investigado y resuelto durante el invierno pasado la había puesto ante la mirada del público. Fue el caso, pensó mientras dirigía una mirada fría a uno de los reporteros que se atrevió a bloquearle el paso, y su relación con Roarke. El caso había sido uno de asesinatos. Y una muerte violenta, por excitante que resultara, pronto dejaba de ser de interés.

Pero Roarke siempre era noticia.

—¿Qué tiene, teniente? ¿Tiene algún sospechoso? ¿Existe algún motivo del crimen? ¿Puede usted confirmar que la abogada fiscal Towers ha sido decapitada?

Eve aminoró un poco su paso acelerado y recorrió con la mirada al grupo de periodistas de mirada ávida empapados por la lluvia. Ella estaba mojada, cansada y asqueada, pero era cuidadosa. Sabía que si dejaba que los medios de comunicación supieran algo acerca de uno, ese algo era presionado, retorcido y exprimido.

—El departamento no tiene ningún comentario que hacer en este momento excepto que la investigación acerca de la muerte de la abogada fiscal Towers se está llevando a cabo.

—¿Está usted al frente de ella?

—Soy la responsable —respondió, escueta e, inmediatamente, pasó entre los dos agentes de uniforme que guardaban la entrada del edificio.

El vestíbulo se encontraba repleto de flores: largos bancos y cascadas de fragantes y coloridas flores que evocaban la primavera de algún lugar exótico, como la isla donde había pasado esos tres maravillosos días con Roarke mientras se recuperaba del cansancio y de una herida de bala.

No tuvo tiempo de sonreír ante ese recuerdo, tal y como habría hecho en otras circunstancias. Mostró su placa y atravesó el pavimento de terracota hasta el primero de los ascensores.

Dentro del edificio había más agentes uniformados. Dos de ellos se encontraban detrás del mostrador del vestíbulo y manejaban el sistema de seguridad informatizado. Otros vigilaban la entrada y unos cuantos estaban de pie al lado de los ascensores. Había más recursos humanos de los que eran necesarios, pero Towers, como abogada fiscal, era uno de los suyos.

—¿Está vigilado su apartamento? —preguntó Eve al policía más cercano.

—Sí, señor. Nadie ha entrado ni ha salido desde que llamó usted a las dos y diez.

—Quiero copias de los discos ópticos de seguridad. —Entró en el ascensor—. De las últimas veinticuatro horas, para empezar. —Echó un vistazo a la placa con el nombre que mostraba el uniforme—. Quiero un informe de los seis, puerta a puerta, a partir de las siete en punto, Biggs. Piso 61 —ordenó, y las puertas del ascensor se cerraron en silencio.

Salió al silencioso, tranquilo y lujosamente alfombrado, descansillo del piso 61. Los pasillos eran estrechos, como acostumbraban a ser en la mayoría de edificios de multiapartamentos que se habían edificado durante los últimos cincuenta años. Las paredes eran de un impecable color blanco cremoso y tenían espejos a intervalos para dar la impresión de más espacio.

El espacio no era un problema dentro de los apartamentos, pensó Eve. Sólo había tres en todo el piso. Decodificó el sistema de entrada de la puerta 61-B con su tarjeta maestra y entró en el elegante y silencioso habitáculo.

Cicely Towers se lo había montado bien, decidió Eve. Y le gustaba vivir bien. Mientras sacaba su cámara de vídeo de bolsillo del equipo de campo y se lo ajustaba en la chaqueta, observó la zona del salón. Reconoció dos pinturas de un importante artista del siglo XXI en una de las paredes pintadas en un pálido tono rosa, colgados encima de una zona de conversación en forma de «U» que mostraba unas bandas de colores mutantes rosas y verdes. Fue la relación con Roarke lo que le permitía en esos momentos reconocer las pinturas y los sencillos signos de riqueza en la decoración y en las piezas de mobiliario.

«¿A cuánto ascienden los ingresos de un abogado fiscal al año?», se preguntó mientras la cámara grababa el espacio.

Todo tenía un aspecto pulcro, meticulosamente tratado incluso. Pero, por lo que sabía de Towers, ésta era una mujer meticulosa. Tanto en el vestir, en el trabajo y en cómo preservaba su intimidad.

Entonces, ¿qué estaba haciendo una mujer inteligente, elegante y meticulosa en un horrible vecindario en medio de una noche terrible?

Eve atravesó la habitación. El suelo era de madera blanca y brillaba como un espejo debajo de unas hermosas alfombras que hacían juego con los colores dominantes de la habitación. Encima de una mesa había unos hologramas enmarcados de unos niños de distintas edades, desde bebés hasta de la edad del instituto. Un niño y una niña, ambos guapos y lustrosos.

Extraño, pensó Eve. Había trabajado con Towers en innumerables casos durante los últimos años. ¿Sabía que esa mujer tenía hijos? Meneando la cabeza, se dirigió hacia el pequeño ordenador que se encontraba en la elegante estación de trabajo, en una esquina de la habitación. De nuevo, utilizó la tarjeta maestra para encenderlo.

—Listado de citas de Cicely Towers, 2 de mayo. —Eve apretó los labios mientras leía la información. Había una cita en un club de salud privado antes de un día entero dedicado a los tribunales, a una merienda con un importante abogado defensor y a una cita para la cena. Eve arqueó una ceja. Cena con George Hammett.

Roarke tenía tratos con Hammett, recordó Eve. Ella le

había visto un par de veces y sabía que era un hombre encantador y astuto que mantenía su exorbitante nivel de vida gracias a los transportes.

Y Hammett era la última cita del día de Cicely Towers.

—Imprimir —murmuró, y guardó la impresión en el bolso.

Luego inspeccionó el TeleLink. Pidió todas las llamadas de entrada y de salida de las últimas cuarenta y ocho horas. Era probable que tuviera que buscar más a fondo, pero de momento ordenó una grabación de las llamadas, guardó el disco y empezó un cuidadoso registro del apartamento.

A las cinco de la madrugada tenía dolor de cabeza y le picaban los ojos. Empezaba a notar el cansancio después de haber dormido solamente una hora entre el sexo y el asesinato.

—Según la información conocida —dijo con cansancio para la grabadora— la víctima vivía sola. No hay indicios, a partir de la investigación inicial, de lo contrario. Tampoco hay indicios de que la víctima no abandonara el apartamento voluntariamente ni ningún registro de ninguna cita que pueda explicar por qué la víctima se dirigió al lugar del crimen. La oficial responsable ha protegido los datos del ordenador y del TeleLink para una próxima investigación. El interrogatorio puerta a puerta va a llevarse a cabo a las siete de la mañana y los discos ópticos de seguridad del edificio serán confiscados. La oficial responsable va a abandonar la residencia de la víctima y va a ponerse en camino hacia la oficina de la víctima en el ayuntamiento. Teniente Dallas, Eve. 05:08.

Eve desconectó el audio y el vídeo, cerró su equipo de campo y salió del apartamento.

Eran más de las diez cuando llegó a la central de policía. En honor a su estómago vacío, pasó por el bar y se sintió decepcionada, aunque no sorprendida, al ver que todo lo que valía la pena ya se había terminado a esa hora. Escogió un bollo de soja y lo que pasaba por ser café. A pesar de lo malo que era, lo engulló todo antes de ir a su oficina.

Acababa de llegar cuando su TeleLink sonó.

—Teniente.

Eve reprimió un suspiro mientras miraba el rostro ancho y de mirada triste de Whitney.

—Comandante.

—En mi oficina. Ahora.

La imagen se apagó antes de que ella hubiera tenido tiempo de cerrar la boca.

«A la mierda», pensó. Se frotó el rostro con ambas manos y luego se las pasó por el corto pelo castaño. No tenía tiempo de mirar los mensajes, ni de llamar a Roarke para hacerle saber en qué andaba, ni de hacer la cabezada de diez minutos con la que había soñado todo el rato.

Se levantó y se desperezó. Se quitó la chaqueta. La piel había protegido la camisa, pero los tejanos estaban empapados todavía. Paciente, no hizo caso de la incomodidad y reunió la poca información que había obtenido. Si tenía suerte, quizá pudiera tomarse otra taza de café en la oficina del comandante.

Sólo le hicieron falta diez segundos para darse cuenta de que el café tendría que esperar.

Whitney no estaba sentado en su escritorio, como era su costumbre. Se encontraba de pie, de cara al ventanal que le ofrecía unas espléndidas vistas de esa ciudad a la que él había protegido y servido durante más de treinta años. Tenía las manos juntas a la espalda y los nudillos blancos traicionaban esa postura de aparente relajación.

Eve observó un momento esos anchos hombros, el grisáceo pelo canoso, la espalda de ese hombre que hacía sólo unos meses había desafiado la autoridad de la oficina del jefe de la policía.

—Comandante. Ha dejado de llover.

Eve entrecerró los ojos un momento, antes de contestar, inexpresiva:

—Sí, señor.

—En general, es una buena ciudad, Dallas. Eso es algo que resulta fácil de olvidar desde aquí arriba pero, en general, es una buena ciudad. Ahora mismo hago un esfuerzo por recordarlo.

Eve no dijo nada. No tenía nada que decir. Esperó.

—La he designado responsable del caso. Técnicamente, Deblinsky tenía que serlo, así que quiero saber si hace algún comentario.

—Deblinsky es una buena policía.

—Sí, lo es. Usted es mejor.

Eve se sorprendió, aliviada de que él todavía se encontrara de espaldas y no se hubiera dado cuenta.

—Le agradezco la confianza, comandante.

—Se la ha ganado. Me he saltado el procedimiento habitual para colocarla a usted al mando por una cuestión personal. Necesito al mejor, a alguien que llegue hasta una pared y la salte.

—La mayoría de nosotros conocía a la abogada fiscal Towers, comandante. No hay ningún policía en Nueva York que no llegara a una pared y no la salvara para averiguar quién la mató.

Él suspiró. Dejó que una profunda inhalación le recorriera todo el cuerpo antes de darse la vuelta. Durante unos momentos no dijo nada. Se limitó a observar a la mujer a quien había colocado al frente de la investigación. Era delgada, de una forma engañosa, pero, porque sabía que tenía ese cuerpo delgado y esbelto tenía más fuerza de la que aparentaba.

Ahora se la veía un tanto fatigada. Tenía unas oscuras ojeras bajo esos ojos del color del whisky y el rostro pálido. Pero no podía dejar que eso le preocupara. No en esos momentos.

—Cicely Towers era una amiga personal, una amiga muy cercana.

—Entiendo. —Eve se preguntó si de verdad lo entendía—. Lo siento, comandante.

—La conocía desde hacía muchos años. Empezamos juntos: un testarudo poli y una abogada criminalista. Mi esposa y yo somos los padrinos de su hijo. —Hizo una pausa durante la cual pareció esforzarse por mantener el control—. He notificado la muerte a los hijos. Mi esposa va a ir a verles. Se quedarán con nosotros hasta después de la ceremonia.

Se aclaró la garganta y apretó los labios.

—Cicely era una de mis amigas más antiguas y, más allá de mi respeto y admiración profesional por ella, yo la quería mucho. Mi esposa esta desconsolada por lo que ha sucedido; los hijos de Cicely están destrozados. Lo único que fui capaz de decirles es que haría todo lo que estuviera en mi poder para encontrar a la persona que le hizo eso, para darle a ella aquello por lo que ella luchó durante la mayor parte de su vida: justicia.

Entonces sí se sentó, no con gesto de autoridad sino con gesto de cansancio.

—Voy a decirle una cosa, Dallas, para que pueda usted saberlo de entrada: no soy objetivo en este asunto. En absoluto. Y porque no lo soy, dependo de usted.

—Aprecio su franqueza, comandante. —Eve dudó sólo un instante—. Al ser usted amigo personal de la víctima, será necesario hacerle unas preguntas tan pronto como sea posible. —Eve observó que los ojos de él brillaban y mostraban una expresión dura—. También a su esposa, comandante. Si resulta más cómodo, puedo llevar a cabo las entrevistas en su casa en lugar de aquí.

—Entiendo. —Volvió a inhalar—. Por eso es usted la agente responsable, Dallas. No hay muchos policías que tengan el valor de ir directos al tema. Le agradecería que esperara a mañana, quizá incluso un día o dos más para ver a mi mujer, y que la vea en casa. Yo lo arreglaré.

—Sí, señor.

—¿Qué ha averiguado por el momento?

—Realicé un reconocimiento de la residencia de la víctima y de su oficina. Tengo los archivos de los casos en los que estaba trabajando y de los que cerró durante los últimos cinco años. Necesito contrastar nombres para ver si alguien a quien hubiera condenado ha sido liberado recientemente, a sus familias y a sus socios. Especialmente a los violentos. Su promedio era bastante alto.

—Cicely era una tigresa en los tribunales, y nunca la vi perder un detalle. Hasta ahora.

—¿Por qué estaba allí, comandante, en medio de la noche? La autopsia preliminar establece la hora de la muerte a la 01:16. Es un vecindario difícil: extorsiones, asaltos, casas de citas. Hay un conocido foco de venta de medicamentos a un par de edificios de donde fue encontrada.

—No lo sé. Era una mujer prudente, pero también era... arrogante. —Sonrió un poco—. De una forma que resultaba admirable. Se enfrentaba directamente a lo peor que esta ciudad pueda ofrecer. Pero, ponerse a sí misma en peligro de forma deliberada... no lo sé.

—Ella estaba trabajando en un caso, Fluentes. Estrangulación de una amiga íntima. Su abogado está utilizando la pasión como línea de defensa, pero se dice que Towers iba a enviarle a prisión a pesar de todo. Lo estoy comprobando.

—¿Está ese tipo en la calle o en prisión?

—En la calle. Primer asalto violento, la fianza era increíblemente baja. Siendo un asesinato, se le obligó a llevar una pulsera de localización, pero eso no significa nada si ese tipo tiene un mínimo conocimiento informático. ¿Se podría haber ido a encontrar con él?

—No, en absoluto. Eso hubiera significado arruinar su

caso, el encontrarse con un defensor fuera de los tribunales. —Whitney meneó la cabeza al recordar a Cicely—: Ella nunca se habría arriesgado a eso. Pero él hubiera podido utilizar otros medios para llevarla hasta allí.

—Tal como le he dicho, lo estoy comprobando. Ella tenía una cita para cenar con George Hammett. ¿Le conoce?

—De algún encuentro social. Ellos se veían de vez en cuando. Nada serio, según mi esposa. Ella siempre intentaba encontrar al hombre perfecto para Cicely.

—Comandante, es mejor que se lo pregunte ahora, extraoficialmente. ¿Tenía usted un vínculo sexual con la víctima?

Su mejilla acusó un tic nervioso, pero la expresión de los ojos se mantuvo ecuánime.

—No, no lo tenía. Teníamos una amistad, y esa amistad era muy valiosa. En esencia, era como de la familia. Usted no entiende qué es la familia, Dallas.

—No. —Su tono fue inexpresivo—. Supongo que no.

—Siento que sea así. —Entrecerró los ojos y se frotó el rostro con las manos—. Eso no era necesario y ha sido injusto. Y su pregunta ha sido relevante. —Bajó las manos—. Usted no ha perdido a nadie cercano, ¿no es así, Dallas?

—No que yo recuerde.

—Es algo que le deja a uno hecho añicos —murmuró él.

Ella suponía que así era. Durante los diez años que hacía que conocía a Whitney, le había visto furioso, impaciente e incluso frío y cruel. Pero nunca le había visto destrozado.

Si estar cerca de alguien y perderle, tenía ese efecto en un hombre fuerte como él, Eve pensó que era mejor estar como estaba ella. Ella no tenía familiares a quienes perder, y sólo tenía unos vagos recuerdos de la infancia. Su vida, tal y como era, había empezado cuando ella tenía ocho años y la habían encontrado después de haber sido maltratada y abandonada en Texas. Lo que hubiera pasado antes de ese día no importaba. Se decía a sí misma constantemente que no importaba. Ella se había hecho tal y como era. Como amigos, tenía a unos pocos por quienes preocuparse y en quienes confiar. Y, en cuanto a algo más que una amistad, tenía a Roarke. Él se la había ido ganando progresivamente. Hasta un punto que a veces se sentía asustada porque sabía que él no se sentiría satisfecho hasta que hubiera obtenido todo de ella.

Si ella se lo daba todo y luego le perdía, ¿acabaría hecha añicos?

En lugar de seguir pensando en ello, Eve se sirvió un poco de café y comió el resto de una barrita dulce que encontró en su escritorio. La idea de ir a comer era una fantasía en ese momento, igual que lo sería el pasar una semana en el trópico. Sorbió y masticó mientras estudiaba el informe final de la autopsia en el monitor.

La hora de la muerte seguía siendo la misma que la del informe preliminar. La causa, un corte en la yugular y la consecuente pérdida de sangre y oxígeno. La víctima había tomado una comida a base de vieiras y ensalada, vino, café de verdad y fruta fresca con nata. La ingestión se estimaba a unas cinco horas antes de la muerte.

Habían recibido el aviso muy pronto. Cicely Towers llevaba solamente diez minutos muerta cuando un taxista, suficientemente valiente o desesperado para trabajar en ese vecindario, la vio y dio el aviso. La primera unidad de policía llegó allí al cabo de tan sólo tres minutos.

El asesino se había movido con rapidez, pensó Eve. Pero era fácil esconderse en un vecindario como ése, meterse en un coche, en cualquier edificio, en un club. Seguramente habría habido sangre: habría manado a borbotones de la yugular. Pero la lluvia habría ayudado, la debía de haber lavado de las manos del asesino.

Tendría que repasar todo el vecindario, hacer preguntas que difícilmente obtendrían alguna respuesta. Pero, a menudo, el soborno era más eficaz que la actitud o las amenazas.

Eve estaba observando la foto de Cicely Towers, que mostraba el collar de sangre, cuando el TeleLink sonó.

—Dallas. Homicidios.

Un rostro joven, lustroso y limpio apareció en la pantalla.

—Teniente. ¿Qué me dice?

Eve no soltó ningún juramento, aunque lo estaba deseando. La opinión que tenía de los periodistas no era especialmente buena, pero C. J. Morse se encontraba en el lugar más bajo de la lista.

—No creo que quiera oír lo que tengo que decirle, Morse.

El rostro redondo quedó dividido por una sonrisa.

—Venga, Dallas, el derecho público a la información. ¿Recuerda?

—No tengo nada para usted.

—¿Nada? ¿Quiere que empiece la emisión diciendo que la teniente Eve Dallas, la mejor de entre los mejores de Nueva York, tiene las manos vacías en la investigación del asesinato de una de las figuras más respetadas, importantes y conocidas de Nueva York? Bueno, puedo hacer eso, Dallas —añadió, con un chasquido de la lengua—. Puedo hacerlo, pero no sería bueno para usted.

—¿Y cree que me importa? —Le dirigió una sonrisa afilada y breve como un láser mientras levantaba el índice para desconectar—. Pues cree mal.

—Quizá no le importe a usted personalmente, pero tendría eco en el departamento. —Batió un momento sus femeninas pestañas—. En el comandante Whitney, por haber tirado de los hilos para que usted fuera la investigadora responsable. Y también tendría sus consecuencias para Roarke.

Ella apartó el índice.

—El asesinato de Cicely Towers es una prioridad en el departamento, para el comandante Whitney y para mí.

—La citaré literalmente.

«Jodido bastardo.»

—Y mi trabajo en el departamento no tiene nada que ver con Roarke.

—Eh, morena, cualquier cosa que tenga que ver con usted, tiene que ver con Roarke. Y al revés. Y sabe que el hecho de que su hombre tuviera negocios con la recientemente fallecida, su ex marido y su actual acompañante ofrece un paquete muy atractivo.

Eve apretó los puños, frustrada.

—Roarke tiene muchos negocios con mucha gente. No sabía que hubiera vuelto a los chismorreos, C. J.

Eso borró la aduladora sonrisa de su rostro. No había nada que C. J. odiara más que el que le recordaran sus principios en las noticias de sociedad. Especialmente ahora que se había abierto paso hasta las noticias criminales.

—Tengo contactos, Dallas.

—Sí, también tiene usted un grano en medio de la frente. Yo en su lugar me lo cuidaría.

Con ese comentario tonto, Eve cortó la transmisión satisfecha.

Se levantó y recorrió el pequeño cuadrado de su oficina. Se puso las manos en los bolsillos. Se las volvió a sacar. Mierda, ¿por qué tenía que aparecer el nombre de Roarke conectado con el caso? ¿Hasta qué punto llegaban sus negocios con Towers y con sus asociados?

Eve se dejó caer en la silla otra vez y frunció el ceño mientras leía los informes que tenía sobre la mesa. Tendría que averiguar todo eso, y pronto.

Por lo menos, esta vez, con este asesinato, sabía que él tenía una coartada. En el momento en que a Cicely Towers le cortaban la garganta, Roarke había estado follando como un loco con la investigadora responsable.

Capítulo dos

Eve hubiera preferido volver al apartamento que todavía mantenía a pesar de que pasaba la mayoría de las noches en casa de Roarke. En su apartamento habría podido pensar, meditar, dormir y repasar el último día de vida de Cicely Towers. En lugar de eso, se dirigió a casa de Roarke.

Estaba muy cansada así que abandonó la conducción y dejó que el programa manejara el coche por entre el tráfico de última hora. Decidió que lo primero que necesitaba era comer. Y si podía dedicar diez minutos a aclararse la mente, mucho mejor.

La primavera, encantadora, había decidido hacer su aparición y empezar con sus juegos. Estuvo tentada de abrir las ventanas e ignorar los sonidos de la aglomeración de tráfico, el ronroneo de los maxibuses, el ruido de los transeúntes, el zumbido del tráfico aéreo.

Viró en dirección a la Décima para esquivar los gritos de los guías que llegaban desde los globos turísticos. Atravesar el centro y pasar por el parque hubiera sido más rápido, pero hubiera tenido que soportar el monótono discurso acerca de los atractivos de Nueva York, de la historia y la tradición de Broadway, de la calidad de los museos y de la variedad de las tiendas.

La ruta del globo turístico pasaba por su casa, así que Eve había escuchado ese discurso cientos de veces. No tenía ningún interés en volver a escuchar las ventajas de los paseos aéreos que conectan a la Quinta con Madison ni del nuevo paseo aéreo hasta el Empire State.

Un breve embotellamiento en la Cincuenta y dos la hizo detenerse ante una valla desde la cual un impresionante hombre y una impresionante mujer intercambiaban un apasionado beso endulzado, según aseguraban cada vez que se separaban para respirar, por el refrescante para el aliento Cascada de la Montaña.

Los vehículos se apiñaban los unos al lado de los otros y un par de taxistas se gritaban imaginativos insultos el uno al otro. Un maxibus repleto de pasajeros hizo sonar el claxon con insistencia, añadiendo un punzante agudo que hacía menear la cabeza y cerrar los puños a los transeúntes de las aceras y los pasajes.

Un aerodeslizador de tráfico pasó rasante y emitió la orden habitual de que circularan o se identificaran. El tráfico empezó a avanzar con lentitud, impregnado de ruido y enfado.

La ciudad cambiaba desde el centro a la periferia. En ella, los ricos y los privilegiados construían sus residencias. Las calles eran más amplias y más limpias, y estaban surcadas por el verde de los árboles en los parques y las plazas. Los vehículos emitían un zumbido sordo y los transeúntes vestían trajes cortados a medida y zapatos elegantes.

Eve pasó al lado de un paseador de perros que llevaba a unos cuantos perros cazadores con la elegancia de un robot bien entrenado.

Al llegar a las puertas del terreno de Roarke, dejó que el coche se deslizara suavemente en punto muerto mientras el programa la reconocía. Los árboles estaban floreciendo. Unos capullos blancos se alternaban con los rosas, contrastando de vez en cuando con unos profundos rojos y azules, todos ellos subrayados por una amplia alfombra de césped esmeralda.

La casa se elevaba contra un cielo de un azul profundo. Los cristales brillaban a la luz del sol poniente. La piedra se veía enorme y gris. Hacía meses que Eve veía todo eso, pero todavía no se había acostumbrado a la grandiosidad, a la suntuosidad y a la simplicidad de la riqueza. Todavía no había dejado de preguntarse qué estaba haciendo ella allí. Allí, con él.

Dejó el coche al pie de las escaleras de granito y las subió. No pensaba llamar. Era un tema de orgullo, y de desagrado. El mayordomo de Roarke la despreciaba y no se tomaba la molestia de disimularlo.

Tal y como esperaba, Summerset apareció en el vestíbulo como una nube de humo negro. El brillante pelo plateado enmarcaba una frente fruncida en señal de desagrado.

—Teniente. —La examinó con la mirada, haciéndole notar que todavía llevaba la misma ropa con las que se había marchado la última vez y que, ahora, se veía bastante arrugada—. No teníamos noticia de la hora de su regreso, ni, por supuesto, de si tenía usted intención de regresar.

—¿Ah, no? —Se encogió de hombros y, como sabía que eso le molestaba, se quitó la chaqueta de piel y la ofreció para que él la tomara con sus elegantes manos—. ¿Está Roarke en casa?

—Está ocupado en una transmisión interespacial.

—¿El Centro Olimpo?

Summerset frunció los labios, arrugados como ciruelas.

—No hago preguntas acerca de los asuntos de Roarke.

«Sabes exactamente qué está haciendo y cuándo lo está haciendo», pensó Eve mientras atravesaba el blanco y amplio vestíbulo en dirección a las escaleras.

—Voy arriba. Necesito un baño. —Giró la cabeza y le miró por encima del hombro—. Cuando haya terminado con la transmisión, puedes hacerle saber dónde estoy.

Subió a la suite principal. Igual que Roarke, pocas veces usaba los ascensores. En cuanto hubo cerrado la puerta detrás de ella empezó a desvestirse y dejó una hilera de botas, tejanos, camiseta y ropa interior a su paso hacia la bañera.

Ordenó que el agua estuviera a treinta y nueve grados y, en el último minuto, echó unas sales que Roarke le había traído de Silas Tres. Formaron una espuma de un verde marino que olía a bosque de hadas.

Se deslizó dentro de la enorme bañera de mármol y casi lloró al sentir el calor reconfortante en los huesos. Inspiró profundamente y se sumergió bajo el agua durante treinta segundos. Al emerger, lo hizo con un suspiro de placer sensual. Con los ojos cerrados, se dejó mecer en el agua.

Así la encontró él.

La mayoría de la gente hubiera creído que Eve estaba relajada. Pero, pensó Roarke, la mayoría de la gente no la conocía de verdad y, por supuesto, no la comprendían. Él se encontraba más cerca de su pensamiento y de su corazón de lo que nunca lo había estado nadie. Y a pesar de todo, había partes de ella en las que todavía debía penetrar.

Ella constituía, en todo momento, una experiencia instructiva y fascinante.

Eve estaba desnuda y sumergida en la vaporosa y burbujeante agua hasta la barbilla. Tenía el rostro enrojecido por el calor y los ojos cerrados. Pero no estaba relajada. Roarke percibía la tensión en la mano cerrada en un puño encima del canto de la bañera y en el ligero ceño fruncido entre las cejas.

No, Eve estaba pensando. Y estaba preocupada. Y estaba haciendo un plan. Entró en silencio, tal y como había aprendido a hacer en los callejones de Dublín y en los muelles de las apestosas calles de cualquier ciudad. Se sentó en el canto de la bañera y la observó. Eve no se movió en unos cuantos minutos. Roarke percibió el momento en que ella notó su presencia.

Sus ojos, de un marrón dorado, se abrieron claros y alertas y se fijaron en los azules de él. Como siempre, sólo el verle le produjo un sobresalto interior. Su rostro era como el de una pintura, un óleo perfecto del rostro de un ángel caído. Siempre la sorprendía la belleza de ese rostro.

Eve arqueó una ceja e inclinó la cabeza.

—Pervertido.

—Es mi bañera. —Sin dejar de mirarla, llevó una de sus elegantes manos hasta las burbujas y la introdujo en el agua al lado de uno de sus pechos—. Vas a quemarte aquí dentro.

—Me gusta caliente. La necesito caliente.

—Has tenido un día difícil.

«Lo sabe», pensó ella, luchando por no irritarse por ello. Él lo sabía todo. Se limitó a encogerse de hombros y él se levantó y se dirigió al bar automático que sobresalía de los azulejos. Sirvió dos vasos de vino en cristal tallado.

Roarke volvió hasta la bañera y se sentó en el borde mientras le ofrecía un vaso.

—No has dormido. No has comido.

—Eso va con el paquete.

El vino sabía a oro líquido.

—A pesar de eso, me preocupas, teniente.

—Te preocupas con demasiada facilidad.

—Te amo.

Eve se sintió aturdida al oírle decir eso con ese encantador tono de voz teñido de un acento irlandés y saber que, de alguna forma y por increíble que fuera, era verdad. Como no tenía ninguna respuesta, tomó un sorbo de vino.

Él no dijo nada hasta que consiguió que se le pasara la irritación ante su falta de respuesta.

—¿Puedes decirme qué le ha pasado a Cicely Towers?

—La conocías —respondió Eve.

—No muy bien. La conocía de alguna reunión social y de unos negocios, más bien con su anterior marido. —Tomó un sorbo de vino y observó el vapor que se elevaba de la bañera—. La encontraba admirable, inteligente y peligrosa.

Eve se incorporó hasta que el agua descubrió el nacimiento de los pechos.

—¿Peligrosa? ¿Para ti?

—No directamente. —Sonrió ligeramente antes de llevarse el vaso a los labios—. Peligrosa para las prácticas ilegales, pequeñas o grandes, de los criminales. Se parecía mucho a ti en ese aspecto. Por suerte, me he corregido.

Eve no estaba del todo segura de eso, pero lo dejó pasar.

—¿Conoces, a través de tus amistades sociales y tus conocidos de trabajo, a alguien que hubiera querido que ella muriera?

Él dio otro trago, esta vez más largo.

—¿Es esto un interrogatorio, teniente?

Fue la risa que se percibía en su tono de voz lo que la irritó.

—Puede serlo —le respondió, escueta.

—Como quieras. —Se levantó, dejó el vaso a un lado y empezó a desabrocharse la camisa.

—¿Qué estás haciendo?

—Tirándome a la piscina, por decirlo de alguna forma. —Tiró la camisa a un lado y se desabrochó los pantalones—. Si voy a ser interrogado por una policía desnuda, en mi propia bañera, lo mínimo que puedo hacer es unirme a ella.

—Maldita sea, Roarke, eso es un crimen.

Él hizo una mueca de dolor al sentir que el agua le quemaba.

—Y que lo digas. —Se sentó de cara a ella—. ¿Qué es lo que tengo que te resulta tan perverso y te irrita de esa forma? ¿Y qué es —continuó antes de que ella pudiera responder— lo que tienes que tira de mí incluso ahora que estás ahí sentada con una placa invisible sobre tu encantador pecho?

Deslizó una mano por debajo del agua y le acarició el tobillo y la pantorrilla hasta el punto de detrás de la rodilla que a ella tanto le gustaba.

—Te deseo —murmuró—. Ahora.

Eve se había quedado sin fuerza en las manos a pesar de que todavía sostenía el vaso. Pero consiguió apartarse de él.

—Háblame de Cicely Towers.

Paciente, Roarke se apoyó hacia atrás. No tenía ninguna intención de dejarla salir de la bañera hasta haber acabado con ella, así que podía permitirse ser paciente.

—Ella, su anterior marido y George Hammett se encontraban en el cuadro directivo de una de mis empresas. Mercury, que lleva el nombre del dios de la velocidad. Importación-exportación, la mayor parte del negocio. Envíos, entregas, transportes rápidos.

—Sé lo que hace Mercury —dijo ella, intentando manejar el enfado que le producía el no haber sabido que ése, también, era otro de sus negocios.

—Cuando la compré, hace diez años, era una empresa mal organizada y que funcionaba mal. Marco Angelini, el ex de Cicely, invirtió, al igual que hizo ella. Todavía estaban casados en esa época, o justo acababan de divorciarse. Aparentemente, la finalización de su matrimonio fue amistosa, o tan amistosa como esas cosas pueden ser. Hammett también era uno de los inversores. No creo que tuviera ninguna relación íntima con Cicely hasta unos años después.

—¿Y este triángulo, Angelini, Towers, Hammett, también era amistoso?

—Eso parecía. —Con gesto despreocupado, dio unos golpecitos a uno de los azulejos hasta que se abrió y descubrió unos mandos ocultos. Programó una música dulce y tranquila—. Si te preocupa cómo acabó todo, se trataba de negocios, y fue un negocio exitoso al final.

—¿Qué parte de contrabando tiene Mercury?

Él sonrió.

—De verdad, teniente.

Ella se sentó con la espalda recta.

—No juegues conmigo, Roarke.

—Eve, es mi deseo más ferviente hacer justamente eso.

Ella apretó la mandíbula y golpeó la mano que se deslizaba por su pierna.

—Cicely Towers tenía reputación de ser una fiscal con sentido común, entregada y honesta. Si hubiera descubierto que los movimientos de Mercury se salían de la ley, habría ido detrás de ti.

—Así que ella descubrió mi perfidia y yo hice que la atrayeran hasta ese peligroso vecindario y ordené que le cortaran la garganta. —La miraba directamente a los ojos con una expresión suave—. ¿Es eso lo que crees, teniente?

—No, mierda, ya sabes que no, pero...

—Es posible que otros sí lo crean —terminó él—. Lo cual te colocaría en una posición delicada.

—No estoy preocupada por eso. —En ese momento, sólo estaba preocupada por él—. Roarke, tengo que saberlo. Necesito que me digas si hay algo, cualquier cosa, que pueda relacionarte con esta investigación.

—¿Y si hay alguna cosa?

Ella sintió una ola de frío interno.

—Tendré que dejarla en manos de otra persona.

—¿No hemos pasado por esto antes?

—No es como en el caso de DeBlass. No se parece en nada. No eres un sospechoso. —Él arqueó una ceja y ella intentó con todas sus fuerzas que su voz sonara razonable en lugar de irritada. ¿Por qué todo lo que tenía que ver con Roarke era siempre tan complicado?—. No creo que tengas nada que ver con el asesinato de Cicely Towers. ¿Es eso suficiente?

—No has terminado el razonamiento.

—De acuerdo. Soy policía. Hay preguntas que debo hacer. Y tengo que hacértelas a ti o a cualquiera que esté remotamente conectado con la víctima. No puedo cambiar eso.

—¿Hasta qué punto confías en mí?

—No tiene nada que ver con la confianza en ti.

—Eso no responde la pregunta. —Sus ojos mostraron una expresión fría, distante, y ella supo que había dado un paso en la dirección equivocada—. Si no confías en mí ahora, si no crees en mí, no tenemos nada en común excepto un poco de sexo.

—Estás retorciendo todo esto. —Eve luchaba por mantener la calma porque la estaba asustando—. No te estoy acusando de nada. Si hubiera tomado este caso y no te conociera o no me preocupara por ti, te habría puesto en la lista de entrada. Pero te conozco, y no se trata de eso. Mierda.

Eve cerró los ojos y se frotó el rostro con ambas manos. Se sentía miserable por tener que darle explicaciones acerca de sus sentimientos.

—Intento obtener respuestas que te mantengan tan alejado de esto como sea posible, porque me preocupo. Y no puedo dejar de pensar de qué forma puedo utilizar tu conexión con Towers. Y con tus contactos, punto. Es difícil para mí hacer ambas cosas.

—No debería ser tan difícil simplemente pedirlo —murmuró él, meneando la cabeza—. Mercury es totalmente legal, ahora, porque no hay ninguna necesidad de lo contrario. Funciona bien, saca unos beneficios aceptables. Y aunque puedas pensar que soy lo suficientemente arrogante como para involucrarme en asuntos ilegales mientras tengo a una abogada fiscal en el cuadro ejecutivo, deberías saber que no soy tan estúpido para hacerlo.

Eve le creía, así que la tensión que tenía en el pecho empezó a ceder.

—De acuerdo. Todavía habrá más preguntas —le dijo—. Y los medios de comunicación ya han realizado la conexión.

—Lo sé. Lo siento. ¿Te lo están poniendo muy difícil?

—Ni siquiera han empezado. —En uno de esos raros momentos de demostración de afecto, ella tomó su mano y se la apretó—. Yo también lo siento. Parece que estamos en otro caso.

—Puedo ayudar. —Se inclinó hacia delante para llevar su mano hasta los labios de ella. Al ver que Eve sonreía, supo que, por fin, iba a relajarse—. No es necesario que me mantengas alejado de todo eso. Puedo manejarlo. Y no hay ninguna necesidad de que te sientas culpable o incómoda por pensar que puedo resultarte de utilidad en la investigación.

—Te lo haré saber cuando sepa de qué forma puedes serlo. —Esta vez se limitó a arquear una ceja al notar que la mano de él trepaba por su muslo—. Si vas a intentar eso aquí, necesitaremos el equipo de buceo.

Él se acercó a ella y el agua estuvo a punto de desbordarse.

—Bueno, creo que podremos apañarnos por nosotros mismos.

Y cubrió los labios sonrientes de ella con los suyos para demostrárselo.

Más tarde, esa noche, mientras ella dormía a su lado, Roarke permaneció tumbado observando las estrellas a través de la ventana del techo de la habitación. En esos momentos, su mirada delataba una preocupación que había ocultado antes. Sus destinos se habían encontrado personalmente y profesionalmente. Era el asesinato lo que les había hecho encontrarse y sería el asesinato lo que continuaría moviendo los hilos de sus vidas. La mujer que se encontraba a su lado defendía a los muertos.

«Igual que Cicely Towers había hecho muchas veces», pensó. Se preguntó si eso era lo que le había costado la vida.

Para él era importante no preocuparse demasiado, ni pensar demasiado, en cómo Eve se ganaba la vida. Su carrera la definía. Él sabía eso demasiado bien.

Ambos se habían hecho a sí mismos —se habían reconstruido a sí mismos— a partir de lo poco o nada que habían sido. Él era un hombre que compraba y vendía, que controlaba y que disfrutaba del poder que eso le otorgaba. Y del beneficio.

Pero sabía que había partes de sus negocios que le causarían problemas si su parte sombría salía a la luz. Era totalmente cierto que Mercury era legal, pero no era así en todo. Tenía otros negocios, otros intereses, que se movían en áreas más grises. Él había crecido en las zonas más oscuras de esas áreas grises, después de todo. Y se movía con habilidad en ellas.

El contrabando, tanto terrestre como interestelar, era un negocio rentable y entretenido. Los excelentes vinos de Taurus Cinco, los impresionantes diamantes azules de las minas de Refini, la preciosa porcelana transparente de la colonia artística de Marte.

Era verdad que ya no necesitaba infringir la ley para vivir, ni para vivir bien. Pero costaba abandonar los viejos hábitos.

Pero el problema seguía siendo el mismo. ¿Y si no hubiera convertido Mercury en un negocio legal? Lo que hasta entonces hubiera sido un divertimento inocente hubiera pesado como una losa en las espaldas de Eve.

A eso había que añadir el hecho de que, a pesar de lo que habían empezado a tener juntos, ella todavía no se sentía segura de él.

Eve murmuró algo y cambió de postura. Incluso en sueños, pensó él, dudaba antes de ponerse de cara a él. A él le estaba costando aceptar eso. Unos cambios serían necesarios, pronto, para ambos.

Por el momento, él se dedicaría a hacer aquello que podía manejar. Le resultaría muy fácil hacer unas cuantas llamadas y realizar unas cuantas preguntas acerca de Cicely Towers. Sería mucho menos sencillo hacer que todas esas áreas grises que le preocupaban pudieran salir a la luz.

Roarke bajó la mirada y la observó. Ella dormía bien. Tenía la mano abierta y relajada encima de la almohada. Sabía que, a veces, tenía pesadillas. Pero esa noche estaba tranquila. Deseando que siguiera así, se deslizó fuera de la cama para empezar su trabajo.

Eve se despertó con el aroma del café. Auténtico y rico café molido procedente de la plantación que Roarke tenía en Sudamérica. Ese lujo, Eve debía admitir, había sido una de las primeras cosas a las que se había acostumbrado, y de las que dependía, cada vez que se quedaba en casa de Roarke.

Sonrió antes de abrir los ojos.

—Dios, el cielo no puede ser mejor que esto.

—Me alegro de que pienses eso.

Tenía los ojos borrosos, pero consiguió enfocar la vista en él. Roarke estaba completamente vestido y llevaba uno de esos trajes oscuros que le daban ese aspecto de hombre competente y peligroso. Se encontraba en el área de descanso de detrás de la plataforma de la cama, y parecía estar disfrutando del desayuno mientras leía rápidamente las noticias en el monitor.

El gato gris, al que ella había bautizado como *Galahad,* estaba tumbado como una oruga gorda sobre el brazo de la silla y observaba el plato de Roarke con ojos avariciosos.

—¿Qué hora es? —preguntó Eve.

El reloj que estaba al lado de la cama le dio la respuesta. Las seis en punto.

—Dios, ¿cuánto hace que estás levantado?

—Bastante rato. No dijiste a qué hora tenías que entrar.

Eve se pasó las manos por la cara y por el pelo.

—Tengo un par de horas.

Eve era lenta por las mañanas. Se arrastró fuera de la cama y miró, dormida todavía, a su alrededor buscando algo de ropa que ponerse.

Roarke la observó un instante. Siempre le resultaba un placer observarla por la mañana, desnuda y con los ojos vidriosos. Hizo un gesto hacia la bata que el robot del dormitorio había recogido del suelo y colgado pulcramente la noche anterior. Eve se la puso. Estaba demasiado dormida para notar la sensación de extrañeza de la seda contra su piel.

Roarke le sirvió una taza de café y esperó a que ella se hubiera sentado y hubiera tomado un trago. El gato, pensando que su suerte iba a cambiar, se subió a su regazo. Eve gruñó al notar el peso del animal encima.

—Has dormido bien.

—Sí. —Bebió el café como si tomara un sorbo de aire. *Galahad* dio unas vueltas sobre su regazo y le clavó las uñas en los muslos—. Vuelvo a sentirme casi humana.

—¿Hambre?

Ella refunfuñó otra vez. Sabía que el personal de cocina eran unos artistas. Tomó una pasta con forma de cisne de la bandeja de plata y se la comió en tres entusiastas bocados. Cuando alargó la mano para tomar la jarra de café, ya tenía la mirada completamente despierta. Se sintió generosa y le regaló a *Galahad* la cabeza de uno de los cisnes.

—Siempre es un placer mirarte cuando te despiertas —comentó él—. Pero a veces me pregunto si sólo me quieres por el café.

—Bueno... —Ella sonrió y tomó otro sorbo—. También me gusta mucho la comida. Y el sexo no está mal.

—Ayer por la noche pareció que lo tolerabas bastante bien. Hoy tengo que ir a Australia. Es posible que no vuelva hasta mañana, o hasta pasado mañana.

—Oh.

—Me gustaría que te quedaras aquí mientras estoy fuera.

—Ya hemos hablado de eso. No me siento cómoda.

—Quizá te sentirías cómoda si lo consideraras tu casa tanto como la mía. Eve... —Le puso una mano encima de la de ella antes de que pudiera responderle nada—. ¿Cuándo vas a aceptar lo que siento por ti?

—Mira, es sólo que estoy más cómoda en mi apartamento cuando tú no estás. Y tengo muchísimo trabajo que hacer.

—No has contestado la pregunta —murmuró él—. No importa. Te avisaré cuando vuelva. —Ahora el tono de su voz era frío. Giró el monitor en dirección a ella—. Ya que hablamos de tu trabajo, quizá te interese saber lo que los medios de comunicación están diciendo.

Eve leyó el primer titular con resignación cansada. Con un gesto adusto en los labios, leyó todos los periódicos. Los titulares se parecían bastante. Una conocida fiscal de Nueva York, asesinada. La policía desconcertada. Había fotos, por supuesto, de Towers. De dentro de los tribunales, de fuera de los tribunales. Fotos de sus hijos. Comentarios y citas.

Eve gruñó al ver su propia imagen y al leer el titular que la anunciaba como responsable de la investigación.

—No va a salir nada bueno de esto —murmuró.

Había más cosas, naturalmente. Algunos periódicos habían publicado un resumen del caso que había cerrado el invierno anterior, relacionado con un importante senador de Estados Unidos y con tres prostitutas muertas. Tal y como era de esperar, su relación con Roarke se mencionaba en todas las ediciones.

—¿Qué coño importa quién soy o con quién estoy?

—Has salido a la luz pública, teniente. Ahora tu nombre vende.

—Soy una policía, no formo parte de la gente de sociedad. —Furiosa, se dirigió hacia una celosía que se encontraba en la pared del otro extremo de la habitación—. Abrir pantalla —ordenó—. Canal setenta y cinco.

La celosía se deslizó hacia arriba y descubrió una pantalla. El sonido del programa matutino invadió la habitación. Eve entrecerró los ojos, las mandíbulas apretadas.

—Ahí está esa comadreja de dientes largos y sin polla.

Divertido, Roarke tomó un sorbo de café y observó a C. J.

Morse, que daba las noticias de las seis en punto. Roarke sabía que el desdén que Eve sentía por los medios de comunicación se había convertido en un desagrado absoluto durante los últimos dos meses. Ese disgusto había surgido por el simple hecho de que ahora tenía que tratar con ellos a cada paso de su vida profesional y personal. Pero, aunque no hubiera sido así, él no podía culparla por despreciar a Morse.

«Y así ha sido como una gran carrera ha resultado cercenada de forma cruel y violenta. Una mujer con convicciones, con dedicación e integridad ha sido asesinada en las calles de esta gran ciudad, abandonada hasta desangrarse bajo la lluvia. Cicely Towers no será olvidada, sino recordada como una mujer que luchó por la justicia en un mundo en que ésta es difícil. Ni siquiera la muerte podrá enterrar su legado.

»Pero, será su asesino llevado ante esa justicia por la que ella luchó durante toda su vida. El Departamento de Policía y Seguridad de Nueva York no ofrece ninguna esperanza. La investigadora responsable Eve Dallas, la joya del departamento, es incapaz de responder a esa pregunta.»

Eve soltó un gruñido al ver que su propia imagen llenaba toda la pantalla.

«Tras haber sido contactada por TeleLink, la teniente Dallas rehusó hacer ningún comentario acerca del asesinato ni del progreso de la investigación. No negó en ningún momento que se estuviera intentando encubrir algo en el proceso.»

—¿De qué va ese bastardo? No preguntó nada de ningún encubrimiento. ¿Encubrir qué? —Dio una palmada en el brazo de la silla y *Galahad* saltó en busca de un lugar más seguro—. No hace ni treinta horas que tengo este caso.

—Chist. —La hizo callar Roarke sin hacerle caso mientras ella caminaba, impaciente, por toda la habitación.

«... la larga lista de importantes nombres que están relacionados con la fiscal Towers, entre los cuales se cuenta el del comandante Whitney, el superior de Dallas. El comandante ha rechazado recientemente la oferta del puesto como jefe de la Policía y la Seguridad. Antiguo amigo íntimo de la víctima...»

—¡Ya está! —Furiosa, Eve golpeó la pantalla con la mano—. Voy a cortar en pedazos a ese gusano. ¿Dónde demonios está Nadine Furst? Si tenemos que soportar a un periodista husmeando tras nuestro culo, por lo menos, ella tiene cabeza.

—Creo que se encuentra en la estación penal Omega, una historia sobre la reforma penitenciaria. Deberías plantearte hacer una rueda de prensa, Eve. La forma más sencilla de manejar un asunto caliente es echar un tronco bien escogido al fuego.

—A la mierda. ¿Qué ha sido ese programa, un reportaje o un editorial?

—No hay mucha diferencia desde que la revisión del proyecto de ley de los medios de comunicación se aprobó hace treinta años. Los periodistas tienen derecho a sazonar una historia con su opinión, siempre y cuando ésta sea expresada como tal.

—Conozco esa maldita ley. —Eve se dio la vuelta y la colorida y brillante bata ondeó entre sus piernas—. No va a salirse con la suya con esa historia de encubrimiento. Whitney dirige un departamento que está limpio. Yo dirijo una investigación limpia. Y tampoco va a conseguir utilizar tu nombre para enturbiarlo todo —continuó—. Eso es lo que se propone con ese noticiario. Eso es lo que hará a partir de ahora.

—No me preocupa, Eve. Tampoco debería preocuparte a ti.

—No me preocupa. Me cabrea. —Cerró los ojos e inspiró con fuerza para tranquilizarse. Despacio, muy despacio, empezó a sonreír con una expresión perversa—. Tengo la respuesta adecuada. —Abrió los ojos otra vez—. ¿Cómo crees que le sentaría a ese bastardo que yo contactara con Furst y le ofreciera una exclusiva?

Roarke dejó la taza a un lado.

—Ven aquí.

—¿Por qué?

—No importa. —Se levantó y se acercó a ella. Le tomó el rostro entre las manos y la besó con intensidad—. Estoy loco por ti.

—Supongo que eso significa que te parece una idea estupenda.

—Mi padre me enseñó una lección valiosa. «Chico —me decía con ese denso tono de borracho—, la única forma de luchar es luchar sucio. El único lugar donde hay que golpear es por debajo de la cintura.» Me da la sensación de que harás que Morse se lleve las manos a los huevos antes de que acabe el día.

—No, no podrá hacerlo. —Encantada consigo misma, Eve le devolvió el beso—. Porque se los habré arrancado.

Roarke fingió estremecerse.

—Las mujeres perversas son tan atractivas. ¿Dijiste que tenías un par de horas?

—Ya no.

—Me lo temía. —Se apartó y se sacó un disco del bolsillo—. Es posible que encuentres esto útil.

—¿Qué es?

—Alguna información que he reunido, sobre el ex de Towers, sobre Hammett. Archivos de Mercury.

Eve alargó una mano helada para tomar el disco.

—No te pedí que hicieras esto.

—No, no me lo pediste. Tú podrías haber accedido a todo esto, pero hubieras tardado más. Ya sabes que si necesitas mi equipo, está a tu disposición.

Eve comprendió que le hablaba de la habitación donde tenía un equipo no registrado que no podía ser detectado por la policía informática.

—De momento, prefiero utilizar los canales legales.

—Como quieras. Si cambias de idea mientras estoy fuera, Summerset está avisado para que te permita entrar.

—Summerset desea que yo entre en el infierno —murmuró.

—¿Perdón?

—Nada. Tengo que vestirme. —Se dio la vuelta y se detuvo—. Roarke, me estoy esforzando.

—¿En qué?

—En aceptar lo que parece que sientes por mí.

Él arqueó una ceja.

—Esfuérzate más —sugirió.

Capítulo tres

Eve no perdía el tiempo. Lo primero que ordenó en cuanto entró en su oficina fue que contactaran con Nadine Furst. El TeleLink vibró y chasqueó al abrir el canal galáctico. Las manchas solares, un satélite, o simplemente la antigüedad del equipo hizo que la transmisión quedara en suspenso unos minutos. Finalmente, una imagen vaciló en la pantalla y, poco a poco, apareció enfocada.

Eve tuvo el placer de ver el rostro pálido y dormido de Nadine. No había pensado en la diferencia horaria.

—Dallas. —La voz habitualmente fluida de Nadine se oía débil y áspera—. Dios, es media noche aquí.

—Lo siento. ¿Estás despierta, Nadine?

—Lo suficiente para odiarte.

—¿Te han llegado noticias de la Tierra allá arriba?

—He estado un poco ocupada. —Nadine se apartó el pelo revuelto y alargó la mano para tomar un cigarrillo.

—¿Cuándo empezaste con esto?

Nadine hizo una mueca y dio la primera calada.

—Si los polis terrestres vinierais aquí alguna vez, daríais al tabaco una oportunidad. Incluso a esta mierda que se compra en este agujero de ratas. Y a todo lo que pudierais poner las manos encima. Es una jodida desgracia esto —dijo e inhaló más humo—. Tres personas en prisión, la mayoría acusadas de contrabando de químicos. Las instalaciones médicas parecen salidas del siglo xx. Todavía cosen a la gente con hilo.

—Y tienen unos privilegios de vídeo limitados —acabó Eve—. Me lo imagino. Tratan a los asesinos como si fueran criminales. Se me rompe el corazón.

—No es posible encontrar ni un plato decente en toda la colonia. ¿Qué diablos quieres?

—Hacerte sonreír, Nadine. ¿Cuándo habrás terminado con eso y estarás de vuelta en el planeta?

—Depende. —Mientras empezaba a despertarse del todo, notó que sus sentidos se afinaban—. Tienes algo para mí.

—La abogada fiscal Cicely Towers ha sido asesinada hace unas treinta horas. —Sin hacer caso de la exclamación de Nadine, Eve continuó rápidamente—: Le cortaron la garganta y encontraron su cuerpo en una acera de la Cien con la Cuarenta y cuatro, entre la Novena y la Décima.

—Towers. Dios mío. Tuve un encuentro con ella acerca del caso DeBlass hace dos meses. ¿La Cien con la Cuarenta y cuatro? —Su cerebro había empezado a funcionar—. ¿Un asalto?

—No. Todavía tenía las joyas y los bonos de crédito. Un asalto en ese vecindario no la hubiera dejado ni con los zapatos puestos.

—No. —Nadine cerró los ojos un momento.

—Mierda. Era una mujer impresionante. ¿Eres la responsable del caso?

—Desde el principio.

—De acuerdo. —Nadine dejó escapar una larga exhalación—. ¿Y por qué la responsable de lo que será el caso más importante del país ha contactado conmigo?

—Ya lo sabes, Nadine. Tu ilustre socio Morse está babeándome en el cuello.

—Hijo de puta —dijo Nadine mientras apagaba el cigarrillo con gestos rápidos y entrecortados—. Por eso no oí nada del tema. Me ha dejado incomunicada.

—Si juegas limpio conmigo, Nadine, yo juego limpio contigo.

Nadine entrecerró los ojos, pero las aletas de la nariz le temblaron.

—¿En exclusiva?

—Hablaremos de las condiciones cuando vuelvas. Que sea pronto.

—Estoy prácticamente de vuelta.

Eve sonrió ante la pantalla en negro. «Esto debería clavársete en el culo, C. J.», dijo. Se apartó del escritorio tarareando. Tenía que ver a unas personas.

Hacia las nueve de la mañana, Eve estaba esperando de pie en el lujoso vestíbulo del apartamento de George Hammett situado en la zona alta. Sus gustos eran efectistas. Unas grandes baldosas carmesíes y blancas cubrían el suelo. Un tintineo de agua goteando sobre unas rocas llegaba desde el audio de un holograma que ocupaba una pared entera y que ofrecía una imagen del trópico. El largo y bajo sofá estaba cubierto por unos cojines plateados y brillantes que cedieron como carne sedosa bajo el tacto de su dedo.

Decidió que continuaría de pie.

Por toda la habitación había objetos de arte, colocados de forma estudiada. Una talla que representaba una torre de un antiguo castillo en ruinas, una máscara de un rostro femenino engarzado en un cristal rosado, lo que parecía ser una botella brillaba con unos colores cambiantes al calor de la mano.

Cuando Hammett entró desde una de las habitaciones adyacentes, Eve llegó a la conclusión de que él era tan efectista como su entorno.

Se le veía pálido y mostraba una mirada severa, pero eso sólo aumentaba su atractivo. Era un hombre alto, esbelto y elegante. El rostro presentaba unas mejillas hundidas que le daban un aire nostálgico. A diferencia de la mayoría de personas de su edad —Eve sabía que debía estar por los se-

senta— había optado por dejar que el pelo se le agrisara de forma natural. Eve pensó que había sido una excelente decisión, puesto que su melena era de un plateado tan brillante como los candelabros georgianos de Roarke.

Tenía los ojos del mismo, y sorprendente, color, aunque en esos momentos se veían apagados por lo que debía de ser pesadumbre o cansancio. Atravesó la habitación en dirección a ella y tomó su mano con las suyas.

—Eve. —Le rozó la mejilla con los labios y ella retrocedió—. Te agradezco la visita.

Estaba convirtiendo el encuentro en algo personal. Eve pensó que ambos lo sabían.

—George —empezó, en un intento de desviarlo de forma sutil—. Te agradezco que me dediques tu tiempo.

—Tonterías. Siento mucho haberte hecho esperar. Tenía que terminar con una llamada. —Hizo un gesto en dirección al sofá y las mangas de la camisa temblaron con el movimiento. Eve se resignó a sentarse en él—. ¿Puedo ofrecerte algo?

—Realmente, no.

—Café. —Sonrió un poco—. Recuerdo que te gusta mucho. Tengo un poco de la mezcla de Roarke. —Apretó un botón en el brazo del sofá y una pequeña pantalla emergió de él—. Una jarra de dorado argentino —pidió—, dos tazas. Luego, sin abandonar esa ligera y sobria sonrisa, se volvió hacia ella—. Me ayudará a relajarme —explicó—. No me sorprende encontrarte aquí esta mañana, Eve. O quizá debería llamarte teniente Dallas, teniendo en cuenta las circunstancias.

—Entonces, comprendes por qué estoy aquí.

—Por supuesto. Cicely. No consigo hacerme a la idea. —La voz aterciopelada le tembló un poco—. Lo he escuchado innumerables veces en las noticias. He hablado con sus hijos y con Marco. Pero parece que no puedo aceptar el hecho de que se ha ido.

—La viste la noche en que la mataron.

Le tembló un poco la mejilla.

—Sí. Cenamos. Lo hacíamos a menudo cuando nuestras agendas lo permitían. Una vez a la semana por lo menos. Más veces, si podíamos arreglarlo. Estábamos muy cerca.

Hizo una pausa mientras el robot de servicio se deslizaba en la habitación con el café. Hammett lo sirvió personalmente, concentrado casi con fiereza en la pequeña tarea.

—¿Cómo de cerca? —murmuró, y, cuando le acercó la taza, Eve se dio cuenta de que su pulso no era tranquilo—. Éramos íntimos. Éramos amantes, amantes exclusivos, durante varios años. Yo la quería mucho.

—Pero manteníais residencias separadas.

—Sí, ella... ambos lo preferíamos así. Nuestros gustos, a nivel estético, eran muy distintos, y la verdad llana es que a ambos nos gustaba nuestra independencia y nuestro espacio personal. Disfrutábamos más el uno del otro si manteníamos cierta distancia. —Inhaló con fuerza—. Pero no era ningún secreto que teníamos una relación, por lo menos no lo era para nuestra familia y amigos. —Soltó el aire—. En público, ambos preferíamos mantener nuestra vida privada en la intimidad. No creo que eso sea posible a partir de ahora.

—Lo dudo.

Él meneó la cabeza.

—No importa. Lo importante es descubrir quién le hizo eso. Parece que no puedo superarlo. Nada podrá cambiar el hecho de que se haya ido. Cicely era —lo dijo despacio— la mujer más admirable que he conocido nunca.

Su instinto, tanto de mujer como de policía, le decía que éste era un hombre que pasaba por un profundo duelo, pero también sabía que incluso los asesinos lloran a sus muertos.

—Necesito que me digas a qué hora la viste por última vez. George, lo estoy grabando todo.

—Sí, por supuesto. Era sobre las diez. Cenamos en Robert's, en la Doce Este. Luego compartimos un taxi. Yo la dejé primero. Sobre las diez —repitió—. Sé que llegué a casa al cabo de un cuarto de hora porque tenía varios mensajes esperando.

—¿Era ésa vuestra rutina habitual?

—¿Qué? Ah. —Volvió en sí desde algún remoto pensamiento—. En realidad no teníamos ninguna. Muchas veces volvíamos aquí, o íbamos a su apartamento. De vez en cuando, si nos sentíamos con ganas de alguna aventura, alquilábamos una suite en el Palace para una noche. —Se derrumbó. Su mirada apareció inexpresiva y desolada—. Oh, Dios. Dios mío.

—Lo siento. —Inútil, lo sabía, ante el dolor—. Lo siento mucho.

—Estoy empezando a creerlo —dijo en tono grave—. Me doy cuenta de que es peor cuando empiezas a creerlo. Se estaba riendo cuando salió del taxi y me mandó un beso con la mano. Tenía unas manos tan bonitas. Y yo me fui a casa y me olvidé de ella porque tenía unos mensajes esperando. A medianoche estaba en la cama. Me había tomado un ligero tranquilizante porque tenía una reunión a primera hora de la mañana. Mientras yo estaba en la cama, seguro, ella estaba muerta bajo la lluvia. No sé si soy capaz de soportarlo. —Se dio la vuelta. Su rostro pálido había perdido todo color—. No sé si voy a ser capaz de soportarlo.

Ella no podía ayudarle. Aunque su dolor era tan tangible que Eve podía sentirlo, no podía hacer nada por él.

—Desearía poder hacer esto más tarde, darte un poco de tiempo. Pero no puedo. Por lo que sé, tú eres la última persona que la vio con vida.

—Excepto el asesino. —Se levantó—. A no ser, por supuesto, que la matara yo.

—Sería mejor para todos si pudiera despejar esto rápidamente.

—Sí, por supuesto, lo sería... teniente.

Eve aceptó el tono amargo de su voz y realizó su trabajo.

—Si fueras tan amable de darme el nombre de la compañía de taxis para que pudiera verificar tus movimientos.

—El restaurante lo llamó, creo que era un Rapid.

—¿Viste o hablaste con alguien entre medianoche y las dos de la madrugada?

—Ya te lo he dicho, me tomé una pastilla y estaba en cama a medianoche. Solo.

Eve podría verificarlo con los discos ópticos de seguridad del edificio, aunque sabía que esas cosas podían manipularse.

—¿Puedes decirme de qué humor estaba ella cuando la dejaste?

—Estaba un tanto distraída por un caso que estaba llevando. Se sentía optimista al respecto. Hablamos un poco de sus hijos, de su hija en particular. Mirina va a casarse el otoño próximo. Cicely estaba contenta con la idea, y se sentía excitada porque Mirina quería una boda clásica.

—¿Mencionó algo que la estuviera preocupando? ¿Algo o alguien por lo que sintiera preocupación?

—Nada que tenga relación con esto. El vestido de boda adecuado, las flores. Tenía la esperanza de conseguir la pena máxima en ese caso.

—¿Mencionó alguna amenaza, alguna transmisión inusual, mensajes, contactos?

—No. —Se llevó la mano a los ojos un instante y luego la dejó caer a un lado—. ¿No crees que te lo habría dicho si tuviera el más mínimo indicio de por qué esto ha podido pasar?

—¿Por qué habría podido ir al Upper West Side a esa hora de la noche?

—No tengo ni idea.

—¿Tenía costumbre de encontrarse con soplones, con informadores?

Él abrió la boca pero volvió a cerrarla.

—No lo sé —murmuró, sorprendido por la idea—. No hubiera pensado... pero era tan terca, tan segura de sí misma.

—La relación con su anterior marido. ¿Cómo la describirías?

—Amistosa. Un tanto distante, pero amistosa. Ambos estaban muy pendientes de sus hijos y eso les unía. Él se mostró un tanto molesto cuando empezamos nuestra relación, pero... —Hammett se interrumpió y miró a Eve—. No es posible que pienses... —Se cubrió la mano y soltó una carcajada—. ¿Marco Angelini, merodeando por ese vecindario con un cuchillo en la mano para matar a su ex? No, teniente. —Bajó las manos de nuevo—. Marco tiene sus defectos, pero nunca le haría daño a Cicely. Y la sangre ofendería su sentido de la decencia. Es demasiado frío, demasiado conservador para recurrir a la violencia. Y no tiene ningún motivo, ningún motivo posible para desearle ningún daño.

Eso, pensó Eve, tenía que decidirlo ella.

Al abandonar el apartamento de Hammett para dirigirse a West End, Eve pasó de un mundo a otro. Aquí no iba a encontrar ni cojines plateados, ni cascadas tintineantes. En lugar de eso, las aceras estaban rotas, ignoradas por las últimas campañas políticas para rehabilitar la ciudad, edificios cubiertos de grafitos que invitaban a los mirones a joder a todo tipo de hombres y bestias. Las fachadas de los comercios estaban cubiertas por rejas de seguridad, que eran mucho más baratas y menos efectivas que los campos de fuerza que se utilizaban en las zonas más esnobs.

No le hubiera sorprendido si hubiera visto algunas ratas descuidadas por los androides gatunos que merodeaban por los callejones.

Pero de ratas de dos patas, vio a muchas. Un traficante le sonrió abiertamente mientras se frotaba la entrepierna con orgullo. Un vendedor ambulante detectó rápidamente que era una policía, escondió la cabeza debajo de la mata de plumas que lucía sobre el pelo de color magenta y se escabulló hacia terrenos más seguros.

Todavía existía una pequeña lista de drogas ilegales. Y todavía algunos policías se tomaban la molestia de prestar atención al tema.

En ese momento, Eve no era uno de ellos. A no ser que apretar un poco pudiera ayudarla a obtener respuestas.

La lluvia había borrado la mayor parte de la sangre. Los examinadores forenses del departamento habían retirado todo lo que pudiera ofrecer alguna prueba de la zona. A pesar de eso, Eve se quedó un momento en el lugar donde Towers había muerto, y no tuvo ningún problema en visionar la escena.

Ahora necesitaba ir hacia atrás. «¿Se había quedado allí —pensó Eve—, de cara al asesino? Lo más probable. ¿Vio el cuchillo antes de que le cortara el cuello? Posiblemente. Pero no lo suficientemente rápido para reaccionar con otra cosa que no fuera un gesto desmañado, una exclamación.»

Levantó la mirada y observó la calle. Se le puso la piel de gallina, pero no hizo caso de las miradas que le dirigían desde los edificios adyacentes o los coches de las inmediaciones.

Cicely Towers había ido a ese barrio. No en taxi. Hasta el momento, no existía ningún registro de una recogida ni de una salida en ninguna de las empresas oficiales. Eve dudaba que Cicely hubiera sido tan imprudente de subir a un gitano.

«El metro», dedujo. Era rápido y, con las cámaras y los androides policías, era más seguro que una iglesia, por lo menos hasta que uno subía a la calle. Eve vio la entrada del metro a menos de medio edificio de distancia.

«El metro —decidió—. ¿Quizá tenía prisa? Molesta por haber sido arrastrada hasta aquí en una noche lluviosa. Segura de sí misma, como había dicho Hammett. No habría tenido miedo.

»Subió las escaleras hasta la calle con su elegante vestido y sus zapatos caros. Ella...»

Eve entrecerró los ojos. «¿Sin paraguas? ¿Dónde estaba el maldito paraguas? Una mujer meticulosa, práctica y organizada no salía bajo la lluvia sin ninguna protección.»

Rápidamente, Eve sacó la grabadora y dejó una nota auditiva para averiguarlo más tarde.

«¿La esperaba el asesino en la calle? ¿En una habitación? —Observó los deteriorados ladrillos de los edificios no rehabilitados—. ¿En un bar? ¿En uno de los clubes?»

—Eh, blanquita.

Con el ceño fruncido, Eve se dio la vuelta ante la interrupción. El hombre era alto como una torre y, por su aspecto, completamente negro. Lucía, al igual que muchos en esa parte de la ciudad, unas plumas en el pelo. Tenía un tatuaje en la mejilla de un vívido color verde con la forma de un cráneo humano. Llevaba un chaleco rojo desabrochado y unos pantalones a juego suficientemente apretados para mostrar el bulto del paquete.

—Eh, negrito —dijo Eve en el mismo despreocupado e insultante tono.

Él le dirigió una amplia sonrisa desde ese rostro increíblemente feo.

—¿Estás buscando acción? —Hizo un gesto con la cabeza hacia un signo de un club de desnudo del otro lado de la calle—. Estás un poco flaca, pero te compran. No hay muchas blancas como tú. La mayoría están mezcladas. —Le tocó la barbilla con unos dedos grandes como vainas—. Yo seré tu gorila, diré una palabra en tu favor.

—Bueno, ¿y por qué harías una cosa así?

—Por bondad de corazón y por el cinco por ciento de la propina, preciosa. Una chica blanca y esbelta como tú puede sacar mucho meneando sus cosas.

—Te agradezco el interés, pero ya tengo un trabajo.

Casi apenada, le enseñó la placa. Él soltó un silbido entre los dientes.

—¿Cómo es que no lo he visto? Blanquita, no hueles a poli.

—Debe de ser el nuevo jabón que uso. ¿Tienes un nombre?

—Me llaman Crack. Es el ruido que hacen las cabezas que rompo. —Volvió a sonreír mientras lo ilustraba con ambas manos—. ¡Crack! ¿Lo pillas?

—Voy pillando. ¿Estabas ahí en la puerta anteayer por la noche, Crack?

—Bueno, lamento tener que decir que tenía otro compromiso, y que me perdí toda la emoción. Era mi noche libre y la pasé poniéndome al día de los eventos culturales.

—¿Y esos eventos eran?

—El festival de cine de vampiros de Grammercy, con mi actual joven pieza. Me encanta ver a los chupasangres. Pero he oído que tuvimos a uno justo aquí. Conseguimos a una abogada muerta. Importante y conocida, además. Una blanquita, ¿no? Como tú, bonita.

—Exacto. ¿Qué más has oído?

—¿Yo? —Deslizó un dedo a lo largo del chaleco. La uña acababa en una punta asesina y estaba pintada de negro—. Tengo demasiada dignidad para escuchar los chismes de la calle.

—Seguro. —Conociendo las reglas, Eve sacó un billete de cien del bolsillo—. ¿Y si te compro un poco de tu dignidad?

—Bueno, el precio no está mal. —La enorme mano envolvió el billete y lo hizo desaparecer—. He oído que estuvo un rato en el Five Moons hacia la medianoche, como si estuviera esperando a alguien, a alguien que no apareció. Luego, lo dejó.

Miró hacia el suelo.

—No fue muy lejos, ¿no?

—No, no fue muy lejos. ¿Preguntó por alguien?

—No, eso es lo que he oído.

—¿Alguien la vio con alguien?

—Una mala noche. La gente estuvo alejada de la calle. Quizá algunos traficantes se pasearan un poco, pero el negocio iba a ser lento.

—¿Conoces a alguien de por aquí a quien le gusten los cortes?

—Muchos llevan filos y navajas, blanquita. —Levantó los ojos al cielo, divertido—. ¿Por qué ibas a llevar uno si no pensabas usarlo?

—Alguien a quien simplemente le gusten los cortes —repitió—. Alguien que no se preocupe por batir ninguna marca.

Él volvió a sonreír. El cráneo de la mejilla pareció asentir.

—Todo el mundo quiere batir alguna marca. ¿Es que tú no?

Eve aceptó ese comentario.

—¿A quién conoces de por aquí que acabe de salir de prisión?

Su risa explotó como un fuego de mortero.

—Sería mejor que preguntaras si conozco a alguien que no acabe de salir. Y se te ha acabado el dinero.

—De acuerdo. —Eve sacó una tarjeta en lugar de un billete—. Quizá haya más si oyes algo que me sea útil.

—Lo tendré en mente. Si decides que quieres hacer un extra meneando tus pequeñas tetas blancas, házselo saber a Crack. —Inmediatamente se alejó a pasos largos hacia el otro lado de la calle, con la sorprendente elegancia de una enorme gacela negra.

Eve se dio la vuelta y se dirigió a probar suerte en el Five Moons.

Ese lugar debía de haber visto días mejores, pero lo dudaba. Era estrictamente un establecimiento de bebidas: ni bailarines, ni pantallas, ni cabinas de vídeo. La clientela que acudía al Five Moons no iba allí para socializar. Por el olor que la abofeteó al entrar por la puerta, se dio cuenta de que allí lo que estaba al día era destrozarse el estómago.

Incluso a esa hora, la pequeña habitación cuadrada estaba bastante llena. Algunos silenciosos bebedores se limitaban a tragar las pociones apoyados contra unas pegajosas columnas, mientras que otros se arremolinaban alrededor del bar, más cerca de las botellas. Eve detectó unas cuantas miradas mientras atravesaba el suelo pegajoso, pero pronto la gente volvió a su más seria labor.

El camarero era un androide, al igual que lo eran la mayoría, pero Eve dudaba que éste hubiera sido programado para escuchar alegremente las tristes historias de los clientes. Más probable que fuera un rompe brazos, pensó mientras lo observaba al acercarse discretamente a la barra. Los fabricantes le habían dado los ojos rasgados y el tono dorado de piel propios de una raza mezclada. A diferencia de la mayoría de los bebedores, el androide no llevaba ni plumas ni collares, sino un sencillo delantal sobre un cuerpo de luchador.

Los androides no podían ser sobornados, pensó un tanto desilusionada. Y las amenazas tenían que ser inteligentes y lógicas.

—¿Algo para beber? —le preguntó el androide. Su voz tenía un timbre agudo que delataba una falta de mantenimiento.

—No. —Eve quería mantener la salud. Le enseñó la placa y algunos de los clientes se apartaron a los extremos de la barra—. Hubo un asesinato hace dos noches.

—No aquí.

—Pero la víctima sí estuvo aquí.

—Estaba viva, entonces. —A alguna señal que Eve no detectó, el androide tomó un vaso manchado de uno de los bebedores, lo llenó con algún nocivo líquido y lo devolvió.

—Estabas de servicio.

—Soy un 24-7 —le dijo él, lo cual significaba que estaba programado para operar continuadamente sin descanso ni períodos de recarga.

—¿Habías visto a la víctima con anterioridad, aquí o por la zona?

—No.

—¿Con quién se encontró aquí?

—Con nadie.

Eve repiqueteó la gris superficie de la barra con los dedos.

—De acuerdo, vamos a hacer que esto sea sencillo. Dime a qué hora llegó, qué hizo, cuándo se fue y cómo se fue.

—No es mi función mantener a mis clientes bajo vigilancia.

—De acuerdo. —Eve frotó lentamente un dedo contra la barra. Cuando lo levantó, frunció los labios al ver la mancha de porquería en la yema—. Soy de Homicidios, pero no es mi función pasar por alto violaciones de salud. Sabes, creo que si llamo a los inspectores y hacen un registro, se sorprenderían. Tanto que retirarían la licencia de alcohol.

Como amenaza, no le pareció especialmente inteligente, pero era lógica.

El androide se tomó unos momentos para pensar en las probabilidades.

—La mujer llegó a las 00:16 de la noche. No bebió. Se marchó a la 01:12. Sola.

—¿Habló con alguien?

—No dijo nada.

—¿Buscaba a alguien?

—No se lo pregunté.

Eve arqueó una ceja.

—La observaste. ¿Parecía que estuviera buscando a alguien?

—Lo parecía. Pero no se encontró con nadie.

—Pero se quedó casi una hora. ¿Qué hizo?

—Estuvo de pie, miró, frunció el ceño. Consultó el reloj varias veces.

—¿La siguió alguien afuera?

—No.

Sin darse cuenta, Eve se frotó el dedo manchado contra los tejanos.

—¿Llevaba un paraguas?

El androide pareció tan sorprendido por la pregunta como un androide es capaz de mostrar sorpresa.

—Sí, uno de color púrpura, del mismo color que su traje chaqueta.

—¿Cuando salió lo llevaba?

—Sí, estaba lloviendo.

Eve asintió con la cabeza y luego continuó haciendo preguntas a algunos de los infelices clientes del bar.

Lo único que quería cuando llegó a la central de policía era una larga ducha. Una hora en el Five Moons la había dejado con una capa de porquería impregnada por toda la piel. Incluso en los dientes, pensó mientras se pasaba la lengua por encima de ellos.

Pero el informe estaba antes. Entró en su oficina y se detuvo en seco. Observó al hombre de pelo hirsuto que se encontraba sentado en su escritorio y que no dejaba de comer nueces de una bolsa.

—Buen trabajo, si uno puede conseguirlo.

Feeney cruzó las piernas encima del escritorio.

—Me alegro de verte, Dallas. Eres una mujer muy ocupada.

—Algunos policías como yo realmente trabajamos para ganarnos la vida. Otros se limitan a jugar con los ordenadores todo el día.

—Deberías haber hecho caso de mis consejos y mejorar tus habilidades informáticas.

Con un gesto más de afecto que de enojo, Eve le apartó los pies de la mesa y dejó caer su trasero en el espacio libre.

—¿Pasabas por aquí?

—He venido a ofrecerte mis servicios, vieja amiga. —Con gesto generoso, le aproximó la bolsa de nueces.

Ella le observó mientras masticaba. Tenía cara de pocos

amigos y nunca se preocupó de cambiarla. Ojos abultados, inicio de papada, unas orejas ligeramente demasiado grandes en proporción a la cabeza. A ella le gustaba tal como era.

—¿Por qué?

—Bueno, tengo tres razones. Primera, el comandante me ha hecho una petición extraoficial. Segunda, tenía una gran admiración por la fiscal.

—¿Whitney te llamó?

—Extraoficialmente —volvió a explicar Feeney—. Pensó que si tenías a alguien al lado con mis excelentes habilidades que estudiara la información contigo, acabaríamos antes el trabajo. Nunca está de más tener acceso directo a la División de Detección Electrónica.

Eve lo pensó un poco. Sabía que la habilidad de Feeney era sobresaliente, así que estuvo de acuerdo.

—¿Vas a incorporarte al caso de forma oficial o extraoficial?

—Eso es cosa tuya.

—Entonces vamos a hacerlo de forma oficial, Feeney. Él sonrió y le guiñó un ojo.

—Imaginaba que dirías eso.

—Lo primero que necesito que hagas es que examines el TeleLink de la víctima. No existe constancia ni en el registro ni en las cintas de seguridad de que tuviera una visita la noche en que fue asesinada. Así que alguien la llamó y la citó.

—Hecho.

—Y necesito que examines a todos los que encerró...

—¿A todos? —la interrumpió Feeney, un tanto abatido.

—A todos. —Se le iluminó el rostro con una sonrisa—. Supongo que tú puedes hacerlo en la mitad de tiempo que yo. También necesito a los parientes, a la gente a quién quería, a los socios. Además de los casos pendientes.

—Jesús, Dallas. —Pero levantó los hombros y flexionó

los dedos de las manos como un pianista a punto de iniciar un concierto—. Mi mujer va a echarme de menos.

—Estar casada con un poli es una mierda —dijo Eve mientras le daba unos golpecitos en el hombro.

—¿Es eso lo que dice Roarke?

Ella bajó la mano.

—No estamos casados.

Feeney se limitó a emitir un sonido de garganta. Le gustaba ver cómo Eve fruncía el ceño y se irritaba.

—Bueno, ¿y cómo le va?

—Bien. Está en Australia. —Introdujo las manos en los bolsillos—. Está bien.

—Ajá. Os vi a los dos en las noticias hace unas cuantas semanas. En un acto social en el Palace. Estás verdaderamente guapa con un vestido, Dallas.

Eve se sintió incómoda y se encogió de hombros.

—No sabía que te tragaras los programas de chismorreos.

—Me encantan —respondió él, descarado—. Debe de ser interesante llevar esa vida de clase alta.

—Tiene momentos de todo —dijo Eve—. ¿Vamos a continuar hablando de mi vida social, Feeney, o vamos a investigar el asesinato?

—Tendremos que buscar tiempo para ambas cosas. —Se levantó y se desperezó—. Voy a examinar el TeleLink antes de empezar con los criminales a los que metió en prisión. Estamos en contacto.

—Feeney.

Él, llegó a la puerta, se detuvo y se dio la vuelta. Eve ladeó la cabeza.

—Dijiste que tenías tres razones. Sólo me has dicho dos.

—La tercera, te echaba de menos, Dallas. —Sonrió—. Te echaba jodidamente de menos.

Eve todavía sonreía cuando se sentó para empezar a trabajar. También le echaba jodidamente de menos a él.

Capítulo cuatro

El Blue Squirrel se encontraba a unos pasos del Five Moons. Eve sentía cierto afecto por ese lugar. Algunas veces disfrutaba del ruido, la presión de los cuerpos y de la siempre cambiante indumentaria de la gente. Y casi siempre disfrutaba del espectáculo que se ofrecía en su escenario.

La cantante que actuaba en esos momentos era una de las pocas personas a quien Eve consideraba una amistad auténtica. Era una amistad que se remontaba tiempo atrás, cuando Eve arrestó a Mavis Freestone hacía unos años, y que, a pesar de ello, había florecido. Mavis había conseguido enmendarse, pero era imposible que se convirtiera en una persona común.

Esa noche, esa esbelta y exuberante mujer elevaba sus agudos por encima de la estridencia de las trompetas, de la banda compuesta por tres mujeres que se mostraba en la pantalla holográfica. Eso, junto con la calidad del vino que Eve se había atrevido a pedir, era suficiente para hacerle saltar las lágrimas.

Mavis lucía un impresionante verde esmeralda en el pelo. Eve conocía el gusto que su amiga tenía por los colores brillantes. Mavis defendía la actuación con una tela del color del zafiro que solamente le cubría uno de los generosos pechos y la entrepierna. El otro pecho aparecía decorado con unas piedras brillantes y con una estrella plateada estratégicamente colocada encima del pezón.

Si una de las piedras se hubiera encontrado fuera de su

sitio, o si el trozo de tela se hubiera movido un poco, el Blue Squirrel se habría arriesgado a perder la licencia. Los propietarios no estaban dispuestos a pagar el cuantioso impuesto de desnudo.

Mavis se dio la vuelta y Eve vio que el trasero con forma de corazón estaba decorado de forma similar, justo al límite de lo permitido por la ley.

El público la amaba. Estruendosos aplausos y gritos ebrios la despidieron cuando la artista saltó del escenario al finalizar la actuación. Desde las cabinas privadas para fumadores, los clientes aporreaban las mesas de puro entusiasmo.

—¿Cómo puedes sentarte encima de eso? —le preguntó Eve cuando Mavis llegó a su mesa.

—Despacio, con cuidado y con una gran incomodidad. —Mavis se lo demostró y soltó un suspiro—. ¿Qué te ha parecido el último número?

—Un caramelo para tu público.

—Yo lo escribí.

—¿En serio? —Eve no había entendido ni una palabra, pero a pesar de ello se sintió orgullosa—. Eso es fantástico, Mavis. Estoy impresionada.

—Es posible que tenga una oportunidad de firmar un contrato de grabación. —A pesar del maquillaje, se sonrojó—. Y me han aumentado el sueldo.

—Bueno, brindo por eso. —Eve levantó el vaso.

—No sabía que venías esta noche. —Mavis marcó su código en el menú y pidió un agua con gas. Tenía que cuidar la garganta para la próxima actuación.

—Estoy esperando a una persona.

—¿A Roarke? —Los ojos verdes de Mavis brillaron—. ¿Va a venir? Tengo que hacer otra vez el último número.

—Está en Australia. Estoy esperando a Nadine Furst.

La decepción de Mavis al perder la oportunidad de impresionar a Roarke se mudó inmediatamente en sorpresa.

—¿Estás esperando a una periodista? ¿Lo haces adrede?

—Puedo confiar en ella. —Eve se encogió de hombros—. Me va a ser útil.

—Si tú lo dices. Eh, ¿crees que puede escribir algo sobre mí?

Eve no hubiera dicho nada que apagara el brillo de los ojos de Mavis por nada en el mundo.

—Se lo insinuaré.

—Perfecto. Oye, mañana tengo la noche libre. ¿Quieres que cenemos o que vayamos a algún sitio?

—Voy a ver si puedo arreglarlo. Pero creí que estabas viendo a ese artista, el que actúa con el mono.

—Me lo he sacado de encima. —Mavis lo ilustró sacudiéndose el hombro desnudo con la mano—. Era demasiado parado. Tengo que irme.

Se alejó de la mesa. Los ornamentos de su trasero susurraron a su paso y el pelo verde esmeralda brilló bajo las luces hasta que llegó al escenario.

Eve decidió que no quería saber qué era lo que Mavis entendía por demasiado parado.

El comunicador sonó y Eve lo sacó y marcó su código. El rostro de Roarke llenó la pequeña pantalla. La primera reacción de Eve, irrefrenada, fue una enorme sonrisa de alegría.

—Teniente, te he seguido.

—Ya lo veo. —Se esforzó por disimular la sonrisa—. Éste es un canal oficial, Roarke.

—¿Ah, sí? —Levantó una ceja—. Pues no parece que éste sea un entorno oficial. El Blue Squirrel.

—Estoy esperando a una persona. ¿Qué tal por Australia?

—Atiborrada de gente. Con suerte, estaré de vuelta dentro de treinta y seis horas. Te encontraré.

—No es difícil encontrarme. —Volvió a sonreír—. Es evidente. Escucha. —Divertida, encaró la unidad hacia el escenario mientras Mavis se desgañitaba en su siguiente número.

—Es única —consiguió decir Roarke después de unos cuantos compases—. Dale un saludo.

—Lo haré. Eh… nos vemos cuando vuelvas.

—Cuenta con ello. Piensa en mí.

—Sí. Buen viaje, Roarke.

—Eve, te quiero.

La imagen desapareció de la pantalla y Eve suspiró, desconcertada.

—Bueno, bueno. —Nadine Furst salio de detrás de Eve y se sentó delante de ella—. Qué dulce.

Entre molesta y avergonzada, Eve se guardó el comunicador en el bolsillo.

—Creí que tenías demasiada clase para escuchar a escondidas.

—Todo periodista que merezca el sueldo que cobra escucha a escondidas, teniente. Igual que un buen policía. —Nadine apoyó la espalda en el asiento y se acomodó—. Bueno, ¿y qué se siente cuando un hombre como Roarke está enamorado de una?

Aunque hubiera podido explicarlo, Eve no lo hubiera hecho.

—¿Es que estás pensando en pasar de las noticias serias a la prensa amarilla, Nadine?

Nadine se limitó a levantar una mano mientras echaba un vistazo al local.

—No puedo creer que hayas querido que nos volviéramos a encontrar aquí otra vez. La comida es horrible.

—Pero el ambiente, Nadine, el ambiente.

Mavis emitió un agudo y Nadine se encogió de hombros.

—Vale, tú propones.

—Has vuelto al planeta muy deprisa.

—Conseguí pillar el transporte rápido. Uno de los de tu chico.

—Roarke no es un chico.

—Ni que lo digas. De todas formas... —Nadine descartó continuar. Era evidente que se encontraba muy cansada—. Tengo que comer algo, aunque me envenene. —Consultó el menú y escogió dubitativamente unas almejas rellenas—. ¿Qué estás bebiendo?

—El número cuarenta y cuatro; se supone que es un chardonnay. —Eve tomó otro sorbo—. Está por lo menos tres puntos por encima del pipí de caballo. Te lo recomiendo.

—Vale. —Nadine pasó el pedido y volvió a sentarse—. Durante el viaje de vuelta pude acceder a toda la información disponible acerca del homicidio de Towers. Todo lo que los medios han publicado.

—¿Morse sabe que has vuelto?

La sonrisa de Nadine fue afilada y fiera.

—Oh, sí, lo sabe. He conseguido prioridad en información criminal. Estoy dentro y él está fuera. ¡Y está cabreado!

—Entonces mi misión es un éxito.

—Pero no ha terminado. Me has prometido una exclusiva.

—Y voy a cumplir. —Eve observó el plato de tallarines que apareció por la ranura de servicio. No parecía del todo malo—. En mis condiciones, Nadine. Lo que yo te cuente, lo sacarás cuando yo te dé luz verde.

—¿Hay alguna cosa nueva más? —Nadine probó la primera almeja y decidió que casi era comestible.

—Me encargaré de que recibas más información y de que la recibas enseguida.

—Y cuando tengas a un sospechoso.

—Serás la primera en saber el nombre.

Nadine confiaba en la palabra de Eve y asintió con la cabeza mientras tomaba otra almeja.

—Además quiero una entrevista en persona con el sospechoso, y otra contigo.

—No puedo garantizarte al sospechoso. Sabes que no puedo —continuó Eve antes de que Nadine pudiera interrumpirla—. El criminal tiene derecho a escoger a un medio de comunicación o de rechazarlos a todos. Lo único que puedo hacer es sugerirlo o animarlo a que te escoja.

—Quiero fotos. No me digas que no puedes garantizarlas. Puedes encontrar la manera de que tenga un vídeo del arresto. Quiero estar en la escena.

—Lo tendré en cuenta cuando llegue el momento. A cambio, quiero todo lo que tengas, cada detalle que aparezca, cada chismorreo, cada dirección de la historia. No quiero ningún programa sorpresa.

Nadine sorbió la pasta entre los labios.

—No puedo garantizártelo —repuso con dulzura—. Mis socios tienen su propia agenda.

—Lo que sepas en cuanto lo sepas —se limitó a añadir Eve—. Y todo lo que surja del espionaje entre los medios. —Ante la cara de inocencia de Nadine, Eve se burló—: Las agencias espían a las agencias, los periodistas a los periodistas. Sacar la historia primero es el título de este juego. Y tú tienes el mejor récord, Nadine. Si no, no me tomaría ninguna molestia contigo.

—Te digo lo mismo. —Nadine tomó un sorbo de vino—. Y, en casi todo, confío en ti. Incluso aunque no tengas el más mínimo gusto en cuestión de vinos. Esto no está ni un punto por encima del pipí de caballo.

Eve apoyó la espalda en el asiento y se rio. Se sentía a gusto y cómoda. Nadine le devolvió la sonrisa y el trato se cerró.

—Déjame ver tus cartas —pidió Nadine—. Y yo te dejaré ver las mías.

—Lo más importante que tengo —empezó Eve—, es un paraguas desaparecido.

Y

Eve se encontró con Feeney en el apartamento de Cicely Towers a las diez de la mañana siguiente. Al ver su rostro abatido supo que las noticias no eran alegres.

—¿Con qué pared te has tropezado?

—Con el TeleLink. —Esperó a que Eve desactivara el sistema de seguridad policial de la puerta y la siguió dentro—. Tenía muchas transmisiones y tenía la unidad configurada en autograbación. Tu ficha estaba en el disco.

—Sí, me lo llevé como prueba. ¿Me estás diciendo que nadie la llamó para citarla en el Five Moons?

—Te estoy diciendo que no puedo decirlo. —Disgustado, Feeney se pasó una mano por el hirsuto pelo—. La última llamada entró a las once y treinta, y la transmisión terminó a las once y cuarenta y tres.

—¿Y?

—Borró la grabación. Pude conseguir la hora, pero eso es todo. La comunicación, tanto el audio como el vídeo, está borrada. Ella la borró —continuó—, desde esta unidad.

—Borró la llamada —murmuró Eve mientras daba unos pasos, pensativa—. ¿Por qué haría algo así? Tenía la unidad en auto; ése es un procedimiento estándar para los abogados, incluso para las llamadas personales. Pero ella borró esta llamada. Porque no quería que quedara ningún registro de quién llamó ni para qué.

Se dio la vuelta.

—¿Estás seguro de que nadie ha manoseado el disco después de que llegara a las oficinas?

Feeney se mostró herido y, al cabo de un momento, ofendido.

—Dallas —se limitó a decir.

—Vale, vale, así que ella lo borró antes de salir. Eso me hace pensar que no tenía miedo, personalmente, pero que estaba protegiéndose a sí misma o a alguien más. Si hubiera tenido algo que ver con uno de sus casos, habría querido que quedara registrada. Se hubiera asegurado de que quedara registrada.

—Pienso igual. Si era un soplón, lo hubiera codificado, pero no tiene sentido borrarlo.

—De todas formas, analizaremos los casos que estaba llevando. —Eve no tenía que mirarle para saber que Feeney elevaba los ojos al cielo—. Déjame pensar —dijo—. Se marchó del ayuntamiento a las 19:26. Eso está en los registros. Y varios testigos la vieron. Su última parada fue en el salón de señoras para refrescarse un poco y para charlar con una colega. Ésta me ha dicho que su ánimo era tranquilo y alegre. Había tenido un buen día en los tribunales.

—Fluentes va a terminar. Ella estableció el trabajo preliminar. Sacarla no va a cambiar esto.

—Quizá ella lo viera de otra forma. Ya lo veremos. No volvió aquí. —Con el ceño fruncido, Eve observó la habitación—. No tenía tiempo, así que fue directamente al restaurante a encontrarse con Hammett. He repasado eso. Su historia y el horario coinciden con lo que dicen los empleados.

—Has estado ocupada.

—El tiempo corre. El *maître* les llamó un taxi, un Rapid. El taxi les recogió a las 21:48. Estaba empezando a llover.

Eve se imaginó la escena. Esa atractiva pareja detrás del taxi, charlando, quizá dándose la mano mientras el taxi se alejaba del centro y las gotas de lluvia caían sobre el capó. Ella llevaba un vestido rojo y una chaqueta a juego, según el servicio. Unos colores potentes, adecuados para los tribunales, a los que ella había añadido unas perlas y unos tacones altos para la noche.

—El taxi la dejó a ella primero —continuó Eve—. Ella le dijo a Hammett que no saliera del taxi. ¿Para qué mojarse? No dejó de reír mientras corría hasta el edificio. Entonces se dio la vuelta y le lanzó un beso.

—Según tu informe, tenían una relación muy estrecha.

—Él la amaba. —Más por hábito que por hambre, Eve introdujo la mano en la bolsa que Feeney le ofrecía—. Eso no significa que no la matara, pero la amaba. Según él, ambos estaban satisfechos con su manera de llevar la relación, pero... —Se encogió de hombros—. Si él no lo estaba, y si buscaba una buena coartada, preparó un escenario acogedor y romántico. Para mí no funciona, pero todavía es pronto. Entonces ella sube —continuó Eve mientras se acercaba a la puerta—. El vestido está un poco mojado, así que va a la habitación y lo cuelga.

Mientras hablaba, Eve realizaba el recorrido atravesando las hermosas alfombras del espacioso dormitorio de colores suaves con la bonita cama antigua.

Ordenó que se encendieran las luces para iluminar la zona. Las pantallas policiales colocadas en las ventanas no sólo frustraban a los mirones sino que impedían el paso de la luz del sol.

—En el vestidor —dijo, y apretó el botón que abría las grandes puertas correderas de espejo—. Cuelga el vestido —repitió mientras señalaba el vestido rojo y la chaqueta, impecablemente colocado en ese vestidor ordenado según los colores de la ropa—. Se saca los zapatos y se pone una bata.

Eve se dirigió hasta la cama. La ropa de cama, de color marfil, estaba arrugada, como si hubiera sido arreglada de forma impaciente.

—Guarda las joyas en la caja fuerte de la pared del vestidor, pero no se va a la cama. Quizá sale para ver las noticias, tomar la última copa.

Eve salió a la sala de estar y Feeney la siguió. Encima de la mesita de delante del sofá había un maletín cerrado y un vaso vacío.

—Se relaja, quizá piensa un poco en la tarde, repasa la estrategia para el día siguiente en los tribunales o planifica algunos detalles de la boda de su hija. Suena su TeleLink. Sea quien sea y le diga lo que le diga, la hace moverse. Ya está preparada para la noche, pero vuelve a la habitación después de borrar la conversación. Vuelve a vestirse. Se pone otro traje. Ahora tiene que ir al West End. No quiere pasar inadvertida. Desea mostrar autoridad y confianza. No llama a ningún taxi. Decide tomar el metro. Está lloviendo.

Eve fue hasta un armario situado cerca de la puerta principal y lo abrió. Dentro había chaquetas, abrigos, un abrigo de hombre que sospechó sería de Hammett y un muestrario de paraguas de distintos colores.

—Saca el paraguas a juego con el vestido. Es un gesto automático. Tiene la cabeza en el encuentro. No se lleva mucho dinero, así que no se trata de un soborno. No llama a nadie porque quiere manejarlo ella sola. Pero cuando llega al Five Moons, no encuentra a nadie. Se espera casi una hora, impaciente, consultando el reloj todo el tiempo. Se marcha cuando pasan unos minutos de la una, bajo la lluvia. Lleva el paraguas y empieza a caminar otra vez hacia el metro. Me imagino que está furiosa.

—Una mujer con clase, en un tugurio durante una hora para nada. —Feeney se llevó otra nuez a la boca—. Sí, yo también diría que estaba furiosa.

—Así que sale fuera. Está lloviendo bastante. Tiene el paraguas abierto. Solamente da unos cuantos pasos. Alguien está allí, posiblemente ha estado cerca todo el rato, esperando a que ella saliera.

—No quiere encontrarse con ella dentro —añadió Feeney—. No quiere que nadie le vea.

—Exacto. Para cuadrar con el horario, deben de haber hablado unos minutos. Quizá discuten, aunque no llega a ser una pelea. No tuvieron tiempo de pelearse. En la calle no hay nadie, aunque de todas formas nadie les hubiera prestado atención. Al cabo de un par de minutos, le han cortado el cuello y se desangra en la acera. ¿Lo había planificado él así desde el principio?

—En esa zona hay mucha gente que lleva cuchillos encima. —Feeney se pasó la mano por la barbilla, pensativo—. No debió de ser premeditado. Pero el horario, la escena. Sí, así es como me parece que fue.

—A mí también. Un corte. No hay heridas de pelea, así que ella no tiene tiempo de sentirse amenazada. El asesino no se lleva las joyas, ni el bolso de piel, ni los zapatos ni el dinero. Sólo se lleva el paraguas y se aleja.

—¿Por qué el paraguas? —preguntó Feeney.

—Bueno, está lloviendo. No lo sé. Por impulso. Como recuerdo. Por lo que puedo imaginar, sólo es un error. Tengo a unos cuantos agentes registrando un área de diez edificios de alrededor para ver si lo tiró en algún lugar.

—Si lo tiró en esa zona, seguro que hay algún traficante que se pasea con un paraguas púrpura.

—Sí. —Imaginárselo casi le arrancó una sonrisa—. ¿Cómo podía él saber que ella borraría la conversación, Feeney? Porque tenía que estar seguro de eso.

—¿Una amenaza?

—Una fiscal vive siempre con amenazas. Y una fiscal como Towers se las sacaría de encima como quien se sacude el polvo de la chaqueta.

—Eso si las amenazas eran contra ella —asintió Feeney—. Pero tiene hijos. —Con un gesto de cabeza, señaló los pequeños marcos con hologramas—. No era solamente una abogada. Era madre.

Eve se acercó a los hologramas con el ceño fruncido. Sintió curiosidad y tomó uno que mostraba a un chico y a una chica en edad adolescente. Pasó el dedo por la parte posterior y el audio se activó.

«Eh, campeona. Feliz día de la madre. Esto dura más que unas flores. Te queremos.»

Eve, sintiéndose extrañamente molesta, volvió a dejar el holograma en su sitio.

—Ahora son adultos. Ya no son unos niños.

—Dallas, cuando una es madre, siempre es madre. Ese trabajo no acaba nunca.

El suyo había terminado. Había terminado hacía tiempo.

—Entonces, supongo que mi próxima parada es Marco Angelini.

Las oficinas de Angelini estaban en el edificio de Roarke, en la Quinta. Eve entró en el ahora ya familiar vestíbulo de enormes baldosas y tiendas caras. Las voces susurrantes de las guías informáticas ofrecían información desde varios puntos. Estudió uno de los mapas móviles y se dirigió hacia los ascensores de la zona sur.

El tubo de cristal la elevó hasta el piso 58 y se abrió ante una solemne alfombra gris rodeada por unas deslumbrantes paredes blancas.

Exportaciones Angelini disponía de una zona de cinco oficinas. De un vistazo, Eve se dio cuenta de que la empresa era muy pequeña comparada con Industrias Roarke.

«Claro —pensó con una sonrisa tensa—. ¿Y cuál no lo es?»

La recepcionista que atendía las visitas mostró un gran respeto y bastantes nervios ante la placa de Eve. Tartamudeó y se atragantó hasta tal punto que Eve se preguntó si esa mujer no tendría un alijo de sustancias ilegales en el cajón del escritorio.

Pero ese miedo ante la policía le hizo acompañar a Eve hasta la oficina de Angelini cuando todavía no había pasado ni un minuto y medio.

—Señor Angelini, le agradezco que me dedique su tiempo. Le doy mi pésame ante su pérdida.

—Gracias, teniente Dallas. Por favor, siéntese.

No era un hombre elegante, como lo era Hammett, pero era poderoso. Era de complexión pequeña pero sólida y llevaba el pelo peinado hacia atrás. Tenía la piel pálida, de un tono dorado, y los ojos brillantes eran como el frío mármol azul claro bajo las gruesas cejas. La nariz era larga, los labios, finos, y llevaba un diamante en la mano.

Si estaba de luto, el ex marido de la víctima lo llevaba mejor que el amante.

Se encontraba sentado ante un escritorio tipo consola tan pulido como el satén. Estaba completamente despejado excepto por sus manos entrelazadas. Detrás de él se abría una ventana de cristal tintado que bloqueaba los rayos ultravioleta y ofrecía una gran vista de Nueva York.

—Ha venido a causa de Cicely.

—Sí. Tenía la esperanza de que usted ahora podría dedicarme algo de tiempo para contestar algunas preguntas.

—Tiene usted mi completa cooperación, teniente. Cicely y yo estábamos divorciados, pero continuábamos siendo socios, tanto en negocios como en paternidad. Yo la admiraba y la respetaba.

Su voz conservaba un leve tono de su país de origen. Sólo una nota. Eso le hizo recordar que, según su dossier, Marco Angelini pasaba una gran parte de su tiempo en Italia.

—Señor Angelini, ¿puede usted decirme cuándo fue la última vez que vio o habló con la fiscal Towers?

—La vi el 18 de marzo, en mi casa de Long Island.

—Ella fue a su casa.

—Sí, por el vigésimo quinto cumpleaños de mi hijo. Le preparamos juntos una fiesta en mi finca, porque era más fácil. David, nuestro hijo, muchas veces se queda allí cuando va a la Costa Este.

—Y no la volvió a ver desde esa fecha.

—No, ambos estábamos ocupados, pero teníamos previsto encontrarnos la semana que viene o a la otra para hablar de los planes para la boda de Mirina. Nuestra hija. —Se aclaró la garganta con educación—. Estuve en Europa la mayor parte del mes de abril.

—Usted llamó a la fiscal Towers la noche de su muerte.

—Sí, le dejé un mensaje para ver si podíamos encontrarnos para comer o para tomar algo cuando le viniera bien.

—Para hablar de la boda —añadió Eve.

—Sí, para hablar de la boda de Mirina.

—¿Habló en algún momento con la fiscal Towers entre el día 18 de marzo y la noche de su muerte?

—Varias veces. —Separó las manos y las volvió a juntar—. Tal como le he dicho, nos considerábamos socios. Teníamos a los niños, y además había algunos intereses comunes en los negocios.

—Incluido Mercury.

—Sí. —Sonrió ligeramente—. Usted es... conocida de Roarke.

—Exacto. ¿Había algún tema de negocios o personal en el que usted y su anterior esposa no estuvieran de acuerdo?

—Por supuesto que sí, en ambos casos. Pero habíamos aprendido, ya que habíamos sido incapaces de aprenderlo durante nuestro matrimonio, el valor que tiene el compromiso.

—Señor Angelini, ¿quién hereda la parte de la fiscal Towers en Mercury después de su muerte?

Él arqueó las cejas.

—Yo, teniente, de acuerdo con los términos de nuestro contrato de empresa. También hay algunas propiedades inmobiliarias que pasarán a ser mías. Eso fue un acuerdo en nuestro divorcio. Yo dirigiría los intereses y la aconsejaría acerca de las inversiones. En caso de muerte de cualquiera de los dos, los intereses y los beneficios, así como las pérdidas, irían al otro. Ambos estábamos de acuerdo y confiábamos en que, al final, todo lo que cualquiera de los dos tuviera revertiría en nuestros hijos.

—Y el resto de sus propiedades. Su apartamento, sus joyas, algunas propiedades que no entraran en ese acuerdo.

—Supongo que irían a nuestros hijos. Creo que debe de haber algunos legados destinados a algún amigo personal o a la caridad.

Eve estaba decidida a profundizar con rapidez para averiguar cuántas cosas había ocultado Towers.

—Señor Angelini, usted tenía conocimiento de que su ex esposa tenía una relación íntima con George Hammett.

—Por supuesto.

—¿Y esto no era... un problema?

—¿Un problema? ¿Quiere usted decir, teniente, que yo, después de casi doce años de divorcio, puedo tener unos celos homicidas hacia mi ex mujer? ¿Y que yo corté el cuello de la madre de mis hijos y la dejé muerta en una calle?

—En pocas palabras, señor Angelini.

Él pronunció algo en italiano en voz baja. Eve sospechó que era algo poco amable.

—No, yo no maté a Cicely.

—¿Puede usted decirme dónde se encontraba la noche de su muerte?

Eve se dio cuenta de que él apretaba la mandíbula y de que se tenía que esforzar para relajarse de nuevo. Pero la mirada no le tembló ni un momento. Eve imaginó que ese hombre era capaz de abrir un agujero en el acero con la mirada.

—Estuve en mi casa de la ciudad a partir de las ocho.

—¿Solo?

—Sí.

—¿Habló o vio a alguien que pueda verificarlo?

—No. Tengo a dos empleados en casa, y ambos tenían la noche libre. Era por eso que me quedé en casa. Quería tranquilidad e intimidad durante una noche.

—¿No realizó ninguna llamada ni recibió a nadie durante la última hora de la tarde?

—Recibí una llamada sobre las tres de la madrugada del comandante Whitney en la que me informó de la muerte de mi ex mujer. Yo estaba en la cama, solo, cuando me llamó.

—Señor Angelini, su ex mujer estaba en un antro del West End a la una en punto de la madrugada. ¿Por qué?

—No tengo ni idea. Ninguna idea en absoluto.

Al cabo de un rato, mientras descendía en el tubo de cristal, Eve llamó a Feeney.

—Quiero saber si Marco Angelini se encontraba en algún apuro financiero, y hasta qué punto ese apuro podría haber precipitado la muerte de su ex mujer.

—¿Te hueles algo, Dallas?

—Algo —dijo—. Pero no sé qué.

Capítulo cinco

Eve llegó a su apartamento cuando era casi la una de la madrugada. Le dolía la cabeza. La idea de Mavis para cenar en su noche libre había sido la de ir al club de la competencia. Eve sabía que al día siguiente pagaría por la diversión de esa noche. Se desvistió de camino al dormitorio.

Por lo menos, esa noche en compañía de Mavis le había quitado el caso Towers de la cabeza. Quizá debería haber temido perder la cabeza por completo, pero estaba demasiado cansada para pensar en eso.

Cayó desnuda en la cama y se durmió en cuestión de segundos.

Eve se despertó, violentamente excitada.

Fueron las manos de Roarke encima de ella. Conocía su tacto, su ritmo. Sintió que el corazón le latía con fuerza contra las costillas. Al cabo de un segundo, lo sintió en la garganta en el momento en que él le cubrió los labios con los suyos. Esos labios eran ansiosos, cálidos, y no le dieron ninguna oportunidad distinta a la de responder de la misma forma. Aunque ella le buscó, los largos y sensibles dedos de él la penetraron con tal fuerza que ella se arqueó con el delirio del orgasmo.

Los labios de Roarke sobre su pecho, sorbiendo, mordisqueando. Las manos de él no cejaron hasta que ella gritó de placer y gratitud. Otro sorprendente clímax inmediatamente después del primero.

Las manos de Eve buscaron asirse en las sábanas revueltas, pero no pudo anclarse en nada. Mientras se sentía volar otra vez, se agarró a él, le arañó la espalda y luego se sujetó con fuerza a su pelo.

—¡Dios!

Ésa fue la única palabra coherente que consiguió pronunciar cuando él la penetró, con tanta fuerza y tan profundamente, que Eve se sorprendió de no morir de placer. Su cuerpo se retorció frenéticamente y continuó temblando después de que él cayera abatido sobre ella.

Roarke emitió un largo y satisfecho suspiro y le acarició la oreja con la nariz, perezoso.

—Siento haberte despertado.

—¿Roarke? Ah, ¿eras tú?

Él la mordió.

Eve sonrió en silencio.

—Pensé que no llegarías hasta mañana.

—He tenido suerte. Luego te seguí la pista hasta el dormitorio.

—Estaba fuera con Mavis. Fuimos a un lugar que se llama Armageddon. Estoy empezando a recuperar el oído. —Le acarició la espalda y bostezó ampliamente—. ¿Todavía no ha amanecido, no?

—No. —Él percibió el cansancio en su voz, así que cambió de postura, la abrazó y le dio un beso en la sien—. Duérmete, Eve.

—Vale.

Le complació en menos de un minuto.

Él se despertó a la primera luz de la mañana y la dejó enroscada en el centro de la cama. Ya en la cocina, programó el AutoChef para que sirviera café y preparara un bollo tostado. El bollo estaba duro, pero era de esperar. Se puso cómodo ante el monitor de la cocina y empezó a pasar las páginas del periódico para ir a la sección de Economía.

No podía concentrarse.

Intentaba no sentirse resentido por el hecho de que ella hubiera escogido su cama en lugar de la cama de ambos. O de la cama que él quería que fuera de ambos. No estaba celoso de su necesidad de disponer de un espacio personal; entendía perfectamente la necesidad de intimidad. Pero su casa era lo bastante grande y ella podría haberse quedado con un ala entera para ella si hubiera querido.

Se apartó del monitor y se dirigió a la ventana. No estaba acostumbrado a esa batalla, a esa guerra para equilibrar su necesidad con la de otra persona. Había crecido con el hábito de pensar en él mismo en todo momento. Tuvo que hacerlo así para sobrevivir y para tener éxito. Lo uno era tan importante para él como lo otro.

Ese hábito era difícil de modificar. O lo había sido, hasta que llegó Eve.

Le resultaba humillante admitir, aunque fuera para sí mismo, que cada vez que se marchaba por cuestiones de negocios, su corazón albergaba cierto miedo de que al volver ella se hubiera distanciado de él.

La sencilla verdad era que necesitaba lo único que ella le había negado. Un compromiso.

Se alejó de la ventana y volvió ante el monitor. Se obligó a leer.

—Buenos días, dijo Eve desde la puerta. Su sonrisa fue brillante y breve, tanto por el placer de verle como por el hecho de que la salida al Armageddon no había tenido las consecuencias que había temido. Se sentía fantástica.

—Tus bollos están duros.

—Mmm. —Lo comprobó con un mordisco de uno de los que estaban en la mesa—. Tienes razón. —El café siempre era una opción mejor—. ¿Hay algo en las noticias por lo que me tenga que preocupar?

—¿Te interesa el tema de la compra de Treegro?

Eve cerró un ojo mientras tomaba la primera taza de café.

—¿Qué es Treegro y quién la compra?

—Treegro es una empresa de reforestación, de ahí el increíblemente buen nombre. Yo la compro.

Eve gruñó.

—Me lo imaginaba. Yo me refería al caso Towers.

—La ceremonia funeral de Cicely se va a hacer mañana. Ella era lo suficientemente importante, y católica, para asegurarse la catedral de Saint Patrick.

—¿Irás?

—Sí, si puedo cambiar algunas citas. ¿Y tú?

—Sí. —Pensativa, Eve se apoyó en la encimera de la cocina—. Quizá el asesino estará allí.

Eve le observó mientras él prestaba atención al monitor. Parecía fuera de lugar en esa cocina, pensó Eve, con esa camisa de lino cara y de corte perfecto y con esa mata de pelo peinada hacia atrás que descubría su impresionante rostro.

Pero todavía esperaba que él pareciera encontrarse fuera de lugar allí, con ella.

—¿Pasa algo? —murmuró él, notando que ella le observaba.

—No, cosas que tengo en la cabeza. ¿Conocías bien a Angelini?

—¿A Marco? —Roarke frunció el ceño ante algo que vio en el monitor, sacó el cuaderno de notas y entró una nota—. Nuestros caminos se cruzan a menudo. Normalmente es un hombre de negocios prudente. Y siempre, un padre devoto. Prefiere pasar el tiempo en Italia, pero su cuartel general está aquí en Nueva York. Contribuye con generosidad a la Iglesia católica.

—Dice que va a obtener ganancias financieras por la muerte de Towers. Quizá sea un detalle, pero Feeney lo está comprobando.

—Podrías habérmelo preguntado a mí —murmuró Roarke—. Te hubiera dicho que Marco tiene problemas. No es que esté desesperado —añadió al ver que Eve cambiaba la expresión—. Ha realizado algunas malas adquisiciones durante el último año.

—Has dicho que es prudente.

—He dicho que normalmente es prudente. Compró unos cuantos objetos religiosos sin hacer que los autentificaran por completo. Su entusiasmo se interpuso en su sentido común. Eran imitaciones y ha perdido mucho.

—¿Cuánto es mucho?

—Más de tres millones. Puedo conseguir las cifras exactas, si es necesario. Pero se recuperará —añadió Roarke con un encogimiento de hombros, porque sabía que Eve nunca se acostumbraba a esas cifras—. Necesita concentrarse y bajar el ritmo un poco en unos cuantos temas. Yo diría que su orgullo resultó más dañado que sus negocios.

—¿Cuál era la participación de Towers en Mercury?

—¿Según el mercado actual? —Sacó su agenda de bolsillo y marcó unos números—. Pues estaba entre cinco y siete.

—¿Millones?

—Sí —afirmó Roarke con una ligerísima sonrisa—. Por supuesto.

—Dios santo. No me extraña que viviera como una reina.

—Marco realizó unas muy buenas inversiones para ella. Debía de querer que la madre de sus hijos viviera con comodidad.

—Tú y yo tenemos ideas diametralmente opuestas sobre la comodidad.

—Parece que sí. —Roarke dejó el periódico a un lado y se levantó para volver a llenar las tazas de café. Un airbus pasó cerca, seguido por una flota de aviones privados, e hizo retumbar la ventana—. ¿Sospechas que Marco la mató para recuperar sus pérdidas?

—El dinero es un motivo que nunca pasa de moda. Le interrogué ayer. Sabía que había algo que no acababa de cuadrar. Ahora empieza a hacerlo.

Eve tomó la taza de café que él le ofrecía y se dirigió hacia la ventana, donde los fuertes ruidos de fuera ya se apagaban. La bata empezaba a caerle un poco en el hombro. Con gesto casual, Roarke se la volvió a colocar en su sitio. Los viajeros aburridos a menudo llevaban prismáticos sólo para poder ver algo así.

—Y luego está lo del divorcio amistoso —continuó ella—, pero ¿de quién fue la idea? El divorcio es un tema complicado para los católicos cuando hay niños por medio. ¿No necesitan obtener algún tipo de permiso?

—Una dispensa —la corrigió Roarke—. Es un asunto complejo, pero tanto Cicely como Marco tenían contactos con la jerarquía.

—Él no se ha vuelto a casar —señaló Eve mientras dejaba el café a un lado—. No he sido capaz de encontrar ni un rastro de ninguna compañía seria. Pero Towers mantenía una relación íntima desde hacía mucho tiempo con Hammett. ¿Cómo se sentía Angelini por el hecho de que la madre de sus hijos se viera con uno de sus socios?

—Si hubiera sido yo, hubiera matado a mi socio.

—Tú eres así —dijo Eve mientras le dirigía una rápida mirada—. Y me imagino que les matarías a ambos.

—Me conoces muy bien. —Él dio un paso hacia ella y le puso las manos sobre los hombros—. En cuanto al tema financiero, quizá debas tener en cuenta que fuera cual fuese la participación de Cicely en Mercury, Angelini la iguala. Tenían la misma participación.

—Mierda. —Eve lo meditó—. A pesar de todo, el dinero es el dinero. Tengo que seguir esa pista hasta que encuentre otra. —Él continuó allí, con las manos sobre los hombros de ella, los ojos clavados en los de ella—. ¿Qué estás mirando?

—El brillo de tus ojos. —Le rozó los labios con los suyos una vez. Luego, otra—. Tengo cierta simpatía por Marco porque sé qué significa estar en el objetivo de esa mirada, y de esa tenacidad.

—Tú no has matado a nadie —le recordó ella—. Últimamente.

—Ah, pero tú no estuviste muy segura de eso durante un tiempo y a pesar de ello... Ahora estamos... —Sonó la alarma de su reloj—. Joder. —Le dio otro beso, rápido y distraído—. Ya nos entretendremos más tarde. Tengo una cita.

Perfecto, pensó Eve. La sangre caliente impedía tener la cabeza fría.

—Nos vemos luego, pues.

—¿En casa?

Eve jugó con la taza de café, un tanto nerviosa.

—En tu casa, claro.

Roarke se puso la chaqueta con cierta expresión de impaciencia en los ojos. Un bulto en el bolsillo de la chaqueta le hizo recordar algo.

—Te he traído un regalo de Australia.

Eve tomó el delgado paquetito dorado con gesto un tanto dubitativo. Al abrirlo, la duda desapareció. La sorpresa no le dejó espacio.

—Por todos los santos, Roarke. ¿Te has vuelto loco?

Era un diamante. Eve estaba segura de eso. La piedra colgaba de una preciosa cadena de oro y brillaba como el fuego. Tenía la forma de una lágrima y el tamaño de la primera falange de un pulgar de hombre.

—La llaman la lágrima del gigante —dijo Roarke mientras la sacaba de la caja y se la ponía por la cabeza—. Fue extraída hace unos ciento cincuenta años. Dio la casualidad de que fue puesta en subasta mientras estaba en Sidney. —Dio un paso hacia atrás y estudió el brillo de la piedra contra la bata azul que Eve llevaba—. Sí, te sienta bien. Pensé que sería así. —Entonces la miró a la cara y sonrió—. Ah, ya veo que esperabas unos kiwis. Bueno, quizá la próxima vez. —Se inclinó hacia delante para darle un beso de despedida, pero ella le detuvo con una palmada en el pecho—. ¿Qué pasa?

—Esto es una locura. No puedes esperar que yo acepte algo así.

—De vez en cuando llevas joyas. —Y para demostrarlo, le tocó uno de los pendientes de oro.

—Sí, compradas en los tenderetes de Lex.

—Pues yo no —repuso él con ligereza.

—Te lo devuelvo.

Eve empezó a sacarse la cadena, pero él le tomó las manos, impidiéndoselo.

—No le va a mi traje. Eve, no se supone que un regalo deba provocar que empalidezcas de esa forma. —De repente, exasperado, le dio una breve sacudida—. Me gustó y estaba pensando en ti. Joder, siempre estoy pensando en ti. La compré porque te quiero. Dios mío, ¿cuándo vas a aceptarlo?

—No voy a permitir que me hagas esto. —Eve se dijo a sí misma que estaba tranquila, muy tranquila. Porque tenía razón, toda la razón. No le preocupaba que él se enojara, ya le había visto así antes. Pero la piedra pesaba demasiado colgada del cuello y lo que ésta representaba era motivo de mayor preocupación.

—¿Hacerte qué, Eve? ¿Qué, exactamente?

—No vas a regalarme diamantes. —Aterrorizada y furiosa, se apartó de él—. No voy a permitir que me presiones para que acepte lo que no quiero, o para que sea lo que no puedo ser. Crees que no sé qué has estado haciendo durante los últimos meses. ¿Crees que soy tonta?

Los ojos de Roarke brillaban con tanta dureza como la piedra que ella llevaba entre los pechos.

—No, no creo que seas tonta. Creo que eres una cobarde.

Eve levantó el puño automáticamente. Oh, cómo le hubiera gustado borrarle esa expresión de autosatisfacción de la cara. Si él no hubiera tenido razón, lo hubiera hecho. Así que utilizó otras armas.

—Crees que puedes hacer que dependa de ti, que me acostumbre a vivir en esa fantástica fortaleza y a vestir con seda. Bueno, no me importa nada de eso.

—Lo tengo muy claro.

—No necesito tus platos de alta cocina ni tus regalos caros ni tus palabras bonitas. Me doy cuenta de la estrategia, Roarke. Digamos que la queremos de forma periódica hasta que ella aprenda a responder. Como a una mascota bien entrenada.

—Como a una mascota —repitió Roarke con un tono de furiosa frialdad—. Veo que estoy equivocado. Eres tonta. ¿De verdad crees que se trata de poder y de control? Como quieras. Estoy cansado de que rechaces mis sentimientos. Mi error ha sido permitirlo, pero eso se puede rectificar.

—Yo nunca…

—No, tú nunca —la interrumpió él en tono frío—. Nunca, ni una vez, has arriesgado tu orgullo y has pronunciado esas palabras. Has mantenido tu lugar en la posición de escapada en lugar de comprometerte a quedarte conmigo. Te he dejado que pusieras el límite, Eve, y ahora voy a modificarlo. —No era sólo la furia, tampoco era sólo el dolor. Era la verdad—. Lo quiero todo —dijo, tranquilo—. O nada.

No iba a asustarse. No permitiría que él la asustara como si fuera una novata en su primera cita.

—¿Qué significa eso, exactamente?

—Significa que el sexo no es suficiente.

—No es sólo sexo. Ya sabes…

—No, no lo sé. La elección es tuya, ahora. Siempre lo ha sido. Pero ahora tendrás que venir a mí.

—Los ultimátum me cabrean.

—Es una pena. —Le dirigió una última y larga mirada—. Adiós, Eve.

—No puedes irte...

—Oh, sí. —No miró hacia atrás—. Puedo.

Eve abrió la boca al oír el portazo. Por unos instantes se quedó de pie, inmóvil, con la piedra que colgaba del cuello brillando bajo la luz del sol. Entonces empezó a temblar. De rabia, por supuesto, se dijo. Se quitó el diamante y lo dejó encima de la mesa de la cocina.

Él pensaba que ella iba a arrastrarse detrás de él, que le suplicaría que se quedara. Bueno, podía pensar eso durante los próximos mil años. Eve Dallas no se arrastraba, y no suplicaba.

Cerró los ojos ante ese dolor, más sorprendente que una herida de láser. «¿Quién diablos es Eve Dallas? —se preguntó—. ¿No es ése precisamente el tema?»

Eve apartó el tema. ¿Qué otra cosa podía hacer? El trabajo era lo primero. Debía ser lo primero. Si no era una buena policía, no era nada. Se sentiría vacía y desamparada como la niña que había sido, una niña destrozada y traumatizada, abandonada en un callejón oscuro de Dallas.

Tenía la oportunidad de sumergirse en el trabajo. En las necesidades y exigencias que éste conllevaba. Cuando llegó a las oficinas del comandante Whitney, Eve era solamente una policía que tenía un caso de asesinato entre las manos.

—Tenía muchos enemigos, comandante.

—¿Y no los tenemos todos? —Su mirada volvía a ser clara, aguda. El dolor nunca debía sobrepasar la responsabilidad.

—Feeney ha investigado una lista de sus acusados. Estamos descartándolos, nos hemos concentrado en primer lugar en los que tienen cadena perpetua, en sus familiares y socios conocidos. Alguien condenado a prisión con una pena tal puede tener el mayor deseo de venganza. A continuación están los criminales desequilibrados. Éstos, a veces, se escapan por cualquier rendija. Ella envió a muchos a centros psiquiátricos y algunos de ellos deben de haber salido.

—Eso significa mucho tiempo de investigación ante la pantalla, Dallas.

Se trataba de una sutil advertencia acerca del presupuesto y Eve decidió no tenerla en cuenta.

—Le agradezco que pusiera a Feeney a trabajar en esto conmigo. Yo no podría hacerlo sin él. Comandante, estas pesquisas forman parte del procedimiento estándar, pero no creo que signifiquen nada en el caso de la fiscal.

Él se reclinó en la silla e inclinó la cabeza, a la espera.

—Creo que fue algo personal. Ella estaba intentando ocultar algo. Para sí misma o para alguien más. Borró la grabación en su TeleLink.

—Ya he leído su informe, teniente. ¿Me está usted diciendo que la fiscal Towers estaba involucrada en algo ilegal?

—¿Me lo pregunta como amigo o como mi superior?

Él apretó las mandíbulas, en un intento por mantener la calma. Después de un breve y tenso momento, asintió con la cabeza.

—Bien dicho, teniente. Como su superior.

—No sé si era algo ilegal. A estas alturas del caso, soy de la opinión de que había algo en esa grabación que la víctima quería mantener en privado. Y era suficientemente importante para hacer que se vistiera y saliera otra vez bajo la lluvia para encontrarse con alguien. Fuera quien fuese, estaba seguro de que ella iría sola y de que no dejaría ningún registro de la llamada. Comandante, necesito hablar con el resto de la familia de la víctima, con sus amigos íntimos, y con su esposa, comandante.

Él lo aceptó, o lo intentó. Durante toda su carrera se había esforzado en mantener a la gente querida alejada de la parte más desagradable de su trabajo. Pero ahora tenía que exponerles a ella.

—Tiene usted mi dirección, teniente. Voy a llamar a mi esposa para decirle que la espere.

—Sí, señor. Gracias.

Anna Whitney había convertido la casa de dos pisos situada en una tranquila calle de las afueras de White Plains en un agradable hogar. Había criado a sus hijos allí, y los había criado bien. Había elegido la profesión de madre en lugar de la de docente. No fue el salario estatal de los padres a dedicación completa lo que la había hecho tomar la decisión, sino la emoción de estar presente en cada una de las etapas del desarrollo de sus hijos.

Se había ganado su salario. Ahora que sus hijos habían crecido, se ganaba su pensión de jubilación destinando la misma dedicación a su casa, su esposo y a su reputación como anfitriona. Siempre que podía intentaba que la casa estuviera ocupada por sus nietos. Cada noche, la llenaba de invitados a las cenas que ofrecía.

Anna Whitney odiaba la soledad.

Pero se encontraba sola cuando Eve llegó. Como siempre, se había arreglado con esmero: llevaba un perfecto maquillaje y se había arreglado el pelo rubio en un recogido que favorecía el atractivo de su rostro.

Vestía un vestido de una pieza de un algodón americano de calidad. La mano que ofreció como bienvenida sólo mostraba el anillo de boda.

—Teniente Dallas, mi esposo me dijo que vendría.

—Siento molestarla, señora Whitney.

—No se disculpe. Soy la esposa de un policía. Entre. He preparado limonada. Es de conserva, me temo. La limonada fresca es terriblemente difícil de conseguir. Quizá es un poco temprano para tomar limonada, pero hoy me apetecía mucho.

Eve dejó que Anna hablara mientras se dirigían hasta un

formal salón amueblado con unas sillas de respaldo recto y un sofá de líneas también rectas.

La limonada era buena y Eve se lo comunicó después de tomar el primer sorbo.

—¿Sabe que el funeral se celebrará mañana a las diez?

—Sí, señora. Estaré allí.

—Ya hay tantas flores. Nos hemos ocupado de que fueran colocadas después... pero no es por eso por lo que ha venido usted.

—La fiscal Towers era una buena amiga suya.

—Era una muy buena amiga mía y de mi marido.

—¿Sus hijos están con usted?

—Sí, están... se han ido ahora mismo con Marco para hablar con el arzobispo acerca del funeral.

—Ellos están muy cerca de su padre.

—Sí.

—Señora Whitney, ¿por qué están aquí en lugar de estar con su padre?

—Todos pensamos que sería lo mejor. La casa, la casa de Marco, tiene demasiados recuerdos. Cicely vivió allí cuando sus hijos eran jóvenes. Y además, está la prensa. No tienen nuestra dirección, y queríamos mantener alejados a los hijos de los periodistas. Ya han acosado al pobre Marco. Mañana será distinto, por supuesto.

Mientras hablaba, tiraba del vestido con sus bonitas manos. Luego lo soltó.

—Tendrán que enfrentarse a eso. Todavía están bajo los efectos de la conmoción. Incluso Randall. Randall Slade, el prometido de Mirina. Últimamente estaba muy cerca de Cicely.

—¿Él también está aquí?

—Nunca dejaría a Mirina sola en un momento como éste. Ella es una mujer joven y fuerte, comandante, pero incluso una mujer fuerte necesita un brazo en que apoyarse de vez en cuando.

Eve apartó la imagen de Roarke que le venía a la mente. El esfuerzo le hizo continuar con las preguntas en un tono más formal de lo que era habitual.

—Me he preguntado una y otra vez qué fue lo que le hizo ir a ese barrio —dijo Anna—. Cicely podía ser muy terca, y por supuesto, tenía una fuerte voluntad, pero muy pocas veces era impulsiva y nunca se comportaba de forma alocada.

—¿Ella hablaba con usted, confiaba en usted?

—Éramos como hermanas.

—¿Hubiera confiado en usted en caso de que se encontrara en algún tipo de problema? ¿O si alguien cercano tuviera algún problema?

—Supongo que sí. Ella hubiera intentado manejarlo por sí misma en primer lugar. —Los ojos se le llenaron de lágrimas, pero éstas no fluyeron—. Pero antes o después se hubiera descargado conmigo.

«Si hubiera tenido tiempo», pensó Eve.

—¿Se le ocurre alguna cosa que hubiera podido preocuparla antes de su muerte?

—Nada importante. La boda de su hija. Hacerse mayor. A menudo bromeábamos acerca del hecho de que iba a ser abuela. No —dijo Anna y rio al comprender la mirada de Eve—. Mirina no está embarazada, aunque eso solamente hubiera podido alegrar a su madre. Siempre estaba preocupada por David, también. ¿Sentaría la cabeza? ¿Era feliz?

—¿Lo es?

La mirada se le nubló un momento antes de que la bajara al suelo.

—David es un buen empresario, como su padre. Le gusta trabajar y negociar. Viaja mucho por trabajo y siempre busca territorios nuevos, nuevas oportunidades. No cabe duda de que tomaría el timón si Marco decidiera darle el relevo.

Dudó un momento como si estuviera a punto de decir algo más, pero cambió el tono.

—Mirina, por otro lado, prefiere vivir en un lugar. Dirige una tienda en Roma. Fue allí donde conoció a Randall. Es diseñador. Ahora su tienda sólo tiene sus diseños. Él tiene bastante talento. Esto es suyo —dijo, refiriéndose al elegante vestido que llevaba.

—Es precioso. Por lo que usted sabe, la fiscal Towers no tenía ningún motivo para estar preocupada por sus hijos. ¿No había nada que la hubiera hecho sentirse obligada a tapar o a ocultar?

—¿Ocultar? No, por supuesto que no. Ambos son personas brillantes y con éxito.

—Y su ex marido. ¿Tiene algún tipo de dificultad financiera?

—¿Marco? ¿Sí? —Anna lo descartó con un encogimiento de hombros—. Estoy segura de que los solucionará. Nunca compartí el interés que Cicely tenía en los negocios.

—Entonces ella estaba relacionada con negocios. ¿Directamente?

—Por supuesto. Cicely insistía en saber exactamente qué sucedía y en tener voz al respecto. Nunca comprendí cómo era capaz de tener tantas cosas en la cabeza al mismo tiempo. Si Marco hubiera tenido dificultades, ella lo hubiera sabido y, probablemente, hubiera sugerido media docena de vías para solucionarlo. Era brillante.

Pronunció estas últimas palabras con voz entrecortada y se llevó una mano a la boca.

—Lo siento, señora Whitney.

—No, no pasa nada. Estoy mejor. Tener a sus hijos conmigo me ha ayudado mucho. Siento que con ellos puedo hacer algo por ella. No puedo hacer lo que usted está haciendo y buscar al asesino, pero puedo ayudarla con sus hijos.

—Son muy afortunados de tenerla a usted —murmuró Eve, sorprendida de decir eso y sentirlo de verdad. Era extraño, pero siempre había pensado que Anna Whitney era una molestia—. Señora Whitney, puede decirme algo sobre la relación de la fiscal Towers con George Hammett.

Anna frunció los labios, pensativa.

—Eran muy buenos amigos, se querían mucho.

—El señor Hammett me ha dicho que eran amantes.

Anna soltó una exhalación. Era una mujer tradicional y no se avergonzaba de ello.

—De acuerdo, es verdad. Pero él no era el hombre adecuado para ella.

—¿Por qué?

—Arraigado en sus costumbres. Aprecio mucho a George, y era una buena compañía para Cicely. Pero una mujer no puede ser del todo feliz si cuando llega a casa se encuentra con un apartamento vacío y una cama vacía la mayoría de noches. Ella necesitaba un compañero. George lo quería todo, y Cicely se engañaba a sí misma diciéndose que ella también quería lo mismo.

—Y no era así.

—No debería haberlo hecho —cortó Anna, evidentemente hablando de un viejo tema de discusión—. El trabajo no lo es todo, tal y como le dije muchas veces. Simplemente, ella no iba lo suficientemente en serio con George para arriesgarse.

—¿Arriesgarse?

—Me refiero al riesgo afectivo —dijo Anna con impaciencia—. Ustedes, los policías, son tan literales. Ella quería mantener una vida ordenada, en lugar del desorden de una relación permanente.

—Tuve la impresión de que el señor Hammett no estaba contento con eso, de que la quería mucho.

—Si la quería tanto, ¿por qué no la presionó? —preguntó Anna, a punto de llorar—. Entonces ella no hubiera muerto sola, ¿no es así? No hubiera estado sola.

Y

Eve se alejaba en coche, pero tuvo un impulso. Se detuvo en una curva y se recostó en el asiento. Necesitaba pensar. No en Roarke, se aseguró a sí misma. No había nada que pensar al respecto. Eso estaba cerrado.

Tuvo una corazonada y conectó con su ordenador de la oficina para iniciar una búsqueda de David Angelini. Si él era como su padre, quizá también había realizado algunas malas inversiones. Mientras trabajaba en ello, programó una búsqueda de Randall Slade y de la tienda en Roma.

Si salía algo interesante, investigaría los vuelos de Europa a Nueva York.

Joder, una mujer que no tiene nada de qué preocuparse no abandona su cálido y seco apartamento en mitad de la noche.

Eve, insistente, volvió a repasar todos los datos mentalmente. Mientras, estudió el vecindario. Unos hermosos y antiguos árboles ofrecían sus sombras en un bello entorno de postal poblado de casas de dos pisos.

¿Cómo sería crecer en un entorno seguro y bonito? ¿Haría que uno fuera seguro y confiado, de la misma forma en que el hecho de ser llevado de una asquerosa habitación a otra, de una apestosa calle a otra, le hacía a uno nervioso e inestable?

Quizá aquí también había algunos padres que se colaban en las habitaciones de sus hijas. Pero era difícil de creer. Aquí, los padres no olían a alcohol barato ni a sudor rancio, y tampoco tenían gruesos dedos que penetraran en carne inocente.

Eve se dio cuenta de que se estaba meciendo sobre el asiento, y reprimió un sollozo.

No iba a hacerlo. No iba a recordar. No iba a permitir que apareciera ese rostro que se cernía sobre ella en la oscuridad, ni la sensación de esa mano oprimiéndole la boca para ahogar sus gritos.

No iba a hacerlo. Todo eso le sucedió a otra persona, a otra niña pequeña de cuyo nombre ni siquiera se acordaba. Si intentaba hacerlo, si se permitía recordar todo eso, volvería a convertirse en esa niña desamparada y no volvería a ser Eve.

Recostó la cabeza en el respaldo y se concentró en tranquilizarse. Si no hubiera estado sumida en la autocompasión, hubiera visto a esa mujer rompiendo la ventana de uno de los laterales de un edificio rehabilitado del otro lado de la calle antes de que el primer cristal cayera al suelo.

Con una mueca, Eve se preguntó por qué había tenido que pararse justo en ese lugar. ¿De verdad quería meterse en el lío burocrático de interjurisdicciones?

Entonces pensó en esa agradable familia que, esa noche, volvería a casa y se encontraría con que todo lo que tenían había desaparecido.

Con un largo y denso suspiro, salió del coche.

La mujer estaba medio dentro, medio fuera de la ventana cuando Eve llegó hasta ella. El campo de seguridad había sido desactivado con un interceptor barato de los que se conseguían en cualquier mercadillo electrónico. Eve meneó la cabeza ante la inocencia de los pijos y dio una palmada en ese trasero que se esforzaba por penetrar por la abertura.

—¿Ha olvidado usted su código, señora?

La respuesta consistió en una fuerte patada en el hombro izquierdo. Eve se consideró afortunada de no haberla recibido en la cara. A pesar de ello, cayó al suelo y estropeó unas cuantas tulipas tempranas. La mujer salió disparada de la ventana como un corcho de una botella y atravesó corriendo el parterre de la casa.

Si el hombro no le hubiera dolido, Eve la hubiera dejado escapar. Pero la atrapó con un abrazo que las hizo caer a ambas encima de un lecho de pensamientos bañados por el sol.

—Saca tus jodidas manos de mí o te mato.

Eve pensó rápidamente que ésa era una posibilidad. La mujer pesaba por lo menos diez kilos más que ella. Para asegurarse de que eso no sucedía, apretó el codo contra la tráquea de la mujer y sacó la placa.

—Estás arrestada.

La mujer levantó la mirada con expresión de disgusto.

—¿Qué diablos hace aquí un poli de la ciudad? ¿Es que no sabes dónde queda Manhattan, capulla?

—Parece que me he perdido. —Eve mantuvo el codo en el mismo sitio y aumentó un poco la presión simplemente por pura satisfacción mientras sacaba el comunicador y pedía que acudiera la patrulla más cercana.

Capítulo seis

A la mañana siguiente, el dolor en el hombro era tan punzante como la voz de Mavis en el número final. Eve tenía que admitir que las horas extras con Feeney y la noche de insomnio solitario no la habían ayudado. No había nada que le suscitara tanta cautela como cualquier calmante y se había tomado una corta dosis justo antes de vestirse para el funeral.

Ella y Feeney habían tropezado con una pequeña aunque sabrosa golosina. David Angelini había retirado tres grandes sumas de sus cuentas durante los últimos seis meses que hacían un total de un millón seiscientos treinta y dos dólares, americanos.

Eso era más de las tres cuartas partes de sus ahorros y lo había retirado en vales de crédito anónimos y en efectivo.

Todavía investigaban a Randall Slade y a Mirina, pero de momento ambos estaban limpios. Eran sólo una feliz y joven pareja en la antesala del matrimonio.

Sólo Dios sabía cómo podía nadie ser feliz en una antesala, pensó Eve mientras localizaba su traje chaqueta gris.

Mientras se abrochaba la chaqueta, se dio cuenta de que todavía faltaba el maldito botón. Y recordó que Roarke lo tenía, que lo llevaba como si fuera algún tipo de talismán. Ella llevaba ese traje chaqueta la primera vez que le había visto, en otro funeral.

Se pasó rápidamente el cepillo por el pelo y escapó del apartamento y de los recuerdos.

Y

Saint Patrick estaba atiborrada de gente cuanto llegó. Unos policías vestidos con los mejores uniformes azules protegían el perímetro en una distancia de tres bloques de la Quinta. Era una especie de guardia de honor para una abogada a quien los policías habían respetado. Tanto el tránsito de personas como de vehículos había sido desviado de esa calle, siempre llena, y los periodistas habían sido ubicados al otro lado de la ancha calle.

Después de que el tercer policía la parara, Eve se colgó la placa en la chaqueta y entró sin más problemas en la antigua catedral poblada de cantos fúnebres.

No le gustaban mucho las iglesias. Le hacían sentir culpable por alguna razón que no tenía ganas de averiguar. El olor de la cera y del incienso era muy fuerte. Mientras se sentaba en uno de los bancos laterales, pensó que algunos rituales eran tan intemporales como la luna. Abandonó cualquier espectativa de hablar con ningún miembro de la familia de Cicely Towers esa mañana y se acomodó para presenciar la función.

Desde hacía algún tiempo, los rituales católicos se realizaban en latín. Eve suponía que eso otorgaba una especie de misticismo y de sentimiento de unidad. Le parecía que ese antiguo idioma era verdaderamente adecuado en una misa para los muertos.

La voz del sacerdote retumbó hasta los altos techos y las respuestas de la congregación le siguieron. En silencio, Eve observó a la gente. Dignatarios y políticos permanecían sentados con la cabeza baja. Eve se había colocado de tal forma que podía entrever a la familia. Cuando Feeney se sentó a su lado, Eve inclinó la cabeza hacia él.

—Angelini —murmuró—. Ésa debe de ser la hija, a su lado.

—Y su prometido a su derecha.

—Ajá .

Eve estudió a la pareja: joven y atractiva. La mujer era de constitución delgada y tenía el pelo dorado, como el de su madre. El vestido negro que llevaba le caía desde un cuello alto, le cubría los brazos hasta las muñecas y se le ajustaba en los muslos. No llevaba velo ni gafas oscuras que le ocultaran los ojos enrojecidos e hinchados. El dolor, simple, básico y sin disimulo parecía envolverla.

A su lado, Randall Slade, de pie, alto, le rodeaba los hombros con el brazo. Tenía un rostro que resultaba sorprendente y casi brutalmente atractivo. Eve lo recordaba bien de la imagen que generó en su pantalla: una larga mandíbula, una nariz prominente y ojos hundidos. Su aspecto era contundente y duro, pero el gesto del brazo sobre los hombros de la mujer era amable.

Al otro lado de Angelini se encontraba su hijo. David estaba justo un asiento más allá. Esa especie de lenguaje corporal denotaba fricciones. Miraba hacia delante, sin ninguna expresión en el rostro. Era ligeramente más bajo que su padre y de piel y cabello tan oscuros como rubia era la hermana. Y estaba solo, pensó Eve. Muy solo.

El banco familiar se completaba con George Hammett.

Directamente detrás se encontraban el comandante, su esposa y su familia.

Eve sabía que Roarke estaba allí. Le había visto un momento al final de una de las naves laterales al lado de una rubia llorosa. En ese momento, Eve dirigió una rápida mirada en su dirección y le vio inclinarse hacia la mujer y murmurarle algo que hizo que ella hundiera el rostro en su hombro.

Furiosa ante el súbito aguijonazo de celos, Eve volvió a observar a la multitud. Sus ojos se encontraron con los de C. J. Morse.

—¿Cómo ha conseguido ese bastardo entrar aquí?

Feeney, como buen católico, puso mala cara ante esa palabra profana pronunciada en una iglesia.

—¿Quién?

—Morse, más adelante, a la izquierda.

Feeney forzó la vista y detectó al periodista,

—Con una multitud tal, no parece difícil que se haya podido colar a pesar de la seguridad.

Eve consideró echarle de allí sólo por la satisfacción de hacerlo, pero decidió que la riña lo único que conseguiría sería que él obtuviera la atención que deseaba.

—Que le jodan.

Feeney emitió un gemido como si le hubieran pellizcado.

—Jesús, Dallas, estás en Saint Patrick.

—Si Dios crea pequeñas comadrejas como él, va a tener que aguantar mis quejas.

—Ten un poco de respeto.

Eve dirigió la mirada hacia Mirina, quien en ese momento se llevaba una mano al rostro.

—Soy muy respetuosa —murmuró—. Mucho.

Con esas palabras, dio un rodeo a Feeney y caminó por uno de los laterales en dirección a la salida.

Cuando llegó hasta ella, Eve estaba dando instrucciones a uno de los policías.

—¿Qué problema hay?

—Necesitaba un poco de aire. —Para ella las iglesias siempre tenían el olor de los muertos—. Y quería darle una patada a la comadreja. —Sonriendo, se volvió hacia Feeney—. He puesto a los uniformes tras él. Van a confiscarle cualquier aparato de comunicación o de grabación que lleve encima. Ley de privacidad.

—Vas a mosquearle.

—Perfecto. Él me mosquea a mí. —Exhaló un largo suspiro y observó a la horda de periodistas al otro lado de la calle—. Que me jodan si el público tiene derecho a saberlo todo. Pero por lo menos, esos periodistas están respetando las reglas y muestran un poco de respeto por la familia del que hablabas hace un momento.

—Imagino que ya has acabado aquí.

—No hay nada que pueda acabar aquí.

—Imaginé que te sentarías con Roarke.

—No.

Feeney asintió despacio y estuvo a punto de meter la mano en el bolsillo en busca de la bolsa de nueces antes de recordar dónde estaba.

—¿Es eso lo que te pincha el culo, niña?

—No sé de qué estás hablando. —Empezó a caminar aunque sin un objetivo claro en mente. Se detuvo y se dio la vuelta—. ¿Quién diablos es esa rubia a la que está pegado?

—No lo sabría decir. —Emitió un suave silbido—. Pero es una agradable vista. ¿Quieres que le dé una paliza de tu parte?

—Cállate. —Eve hundió las manos en los bolsillos—. La esposa del comandante dijo que van a celebrar un pequeño velatorio privado en su casa. ¿Cuánto tiempo crees que va a continuar esta función?

—Una hora más, por lo menos.

—Me voy a la central. Nos vemos en la oficina del comandante dentro de dos horas.

—Tú eres la jefa.

«Pequeño y privado» significaba que allí había más de cien personas apretujadas en la casa de las afueras del comandante. Había comida para reconfortar a los vivos y alcohol para atontar a los que estaban de luto. Anna Whitney, como una perfecta anfitriona, se apresuró a recibir a Eve en cuanto la vio. Le habló en voz baja y con una cuidada expresión amable en el rostro.

—Teniente, ¿es necesario que haga esto ahora, aquí y ahora?

—Señora Whitney, seré tan discreta como me sea posible. Cuanto antes termine con la parte de las entrevistas, antes encontraré al asesino de la fiscal Towers.

—Sus hijos están destrozados. La pobre Mirina casi no puede hacer nada. Sería más adecuado que usted...

—Anna. —El comandante Whitney puso una mano en el hombro de su esposa—. Deja que la teniente Dallas haga su trabajo.

Anna no dijo nada. Se limitó a dar media vuelta y alejarse con paso rígido.

—Hoy hemos despedido a una amiga muy querida.

—Lo comprendo, comandante. Terminaré aquí tan pronto como pueda.

—Tenga cuidado con Mirina, Dallas. Está muy frágil en este momento.

—Sí, señor. Quizá pueda hablar con ella primero, en privado.

—Me ocuparé de ello.

En cuanto la dejó sola, Eve retrocedió hasta el vestíbulo y se tropezó con Roarke.

—Teniente.

—Roarke. —Eve echó un vistazo al vaso de vino que él llevaba en la mano—. Estoy de servicio.

—Eso ya lo veo. No es para ti.

Eve siguió con la mirada la de él hacia la rubia que estaba sentada en una esquina.

—Claro. —No pudo evitar sentir que le dolía hasta el tuétano de los huesos—. Cambias deprisa.

Antes de que pudiera dar un paso a un lado, él le puso una mano sobre el brazo. Su voz, igual que su mirada, fue cuidadosamente tranquila.

—Suzanna es una amiga mía y de Cicely. Es la viuda de

un policía al que mataron en cumplimiento del deber. Cicely encerró al asesino.

—Suzanna Kimball —dijo Eve, luchando contra la vergüenza—. Su marido era un buen policía.

—Eso me han dicho. —Con una ligera expresión divertida en el rostro, Roarke echó un vistazo al traje chaqueta de Eve—. Tenía la esperanza de que hubieras quemado esa cosa. El gris no es tu color, teniente.

—No estoy aquí para hacer un pase de moda. Ahora, si me disculpas…

Él apretó la mano sobre su brazo.

—Quizá te interese investigar el problema que Randall Slade tiene con el juego. Debe unas sumas considerables a unas cuantas personas. Igual que David Angelini.

—¿Es eso cierto?

—Muy cierto. Yo soy una de esas personas.

Los ojos de Eve mostraron una expresión dura.

—Y acabas de decidir que quizá pueda resultarme interesante.

—Acabo de descubrir cuál es mi propio interés. Ha adquirido una deuda bastante importante en uno de mis casinos de Vegas II. Además, hay un asunto relacionado con un pequeño escándalo de hace algunos años que tiene que ver con la ruleta, una pelirroja y una fatalidad en un oscuro satélite de juego en Sector 38.

—¿Qué escándalo?

—Tú eres la policía —le dijo con una sonrisa—. Descúbrelo.

Dejó a Eve para ir junto a la viuda del policía y le tomó la mano.

—Mirina está en mi oficina —murmuró Whitney al oído de Eve—. Le prometí que no la entretendría demasiado rato.

—No lo haré. —Luchando por tranquilizarse, Eve caminó tras las anchas espaldas del comandante por el pasillo.

Aunque la oficina de su casa no era tan austera como la que tenía en la central, era obvio que Whitney mantenía el lujoso gusto femenino a raya en ese lugar. Las paredes eran de un color beis liso, la alfombra tenía un tono más oscuro y las sillas eran anchas y de un práctico color marrón.

Su estación de trabajo y su consola estaban situadas en el centro de la habitación. En la esquina del lado de la ventana, Mirina Angelini esperaba, vestida con su largo vestido negro de luto. Whitney fue hasta ella, le dijo algo en voz baja y le apretó una mano. Luego, mientras dirigía una mirada de advertencia a Eve, las dejó solas.

—Señorita Angelini —empezó Eve—. Conocía a su madre, trabajé con ella y la admiraba. Siento mucho su pérdida.

—Todo el mundo lo siente —respondió Mirina, con un tono de fragilidad y debilidad como la expresión de su rostro. Sus ojos eran oscuros, casi negros, y ahora tenían una expresión perdida—. Excepto la persona que la mató, supongo. Me disculpo de entrada si no le resulto de mucha ayuda, teniente Dallas. He cedido a la presión y me he dejado administrar tranquilizantes. Esto, como todo el mundo puede decirle, me está resultando muy duro.

—Usted y su madre estaban muy unidas.

—Ella era la mujer más maravillosa que nunca he conocido. ¿Cómo puedo mantener la calma y la compostura cuando la he perdido de esta manera?

Eve se acercó y se sentó en una de las amplias sillas marrones.

—No se me ocurre ninguna razón porque debiera usted mantenerla.

—Mi padre quiere que realicemos una demostración de fuerza en público. —Mirina volvió el rostro hacia la ventana—. Le estoy decepcionando. Las apariencias son importantes para mi padre.

—¿Su madre era importante para él?

—Sí. Tanto sus vidas personales como profesionales estaban entrelazadas. El divorcio no cambió eso. Él siente mucho dolor. —Suspiró con fuerza aunque un tanto temblorosa—. No lo demuestra porque es demasiado orgulloso. La quería. Todos la queríamos.

—Señorita Angelini, hábleme del humor de su madre, de qué hablaron, de quién hablaron la última vez que estuvieron en contacto.

—El día de antes de su muerte estuvimos hablando por el TeleLink durante una hora, quizá más. Planes para la boda. —Las lágrimas se deslizaron por las pálidas mejillas—. Teníamos tantos planes para la boda. Le había mandado imágenes de los vestidos: vestidos de boda, conjuntos para la madre de la novia. Randall los diseñaba. Hablamos de ropa. ¿No le parece frívolo, teniente, que la última vez que hablé con mi madre, habláramos de moda?

—No, no me parece frívolo. Me parece cercano. Tierno.

Mirina se llevó una mano a los labios.

—¿Lo cree así?

—Sí.

—¿De qué hablaba usted con su madre?

—Yo no tengo madre. Nunca la tuve.

Mirina parpadeó un momento y luego la miró.

—Qué extraño. ¿Cómo se siente?

—Yo... —No había forma de describir lo que, simplemente, era—. No sería lo mismo para usted, señorita Angelini —dijo Eve en tono amable—. Mientras hablaba con su madre, ¿mencionó ella algo, a alguien, que le suscitara preocupación?

—No. Si se refiere usted a su trabajo, muy pocas veces hablábamos de eso. A mí no me interesa mucho la ley. Ella estaba contenta y excitada por la idea de que yo vendría por unos días. Nos reíamos mucho. Yo sabía que ella tenía esa imagen, su imagen profesional, pero conmigo, con la familia ella era... más dulce, más relajada. Yo bromeé acerca de George y le dije que Randy podía diseñar un vestido de boda para ella mientras hacía el mío.

—¿Y su reacción?

—Nos reímos. A mamá le gustaba reír —dijo. Ahora tenía una expresión soñolienta: los tranquilizantes empezaban a hacerle efecto—. Dijo que se estaba divirtiendo mucho siendo la madre de la novia y que no quería estropearlo con el dolor de cabeza de ser ella la novia. Ella quería mucho a George, y creo que estaban bien juntos. Pero no creo que le amara.

—¿No?

—Bueno, no. —Sus labios mostraban una ligera sonrisa. Su mirada, un brillo vidrioso—. Cuando amas a alguien, tienes que estar con él, ¿no? Ser parte de su vida, hacer que él sea parte de la tuya. Ella no buscaba eso con George. Ni con nadie.

—¿Y el señor Hammett, buscaba eso en ella?

—No lo sé. Si lo buscaba, se sentía suficientemente feliz para permitir que la relación fluyera sin rumbo. Yo también me siento a la deriva, ahora. Me parece que no me encuentro aquí.

Eve necesitaba que Mirina se mantuviera a flote un poco más, así que se levantó y pidió agua a la consola. Volvió con el vaso y obligó a que Mirina lo tomara entre las manos.

—¿Esa relación provocó algún problema entre él y su padre? ¿Entre su madre y su padre?

—Era... era extraño, pero no resultaba incómodo. —Mirina volvió a sonreír. Ahora tenía sueño y estaba tan relajada que hubiera podido quedarse dormida en el quicio de la ventana—. Eso parece contradictorio. Tendría usted que conocer a mi padre. Él se negaba a que eso le molestara, o que le afectara. Todavía mantiene una relación amistosa con George.

Observó el vaso con expresión de extrañeza, como si no recordara cómo había llegado hasta allí y tomó un sorbo con delicadeza.

—No sé cómo se hubiera sentido él si hubieran decidido casarse, pero bueno, ése no es el tema ahora.

—¿Tiene usted alguna relación con los negocios de su padre, señorita Angelini?

—En la faceta de la moda. Realizo las compras para las tiendas de Roma y Milán, y tengo la última palabra respecto a qué se exporta a nuestras tiendas de París y Nueva York y demás. Viajo un poco para ir a los pases, aunque no me gusta mucho viajar. Odio salir del planeta, ¿usted no?

Eve se dio cuenta de que la estaba perdiendo.

—No lo he hecho.

—Oh, es horrible. A Randy le gusta. Dice que es una aventura. ¿Qué estaba diciendo? —Se pasó una mano por su hermoso pelo dorado y Eve tuvo que rescatar el vaso antes de que cayera al suelo—. Hablando de compras. Me gusta comprar ropa. Los otros aspectos del negocio nunca me han interesado.

—Sus padres y el señor Hammett tenían acciones en una empresa llamada Mercury.

—Por supuesto. Utilizamos Mercury exclusivamente para nuestros envíos. —Los párpados se le cerraron—. Funciona con mucha rapidez y se puede confiar en el servicio.

—¿No sabía usted que hubiera algún problema en esa empresa o en cualquier otra de las de su familia?

—No, en ninguna.

Había llegado el momento de intentar otra táctica.

—¿Su madre conocía las deudas de juego de Randall Slade?

Por primera vez, Mirina mostró una chispa de vida, y esa chispa fue de rabia, brillante en la palidez de sus ojos. Pareció despertarse de repente.

—Las deudas de Randall no eran asunto de mi madre, sino de él y mío. Randall tiene un problema con el juego, pero recibe ayuda. Ya no apuesta.

—¿Las deudas son importantes?

—Se están pagando —dijo Mirina, inexpresiva—. Todo ha sido previsto.

—Su madre era una mujer acomodada. Usted va a heredar una buena parte de sus posesiones.

O los tranquilizantes o el dolor apagaron la energía de Mirina. Pareció ajena al sentido de esas palabras.

—Sí, pero ya no tengo a mi madre, ¿no es así? No tengo a mamá. Cuando me case con Randall, ella no estará allí. No estará allí —repitió, y empezó a llorar en silencio.

David Angelini no era un hombre frágil. Sus emociones se expresaban con una impaciencia tensa y no ocultaban una corriente subterránea de ira. Se mostró, abiertamente, insultado por el mero hecho de que se esperara de él que hablara con un policía.

Eve se sentó enfrente de él en la oficina de Whitney. Él contestó a sus preguntas en un tono breve, parco y educado.

—Evidentemente, ha sido un maníaco a quien ella condenó quien le ha hecho eso —afirmó—. Su trabajo la acercaba demasiado a la violencia.

—¿Se oponía usted a su trabajo?

—No comprendía por qué le gustaba. Por qué lo necesitaba. —Bebió del vaso que había traído hasta allí—. Pero le gustaba y, al final, la han matado.

—¿Cuándo la vio por última vez?

—El 18 de marzo. El día de mi cumpleaños.

—¿Tuvo algún contacto con ella a partir de esa fecha?

—Hablé con ella más o menos una semana antes de que muriera. Fue una llamada de familia. Nunca pasaba más de una semana sin que habláramos.

—¿Cómo describiría usted su estado de ánimo?

—Obsesionada. Con la boda de Mirina. Mi madre nunca

hacía las cosas a medias. Planeaba la boda con tanto detalle como lo hacía en sus casos criminales. Tenía la esperanza de que la boda ejerciera alguna influencia en mí.

—¿Qué le influyera en qué?

—La fiebre de casarse. Mi madre era una mujer romántica debajo de la armadura de fiscal. Tenía la esperanza de que yo encontrara la compañera adecuada y fundara una familia. Yo le decía que dejaba ese papel a Mirina y a Randy y que permanecería casado con la empresa durante un tiempo.

—Usted está activamente involucrado en Angelini Exports. Debe usted de tener conocimiento de las dificultades financieras que atraviesa.

Mostró una expresión tensa en el rostro.

—Son detalles, teniente. Pequeños tropiezos. Nada más.

—Según mi información, parece que las dificultades son más serias que un simple tropiezo.

—Angelini es sólida. Simplemente hace falta una reorganización, cierta diversificación que ya se está llevando a cabo. —Levantó una mano de elegantes dedos tocados por un brillo de oro—. Cierta gente ha cometido unos errores que pueden ser, y serán, rectificados. Y esto no tiene nada que ver con el caso de mi madre.

—Mi trabajo consiste en explorar todos los ámbitos, señor Angelini. Las posesiones de su madre son cuantiosas. Su padre va a adquirir un buen número de participaciones, al igual que usted.

David se puso en pie.

—Está usted hablando de mi madre. Si sospecha que cualquiera de la familia le podría haber hecho algún daño, el comandante Whitney ha cometido un error monstruoso al ponerla al frente de esta investigación.

—Tiene usted derecho a tener su propia opinión. ¿Juega usted, señor Angelini?

—¿Es eso asunto suyo?

Al ver que no le iba a responder, Eve se levantó para encararse con él.

—Es una pregunta sencilla.

—Sí, juego de vez en cuanto, al igual que hace muchísima gente. Lo encuentro relajante.

—¿Cuánto dinero debe?

Los dedos de Angelini se tensaron alrededor del vaso.

—Creo que, llegados a este punto, mi madre me hubiera aconsejado que buscara a un abogado.

—Ése es, ciertamente, su derecho. No le estoy acusando de nada, señor Angelini. Tengo conocimiento de que usted estaba en París la noche de la muerte de su madre. —Igual que sabía que los puentes aéreos cruzaban el Atlántico cada hora—. Mi trabajo consiste en formarme una imagen completa, clara y completa. Usted no tiene ninguna obligación de responder a mis preguntas. Pero a mí no me será difícil tener acceso a esa información.

Angelini apretó la mandíbula un momento.

—Ochocientos mil, unos cuántos dólares arriba o abajo.

—¿Es usted incapaz de satisfacer esa deuda?

—No soy un tramposo pero tampoco soy insolvente, teniente Dallas —dijo, rígido—. Esa deuda puede ser, y lo será, satisfecha en poco tiempo.

—¿Su madre estaba al corriente de eso?

—Tampoco soy un niño, teniente, que necesita correr a su madre porque se ha hecho un rasguño en la rodilla.

—¿Usted y Randall Slade jugaban juntos?

—Sí, lo hacíamos. Mi hermana lo desaprueba, así que Randall ha abandonado el juego.

—Pero no antes de haber contraído sus propias deudas.

Los ojos de Angelini, exactamente iguales a los de su padre, mostraron una expresión helada.

—No sé nada de eso, y tampoco discutiría de sus asuntos con usted.

«Oh, sí, lo hará», pensó Eve, pero dejó pasar el tema de momento.

—¿Y el problema que hubo en el Sector 38 hace unos cuantos años? ¿Estaba usted allí?

—¿El Sector 38? —Pareció que su ignorancia era real.

—Un satélite de juego.

—Yo voy a menudo a Vegas II, a pasar el fin de semana, pero no recuerdo haber sido cliente de ningún casino de ese sector. No sé a qué problema se refiere.

—¿Juega usted a la ruleta?

—No, es un juego para tontos. A Randy le gusta mucho. Yo prefiero el black jack.

Randall Slade no parecía un tonto. A Eve le pareció que era un hombre que podía apartar de su paso cualquier cosa de una patada y sin cambiar el ritmo. Tampoco respondía a la imagen que Eve tenía de un diseñador de moda. Vestía de forma sencilla. Su traje negro no llevaba ninguno de los adornos de pedrería que estaban de moda. Sus manos, grandes, parecían más las de un trabajador que las de un artista.

—Espero que sea usted breve —le dijo con el tono de un hombre que está acostumbrado a dar órdenes—. Mirina está arriba, descansando. No quiero dejarla sola mucho rato.

—Entonces, seré breve. —Eve no protestó cuando él sacó una cajita de oro que contenía diez finos cigarrillos negros. Técnicamente hubiera podido hacerlo, pero esperó a que hubiera encendido uno.

—¿Cuál era su relación con la fiscal Towers?

—Amistosa. Pronto iba a ser mi suegra. Compartíamos un gran amor por Mirina.

—Usted le gustaba a ella.

—No tengo motivos para pensar de otra forma.

—Su carrera se ha visto muy beneficiada a causa de su asociación con Angelini Exports.

—Es verdad. —Exhaló una nube de humo que olía ligeramente a limón mentolado—. Me gusta pensar que Angelini también se ha beneficiado bastante a causa de su asociación conmigo. —Echó un vistazo al vestido gris de Eve—. Ese corte y ese color resultan increíblemente poco favorecedores. Quizá le gustaría echar un vistazo a mi muestrario, aquí en Nueva York.

—Lo pensaré, gracias.

—Me desagrada ver a una mujer atractiva vestida con ropa poco atractiva. —Sonrió y Eve se sorprendió de su encanto—. Debería usted llevar colores vivos y líneas elegantes. Una mujer con su constitución las llevaría bien.

—Eso me dicen —repuso Eve, pensando en Roarke—. Está usted a punto de casarse con una mujer muy rica.

—Estoy a punto de casarme con la mujer a quien amo.

—Es una excelente coincidencia que sea rica.

—Lo es.

—Y el dinero es algo que usted necesita.

—¿No lo necesitamos todos? —El tono suave, sin ofensa y, de nuevo, divertido.

—Usted tiene deudas, señor Slade. Deudas grandes, importantes, en un área que puede resultar muy dañina en un proceso legal.

—Eso es exacto. —Sacó otra nube de humo—. Soy un adicto al juego, teniente. En recuperación. Con la ayuda y el apoyo de Mirina, me he sometido a tratamiento. No he hecho ninguna apuesta en dos meses y cinco días.

—La ruleta, ¿no es así?

—Me temo que sí.

—¿Y la cantidad que debe, en números redondos?

—Quinientos mil.

—¿Y la cantidad de la herencia de su prometida?

—Probablemente triplica esa suma, en números redondos. Más, teniendo en cuenta las acciones y las participaciones que no se van a convertir en crédito ni en efectivo. Matar a la madre de mi prometida, ciertamente, hubiera sido una forma de solucionar mis dificultades financieras. —Apagó el cigarrillo, pensativo—. Pero también lo es el contrato que acabo de firmar para mi línea de otoño. El dinero no es tan importante para mí como para matar.

—Pero ¿jugar sí era suficientemente importante?

—El juego es como una mujer hermosa. Deseable, excitable, caprichosa. Escogí entre el juego y Mirina. No hay nada que yo no haría para conservar a Mirina.

—¿Nada?

Él la comprendió e inclinó la cabeza.

—Nada en absoluto.

—¿Conoce ella el escándalo del Sector 38?

La expresión divertida que había tenido cambió. Empalideció.

—De eso hace casi diez años. No tiene nada que ver con Mirina. Nada que ver con nada.

—No se lo ha contado.

—Yo no la conocía. Era joven, alocado y pagué por mi error.

—¿Por qué no me explica, señor Slade, cómo llegó a cometer ese error?

—No tiene nada que ver con ese asunto.

—Permítamelo.

—Maldita sea, fue una sola noche en toda mi vida. Una noche. Yo había bebido demasiado, y fui lo suficientemente tonto para mezclar el alcohol con los químicos. La mujer se suicidó. Se demostró que la sobredosis se la suministró ella misma.

«Interesante», pensó Eve.

—Pero usted se encontraba allí —se arriesgó Eve.

—Estaba colocado. Había perdido mucho más de lo que me podía permitir en la ruleta, y los dos hicimos una escena. Ya le he dicho que yo era joven. La culpé a ella de mi mala suerte. Quizá la amenacé. No lo recuerdo. Sí, nos peleamos en público, ella me golpeó y yo le devolví el golpe. No estoy orgulloso de eso. A partir de entonces, no lo recuerdo.

—¿No lo recuerda, señor Slade?

—Tal y como testifiqué, lo siguiente que recuerdo es que me desperté en una pequeña y asquerosa habitación. Estábamos en la cama, desnudos. Y ella estaba muerta. Yo todavía estaba atontado. La policía entró. Debí de haberles avisado yo mismo. Tomaron fotos. Me aseguraron que las fotos serían destruidas cuando se cerrara el caso y yo fuera exculpado. Yo casi no conocía a esa mujer —continuó, enojándose cada vez más—. La encontré en un bar, o creo que fue así. Mi abogado descubrió que era una acompañante profesional sin licencia, que trabajaba en los casinos.

Cerró los ojos.

—¿Cree que quiero que Mirina sepa que fui, aunque fuera por un breve tiempo, acusado de asesinar a una puta sin licencia?

—No —dijo Eve en voz baja—. No me imagino que quiera. Y tal como ha dicho, señor Slade, usted haría cualquier cosa por conservarla. Cualquier cosa.

Cuando Eve salió de la oficina del comandante, Hammett la estaba esperando. Sus mejillas parecían más hundidas y su tez más pálida.

—Tenía la esperanza de hablar un momento con usted, teniente... Eve.

Eve indicó con un gesto hacia detrás y le dejó entrar en la habitación antes que ella. Luego cerró la puerta.

—Es un día difícil para usted George.

—Sí, muy difícil. Quería preguntarle, necesito saber... ¿Hay algo nuevo? ¿Cualquier cosa?

—La investigación avanza. No hay nada que pueda decirle que no pueda usted saber por los medios.

—Debe de haber algo más. —Elevó el tono de voz sin poderlo evitar—. Algo.

Eve sintió compasión a pesar de que también sentía cierta sospecha.

—Se está haciendo todo lo que se puede hacer.

—Usted ha entrevistado a Marco, a sus hijos, incluso a Randy. Si hay algo que ellos saben, algo que le hayan dicho que pueda resultar de ayuda, tengo derecho a saberlo.

«¿Nervios? —se preguntó Eve—. ¿O dolor?»

—No —dijo, en voz baja—. No lo tiene. No puedo darle ninguna información recibida durante una entrevista ni durante el proceso de investigación.

—¡Estamos hablando del asesinato de la mujer que amaba! —explotó, con el rostro enrojecido—. Podríamos haber estado casados.

—¿Planeaban ustedes casarse, George?

—Hablamos de ello. —Se pasó una mano por el rostro, una mano que temblaba ligeramente—. Lo hablamos —repitió, el tono en el rostro no tan rojizo ya—. Siempre había otro caso, otro sumario que preparar. Se suponía que tendríamos que tener mucho tiempo.

Se alejó de Eve, las manos cerradas en puños.

—Discúlpeme por haberle gritado. No estoy en mí.

—No pasa nada, George. Siento mucho lo que ha pasado.

—Se ha ido. —Lo dijo en tono bajo, con la voz rota—. Se ha ido.

No había nada que Eve pudiera hacer excepto ofrecerle intimidad. Cerró la puerta al salir. Fuera, se pasó la mano por la nuca, tensa.

Al salir, Eve hizo una señal a Feeney.

—Necesito que averigües algo —le dijo mientras salían—. Un caso antiguo, de hace unos diez años, en uno de los infiernos de juego en el Sector 38.

—¿Qué tienes, Dallas?

—Sexo, un escándalo y un probable suicidio. Accidental.

—¡Joder! —exclamó Feeney con expresión sombría—. Y yo que esperaba pillar un partido en la pantalla esta noche.

—Esto va a ser igual de entretenido. —Eve observó que Roarke ayudaba a la rubia a entrar en su coche. Dudó un momento y luego, al pasar por su lado, le dijo—: Gracias por la propina, Roarke.

—Cuando quieras, teniente. Feeney —añadió con una breve inclinación de cabeza antes de entrar en el coche.

—Eh —dijo Feeney cuando el coche se alejó—. Está realmente molesto contigo.

—A mí me ha parecido correcto —respondió Eve, mientras abría la puerta del coche.

Feeney se rio.

—Estás hecha toda una detective, niña.

—Investiga el caso, Feeney. Randall Slade es el acusado.

Cerró la puerta, de mal humor.

Capítulo siete

Feeney sabía que a Eve no le iba a gustar la información que había encontrado. Conociendo de antemano cuál sería su reacción, y siendo como era un hombre sabio, se la mandó en lugar de llevársela en persona.

—Tengo la información sobre el incidente Slade —le dijo en cuanto su cara, apesadumbrada, apareció en pantalla—. Te la voy a mandar. Voy a... eh... quedarme quieto aquí un rato. Ya he eliminado casi el veinte por ciento de la lista de convictos de Towers. Es lento.

—Intenta ir más rápido, Feeney. Tenemos que acotar el campo.

—De acuerdo. Preparado para la transmisión. —Su rostro desapareció. En su lugar, apareció el informe policial sobre el Sector 38.

Eve frunció el ceño mientras repasaba los datos que aparecían en pantalla. No había mucha más información que la que le había dado Randall Slade. Una muerte sospechosa, sobredosis. El nombre de la víctima era Carolle Lee, edad: veinticuatro años, lugar de nacimiento: Colonia de Nuevo Chicago, sin empleo. La imagen mostraba a una mujer joven de pelo oscuro que parecía de sangre mezclada, de ojos exóticos y una piel de color café. Randall tenía un aspecto pálido, la mirada vidriosa en esa foto.

Repasó toda la información, buscando cualquier detalle que Randall hubiera podido obviar. Ya era bastante malo tal cual, pensó Eve. Los cargos por asesinato habían sido retirados, pero había sido condenado por solicitar una acompañante sin licencia, por posesión de químicos ilegales y por contribución a la muerte.

Había tenido suerte, decidió Eve, mucha suerte de que el incidente hubiera ocurrido en un sector tan oscuro, en un agujero que no llamaba mucho la atención. Pero si alguien, cualquiera, hubiera encontrado esa información y hubiera amenazado con ofrecérsela a su pequeña y frágil prometida, hubiera sido un auténtico lío.

«¿Lo sabía Towers?», se preguntó Eve. Ésa era la gran pregunta. Y si lo hubiera sabido, ¿cómo lo hubiera manejado? La abogada habría estudiado los hechos, los hubiera sopesado y hubiera apartado el caso dándolo por cerrado.

Pero ¿y la madre? Esa madre amante que hablaba de moda durante una hora con su hija, la madre dedicada que sacaba tiempo para ayudar a planificar una boda perfecta, ¿hubiera aceptado ese escándalo como un desliz de un hombre joven y alocado?

Eve continuó estudiando el documento. Se quedó helada al encontrar en él el nombre de Roarke.

—Hijo de puta —dijo, dando un puñetazo en la mesa—. Hijo de puta.

Al cabo de quince minutos, Eve atravesaba el pulido suelo del vestíbulo del edificio de Roarke en el centro. Furiosa, marcó el código y aplastó la mano contra la pantalla lectora del ascensor privado. No se había tomado la molestia de llamar antes. Dejó que su justa furia le abriera el paso hasta el piso superior.

La recepcionista que se encontraba en la oficina de recepción empezó a sonreír para recibirla. Pero al ver la expresión de Eve, parpadeó.

—Teniente Dallas.

—Dile que estoy aquí y que le voy a ver ahora o, si no, en la central de policía.

—Está... en una reunión.

—Ahora.

—Voy a llamarle. —Dio media vuelta sobre el asiento y apretó un botón para comunicarse con él. Le pasó el mensaje de Eve en voz baja y se disculpó. Eve, de pie, estaba furiosa.

—Si quiere esperar usted en su oficina unos segundos, teniente... —La recepcionista empezó a levantarse.

—Conozco el camino —la cortó Eve mientras caminaba por la afelpada alfombra en dirección a las dos imponentes puertas que conducían al santuario de Roarke.

En otro momento se habría servido una taza de café y se habría entretenido en admirar la vista desde esa altura de ciento cincuenta pisos. Pero en vez de eso se quedó de pie, mientras todo el cuerpo le temblaba de rabia. Y, debajo de esa rabia, había miedo.

El panel de la pared este se deslizó a un lado en silencio y él entró. Todavía llevaba el traje oscuro que había llevado en el funeral. Mientras el panel se cerraba detrás de él, Roarke jugó con el botón que todavía llevaba en el bolsillo y que pertenecía a la chaqueta de Eve.

—Has sido rápida —le dijo en tono despreocupado—. Pensé que podría terminar mi reunión antes de que llegaras.

—Te crees muy listo —le devolvió Eve—. Me das lo justo para que empiece a investigar. Mierda, Roarke, estás justo en medio de todo esto.

—¿Ah, sí? —Sin mostrar ninguna preocupación, se dirigió hasta una silla, se sentó y estiró las piernas—. ¿Y cómo es eso, teniente?

—Tú eras el propietario del maldito casino donde Slade jugaba. Tú eras el propietario de ese jodido saco de pulgas de hotel donde murió esa mujer. Tú tenías a una puta sin licencia trabajando en tu antro.

—¿Acompañantes sin licencia en el sector 38? —Sonrió un poco—. ¿Cómo es eso? Estoy impresionado.

—No te las des de ingenioso conmigo. Eso te relaciona con el tema. Mercury ya era bastante malo, pero esto es peor. Tus declaraciones se encuentran en los registros.

—Por supuesto.

—¿Por qué me estás poniendo tan difícil mantener tu nombre lejos de todo esto?

—No tengo ningún interés en ponértelo fácil ni difícil, teniente.

—De acuerdo, entonces. Perfecto. —Sí él podía ser frío, ella también—. Entonces acabemos con el tema de preguntas y respuestas y podremos continuar. Conocías a Slade.

—En realidad no le conocía. No, personalmente. En realidad, me olvidé de todo eso, y de él, hasta que hice unas investigaciones por mi cuenta. ¿No te apetece un poco de café?

—¿Te olvidaste que te habías visto involucrado en una investigación de asesinato?

—Sí. —Despreocupado, juntó las manos—. No era el primer roce que tenía con la policía, y parece que no fue el último. En conjunto, teniente, la verdad es que no me preocupaba en absoluto.

—No te preocupaba —repitió ella—. Hiciste que echaran a Slade de tu casino.

—Creo que se ocupó el director del casino de eso.

—Tú estabas allí.

—Sí, estaba allí, en algún lugar del edificio en cualquier caso. Los clientes insatisfechos a menudo se ponen pesados. Pero no prestaba mucha atención en esa época.

Ella tomó aire.

—Si te significaba tan poco, y si todo el asunto se te olvidó, ¿por qué vendiste el casino, el hotel y todas tus propiedades del Sector 38 durante las cuarenta y ocho horas siguientes al asesinato de Cicely Towers?

Roarke no dijo nada durante unos instantes, pero mantuvo los ojos clavados en los de ella.

—Por razones personales.

—Roarke, dímelo para que pueda descartar la conexión contigo. Sé que esa venta no tuvo nada que ver con el asesinato de Towers, pero resulta extraña. Por razones personales no es suficiente.

—Lo es para mí. De momento. Dime, teniente Dallas, ¿estás pensando que decidí hacer chantaje a Cicely acerca de la indiscreción de su futuro yerno, de que contraté a un matón para que la llevara hasta el West End y que, cuando ella no cooperó, éste le cortó el cuello?

Eve deseó odiarle por colocarla en posición de tener que responder a eso.

—Te he dicho que no creo que tengas nada que ver con su muerte, y lo digo en serio. Me has puesto en una posición en la cual hay un escenario que tengo que despejar. Uno que va a exigir tiempo y energías que deberían destinarse a encontrar al asesino.

—Maldita sea, Eve. —Lo dijo en voz baja. Tan baja, tan tranquila, que al escucharle, Eve sintió que se le cerraba la garganta.

—¿Qué quieres de mí, Roarke? Dijiste que me ayudarías, que podía utilizar tus contactos. Ahora, como estás molesto por otro asunto, me cierras el paso.

—He cambiado de opinión. —Su tono fue ligero. Se levantó y rodeó el escritorio—. Acerca de varias cosas —añadió mientras le dirigía una mirada que se le clavó en el corazón.

—Si me dijeras solamente por qué lo vendiste. Una coincidencia así no puede ser ignorada.

Roarke pensó unos instantes en la decisión que había tomado de reorganizar algunos de sus dudosamente legales negocios y de desprenderse de todo aquello que no pudiera rectificarse.

—No —murmuró—. No creo que pueda.

—¿Por qué me colocas en esta situación? —le preguntó ella—. ¿Se trata de algún tipo de castigo?

Él se sentó, se apoyó en el respaldo de la silla y entrelazó los dedos de las manos.

—Si te gusta decirlo así.

—Te van a relacionar con esto, igual que la última vez. No hay ninguna necesidad. —Frustrada, dio una palmada contra el escritorio—. ¿Es que no te das cuenta?

Él la miró, observó esos oscuros ojos preocupados, contempló el ridículo corte de pelo.

—Sé lo que hago. —Esperaba que fuera cierto.

—Roarke, no comprendes que no basta con que yo sepa que no tienes nada que ver con esto. Ahora voy a tener que demostrarlo.

Él deseaba tocarla, tanto que los dedos le dolían. Pero más que otra cosa en ese momento, deseó poder odiarla a causa de ello.

—¿Tú lo sabes, Eve?

Ella se puso tensa, dejó caer las manos a ambos lados del cuerpo.

—No importa —dijo. Se dio media vuelta y le dejó.

Pero sí importaba, pensó Roarke. En ese momento, eso era lo único que de verdad importaba. Afectado, se incorporó hacia delante. Ahora podía maldecirla, ahora que esos grandes ojos del color del whisky ya no le miraban. Podía maldecirla por haberle hecho caer tan bajo que había estado a punto de suplicarle que le ofreciera compartir cualquier retazo de su vida que ella quisiera.

Y si él le suplicaba, si se decidía a hacerlo, probablemente acabaría odiándola tanto como se odiaría a sí mismo.

Sabía cómo derrotar a un rival, cómo esquivar a un oponente. Por supuesto, también sabía cómo luchar por aquello que deseaba o que quería poseer. Pero ya no estaba seguro de ser capaz de derrotar, esquivar o luchar por Eve.

Era un idiota, se daba cuenta. Resultaba humillante admitir hasta qué punto el amor podía hacer que un hombre se convirtiera en un tonto. Se puso de pie y volvió a introducir el botón en el bolsillo. Tenía que terminar esa reunión, y cuidar de sus negocios.

Y, pensó, debía realizar algunas investigaciones acerca de los detalles del arresto de Slade que hubieran podido quedar en el Sector 38. Y si habían quedado, cómo y por qué.

Eve no podía cancelar su cita con Nadine. La necesidad de hacerlo la irritaba, al igual que le irritaba el hecho de que tuviera que distribuir su tiempo, esa noche, entre el encuentro con Nadine y los últimos noticiarios.

Se dejó caer en una mesa de un pequeño café situado cerca del Canal 75, el Images. Se encontraba en un lugar tranquilo y de árboles frondosos, cerca del Blue Squirrel. Eve hizo una mueca al ver los precios de la carta. Los periodistas cobraban más que los policías. Se decidió por una Pepsi Classic.

—Deberías probar las magdalenas —le dijo Nadine—. Este lugar tiene fama por eso.

—Apuesto a que sí. —A unos cinco billetes los arándanos deshidratados, pensó Eve—. No tengo mucho tiempo.

—Yo tampoco. —El maquillaje televisivo de Nadine todavía estaba en su sitio. Eve no podía dejar de preguntarse cómo era posible que alguien soportara tener los poros obturados durante tantas horas.

—Tú primero.

—De acuerdo. —Nadine partió la magdalena y ésta desprendió un delicioso aroma—. Evidentemente, el funeral es la gran noticia del día. Quién acudió, quién dijo qué. Muchas historias secundarias acerca de la familia, pero la atención se centra en la hija y en su prometido.

—¿Por qué?

—Interés humano, Dallas. Unos enormes planes de boda interrumpidos por un asesinato violento. Hay rumores de que la ceremonia se va a aplazar hasta principios del año que viene.

Nadine tomó un bocado de la magdalena. Eve no hizo caso de la envidiosa reacción de sus jugos gástricos.

—No son los rumores lo que me interesa, Nadine.

—Pero le dan color. Mira, ha sido algo más que un rumor. Alguien quiere que los medios sepan que la boda se va a posponer. Así que me pregunto si eso significa si, al final, no va a haber boda. Lo que me huelo es que hay problemas en el paraíso. ¿Por qué se podría apartar Mirina de Slade en un momento como éste? A mí me parece que podrían realizar una bonita ceremonia privada para que él pudiera estar a su lado para consolarla.

—Quizá ése es exactamente el plan y te están despistando.

—Es posible. De cualquier forma, ahora que Towers ya no ejerce de parachoques, se especula acerca de la posibilidad de que Angelini y Hammett disuelvan su asociación. Estuvieron muy fríos el uno con el otro durante la ceremonia, tanto antes como después.

—¿Cómo lo sabes?

Nadine sonrió con expresión felina, complacida.

—Tengo mis fuentes. Angelini necesita ingresos. Y rápido. Roarke le ha hecho una oferta por sus acciones, que ahora incluyen participaciones de Towers, en Mercury.

—¿Ah, sí?

—No lo sabías. Interesante. —Maliciosa como un gato, Nadine se chupó los dedos—. También pensé que era interesante que no asistieras al funeral con Roarke.

—Me encontraba allí con carácter oficial —dijo Eve, parca—. Sigamos con el tema.

—Más problemas en el paraíso —murmuró Nadine. Al momento, su expresión adoptó un aire serio—. Mira, Dallas, me caes bien. No sé por qué, pero es así. Si tú y Roarke tenéis problemas, lo siento.

Las confidencias entre colegas eran algo que a Eve siempre la incomodaban. Se removió en la silla, sorprendida de sentirse tentada, aunque fuera por un instante, a compartir sus inquietudes. Pero se decidió a continuar con el tema de las habilidades de Nadine como periodista.

—El tema —repitió.

—De acuerdo. —Nadine se encogió de hombros y dio otro mordisco a la magdalena—. Nadie sabe nada —dijo, brevemente—. Tenemos especulaciones. Las dificultades financieras de Angelini, los hábitos de juego de su hijo, el caso Fluentes.

—Puedes olvidarte del caso Fluentes —la interrumpió Eve—. Va a perder. Tanto él como su abogado lo saben. Las pruebas son claras. Sacar a Towers de en medio no cambia eso.

—Pero podría haber estado cabreado.

—Quizá sí. Pero es perder el tiempo. No tiene ni los contactos ni el dinero para comprar un golpe contra alguien como Towers. No cuadra. Estamos investigando a todos los que condenó. Hasta el momento no tenemos nada.

—Te has enfriado con la teoría de la venganza, ¿no es así?

—Sí. Creo que se trata de algo más cercano.

—¿Alguien en particular?

—No. —Eve negó con la cabeza ante la mirada interrogativa de Nadine—. No —repitió—. No tengo nada sólido, todavía. Quiero que concentres tu atención en lo siguiente, pero que no lo divulgues hasta que yo lo haya aclarado.

—Ése era el trato.

Eve le contó rápidamente el incidente en el Sector 38.

—Dios santo, esto quema. Y es algo de conocimiento público, Dallas.

—Es posible, pero no hubieras sabido por dónde empezar si no te hubiera dado la pista. Mira a ver si puedes averiguar si alguien lo sabe, o está interesado en el tema. Si hay alguna conexión con el asesinato, te lo daré a ti. Si no, supongo que será una cuestión de conciencia el decidir si quieres difundir algo que puede arruinar la reputación de un hombre y su relación con su prometida.

—Un golpe bajo, Dallas.

—Depende de dónde te coloques. Mantén la discreción, Nadine.

—Ajá. —El cerebro de Nadine no dejaba de trabajar—. Slade se encontraba en San Francisco la noche del asesinato. —Hizo una pausa—. ¿No es así?

—Eso dicen los registros.

—Y hay docenas de puentes aéreos de costa a costa, tanto públicos como privados, que despegan cada hora, ida y vuelta.

—Exacto. Estamos en contacto, Nadine —le dijo Eve mientras se levantaba—. Y mantén la discreción.

Eve dio la noche por acabada temprano. A la una sonó el TeleLink, cuando Eve chillaba presa de una pesadilla. Sudorosa y temblorosa, se deshizo de la ropa de cama que se le había enrollado en el cuerpo y se deshizo de las manos que la manoseaban por todas partes.

Reprimió otro grito, se apretó los ojos con las manos y se obligó a no sentirse mareada. Respondió la llamada sin encender las luces y bloqueó el vídeo.

—Dallas.

—Aviso. Verificación de voz. Probable homicidio. Hembra. Informe desde cinco treinta y dos, Central Park, Sur, parte trasera del edificio. Código amarillo.

—Recibido. —Eve cortó la comunicación y, todavía temblorosa por los efectos de la pesadilla, se arrastró fuera de la cama.

Tardó veinte minutos. Necesitaba el consuelo de una ducha caliente, aunque fuera sólo por treinta segundos.

Se trataba de un vecindario de moda, habitado por gente que compraba en tiendas caras y que frecuentaba clubs privados, y cuya aspiración consistía en subir otro escalón de la jerarquía social y económica.

Las calles eran tranquilas, aunque todavía no estaban en la zona en que los taxis públicos eran sustituidos por coches de transporte privados. Alta clase media, pensó mientras recorría el perímetro de un elegante edificio de acero que daba a una agradable vista del parque.

De nuevo, el crimen ocurría en cualquier parte.

Ciertamente, había ocurrido aquí.

Desde la parte trasera del edificio no había ninguna vista al parque, pero los constructores lo habían dotado de una agradable zona verde. Más allá de los cuidados árboles había un muro de seguridad que separaba a un edificio del siguiente.

El cuerpo se encontraba tirado, de cara al suelo, encima de un estrecho sendero de piedra.

Eve se dio cuenta de que se trataba de una mujer mientras mostraba la placa a uno de los uniformes. De pelo oscuro, piel oscura, bien vestida. Observó el elegante tacón de zapato rojo y blanco que apuntaba al cielo desde el sendero.

La muerte la había hecho saltar de sus zapatos.

—¿Fotos?

—Sí, teniente. Los examinadores médicos están de camino.

—¿Quién dio el aviso?

—Un vecino. Salió a pasear al perro. Le tenemos dentro.

—¿Conocemos el nombre de la mujer?

—Yvonne Metcalf, teniente. Vive en el 11 26.

—Una actriz —murmuró Eve, dándose cuenta de que el nombre le sonaba—. Joven y prometedora.

—Sí, señora. —Uno de los uniformes echó un vistazo al

cuerpo—. Ganó un Emmy el año pasado. Ha estado trabajando de presentadora. Es bastante famosa.

—Ahora está bastante muerta. Mantén la cámara en funcionamiento. Tengo que darle la vuelta.

Antes de que pudiera ponerse el espray protector para impermeabilizarse las manos, y antes de que pudiera agacharse para darle la vuelta al cuerpo, Eve lo supo. Había sangre por todas partes. Alguien soltó un silbido mientras el cuerpo rodaba, pero no fue Eve. Se lo había temido.

Tenía la garganta cortada, y el corte era profundo. Los preciosos ojos de Yvonne miraban hacia arriba, hacia Eve, como dos puntos de interrogación.

—¿Qué diablos tienes tú que ver con Cicely Towers? —murmuró—. El mismo modus operandi: una herida en la garganta, la yugular cortada. No ha sido un robo, ninguna señal de agresión sexual ni de pelea. —Con cuidado, Eve levantó una de las inertes manos de Yvonne e iluminó las uñas. Estaban pintadas de un brillante color escarlata con unas delgadas líneas blancas. Y eran perfectas. No había ningún enganche ni ningún resto de piel ni sangre en ellas.

—Completamente vestida y sin ningún lugar adónde ir —comentó Eve, observando el ajustado vestido de franjas rojas y blancas—. Vamos a ver si averiguamos dónde había estado o adónde se dirigía —empezó Eve. En ese momento sintió el sonido de unos pasos que se acercaban y giró la cabeza.

No era el examinador médico con su equipo, tampoco era el equipo de registro. Disgustada, se dio cuenta de que se trataba de C. J. Morse y su equipo del Canal 75.

—Saca esa cámara de aquí. —Enojada, se puso en pie y, por instinto, ocultó a la mujer con su cuerpo—. Esto es una escena de un crimen.

—No la has declarado —dijo Morse con una dulce sonrisa—. Hasta que no lo hagas, es de acceso público. Sherry, saca una toma de ese zapato.

—Declarad la maldita zona —ordenó Eve a uno de los uniformes—. Confiscad la cámara, las grabadoras.

—No puedes confiscar el equipo hasta que no hayas declarado la zona —le recordó C. J., mientras intentaba pasar por su lado para conseguir una visión completa—. Sherry, hazme una buena panorámica y luego enfoca el bonito rostro de la teniente.

—Voy a darte una patada en el culo, Morse.

—Oh, me encantaría que lo intentaras, Dallas. —Sus ojos mostraron una parte del resentimiento que hervía dentro de él—. Me encantaría presentar cargos contra ti, y lanzarlo al aire, después de lo que me has hecho.

—Si estás aquí cuando la escena haya sido declarada, tú serás quien se encontrará con cargos.

Él se limitó a sonreír de nuevo y retrocedió. Calculó que le quedaban otros quince segundos de filmación antes de que pudiera tener problemas.

—El Canal 75 tiene un buen equipo de abogados.

—Deténganle a él y al equipo —dijo con un gruñido a uno de los uniformes—. Sáquenlos de la escena del crimen hasta que haya acabado.

—Interferir con un medio…

—Que te den por el culo, Morse.

—Seguro que el tuyo es más dulce. —No dejó de sonreír mientras le obligaban a alejarse.

Cuando Eve rodeó el edificio, él estaba realizando un breve reportaje sobre el reciente homicidio. Sin perder un momento, se dirigió hacia ella.

—Teniente Dallas, ¿confirma usted que Yvonne Metcalf, la estrella de *Tune In* ha sido asesinada?

—El departamento no tiene ningún comentario que realizar en este momento.

—¿No es verdad que la señorita Metcalf residía en este edificio, y que su cuerpo ha sido encontrado esta mañana en el patio trasero? ¿No es verdad que le han cortado el cuello?

—Sin comentarios.

—Nuestra audiencia está esperando, teniente. Dos importantes mujeres han sido violentamente asesinadas con el mismo método y, por lo que parece, por la misma persona con apenas una semana de distancia. ¿Y usted no tiene ningún comentario que realizar al respecto?

—A diferencia de ciertos periodistas irresponsables, la policía es más cuidadosa y está más preocupada por los hechos que por las especulaciones.

—¿No será que la policía, simplemente, es incapaz de resolver estos crímenes? —Con agilidad, dio un paso a un lado y se encaró con ella de nuevo—. ¿No está usted preocupada por su reputación, teniente, y por la conexión entre las dos víctimas y su íntimo amigo Roarke?

—Mi reputación no es la cuestión. El tema, aquí, es la investigación.

Morse se dirigió a la cámara.

—En este momento, la investigación, dirigida por la teniente Eve Dallas, se encuentra en un punto muerto. Otro asesinato ha tenido lugar a menos de cien metros de donde me encuentro. Una mujer joven, con talento, bonita y llena de promesas ha perdido la vida a causa de una violenta herida de cuchillo. Al igual que hace tan sólo una semana, la respetada y entregada defensora de la justicia, Cicely Towers, perdió la vida. Quizá la pregunta sea no cuándo será atrapado el asesino, sino cuál será la próxima mujer importante. Aquí C. J. Morse para el Canal 75, en directo desde Central Park Sur.

Asintió con la cabeza en dirección al cámara antes de mirar a Eve.

—Mira, si cooperas, Dallas, quizá pueda ayudarte con la opinión pública.

—Que te jodan, Morse.

—Bueno, quizá si me lo pidieras bien. —No perdió la sonrisa aunque Eve le agarró por el pecho de la camisa—. Bueno, bueno, no me toques a no ser que quieras hacerlo de verdad.

La altura de ella era superior a la de él por una cabeza y Eve se planteó seriamente la posibilidad de tumbarlo en el suelo.

—Lo que quiero saber es lo siguiente, Morse. Quiero saber cómo es posible que un periodista de tercera acabe en una escena de un crimen, con un equipo entero, diez minutos después de que se dé el aviso.

Él se alisó la pechera de la camisa.

—Mis fuentes, teniente, que, como sabes muy bien, no tengo ninguna obligación de compartir contigo. —Su sonrisa adquirió un tono burlesco—. Y, en este momento, diría que estoy hablando con una investigadora de tercera clase. Hubiera sido mejor que hubieras tratado conmigo en lugar de hacerlo con Nadine. Fue un golpe desagradable el que la ayudaras a apartarme del caso Towers.

—¿Ah, sí? Bueno, me alegro de oírlo, C. J., porque no te soporto. ¿No te importó nada, no es así, presentarte aquí con la cámara y emitir las imágenes de esa mujer? No pensaste en el derecho que ella tenía de una mínima dignidad o en el hecho de que alguien a quien ella le importara podría no haber sido notificado todavía. Su familia, por ejemplo.

—Eh, tú haces tu trabajo y yo hago el mío. No pareció que a ti te importara demasiado hurgar su cuerpo.

—¿En qué momento obtuviste el dato? —preguntó Eve.

Él dudó un momento, hizo una pausa.

—Supongo que no pasa nada si te lo digo. Me llegó por mi línea privada a las 00:30.

—¿De parte de?

—No. Protejo a mis fuentes de información. Llamé a los estudios y reuní a un equipo. ¿No es así, Sherry?

—Sí. —El cámara se encogió de hombros—. El turno de noche nos envió aquí a encontrarnos con C. J. Así es el negocio.

—Voy a hacer todo lo que pueda para confiscarte los registros, Morse, para hacer que te interroguen y te hagan pasar por un infierno.

—Oh, espero que lo hagas. —El rostro redondo se le iluminó—. Vas a darme el doble de tiempo de emisión y vas a hacer que mi popularidad se dispare hasta el cielo. ¿Y sabes qué es lo que va a ser divertido? La historia que voy a elaborar acerca de Roarke y su entrañable relación con Yvonne Metcalf.

Eve sintió que se le retorcía el estómago, pero mantuvo la voz tranquila.

—Vigila dónde pones los pies, C. J. Roarke no es tan simpático como yo. Y mantén a tu equipo lejos de la escena —le advirtió—. Si das un paso en falso, te confiscaré todo el equipo.

Eve se dio la vuelta y, cuando se hubo alejado lo suficiente, sacó el comunicador. Iba a salirse del procedimiento y se arriesgaba a una reprimenda o a algo peor. Pero tenía que hacerlo.

Cuando Roarke respondió, Eve se dio cuenta de que no se había acostado todavía.

—Vaya, teniente, esto es una sorpresa.

—Sólo tengo un minuto. Dime cuál era tu relación con Yvonne Metcalf.

Él arqueó una ceja.

—Somos amigos, fuimos íntimos durante un tiempo.

—Erais amantes.

—Sí, muy poco tiempo. ¿Por qué?

—Porque está muerta, Roarke.

Su sonrisa se desvaneció.

—Oh, Dios. ¿Cómo ha sido?

—Le han cortado el cuello. Mantente localizable.

—¿Se trata de una petición oficial, teniente? —preguntó en un tono de voz duro como la piedra.

—Tiene que serlo. Roarke… —dudó—. Lo siento.

—Yo también. —Y cortó la comunicación.

Capítulo ocho

Eve no tuvo ningún problema en elaborar una lista de elementos comunes entre Cicely Towers e Yvonne Metcalf. El primero de ellos era el asesinato. El método y el perpetrador. Ambas habían sido mujeres conocidas por el público, respetadas y queridas. Habían tenido éxito en sus respectivos campos y trabajaban con entera dedicación. Las dos tenían familias que las querían y que las lloraban.

Pero habían trabajado y se habían movido en círculos completamente distintos, tanto sociales como profesionales. Los amigos de Yvonne eran artistas, actores y músicos, mientras que Cicely se había relacionado con agentes de la ley, empresarios y políticos.

Cicely había sido una mujer de negocios organizada, de gusto exquisito, que había mantenido impecablemente su intimidad.

Yvonne había sido una mujer alegre y desorganizada, una actriz que coqueteaba con la imagen pública.

Pero alguien las conocía a ambas lo suficiente y había albergado sentimientos suficientemente fuertes hacia ambas para matarlas.

El único nombre común que Eve encontró en la ordenada agenda de Cicely y en la desordenada agenda de Yvonne fue el de Roarke.

Por tercera vez en una hora, Eve repasó las listas en el ordenador, buscando otra conexión. Un nombre que correspondiera con otro nombre, una dirección, una profesión, un interés personal. Las pocas conexiones que aparecieron tenían una relación tan floja que difícilmente justificaban dar el paso de realizar una entrevista.

Pero iba a hacerlo, porque la otra alternativa era Roarke.

Mientras el ordenador generaba otro pequeño listado, Eve avanzó en el diario electrónico de Yvonne.

«¿Por qué diablos esa mujer no puso los nombres?», dijo Eve. Había horas, fechas, alguna inicial de vez en cuando, pequeñas notas aparte o símbolos que indicaban el estado de ánimo de Yvonne.

«1:00. Comida en Crown Room con B.C. ¡Yupi! No llegues tarde, Yvonne, y ponte el jersey verde con la falda corta. Le gustan las mujeres puntuales con piernas.

»Día de belleza en el Paradise. Gracias a Dios. 10:00. Debería intentar llegar al Fitness Palace a las ocho para los ejercicios. Uf.»

«Comidas elegantes», pensó Eve. Cuidarse en un exquisito salón de la ciudad. Un poco de sudor en un gimnasio de lujo. No era una mala vida, en conjunto. ¿Quién había querido acabar con ella?

Avanzó rápidamente hasta llegar al día del asesinato.

«8:00. Desayuno importante. Trajecito azul con zapatos a juego. ¡PONTE PROFESIONAL, YVONNE, POR EL AMOR DE DIOS!

»11:00. P. En la oficina de P. Para hablar de las negociaciones del contrato. Quizá escaparme antes para hacer algunas compras. VENTA DE ZAPATOS EN SAKS. Joder.

»Comida. Pasar del postre. Quizá. Decirle al amorcito que estuvo maravilloso, en el espectáculo. Ninguna culpa en mentir a los colegas sobre su actuación. Dios, ¿no estuvo espantoso?

»Llamar a casa.

»Ir a Saks si no pudiste antes.

»Sobre las cinco. No te salgas del agua de manantial,

niña. Hablas demasiado cuando te sueltas. Sé brillante, chispea. Pon Tune In. $$$***. No te olvides de componer las fotos por la mañana y mantente alejada del vino. Vete a casa y haz una siesta.

»Cita a medianoche. Puede ser algo muy caliente. Llevar el vestido rojo y blanco y sonreír, sonreír, sonreír. El pasado es pasado, ¿no? No cierres nunca esa puerta. El mundo es pequeño, etc. Vaya un imbécil.»

Así había dejado escrito la cita de medianoche. No quién, tampoco dónde, no qué, sólo había querido ir bien vestida para esa cita. Alguien a quien ella conocía, con quien ya había una historia. El pasado. ¿Alguien con quien había tenido un problema en el pasado?

¿Un amante?, se preguntó. No lo creía. Yvonne no había dibujado corazoncitos al lado de la anotación ni había querido estar sexy, sexy, sexy. Eve pensó que estaba empezando a comprender a esa mujer. Yvonne se había divertido consigo misma, estaba preparada para pasarlo bien, quería disfrutar su estilo de vida. Y había sido ambiciosa.

¿No se habría dicho ella a sí misma sonríe, sonríe, sonríe por una oportunidad en su carrera? Un papel, buena prensa, un nuevo guión, un fan influyente.

«¿Qué habría dicho acerca de Roarke? —se preguntó—. Lo más probable es que le hubiera designado con una gran R mayúscula. Hubiera dibujado corazones alrededor de la cita, o signos de dólar, o sonrisas. Igual que había hecho dieciocho meses antes de morir.»

Eve no necesitó consultar los anteriores diarios de Yvonne. Recordaba perfectamente la última anotación sobre Roarke.

«Cena con R. 8:30. Mmm. Ponerse el satén blanco con blusa a juego. Estar preparada, igual hay suerte. El cuerpo de ese hombre es increíble. Ojalá pudiera saber qué piensa. Bueno, mejor pensar sexy y ver qué pasa.»

Eve no deseaba especialmente saber si Yvonne había tenido suerte. Era evidente que habían sido amantes: Roarke mismo se lo había dicho. ¿Por qué no había anotado ninguna otra cita después de la del satén blanco?

Eso era algo que, suponía, tendría que averiguar. Por motivos profesionales, exclusivamente.

Mientras, haría otra visita al apartamento de Yvonne, intentaría reconstruir de nuevo el último día de su vida. Tenía que programar algunas entrevistas. Y, como los padres de Yvonne la habían estado llamando una vez al día por lo menos, Eve sabía que tendría que volver a hablar con ellos, prepararse para afrontar su terrible dolor e incredulidad.

No le importaba trabajar catorce o dieciséis horas al día. De hecho, en ese momento de su vida, lo agradecía.

Cuatro días después de la muerte de Yvonne Metcalf, Eve no tenía nada. Había interrogado a tres docenas de personas, extensamente, exhaustivamente. No sólo había sido incapaz de descubrir un solo motivo plausible, sino que no conoció a nadie que no adorara a la víctima.

No había ni rastro de un fan obsesionado. El correo electrónico de Yvonne era enorme. Feeney y su ordenador habían estado registrando la correspondencia. Pero no habían encontrado ninguna amenaza, ni abierta ni encubierta, en la primera parte de él. Tampoco ninguna oferta o sugerencia extraña o desagradable.

Habían hallado cuantiosas ofertas de matrimonio, así como otras propuestas. Eve las reunió sin ningún interés ni entusiasmo. Todavía existía alguna posibilidad de que alguien que hubiera escrito a Yvonne también se hubiera puesto en contacto con Cicely. A medida que el tiempo pasaba, esa posibilidad resultaba más difícil.

Eve realizó lo que era de esperar en los casos no resueltos de homicidio múltiple, todo lo que el procedimiento propio del departamento aconsejaba en ese momento de una investigación. Pidió una cita con la loquera.

Mientras esperaba, Eve se peleó con sus sentimientos encontrados hacia la doctora Mira. Esa mujer era brillante, perspicaz, discretamente eficiente y compasiva.

Ésas eran las razones por las que a Eve le costaba. Tenía que decirse a sí misma una vez y otra que no se encontraba allí por motivos personales ni a causa de que el departamento la mandara someterse a terapia. No iba a pasar un examen, nadie iba a hablar de sus pensamientos ni de sus sentimientos, ni de sus recuerdos.

Iban a diseccionar la mente de un asesino.

A pesar de eso, tuvo que concentrarse para mantener los latidos del corazón acompasados y las manos tranquilas y sin sudor. Cuando le indicaron que entrara en la oficina de Mira, Eve se dijo que el temblor de las piernas se debía al cansancio, nada más.

—Teniente Dallas. —Los pálidos ojos de la doctora Mira contemplaron el rostro de Eve y notaron el cansancio—. Siento haberla hecho esperar.

—No pasa nada. —Aunque hubiera preferido quedarse de pie, Eve se sentó en la silla azul que se encontraba al lado de la de Mira—. Le agradezco que se ocupe de los casos con tanta rapidez.

—Todos hacemos nuestro trabajo lo mejor que podemos —dijo Mira con voz tranquilizadora—. Y yo sentía un gran respeto y una gran admiración por Cicely Towers.

—¿La conocía?

—Éramos de la misma edad, y ella me consultaba en muchos de sus casos. Testifiqué a menudo para la fiscalía, al igual que para la defensa —añadió, sonriendo un poco—. Pero usted ya lo sabe.

—Sólo por hablar un poco.

—También admiraba el talento de Yvonne Metcalf. Dio mucha alegría al mundo. La echarán de menos.

—Hay alguien que no va a echar de menos a ninguna de las dos.

—Completamente cierto. —Con sus característicos gestos suaves y elegantes, Mira programó el AutoChef para que sirviera un té—. Me doy cuenta de que debe estar usted un poco presionada por el tiempo, pero trabajo mejor con un poco de estímulo. Y parece que a usted también le puede venir bien un poco.

—Estoy bien.

Al darse cuenta del tono de hostilidad reprimida con que pronunció esas palabras, Mira arqueó una ceja.

—Sobrepasada por el trabajo, como es habitual. Eso les sucede a quienes son especialmente buenos en lo que hacen. —Ofreció una taza de té de porcelana a Eve—.Bueno, he leído sus informes, las pruebas que ha reunido, y sus teorías. Aquí está mi perfil psiquiátrico —le dijo, señalando un disco óptico que se encontraba encima de la mesa.

—Ya lo ha terminado. —Eve no se preocupó en disimular su irritación—. Hubiera podido enviarme los datos y ahorrarme el viaje.

—Hubiera podido hacerlo, pero prefería discutir esto con usted, cara a cara. Eve, está usted enfrentándose con algo, alguien, muy peligroso.

—Creo que ya me he dado cuenta de eso, doctora. Dos mujeres han sido degolladas.

—Dos mujeres, de momento —dijo Mira en voz baja y se reclinó de nuevo—. Mucho me temo que va a haber más. Y pronto.

Eve creía lo mismo, así que no hizo caso del estremecimiento que le recorrió la espalda.

—¿Por qué?

—Fue tan fácil, ¿sabe? Y tan sencillo. Un trabajo bien

hecho. Hay una satisfacción en eso. También está el factor de la atención. Fuera quien fuese el asesino, ahora puede tumbarse en su casa y ver el espectáculo. Las noticias, los editoriales, el dolor, las ceremonias fúnebres, la información sobre la investigación.

Hizo una pausa para saborear el té.

—Usted tiene su propia teoría, Eve. Usted está aquí para que yo la corrobore o se la discuta.

—Tengo varias teorías.

—Pero sólo cree en una. —Mira le dirigió su inteligente sonrisa, sabiendo que eso irritaba a Eve—. La fama. Fama. ¿Qué otra cosa tenían esas dos mujeres excepto que eran sobresalientes? No compartían los mismos círculos sociales ni profesionales. No conocían a la misma gente, ni siquiera a un nivel superficial. No eran clientes de las mismas tiendas, centros de salud ni centros de estética. Lo que tenían en común es la fama, el interés público, cierto tipo de poder.

—Que el asesino envidiaba.

—Yo diría exactamente lo mismo. Estaba resentido y al mismo tiempo deseaba, al matarlas, tener algo que ver en la atención que eso suscita. Los asesinatos han sido crueles y limpios de una forma poco frecuente. No había heridas en los rostros ni en los cuerpos. Un rápido corte en el cuello, según los examinadores médicos, por delante. Cara a cara. Un cuchillo es un arma personal, una extensión de la mano. No es algo distante como un láser, ni tiene la frialdad del veneno. Su asesino quería sentir qué era matar, quería ver la sangre, quería olerla. Una experiencia fuerte que hace que él o ella disfruten con la sensación de tener el control, de seguir un plan escrupulosamente.

—Usted no piensa que contrataran a alguien para hacerlo.

—Siempre existe esa posibilidad, Eve, pero me siento más inclinada en ver al asesino como un participante activo. Además, están los souvenirs.

—El paraguas de Towers.

—Y el zapato derecho de Metcalf. Consiguió que la prensa no se enterara.

—Por los pelos. —Eve frunció el ceño al recordar a Morse y a su equipo en la escena del crimen—. Un profesional no se hubiera llevado ningún souvenir, y esas muertes fueron demasiado bien planificadas para ser llevadas a cabo durante un asalto callejero.

—Estoy de acuerdo. Tiene usted una mente organizada y ambiciosa. Su asesino está disfrutando de su trabajo y ése es el motivo por el cual va a haber otro asesinato.

—O asesina —añadió Eve—. El factor de la envidia puede inclinar la balanza hacia una mujer. Esas dos mujeres eran lo que ella quería ser. Hermosas, exitosas, admiradas, famosas, fuertes. A menudo son los débiles quienes asesinan.

—Sí, muy a menudo. No, no es posible determinar el sexo a partir de los datos que tenemos en este momento. Sólo podemos suponer que el asesino elige a mujeres que han conseguido un alto nivel de atención pública.

—¿Qué se supone que debo hacer con esto, doctora Mira? ¿Colocarle un chip de seguridad a cada mujer prominente y conocida, o de éxito, de la ciudad? ¿Incluyéndola a usted?

—Es extraño, yo pensaba más bien en usted.

—¿En mí? —Eve removió el té que todavía no había probado y lo dejó encima de la mesa dando un golpe—. Eso es ridículo.

—No lo creo. Se ha convertido usted en alguien conocido, Eve. Ciertamente a causa de su trabajo, y especialmente desde el caso del invierno pasado. Es usted muy respetada en su campo. Y... —continuó antes de que Eve pudiera interrumpirla—, tiene usted una conexión importante con ambas víctimas. Todas ustedes habían tenido una relación con Roarke.

Eve se dio cuenta de que había empalidecido de repente.

Eso no era algo que pudiera controlar. Pero sí podía mantener el tono de voz en alto y severo.

—Roarke tenía una relación de negocios, poco importante, con Towers. Con Metcalf, la parte íntima de su relación terminó hace bastante tiempo.

—Y a pesar de ello, tiene usted la necesidad de defenderle ante mí.

—No le estoy defendiendo —respondió Eve, cortante—. Constato los hechos. Roarke es más que capaz de defenderse a sí mismo.

—Sin duda. Es un hombre fuerte, vital e inteligente. Pero usted se preocupa por él.

—Según su opinión profesional, ¿Roarke es el asesino?

—No, en absoluto. No tengo ninguna duda de que si le analizara, encontraría sus instintos de asesino bien desarrollados. —El hecho era que a Mira le hubiera gustado tener la oportunidad de estudiar la mente de Roarke—. Pero su motivo hubiera tenido que estar muy bien definido. Un gran amor o un gran odio. Dudo que haya gran cosa aparte de eso que pueda hacerle traspasar el límite. Relájese, Eve —le dijo Eve, con suavidad—. No está usted enamorada de un asesino.

—No estoy enamorada de nadie. Y mis sentimientos personales no son el tema, aquí.

—Por el contrario, el estado mental del investigador siempre es un tema. Y si se me pidiera que diera mi opinión acerca del suyo, tendría que decir que la encuentro cerca de la extenuación, emocionalmente agotada y profundamente preocupada.

Eve tomó el disco con el perfil psiquiátrico y se levantó.

—Entonces es una pena que no se le pida que dé su opinión. Soy perfectamente capaz de realizar mi trabajo.

—No lo dudo ni por un momento. Pero ¿a qué coste sobre sí misma?

—El coste sería mayor si no lo hiciera. Voy a averiguar quién mató a esas mujeres. Entonces alguien como Cicely Towers deberá encerrarle. —Eve se guardó el disco en el bolso—. Hay una conexión que ha olvidado, doctora Mira. Esas mujeres tenían algo más en común. —La mirada de Eve era dura y fría—. La familia. Ambas tenían una familia muy cercana que significaba una parte importante de sus vidas. Diría que eso me excluye como posible objetivo. ¿No lo cree así?

—Quizá. ¿Ha estado pensando usted en su familia, Eve?

—No juegue conmigo.

—Usted lo ha mencionado —señaló Mira—. Usted siempre tiene cuidado con qué me dice, así que debo asumir que tiene a la familia en mente.

—No tengo familia —repuso Eve—. Y en la mente tengo los asesinatos. Si quiere usted informar al comandante de que no estoy preparada para mi deber, está bien.

—¿Cuándo va usted a confiar en mí? —Que Eve recordara, ésa era la primera vez que notaba un tono de impaciencia en la voz de Mira—. ¿Le parece tan difícil creer que me preocupo por usted? Sí, me preocupo —dijo Mira ante la expresión de sorpresa de Eve—. Y la comprendo mejor de lo que a usted le gustaría admitir.

—No necesito que usted me comprenda. —Pero Eve habló en tono nervioso. Ella misma se dio cuenta—. No estoy pasando un examen, ni me encuentro en una sesión de terapia.

—No hay ninguna grabadora aquí. —Mira dejó la taza de té en la mesa con un golpe y Eve hundió las manos en los bolsillos—. ¿Cree que es usted la única que vivió la niñez en un clima de horror y maltrato? ¿La única mujer que ha tenido que luchar para superarlo?

—No tengo nada que superar. No recuerdo…

—Mi padrastro me violaba repetidamente desde que cumplí doce años y hasta que tuve quince —dijo Mira con calma, lo cual hizo callar a Eve—. Durante esos tres años viví sin saber nunca cuándo volvería a pasar, sólo que volvería a pasar. Y nadie me escuchaba.

Conmocionada y con sensación de mareo, Eve se abrazó la cintura.

—No quiero saberlo. ¿Por qué me está contando esto?

—Porque la miro a los ojos y me veo a mí misma. Pero usted tiene a alguien que sí la escuchará, Eve.

Eve se quedó inmóvil. Tenía los labios secos.

—¿Por qué dejó de suceder?

—Porque al final encontré el valor de ir a un centro de ayuda, contarlo todo a los asistentes, pasar las pruebas, tanto físicas como psiquiátricas. Todo ese terror, esa humillación, ya no era tan enorme como la otra opción.

—¿Por qué debería yo recordarlo? —preguntó Eve—. Ya pasó.

—¿Por qué no puede dormir?

—La investigación…

—Eve.

Lo dijo en un tono tan cariñoso que Eve cerró los ojos. Resultaba tan duro, tan agotador, luchar contra esa compasión tranquila.

—Breves imágenes —murmuró, odiándose a sí misma por la debilidad—. Pesadillas.

—¿De antes de que la encontraran en Texas?

—Sólo destellos, pequeños retazos.

—Puedo ayudarla a recomponerlos.

—¿Por qué debería querer recomponerlos?

—¿No ha empezado a hacerlo ya? —Ahora Mira se levantó—. Puede usted seguir trabajando a pesar de esa cacería de su inconsciente. La he visto hacerlo durante años. Pero la felicidad se le escapa, y continuará siendo así hasta que se convenza a sí misma de que se la merece.

—No fue culpa mía.

—No. —Mira llevó la mano hasta el brazo de Eve con amabilidad—. No, no fue su culpa.

Las lágrimas estaban amenazando con fluir, y eso resultó una sorpresa y una incomodidad.

—No puedo hablar de esto.

—Querida, ya ha empezado a hacerlo. Estaré aquí cuando esté preparada para volver a hacerlo. —Esperó hasta que Eve llegó a la puerta—. ¿Puedo hacerle una pregunta?

—Usted siempre hace preguntas.

—¿Por qué detenerse ahora? —preguntó Mira con una sonrisa—. ¿Roarke la hace feliz?

—A veces. —Eve cerró los ojos con fuerza y maldijo para sus adentros—. Sí, sí, me hace feliz. Excepto cuando me hace desgraciada.

—Eso es encantador. Me alegro mucho por ambos. Intente dormir un poco, Eve. Si no quiere tomar químicos, pruebe con la visualización.

—Lo tendré en cuenta. —Eve abrió la puerta y todavía de espaldas, dijo—: Gracias.

—Es un placer.

La visualización no sería una gran ayuda, decidió Eve. No, después de un repaso a los informes de la autopsia.

El apartamento estaba demasiado silencioso, demasiado vacío. Lamentaba haber dejado al gato con Roarke. Por lo menos, *Galahad* hubiera sido una compañía.

Se apartó del escritorio. Los ojos le dolían a causa del esfuerzo de estudiar la información. No tenía la energía de ir en busca de Mavis, y estaba totalmente aburrida de los vídeos de la pantalla.

Ordenó un poco de música, la escuchó durante treinta segundos y la apagó.

Normalmente, la comida funcionaba. Pero en cuanto sacó la cabeza por la cocina se acordó que no había provisto al AutoChef hacía semanas. Las elecciones eran pobres y no tenía tanto apetito para hacer un pedido.

Decidida a relajarse, lo intentó con las gafas de realidad virtual que Mavis le había regalado por Navidad. Mavis las había utilizado la última vez y por eso estaban programadas para ofrecer un club nocturno, a todo volumen. Después de reajustarlas apresuradamente y de maldecir bastante, Eve programó una playa en el trópico.

Sentía el contacto de la arena caliente y blanca en los pies desnudos, la caricia del sol en la piel, la brisa suave del océano. Era maravilloso encontrarse en medio de la espuma y observar el vuelo de las gaviotas mientras sorbía una bebida helada que sabía a ron y a fruta.

Sintió unas manos sobre sus hombros desnudos. Con un suspiro, se recostó hacia atrás abandonándose. Sintió la firmeza de un cuerpo masculino en la espalda. Lejos, en el mar azul, un barco blanco navegaba hacia el horizonte.

Era sencillo sumergirse en los brazos que la esperaban, ofrecer los labios a esos labios que deseaba. Y tumbarse en la arena al lado de un cuerpo que encajaba tan a la perfección con el suyo.

La excitación resultaba tan dulce como la paz. El ritmo era tan antiguo como las olas que le lamían la piel. Permitió que la poseyera, temblando hasta que el deseo se convirtió en satisfacción. Sentía la respiración de él sobre su rostro, el cuerpo de él pegado al suyo. Dijo su nombre en voz alta.

Roarke.

Furiosa consigo misma, Eve se arrancó las gafas y las tiró a un lado. Él no tenía ningún derecho a introducirse incluso ahí, dentro de su cabeza. Ningún derecho de infligirle dolor y placer cuando lo único que ella quería era intimidad.

Oh, sabía qué era lo que él estaba haciendo, pensó mientras se levantaba y empezaba a caminar por la habitación. Él sabía exactamente qué hacía. Y tenían que aclararlo, de una vez y por todas.

Dio un portazo detrás de ella. Hasta que se encontró atravesando las puertas, no se le ocurrió pensar que quizá no estaría solo.

Esa idea la ponía tan furiosa, la destrozaba hasta tal punto, que subió los escalones de dos en dos y aporreó la puerta en una explosión de violenta energía.

Summerset la esperaba.

—Teniente, es la 01:20 de la noche.

—Ya sé qué hora es. —Apretó las mandíbulas al ver que él se colocaba delante de ella para cerrarle el paso hacia las escaleras—. Vamos a ver si nos entendemos, amigo. Yo le odio, y usted me odia. La diferencia es que yo tengo una placa. Ahora quítese de en medio o voy a darle una patada en el culo por obstruir a una agente de la justicia.

La dignidad le sentaba tan bien como la seda:

—¿Debo entender que eso significa que se encuentra aquí, a esta hora, con carácter oficial?

—Entiéndalo como quiera. ¿Dónde está?

—Si comunica usted cuál es el tema que la trae aquí, me complacerá indicarle el paradero actual de Roarke y ver si se encuentra disponible para recibirla.

Sin paciencia ya, Eve le clavó un codazo en el estómago y pasó por su lado.

—Lo encontraré por mí misma —afirmó mientras se precipitaba escaleras arriba.

Él no estaba en la cama, ni solo ni de cualquier otra forma. Eve no estaba del todo segura de cómo se sentía acerca de eso, o de qué habría hecho si le hubiera encontrado enroscado con cualquier rubia. Se negó a pensar en ello y dio media vuelta para dirigirse hacia su oficina, con Summerset pisándole los talones.

—Voy a presentar una queja.

—Lárguese —le devolvió, por encima del hombro.

—No tiene usted ningún derecho a entrar así en una propiedad privada, en medio de la noche. No va a molestar a Roarke. —De un golpe, llevó una mano a la puerta en cuanto Eve llegaba hasta ella—. No lo voy a permitir.

Para sorpresa de Eve, estaba ruborizado y sin respiración. Los ojos no podían quedarse quietos en sus cuencas. Mostraba más emoción de lo que Eve le hubiera nunca creído capaz.

—Esto realmente le hincha las pelotas, ¿no es así? —Antes de que pudiera impedírselo, ella dio con el mecanismo y la puerta se abrió.

Él la agarró y Roarke, dándose la vuelta desde la mesa, obtuvo la sorpresa de verles tocarse mutuamente.

—Vuelve a ponerme una mano encima, hijo de puta, y te tumbo. —Levantó el puño para demostrárselo—. La satisfacción que tendré valdrá mi placa.

—Summerset —dijo Roarke en tono conciliador. Déjanos solos.

—Ha excedido su autoridad.

—Déjanos solos —repitió Roarke—. Yo me encargo de esto.

—Como quiera. —Summerset se recompuso la chaqueta y salió fuera, con una ligera cojera.

—Si quieres mantenerme fuera —dijo Eve mientras se dirigía hacia el escritorio—, tendrás que encontrar una forma más eficaz que ese perro guardián sin culo.

Roarke se limitó a entrelazar las manos sobre la mesa.

—Si quisiera mantenerte fuera, no se te permitiría el paso por las puertas de seguridad. —Con gesto deliberado, echó un vistazo al reloj—. Es un poco tarde para una entrevista oficial.

—Estoy cansada de que la gente me diga qué hora es.

—Bueno. —Se recostó en el respaldo de la silla—. ¿Qué puedo hacer por ti?

Capítulo nueve

El ataque era una elección emocional. Pero Eve podía justificarlo como una elección lógica también.

—Tú tenías una relación con Yvonne Metcalf.

—Tal y como te he dicho, éramos amigos. —Abrió una caja de plata antigua que había encima de la mesa y sacó un cigarrillo—. Durante un tiempo, amigos íntimos.

—¿Quién hizo cambiar el tipo de relación, y cuándo?

—¿Quién? Mmm. —Roarke lo pensó mientras encendía el cigarrillo. Exhaló un fino hilo de humo—. Creo que fue una decisión mutua. Su carrera subía con rapidez y le demandaba gran parte de su tiempo y energía. Podría decirse que nos distanciamos.

—¿Os paleasteis?

—No creo que lo hiciéramos. No era fácil que Yvonne se peleara. Encontraba la vida demasiado... divertida. ¿Te apetece un brandy?

—Estoy de servicio.

—Sí, por supuesto que lo estás. Yo no.

Cuando se levantó, Eve vio que el gato saltaba desde su regazo. *Galahad* la examinó con esos ojos de colores diferentes y luego se acomodó para asearse. Eve estaba demasiado ocupada observando al gato y no se dio cuenta de que las manos de Roarke no se mostraban muy firmes mientras servía el coñac en las copas.

—Bueno —empezó él mientras agitaba el coñac desde el otro extremo de la habitación—. ¿Eso es todo?

«No —pensó ella—. Está lejos de ser todo.» Si él no la ayudaba de forma voluntaria, estaba dispuesta a hurgar y a presionar, a utilizar su astuto cerebro sin ningún escrúpulo ni compasión.

—La última vez que apareces en su diario es hace un año y medio.

—Tanto —murmuró Roarke. Sentía un gran pesar, grande, por Yvonne. Pero tenía sus propios problemas en ese momento y el mayor de ellos se encontraba de pie al otro extremo de la habitación y le miraba con ojos turbulentos—. No me había dado cuenta.

—¿Ésa fue la última vez que la viste?

—No, estoy seguro de que no lo fue. —Bajó la mirada hacia la copa de coñac, pensando en ella—. Recuerdo que bailé con ella en una fiesta, la noche de Fin de Año. Luego vino aquí conmigo.

—Dormiste con ella —dijo Eve en tono ecuánime.

—Técnicamente, no. —Su voz había adoptado un tono molesto—. Tuve sexo con ella, conversación y desayuno.

—¿Retomasteis vuestra anterior relación?

—No. —Eligió una silla y se obligó a sí mismo a disfrutar del coñac y del cigarrillo. Con gesto despreocupado, cruzó los pies—. Podríamos haberlo hecho, pero ambos estábamos bastante ocupados con nuestros proyectos. No volví a saber nada de ella durante seis semanas, quizá siete.

—¿Y?

Se la había sacado de encima, recordó. Sin preocupación, con facilidad. Quizá casi sin pensarlo.

—Le dije que estaba... comprometido. —Observó la punta del cigarrillo encendida—. En ese momento me estaba enamorando de otra persona.

Eve sintió una punzada en el corazón. Le miró y hundió las manos en los bolsillos.

—No puedo quitarte de la lista a no ser que me ayudes.

—¿No puedes? Bueno.

—Maldita sea, Roarke, eres el único que tenías relación con las dos víctimas.

—¿Y cuál es mi móvil, teniente?

—No utilices ese tono conmigo. Odio que hagas eso. Frío, controlado, superior. —Eve renunció y empezó a caminar por la habitación—. Sé que no tuviste nada que ver con los asesinatos y no hay ninguna prueba que respalde tu relación. Pero eso no rompe la conexión.

—Y eso te lo pone difícil a ti porque tu nombre está, a su vez, relacionado con el mío. O lo estaba.

—Puedo manejar eso.

—Entonces, ¿por qué has adelgazado? —preguntó—. ¿Por qué tienes ojeras? ¿Por qué pareces tan infeliz?

Eve sacó la grabadora, y la tiró sobre el escritorio. Una barrera entre ellos.

—Necesito que me cuentes todo lo que sepas sobre esas mujeres. Cualquier detalle pequeño e insignificante. Joder, joder, joder, necesito ayuda. Tengo que saber por qué Towers se fue al West End en plena noche. Por qué Metcalf se vistió y salió al patio a media noche.

Él sacudió el cigarrillo y se levantó lentamente.

—Tienes más confianza en mí de la que merezco, Eve. No conocía tanto a Cicely. Hicimos negocios, tuvimos una relación social de una forma muy distante. Recuerda mi procedencia y su posición. Y en cuanto a Yvonne, sí, éramos amantes. Disfrutaba con ella, con su energía, su entusiasmo. Sé que tenía ambiciones. Quería el estrellato y se lo merecía. Pero no puedo contarte cómo era ninguna de ellas.

—Tú conoces a la gente —le contradijo Eve—. Sabes cómo penetrar en su cabeza. Nunca te sorprende nada.

—Tú lo haces —murmuró él—. Continuamente.

—Ella se limitó a menear la cabeza.

—Dime cuál crees que fue el motivo de que Yvonne Metcalf saliera a encontrarse con alguien en la calle.

Él dio un sorbo de brandy y se encogió de hombros.

—Por una promoción, por la gloria, por la excitación, por amor. Probablemente en este orden. Se vistió bien porque era vanidosa, de una forma admirable. La hora de la cita no hubiera significado nada para ella. Era impulsiva, de una forma que resultaba muy agradable.

Eve exhaló un pequeño suspiro. Eso era lo que necesitaba. Él podía ayudarla a ver a las víctimas.

—¿Había otros hombres?

Roarke se dio cuenta de que se estaba entristeciendo, así que se obligó a detenerse.

—Era encantadora, divertida, brillante, excelente en la cama. Imagino que había muchos hombres en su vida.

—¿Hombres celosos, hombres enfadados?

Él levantó una ceja.

—¿Quieres decir que alguien hubiera podido matarla porque no le daba lo que él quería? ¿O necesitaba? —Mantuvo la mirada fija en la de ella—. Es una idea. Un hombre puede hacerle mucho daño a una mujer a causa de eso. Pero yo no te he matado. Todavía.

—Esto es una investigación de asesinato, Roarke. No te hagas el listo conmigo.

—¿El listo? —Lanzó la copa de coñac medio vacía al otro lado de la habitación. Ese gesto sorprendió a ambos—. ¿Te presentas aquí sin avisar, sin una invitación, y esperas que me siente, que coopere contigo como un perro bien entrenado, para que me interrogues? Me haces preguntas sobre Yvonne, una mujer por la que me preocupé, y esperas que te conteste animadamente mientras tú me imaginas en la cama con ella.

Eve había presenciado antes una explosión temperamental suya. Normalmente prefería eso a la actitud de frío control. Pero en ese momento sintió que los nervios se le rompían como se había roto el cristal de la copa.

—No es algo personal, y no es un interrogatorio. Es una consulta a una fuente de información útil. Estoy haciendo mi trabajo.

—Esto no tiene nada que ver con tu trabajo, y ambos lo sabemos. Si te queda el más mínimo resquicio de duda acerca de si yo tuve algo que ver en el asesinato de esas dos mujeres, entonces yo he cometido un error mayor del que me imagino. Si quieres acribillarme, teniente, hazlo durante tu tiempo, no durante el mío. —Tomó la grabadora de encima del escritorio y se la lanzó—. La próxima vez, trae una orden.

—Estoy intentando eliminarte por completo.

—¿Es que no lo has hecho ya? —Él se colocó detrás del escritorio y se sentó con gesto cansado—. Sal de aquí. He terminado con esto.

Eve se sorprendió de no tropezar mientras se dirigía a la puerta. El corazón le latía con fuerza y las piernas le temblaban. Luchaba por poder respirar cuando llegó a ella. En el escritorio, Roarke se maldijo a sí mismo y apretó el botón para bloquear las puertas. Maldita fuera ella, maldito fuera él, pero ella no iba a salir de esa forma.

Roarke iba a decir algo cuando ella se dio la vuelta, a escasos centímetros de la puerta. Ahora su cara tenía una expresión de furia.

—Muy bien. Joder, muy bien, tú ganas. Estoy destrozada. ¿No es eso lo que quieres? No puedo dormir, no puedo comer. Es como si algo se hubiera roto dentro de mí y casi no soy capaz de realizar mi trabajo. ¿Contento, ahora?

Roarke sintió una primera señal de alivio en el corazón.

—¿Debería estarlo?

—Estoy aquí, ¿no es así? Estoy aquí porque no podía estar lejos más tiempo. —Se sacó la cadena de debajo de la camisa y se acercó a él—. Llevo puesta esta maldita cosa.

Roarke miró el diamante que le mostraba. Brillaba como imbuido por un fuego y repleto de secretos.

—Tal como dije, te sienta bien.

—Sabes mucho, tú —dijo ella—. Me hace sentir como una idiota. Todo esto me hace sentir como una idiota. Así que de acuerdo. Soy una idiota. Me trasladaré aquí. Soportaré a ese robot insultante al que llamas mayordomo. Llevaré diamantes. Pero no... —La voz se le quebró y empezó a sollozar—. No puedo soportar más esto.

—No. Por Dios, no llores.

—Sólo estoy cansada. —Se balanceó un poco intentando tranquilizarse—. Es sólo que estoy cansada, eso es todo.

—Insúltame. —Él se levantó, agitado y un poco más que aterrorizado a causa de ese llanto—. Tira algo. Dame un puñetazo.

Ella se apartó un poco cuando él se le acercó.

—No. Necesito un minuto cuando me comporto como una tonta.

Sin hacerle caso, la atrajo hacia sí. Ella intentó apartarse dos veces, y las dos veces él volvió a atraerla hacia sí con firmeza. Luego, en un gesto desesperado, ella le abrazó.

—No te vayas. —Apretó el rostro contra su hombro—. No te vayas.

—No me voy a ninguna parte. —Con suavidad, le acarició la espalda y el cabello. ¿Había algo que asustara tanto o que sorprendiera tanto a un hombre como una mujer fuerte derramando lágrimas?—. He estado aquí todo el tiempo. Te amo, Eve, casi más de lo que puedo soportar.

—Te necesito. No puedo evitarlo. Y no quiero.

—Lo sé. —Él se apartó un poco y llevó una mano bajo la barbilla para levantarle la cabeza—. Vamos a tener que manejarlo. —Le dio un beso en la mejilla húmeda y luego, en la otra—. La verdad es que no puedo estar sin ti.

—Me dijiste que me marchara.

—Bloqueé la puerta. —Sonrió un poco antes de rozar sus labios con los de ella—. Si hubieras esperado unas horas más, yo habría ido a buscarte. Esta noche estaba aquí sentado e intentaba convencerme a mí mismo de no hacerlo sin éxito. Entonces apareciste. Yo estaba peligrosamente a punto de ponerme de rodillas.

—¿Por qué? —Ella le acarició el rostro—. Podrías tener a cualquiera. Y probablemente ya la tienes.

—¿Por qué? —Él inclinó a un lado la cabeza—. Ésa es una pregunta con trampa. ¿Puede ser por tu serenidad, tus gestos tranquilos, tu gran sentido de la moda? —El corazón se le alegró al ver que ella sonreía un poco, divertida—. No, debo de estar pensando en otra persona. Debe de ser tu valentía, tu absoluta dedicación a equilibrar la balanza, tu mente incansable, y ese lado dulce de tu corazón que te empuja a preocuparte por tanta gente.

—Ésa no soy yo.

—Oh, sí eres tú, querida Eve. —Le rozó de nuevo los labios con los suyos—. Al igual que este sabor es el tuyo, tu olor, tu aspecto, el sonido de tu voz. Estoy perdido contigo. Hablaremos —murmuró él mientras le secaba una lágrima con el pulgar—. Encontraremos la forma de que esto funcione para ambos.

Ella inhaló con fuerza, temblorosa.

—Te amo. —Exhaló—. Dios.

La emoción que le embargó fue como una tormenta de verano, súbita, violenta y limpia. Bañado en Eve, apoyó la frente en la de ella.

—No te has atragantado al decirlo.

—Supongo que no. Quizá me acostumbre a ello. —Y quizá el estómago no se le retorcería como si estuviera lleno de sapos la próxima vez. Levantó el rostro y se encontró con sus labios.

Al cabo de un instante, el beso pasó a ser caliente, ansioso y lleno de deseo. Eve sentía que la sangre le subía a la cabeza con tanta fuerza que no se escuchó a sí misma cuando volvió a pronunciar esas palabras. Pero las sintió en el corazón, por la forma en que éste palpitaba y se hinchaba.

Sin respiración y ya húmeda, tiró de sus pantalones.

—Ahora, ahora mismo.

—Ahora mismo. —Él le sacó la camisa por la cabeza antes de que ambos cayeran al suelo.

Rodaron el uno encima del otro, se acariciaron. Entrelazaron las piernas. Sintiendo vértigo de puro deseo, Eve le clavó los dientes en el hombro mientras él le quitaba los tejanos. Él se tomó un momento para sentir la suavidad de la piel de sus piernas en sus manos, la forma que tenían, el calor que desprendían. Entonces todo se convirtió en una marea para los sentidos, una explosión de olores y texturas que chocaba contra la urgente necesidad de aparearse.

La delicadeza tendría que esperar, al igual que la ternura. La bestia les atrapó a los dos, les devoró incluso cuando él estuvo dentro de ella y empujaba con fuerza. Él sentía el cuerpo de ella tenso, oyó el largo y sonoro quejido de dolorosa satisfacción. Y se vació, vació su corazón, su alma y su semilla.

Ella se despertó en la cama de él con la luz del sol que atravesaba los filtros de la ventana. Con los ojos cerrados, alargó el brazo y notó que el espacio de al lado estaba caliente pero vacío.

—¿Cómo diablos he llegado hasta aquí? —se preguntó.

—Yo te llevé.

Eve abrió los ojos inmediatamente y vio a Roarke. Estaba sentado con las piernas cruzadas, desnudo, y la contemplaba.

—¿Me llevaste?

—Te quedaste dormida en el suelo. —Se inclinó un poco

y le rozó la mejilla con el pulgar—. No deberías llegar a ese punto de extenuación, Eve.

—Me llevaste —volvió a decir ella, demasiado adormecida para decidir si se sentía avergonzada o no—. Supongo que siento habérmelo perdido.

—Tenemos mucho tiempo para repetir nuestras actuaciones. Me preocupas.

—Estoy bien. Sólo estoy... —De repente, vio la hora en el reloj de la mesilla—. Mierda, las diez. ¿Las diez de la mañana?

Ella empezó a saltar de la cama, pero él se lo impidió con una mano.

—Es domingo.

—¿Domingo? —Completamente desorientada ahora, se frotó los ojos—. Me he despistado. —No estaba de servicio, recordó, pero a pesar de ello...

—Necesitabas dormir —le dijo él, como si le leyera la mente—. Y necesitas alimento, algo distinto a la cafeína.

Alargó la mano hasta un vaso que se encontraba encima de la mesilla y se lo ofreció.

Eve observó el pálido líquido rosado con expresión de desconfianza.

—¿Qué es?

—Es bueno para ti. Bébetelo. —Para asegurarse de que lo hacía, le llevó el vaso hasta los labios. Hubiera podido darle una píldora energética, pero conocía bien su desagrado hacia todo lo que pareciera una droga—. Es algo en lo que mis laboratorios han estado trabajando. Lo pondremos en el mercado dentro de unos seis meses.

Ella le miró con suspicacia.

—¿Un experimento?

—Es bastante seguro. —Él sonrió y dejó el vaso vacío a un lado—. Casi nadie ha muerto.

—Ja, ja. —Ella se recostó. Se sentía increíblemente relajada e increíblemente alerta—. Tengo que ir a la central y trabajar en otros casos que tengo en el escritorio.

—Necesitas un poco de tiempo libre. —Levantó una mano antes de que ella empezara a discutir—. Un día. Incluso una tarde. Me gustaría que lo pasaras conmigo, pero aunque lo pases sola, lo necesitas.

—Supongo que puedo tomarme un par de horas. —Se incorporó y le abrazó por el cuello—. ¿Qué tienes en mente?

Con una sonrisa, la empujó contra la cama. Esta vez hubo delicadeza, y hubo ternura.

Eve no se sorprendió al encontrar que había un montón de mensajes que la esperaban. Hacía décadas que el domingo había dejado de ser un día de descanso. El disco de mensajes emitió un largo pitido mientras hacía el recuento de las transmisiones de parte de Nadine Furst, de la arrogante comadreja de Morse, otro de los padres de Yvonne Metcalf que le hizo frotarse las sienes de preocupación y uno, corto, de parte de Mirina Angelini.

—No puedes hacer tuyo su dolor, Eve —le dijo Roarke desde detrás.

—¿Qué?

—Los Metcalf. Lo veo en tu cara.

—Soy todo a lo que se pueden agarrar ahora. —Inicializó los mensajes para documentar la recepción—. Tienen que saber que alguien se preocupa de ella.

—Me gustaría decir algo.

Eve levantó los ojos al cielo, preparándose para otra lección sobre el descanso, la objetividad o la distancia profesional.

—Escúpelo para que pueda volver al trabajo.

—He tratado con muchos policías en mi vida. Les he evadido, les he sobornado, les he manipulado o, simplemente, les he ganado.

Divertida, Eve limpió una mota de una de las esquinas del escritorio.

—No estoy segura de que debas decirme esto. Los registros sobre ti están sospechosamente limpios.

—Por supuesto que sí. —Sintió un impulso y le besó la punta de la nariz—. Pagué para que fuera así.

Ella hizo una mueca.

—De verdad, Roarke, lo que yo no sepa no te hará daño.

—El tema es —continuó él, amablemente— que he tratado con muchos policías durante estos años. Tú eres la mejor.

Eve, completamente con la guardia baja, parpadeó.

—Tú defiendes a los muertos y a los que sienten dolor. Estoy atrapado por ti.

—Corta. —Sintiéndose avergonzada, se removió en la silla—. En serio.

—Puedes acordarte de eso cuando devuelvas la llamada a Morse y te enfrentes con su irritante voz.

—No voy a devolverle la llamada.

—Has inicializado las transmisiones.

—Borré la suya primero. —Sonrió—. ¡Ups!

Riendo, él la hizo levantar del escritorio.

—Me gusta tu estilo.

Ella se dio el gusto de enredar los dedos entre el pelo de él antes de volver a apartarle.

—Ahora mismo no me dejas hacerlo. Así que apártate un poco mientras miro a ver qué quiere Mirina Angelini. —Apartándole, marcó el número y esperó.

Respondió Mirina en persona. Su rostro pálido y tenso apareció en pantalla.

—Sí. Ah, teniente. Gracias por devolverme la llamada tan pronto. Tenía miedo de no oírla hasta mañana.

—¿Qué puedo hacer por usted, señorita Angelini?

—Necesito hablar con usted lo antes posible. No quiero

pasar por el comandante, teniente. Él ya ha hecho suficiente por mí y por mi familia.

—¿Tiene que ver con la investigación?

—Sí. Por lo menos, creo que sí.

Eve hizo un gesto a Roarke para que abandonara la habitación. Él se limitó a apoyarse contra la pared. Ella le dirigió una mueca y volvió a prestar atención a la pantalla.

—Me encantará verla cuando le vaya bien.

—Se trata de eso, teniente. Va a tener que ser como me vaya bien. Mis médicos no quieren que viaje justamente ahora. Necesito que venga a verme.

—¿Quiere que vaya a Roma? Señorita Angelini, aunque el departamento podría sufragar el viaje, necesito algo concreto para justificar el tiempo y el gasto.

—Yo te llevo —dijo Roarke rápidamente.

—Cállate.

—¿Quién más se encuentra ahí? ¿Hay alguien más ahí? —La voz de Mirina temblaba.

—Es Roarke —dijo Eve con la mandíbula apretada—. Señorita Angelini…

—Oh, está bien. He intentado ponerme en contacto con él. ¿Podrían venir juntos? Me doy cuenta de que se lo estoy imponiendo, teniente. No me gusta mucho manejar los hilos, pero lo haré si es necesario. El comandante dará su permiso.

—Estoy segura de que sí —dijo Eve—. Me marcharé tan pronto como lo haga él. Estaremos en contacto. —Cortó la comunicación—. Los ricos mimados me sacan de quicio.

—El dolor y la preocupación no tienen fronteras económicas —repuso Roarke.

—Oh, cállate. —Soltó un bufido y dio un golpe de mal genio al escritorio.

—Te gustará Roma, querida —dijo Roarke, y sonrió.

Y

A Eve le gustó Roma. Por lo menos, así lo creyó por la breve visión que tuvo durante el rápido trayecto desde el aeropuerto hasta el apartamento de los Angelini, que se encontraba encima de los Escalones Españoles: fuentes y tráfico y ruinas tan antiguas que costaba de creer.

Desde el asiento posterior de la limusina privada, Eve contempló a los elegantes viandantes con cierta admiración y desconcierto. Esa temporada se llevaban túnicas imponentes. Ajustadas, de cuerpo entero, voluminosas, de colores que iban desde el blanco más blanco hasta el bronce más oscuro. De las cinturas colgaban cinturones enjoyados a juego con las gemas incrustadas en los zapatos planos y unos pequeños bolsos con pedrería que llevaban tanto los hombres como las mujeres. Todo el mundo parecía pertenecer a la realeza.

Roarke no sabía que Eve era capaz de absorberse de esa forma. Le complació enormemente ver que ella era capaz de olvidarse de su misión lo suficiente para mirar, contemplar. Era una pena que no pudieran tomarse un par de días para que pudiera enseñarle la ciudad, su grandeza, y su imposible enormidad.

Roarke se entristeció cuando finalmente el coche tomó la curva y ella volvió a la realidad.

—Será mejor que nos espere algo que valga la pena. —Sin esperar a que lo hiciera el conductor, Eve abrió la puerta y salió del coche. Roarke la tomó del brazo para conducirla hasta la puerta y ella le miró con el ceño fruncido.

—¿No estás ni siquiera un tanto molesto por haber sido arrastrado a través del maldito océano sólo para tener una conversación?

—Querida, a menudo voy muchísimo más lejos por menos. Y sin una compañía tan encantadora.

Ella le dirigió una expresión burlona y estuvo a punto de enseñarle la placa al androide de seguridad. Pero se detuvo a tiempo.

—Eve Dallas y Roarke para Mirina Angelini.

—Les están esperando, Eve Dallas y Roarke. —El androide se deslizó hasta un ascensor de barrotes dorados y marcó un código.

—Podrías adquirir uno como éste. —Eve hizo un gesto hacia el androide antes de que las puertas del ascensor se cerraran—. Y despedir a Summerset.

—Summerset tiene su encanto.

Ella se burló, ahora en voz alta:

—Claro. Seguro.

Las puertas se abrieron ante un vestíbulo dorado y marfileño que tenía una pequeña fuente con la forma de una sirena.

—Jesús —susurró Eve mientras observaba las palmeras y las pinturas—. No creía que nadie, a parte de ti, viviera de esta forma.

—Bienvenidos a Roma. —Randall Slade se acercó a ellos—. Gracias por venir. Por favor, entrad. Mirina está en el salón.

—No dijo que estaría usted aquí, señor Slade.

—Tomamos juntos la decisión de llamarla.

Eve aplazó el momento de las preguntas y caminó delante de él. El salón estaba flanqueado por una pared de vidrio. Sólo eso. A pesar de la relativa poca altura, ofrecía una impresionante vista de la ciudad.

Mirina se encontraba sentada finamente sobre una silla reclinada y tomaba el té con mano temblorosa.

Parecía más pálida, si eso era posible, e incluso más frágil vestida con esa túnica de un frío color azul. Llevaba los pies desnudos, y las uñas pintadas a juego con la ropa. Se había arreglado el pelo en un severo moño fijado con una peineta enjoyada. Eve pensó que parecía una antigua diosa romana, pero su conocimiento de la mitología era demasiado básico para poder decidir a cuál.

Mirina no se levantó, tampoco sonrió, sino que dejó la copa a un lado para tomar la tetera y llenar dos tazas más.

—Espero que me acompañen con el té.

—No hemos venido a una fiesta, señorita Angelini.

—No, pero han venido, y les estoy agradecida.

—Déjame a mí. —Con un gesto suave y elegante que casi pudo ocultar el temblor en las manos de Mirina, Slade le quitó las tazas—. Por favor, siéntense —les invitó—. No les vamos a entretener más de lo necesario, pero quiero que se encuentren cómodos.

—Ésta no es mi jurisdicción —empezó Eve mientras se acercaba una silla acolchada de respaldo bajo—, pero me gustaría grabar esta entrevista, con su permiso.

Mirina miró a Slade y se mordisqueó el labio.

—Sí, por supuesto. —Se aclaró la garganta mientras Eve sacaba la grabadora y la colocaba en la mesa entre ellos—. Usted está al corriente de... las dificultades que Randall tuvo hace varios años en el Sector 38.

—Sí, las conozco —le confirmó Eve—. Me dijeron que usted no lo sabía.

—Randy me lo contó ayer. —Mirina levantó una mano sin mirar y se encontró inmediatamente con la mano de él—. Usted es una mujer fuerte y segura de sí misma, teniente. Quizá le resulte difícil comprender a los que no somos tan fuertes. Randy no me lo contó antes porque temía que yo no me lo tomara bien. Mis nervios. —Encogió los delgados hombros—. Las crisis de negocios me dan energía. Las crisis personales me destrozan. Los médicos lo llaman tendencia a la evasión. Prefiero no enfrentarme a los problemas.

—Eres delicada —afirmó Slade mientras le apretaba la mano—. No debes avergonzarte de ello.

—En cualquier caso, esto es algo a lo que me tengo que enfrentar. Tú estabas allí —le dijo a Roarke—, durante el incidente.

—Me encontraba en la estación, probablemente en el casino.

—Y la seguridad del hotel, la seguridad a la que Randall llamó, era la tuya.

—Exacto. Todo el mundo tiene seguridad personal. Los casos criminales se transfieren a magistratura, a no ser que se puedan resolver en privado.

—Quieres decir con sobornos.

—Naturalmente.

—Randall hubiera podido sobornar a la seguridad. No lo hizo.

—Mirina. —La hizo callar mientras volvía a darle un apretón en la mano—. No los soborné porque no tenía la cabeza suficientemente clara para sobornarlos. Si la hubiera tenido, no habría quedado ningún registro y ahora no estaríamos hablando de esto.

—Los cargos más graves fueron retirados —señaló Eve—. Usted recibió el mínimo castigo para los pocos que quedaron contra usted.

—Y me aseguraron que todo ese asunto sería enterrado. No fue así. Prefiero tomar algo más fuerte que el té. ¿Roarke?

—Whisky, si tienes. Dos dedos.

—Díselo, Randy —susurró Mirina mientras él programaba dos whiskies en el bar.

Él asintió, ofreció un vaso a Roarke y luego vació el contenido del suyo.

—Cicely me llamó la noche en que fue asesinada.

Eve levantó la cabeza como un perro cazador que huele la sangre.

—No había ningún rastro de eso en su TeleLink. Ningún registro de una llamada saliente.

—Llamó desde un teléfono público. No sé de dónde. Era justo después de medianoche, hora de aquí. Estaba nerviosa, enojada.

—Señor Slade, durante la entrevista oficial usted me dijo que no había tenido ningún contacto con la fiscal Towers esa noche.

—Le mentí. Tenía miedo.

—Y ahora elige modificar su anterior declaración.

—Me gustaría revisarla. Sin ningún apoyo legal, teniente, y en pleno conocimiento del castigo por hacer una falsa declaración durante una investigación policial. Ahora le estoy diciendo que ella se puso en contacto conmigo poco antes de que la asesinaran. Eso, por supuesto, me da una coartada, si quiere. Me hubiera resultado casi imposible atravesar el país y matarla en el tiempo de que disponía. Puede, por supuesto, comprobar mis registros de llamadas.

—Tenga por seguro que lo haré. ¿Qué quería ella?

—Me preguntó si era cierto. Sólo eso, al principio. Yo estaba distraído, estaba trabajando. Tardé unos momentos en darme cuenta de lo preocupada que estaba, y cuando fue más clara, en entender que se refería al Sector 38. Entré en pánico, le di unas cuantas excusas. Pero no se le podía mentir a Cicely. Me puso entre la espada y la pared. Yo también estaba enojado, y discutimos.

Se calló un momento y dirigió la mirada a Mirina. La observó, pensó Eve, como si ella fuera de cristal y pudiera romperse de un momento a otro.

—¿Discutieron, señor Slade? —preguntó Eve.

—Sí. Acerca de lo que había pasado y por qué. Yo quería saber cómo lo había averiguado, pero ella me cortó. Teniente, estaba furiosa. Me dijo que iba a tener que ocuparse de eso para proteger a su hija. Y que luego se ocuparía de mí. Cortó la comunicación en seco y yo me puse a beber y a pensar.

Volvió a ponerse al lado de Mirina, le puso una mano encima del hombro y se lo acarició.

—Fue a primera hora de la mañana, justo antes del amanecer, cuando oí las noticias y supe que estaba muerta.

—Ella nunca le había hablado del incidente antes.

—No. Teníamos una relación excelente. Ella conocía lo del juego, no lo aprobaba, pero con una actitud suave. Estaba acostumbrada con David. No creo que comprendiera hasta qué punto estábamos metidos.

—Sí lo comprendía —le corrigió Roarke—. Me pidió que no os dejara continuar.

—Ah. —Slade sonrió con la vista clavada en el vaso vacío—. Por eso no pude atravesar tu puerta en Vegas II.

—Por eso.

—¿Por qué ahora? —preguntó Eve—. ¿Por qué ha decidido usted revisar su anterior declaración.

—Sentía que me estaba ahogando. Sabía lo herida que Mirina se sentiría si se enteraba por un tercero. Necesitaba decírselo. Fue decisión suya contactar con usted.

—Fue nuestra decisión. —Mirina alargó la mano en busca de la de él, de nuevo—. No puedo hacer que mi madre vuelva, y sé cómo se va a sentir afectado mi padre cuando le digamos que Randy fue utilizado para hacerle daño a ella. Son cosas con las que tengo que aprender a vivir. Puedo hacerlo si sé que quien utilizó a Randy, y a mí, pagará por ello. Ella nunca habría salido, nunca habría acudido a la cita, si no hubiera sido para protegerme.

Mientras volaban hacia el oeste, Eve caminaba por la cómoda cabina.

—Familias. —Introdujo los pulgares en los bolsillos traseros de los pantalones—. ¿Piensas alguna vez en ello, Roarke?

—De vez en cuando. —Al ver que ella quería hablar, apagó las noticias de economía de su monitor personal.

—Si seguimos una teoría, Cicely Towers salió esa noche

de lluvia como madre. Alguien amenazaba la felicidad de su hija. Ella iba a solucionarlo. Aunque pensara darle el pasaporte a Slade, primero iba a arreglarlo.

—Eso es lo que se entiende como el instinto natural de los padres.

Eve le dirigió una mirada de reojo.

—Pero ambos sabemos que no es así.

—Yo no diría que ninguna de nuestras experiencias son la norma, Eve.

—De acuerdo. —Pensativa, se sentó en el brazo de la silla de Roarke—. Bueno, si para una madre es normal salir en defensa de su prole ante cualquier problema, Towers hizo exactamente lo que su asesino esperaba que hiciera. Él la comprendía, juzgó su carácter con acierto.

—A la perfección, diría yo.

—Ella además era una servidora de la ley. Era su deber, y por supuesto debería haber sido su instinto, llamar a las autoridades y comunicar cualquier intento de amenaza o chantaje.

—El amor de una madre es más fuerte que la ley.

—El suyo lo era, y quien la asesinó lo sabía. ¿Quiénes la conocían? Su amante, su ex marido, su hijo, su hija, Slade.

—Y otros, Eve. Ella era una defensora fuerte y declarada de la maternidad profesional, de los derechos de la familia. Durante los últimos años han corrido docenas de historias acerca de su compromiso personal con su familia.

—Eso es arriesgarse mucho, el confiar en la prensa. Los medios pueden ser, y son, tergiversados. O modifican una historia para satisfacer su objetivo. Yo diría que su asesino lo sabía. Quizá no lo daba por sentado, pero lo sabía. O bien había habido un contacto personal o una investigación exhaustiva.

—Eso no reduce mucho las posibilidades.

Eve descartó ese comentario con un breve gesto de mano.

—Y lo mismo puede decirse de Metcalf. Se acuerda de

una cita, pero ella no lo anota en su diario. ¿Cómo sabe eso el asesino? Porque conoce sus hábitos. Mi trabajo es imaginarme los de él, o ella. Porque va a haber otra mujer.

—¿Tan segura estás?

—Estoy segura, y Mira lo confirmó.

—Entonces, has hablado con ella.

Inquieta, Eve se levantó de nuevo.

—Él..., resulta más sencillo decir él..., envidia y, a la vez, siente fascinación por las mujeres con poder. Mujeres que están ante la mirada del público, mujeres que dejan su huella. Mira cree que los asesinatos pueden haber sido motivados por el deseo de control, pero yo lo cuestiono. Quizá eso es darle demasiado crédito. Quizá es sólo por la emoción. De acechar, de perseguir, de planificar. ¿A quién estará acechando, ahora?

—¿Te has mirado en el espejo?

—¿Qué?

—¿Te das cuenta de cuántas veces tu cara aparece en los medios, en los periódicos? —Él se puso en pie, intentando controlar el miedo. Le puso las manos en los hombros y la miró con intensidad—. ¿Ya has pensado en eso?

—Lo he deseado —le corrigió ella—, porque estaré preparada.

—Me das miedo —consiguió decir él.

—Dijiste que soy la mejor. —Sonrió, le dio un golpecito en la mejilla—. Relájate, Roarke. No voy a hacer ninguna tontería.

—Ah, bueno, dormiré más tranquilo ahora.

—¿Cuánto falta para que aterricemos? —Impaciente, se apartó para mirar por la ventanita.

—Treinta minutos o así, imagino.

—Necesito a Nadine.

—¿Qué estás planeando, Eve?

—¿Yo? Oh, estoy planeando en tener mucha prensa. —Se

pasó los dedos por el pelo—. ¿No tendrás tú ningún asunto de lujo, de esos que a los medios les gustan, que podamos utilizar?

Él suspiró.

—Supongo que puedo encontrar unos cuantos.

—Estupendo. Vamos a prepararlo. —Se dejó caer sobre un asiento y se dio unos golpecitos encima de la rodilla—. Supongo que puedo incluso buscar un par de trajes nuevos.

—Por supuesto. —Él la tomó en brazos y la sentó en su regazo—. Pero estaré cerca, teniente.

—No trabajo con civiles.

—Hablaba de ir de compras.

Ella le miró con los ojos entrecerrados, con expresión pícara, y deslizó una mano por debajo de la camisa de él.

—¿Me tomas el pelo?

—Sí.

—Vale. —Ella se puso a horcajadas—. Sólo por saberlo.

Capítulo diez

—Voy a hacer la introducción primero. —Nadine dio un vistazo a la oficina de Eve y levantó una ceja—. No es precisamente un santuario.

—¿Perdón?

Con gesto despreocupado, Nadine ajustó el ángulo del monitor de Eve. Éste chirrió.

—Hasta este momento, has protegido esta habitación como si fuera la tierra sagrada. Esperaba algo más que una habitación con un escritorio y dos sillas desvencijadas.

—El hogar está donde está el corazón —dijo Eve en tono tranquilo mientras se apoyaba en el respaldo de una de esas sillas desvencijadas.

Nadine nunca se había considerado claustrofóbica, pero esas paredes de un color beis industrial estaban horrorosamente cerca las unas de las otras y le hicieron replantearse esa idea. Además, la única y sucia ventana, aunque indudablemente estaba insonorizada, no tenía ninguna protección y ofrecía una estrecha vista del tráfico aéreo de una estación local de transportes.

Esa pequeña habitación, pensó Nadine, estaba abarrotada por una multitud de gente.

—Después de que despejaras el caso DeBlass, hubiera creído que te habrías buscado una oficina más elegante. Una que tuviera una ventana de verdad y, quizá, una pequeña alfombra.

—¿Estás aquí para modificar la decoración o para preparar una historia?

—Y el equipo es patético. —Divertida, Nadine chasqueó la lengua mientras observaba la unidad de trabajo de Eve—. En nuestras oficinas, unas reliquias como éstas serían delegadas a cualquier androide de categoría menor. O, más probablemente, enviadas a un centro de caridad para que fueran rehabilitadas.

Eve se dijo a sí misma que no iba a demostrar ninguna irritación.

—Recuérdalo la próxima vez que tengas que hacer una donación a la Fundación de Policía y Seguridad.

Nadine sonrió y se apoyó en el escritorio.

—En el Canal 75, incluso los androides tienen su propio AutoChef.

—Empiezo a odiarte, Nadine.

—Sólo intento animarte para la entrevista. ¿Sabes qué me gustaría, Dallas, ya que tienes ganas de ponerte ante las cámaras? Una entrevista en profundidad y cara a cara con la mujer que se encuentra tras esa placa. La vida y los amores de Eve Dallas, del Departamento de Policía de Nueva York. La faceta personal de la servidora pública.

Eve no pudo evitarlo: se irritó.

—No tientes tu suerte, Nadine.

—Tentar mi suerte es lo que mejor sé hacer. —Nadine se dejó caer en una de las sillas—. ¿Qué tal este ángulo, Pete?

El cámara levantó el control remoto del tamaño de la palma de la mano a la altura de su cara.

—Ajá.

—Pete es un hombre de pocas palabras —comentó Nadine—. Tal y como a mí me gustan. ¿Quieres retocarte el pelo?

Eve reprimió el gesto de pasarse la mano por el pelo. Odiaba estar ante las cámaras, no le gustaba nada en absoluto.

—No.

—Como quieras. —Nadine sacó una cajita con espejo de

su enorme bolso y se puso algo bajo los ojos. Comprobó que no llevaba ninguna marca de pintalabios en los dientes—. Vale. —Volvió a introducir la cajita en el bolso, cruzó las piernas con elegancia, crujido de seda contra seda, y se volvió hacia la cámara—. Grabando.

—Grabando.

Su rostro cambió. A Eve le pareció interesante observarla. En cuanto la luz roja se encendió, sus rasgos adquirieron un brillo más intenso. Su voz, hasta ese momento ligera y aguda, adquirió un tono más profundo y una pronunciación más lenta, exigiendo atención.

—Aquí Nadine Furst, en directo desde la oficina de Eve Dallas en la División de Homicidios de la Central de Policía. Esta entrevista en exclusiva se va a centrar en los asesinatos violentos y todavía no resueltos de la fiscal Cicely Towers y de la premiada actriz Yvonne Metcalf. Teniente, ¿tienen alguna relación estos dos asesinatos?

—Las pruebas señalan en esa dirección. Podemos afirmar, a partir del informe de los forenses, que ambas víctimas fueron asesinadas con la misma arma y por la misma mano.

—¿No existe ninguna duda al respecto?

—Ninguna. Ambas mujeres fueron asesinadas con un arma blanca fina y afilada desde la punta hasta la empuñadura. La punta estaba afilada en forma de «V». En ambos casos, las víctimas fueron atacadas de frente y recibieron un solo corte en la garganta de derecha a izquierda con una ligera inclinación.

Eve tomó una pluma del escritorio y la llevó rápidamente a un centímetro del cuello de Nadine. Ésta se sobresaltó.

—Así.

—Comprendo.

—Con este gesto les cortaron la yugular, lo cual provocó una inmediata y dramática pérdida de sangre. La víctima resultó incapacitada en ese mismo momento y no pudo gritar en busca de ayuda. La muerte fue cuestión de segundos.

—En otras palabras, el asesino necesitó muy poco tiempo. Un ataque frontal, teniente. ¿No significa esto, teniente, que las víctimas conocían a su agresor?

—No necesariamente, pero hay otras pruebas que hacen pensar que las víctimas sí conocían a su agresor, o que estaban esperando para encontrarse con alguien. La ausencia de cualquier autodefensa es una señal de ello. Si yo me acerco a usted... —Eve volvió a blandir la pluma y Nadine se llevó una mano a la garganta—. ¿Lo ve? Es una defensa automática.

—Interesante —dijo Nadine, con un esfuerzo por no fruncir el ceño—. Disponemos de los detalles de los asesinatos, pero no del móvil que los ha provocado, ni del asesino. ¿Qué es lo que conecta a la fiscal Towers con Yvonne Metcalf?

—Nos encontramos siguiendo distintas líneas de investigación.

—La fiscal Towers fue asesinada hace tres semanas, teniente. ¿Todavía no hay ningún sospechoso?

—No tenemos ninguna prueba que apoye ningún arresto, en este momento.

—Entonces, ¿hay algún sospechoso?

—La investigación se está llevando a cabo a la mayor velocidad posible.

—¿Y el móvil?

—La gente mata a la gente, señorita Furst, por todo tipo de motivos. Lo hemos hecho desde que salimos del polvo.

—Según la Biblia —añadió Nadine— el asesinato es el crimen más antiguo.

—Se puede decir que tiene una larga tradición. Ahora somos capaces de filtrar algunas tendencias indeseables gracias a la genética y a los tratamientos farmacológicos, los escáneres beta; lo impedimos con las colonias penales y suprimiendo la libertad. Pero la naturaleza humana sigue siendo la naturaleza humana.

—Esos motivos básicos que la ciencia es incapaz de filtrar: amor, odio, ambición, envidia, furia.

—Nos distinguen de los androides, ¿no es así?

—Y nos permiten sentir alegría, pena y pasión. Ése es un debate que hay que dejar a científicos e intelectuales. Pero ¿cuál de esos motivos fue el que mató a Cicely Towers y a Yvonne Metcalf?

—Las mató una persona, señorita Furst. El motivo que él o ella tenía permanece oculto.

—Dispone usted de un perfil psiquiátrico, por supuesto.

—Sí —confirmó Eve—. Y lo utilizaremos, así como utilizaremos todas las herramientas que tengamos a nuestra disposición para encontrar al asesino. Le encontraré. —Eve lo dijo mirando deliberadamente a la cámara—. Y en cuanto hayamos cerrado la puerta de la jaula, el motivo ya no tendrá la menor importancia. Sólo la tendrá la justicia.

—Esto parece una promesa, teniente. Una promesa personal.

—Lo es.

—Los habitantes de Nueva York van a estar pendientes de que cumpla usted esa promesa. Les ha hablado Nadine Furst, desde el Canal 75. —Esperó una décima de segundo y asintió con la cabeza—. No ha estado mal, Dallas. No ha estado mal en absoluto. Volveremos a emitirlo a las seis y a las once, durante el resumen de medianoche.

—De acuerdo. Date un paseo, Pete.

El cámara se encogió de hombros y salió de la habitación.

—Entre nosotras —empezó Eve—. ¿Cuánto tiempo puedes darme?

—¿Para?

—Difusión. Quiero mucha.

—Ya me imaginé que habría algo detrás de este regalito.

—Nadine exhaló, casi como un suspiro—. Debo decirte que estoy decepcionada, Dallas. Nunca pensé que te interesara estar ante las cámaras.

—Tengo que testificar en el caso Mondell en un par de horas. ¿Puedes hacer que lleven allí a un cámara?

—Por supuesto. El caso Mondell es un tema menor, pero vale la pena hacer un par de tomas. —Sacó su diario y lo anotó.

—Además, esta noche tengo lo del New Astoria. Una de esas cenas de entrega de premio.

—La cena en el Astoria. Claro. —Su sonrisa adquirió una expresión irónica—. No me ocupo del pulso social, Dallas, pero puedo decirles que te manden a alguien. Tú y Roarke siempre resultáis de interés para los chismorreos. ¿Vais a estar tú y Roarke, no?

—Ya te haré saber dónde encontrarme durante los próximos días —continuó Eve, sin hacerle caso—. Te daré contenidos para las próximas emisiones.

—Vale. —Nadine se puso en pie—. Quizá te tropieces con el asesino durante tu carrera hacia la fama y la fortuna. ¿Tienes un agente, ya?

Por un momento, Eve no dijo nada. Se limitó a juntar los dedos de las manos.

—Pensé que tu trabajo consistía en ofrecer tus emisiones y en defender el derecho público a la información, no en moralizar.

—Y yo pensé que el tuyo era servir y proteger a la gente, no en sacar tajada de ello. —Nadine tomó el bolso por la tira de cuero—. Te veré en pantalla, teniente.

—Nadine. —Complacida, Eve se recostó en la silla—. Antes mencionaste uno de los motivos humanos que conducen a la violencia. La emoción.

—Tomaré nota de ello. —Nadine abrió la puerta, pero la soltó inmediatamente. Al volverse, tenía el rostro pálido y una expresión de sorpresa a pesar del maquillaje—. ¿Te has vuelto loca? ¿Eres el cebo? ¿Eres el maldito cebo?

—Te he sacado de quicio, ¿no es así? —Con una sonrisa, Eve se permitió la satisfacción de poner los pies encima del escritorio. La reacción de Nadine le había hecho subir unos cuantos puntos en la escala de valoración de Eve—. Pensar que yo deseaba todo ese protagonismo, y que lo iba a conseguir, te ha cabreado. También le va a cabrear a él. ¿No te parece que le lees el pensamiento, Nadine? «Mira esa jodida poli consiguiendo toda mi publicidad.»

Nadine volvió hacia el escritorio y se sentó despacio.

—Me has engañado, Dallas. No voy a decirte cómo debes hacer tu trabajo…

—Entonces, no lo hagas.

—A ver si entiendo esto correctamente. Tú crees que el motivo ha sido, por lo menos en parte, la emoción de conseguir la atención de los medios de comunicación. Matar a un par de ciudadanos normales también es noticia, pero no tan importante ni con tanta difusión.

—Matar a dos ciudadanos importantes, a dos rostros familiares, y el único límite es el cielo.

—Así que te estás poniendo de cebo.

—Es sólo una corazonada. —Pensativa, Eve se rascó la rodilla—. Podría ser que lo único que consiga es unas tomas idiotas de mi cara en la pantalla.

—O un cuchillo en la garganta.

—Jesús, Nadine, voy a empezar a pensar que te preocupas por mí.

—Creo que lo hago. —Observó el rostro de Eve un momento—. He trabajado con la policía y he estado cerca de ella durante mucho tiempo. Uno adquiere el instinto de saber quién dedica sus energías de verdad y a quién le importa una mierda. ¿Sabes qué me preocupa, Dallas? A ti te importa demasiado.

—Tengo una placa —dijo Eve con sobriedad. Nadine se rio.

—Obviamente, has visto demasiadas películas viejas. Bueno, se trata de tu cuello, literalmente. Me ocuparé de que salga en pantalla.

—Gracias. Otra cosa —añadió mientras Nadine se ponía en pie de nuevo—. Si esta teoría es cierta, los objetivos van a ser mujeres conocidas y difundidas por los medios. Vigila tu cuello, Nadine.

—Jesús. —Con un temblor en el cuerpo, Nadine se llevó una mano a la garganta—. Gracias por hacerme partícipe, Dallas.

—Es un placer. —La puerta se cerró. Eve todavía se reía cuando le entró una llamada desde la oficina del comandante.

Evidentemente, había sabido lo de la entrevista.

Eve todavía estaba irritada mientras subía las escaleras del Palacio de Justicia. Las cámaras estaban allí, tal y como Nadine le había prometido. También estuvieron en el New Astoria cuando Eve salió de la limusina de Roarke fingiendo que se estaba divirtiendo muchísimo.

Después de dos días de tropezarse con un cámara a cada momento, le parecía sorprendente que no hubieran colocado ninguna encima de su cama. Se lo comentó a Roarke.

—Tú lo quisiste, querida.

Eve se encontraba a horcajadas encima de él. Todavía llevaba puesto parte del vestido de noche de tres piezas que él había elegido para que lo luciera en la mansión del gobernador. El brillante chaleco dorado y negro se le ajustaba a las caderas y ahora se encontraba desabrochado hasta el ombligo.

—No voy a acostumbrarme nunca a esto. Este tema de sociedad. Chismorreos y peinados. Tampoco me encuentro cómoda con esta ropa.

—Quizá no sean adecuadas para la teniente, pero lo son para Eve. Y tú eres ambas. —Le tomó los senos con las manos y observó cómo se le dilataban las pupilas—. La comida te gustó.

—Bueno, claro, pero... —Eve se estremeció y emitió un gemido al notar que le acariciaba los pezones con los pulgares—. Creo que intentaba demostrar algo. No debería hablarte cuando estamos en la cama.

—Una deducción excelente.

Sustituyó los pulgares por los dientes.

Eve dormía profundamente y sin ninguna pesadilla cuando Roarke la despertó. La policía fue la primera en despertarse, alerta.

—¿Qué? —A pesar de que estaba desnuda, alargó la mano en busca del arma—. ¿Qué sucede?

—Lo siento. —Se inclinó sobre ella para besarla y Eve se dio cuenta de que se estaba riendo.

—No es divertido. Si hubiera estado armada, estarías tumbado en el suelo.

—He tenido suerte.

Galahad decidió sentarse encima de la cabeza de Eve y ella lo apartó de un manotazo.

—¿Por qué estás vestido? ¿Qué sucede?

—He recibido una llamada. Me necesitan en FreeStar Uno.

—El Centro Olympus. Luces, tenue —ordenó. Tuvo que parpadear para ajustar la vista a ellas. Dios, Roarke parecía un ángel. Un ángel caído. Un ángel peligroso—. ¿Hay algún problema?

—Parece que sí. Nada que no pueda resolverse. —Roarke tomó al gato, lo acarició y lo dejó en el suelo—. Pero requiere mi atención personal. Quizá tarde un par de días.

—Oh. —Eve sintió un horroroso decaimiento, pero lo atribuyó a que todavía estaba soñolienta—. Bueno, nos vemos a la vuelta.

Roarke le acarició el hoyuelo de la barbilla.

—Vas a echarme de menos.

—Quizá. Un poco. —Él sonrió de inmediato y Eve no pudo mentir—: Sí.

—Ven, ponte esto. —Le tiró una bata a las manos—. Quiero enseñarte algo antes de irme.

—¿Te vas ahora?

—El transporte me está esperando. Puede esperar.

—Supongo que debo bajar contigo y despedirte con un beso —dijo mientras se ponía la bata.

—Sería encantador, pero lo primero es lo primero. —La tomó de la mano y la condujo hasta el ascensor—. No hay ninguna necesidad de que estés incómoda aquí mientras estoy fuera.

—Vale.

Roarke le puso las manos sobre los hombros en el momento en que el ascensor inició el descenso.

—Eve, esto es tu casa, ahora.

—De todas formas, voy a estar ocupada. —Eve notó que el ascensor iniciaba el recorrido horizontal—. ¿No bajamos hasta abajo?

—Todavía no. —Las puertas se abrieron y él le pasó el brazo por los hombros.

Estaban ante una habitación que Eve no había visto. Eve pensó que debía de haber docenas de habitaciones que todavía quedaban por descubrir en el laberinto que era ese edificio. Pero sólo le hizo falta echar un vistazo para darse cuenta de que esa habitación era suya.

Allí se encontraban las pocas cosas de su apartamento que Eve consideraba de algún valor. También había otros elementos añadidos para convertir la habitación en un agradable espacio de trabajo. Eve se apartó de Roarke y se paseó un poco por la habitación.

El suelo era de madera pulida. Había una alfombra tejida en colores azul pizarra y verde musgo, posiblemente de una de sus fábricas del Este. Su escritorio, a pesar de lo usado que estaba, se encontraba encima de esa alfombra de carísima lana y con todo su equipo de trabajo.

Un cristal ahumado separaba esa zona de una pequeña cocina completamente equipada que se abría a una terraza.

Pero había más cosas, por supuesto. Con Roarke, siempre había más cosas. Un tablero de comunicaciones le permitía llamar a cualquier habitación de la casa. Un centro de entretenimiento ofrecía música, vídeo y una pantalla de holograma con docenas de opciones de visualización. Más allá del arco de la ventana, se veía un pequeño jardín interior, lleno de flores, al amanecer.

—Puedes sustituir todo aquello que no te guste —le dijo mientras pasaba una mano por el respaldo de un sillón de descanso—. Todo ha sido programado para que reconozca tu voz y la palma de tu mano.

—Muy eficiente —le dijo, y se aclaró la garganta—. Muy bonito.

Roarke introdujo las manos en los bolsillos, sorprendido de sentirse tan nervioso.

—Necesitas tu propio espacio para hacer tu trabajo. Comprendo eso. Necesitas tu propio espacio y tu intimidad. Mi oficina está al otro lado, en el panel oeste. Pero se puede cerrar desde ambos lados.

—Comprendo.

Ahora Roarke se sintió furioso.

—Si no te sientes cómoda en la casa mientras no estoy aquí, puedes encerrarte en este apartamento. También puedes encerrarte mientras yo estoy aquí. Es cosa tuya.

—Sí, lo es. —Eve inhaló con fuerza y se volvió hacia él—. Has hecho esto por mí.

Molesto, Roarke inclinó la cabeza.

—Parece que no hay gran cosa que yo no haría por ti.

—Creo que empiezo a creerlo. —Nunca nadie le había ofrecido nada tan perfecto. Eve se dio cuenta de que nadie la había comprendido nunca tan bien—. Eso me convierte en una mujer afortunada, ¿no es verdad?

Él abrió la boca, pero se reprimió un comentario realmente desagradable.

—Al infierno con esto —decidió—. Tengo que irme.

—Roarke, una cosa. —Eve se acercó a él, dándose cuenta de que estaba completamente furioso—. No te he dado el beso de despedida —murmuró, y lo hizo con una entrega tal que Roarke sintió que le fallaban las piernas—. Gracias. —Antes de que él pudiera decir nada, volvió a besarle—. Por saber siempre qué es lo importante para mí.

—Es un placer. —Con gesto posesivo, él le pasó una mano por el pelo—. Échame de menos.

—Ya he empezado a hacerlo.

—No des ningún paso innecesario. —Le agarró un mechón del pelo un instante, con fuerza—. Supongo que no sirve de nada decirte que no hagas nada que no sea necesario.

—Pues no lo hagas. —Sintió que el corazón le daba un vuelco en el momento en que él le besó la mano—. Buen viaje —le dijo mientras él entraba en el ascensor. No tenía mucha experiencia y lo dijo cuando las puertas estaban a punto de cerrarse—: Te amo.

Lo último que Eve vio fue su sonrisa.

—¿Qué es lo que tienes, Feeney?

—Quizá sea algo, quizá no sea nada.

Era temprano, justo las ocho de la mañana del día siguiente a la partida de Roarke hacia FreeStar Uno, y Feeney estaba ojeroso. Eve programó dos cafés, dobles, en el AutoChef.

—Has venido aquí a esta hora, con ese aspecto de no haber dormido en toda la noche, y vestido de esta forma. Tengo que pensar que tienes algo. Y soy una detective de primera.

—Sí. He estado ante el ordenador, investigando más profundamente las familias y las relaciones personales de las víctimas, tal como querías.

—¿Y?

Mientras paseaba por la habitación, Feeney se tomó el café y sacó la bolsa de nueces caramelizadas. Se rascó una oreja.

—Te vi en las noticias la otra noche. Mi mujer te vio, más exactamente. Dijo que se te veía guay. Es una de las expresiones del chico. Intentamos estar a la altura.

—En ese caso me camelas, Feeney. Ésta también es una de las expresiones de tu chico. Quiere decir que no estás siendo claro.

—Ya sé lo que significa. Mierda. Esta vez nos toca de cerca, Dallas. Demasiado cerca.

—Es por eso por lo que estás aquí en lugar de enviarme lo que tienes. Así que vamos a ello.

—De acuerdo. —Exhaló con fuerza—. Estaba husmeando en los registros de David Angelini. La mayoría era material financiero. Sabemos que se encontraba apurado por unos matones a causa de las deudas de juego. Ha mantenido a los acreedores a raya soltando algo de vez en cuando. Es posible que metiera mano en la caja de la empresa, pero no he encontrado nada. En todo caso, se ha cubierto las espaldas.

—Bueno, pues se las descubriremos. Puedo conseguir los nombres de los matones —dijo, pensando en Roarke—. Sabremos si hizo alguna promesa, como que estaba a punto de recibir una herencia. —Frunció el ceño—. Si no fuera por

Metcalf, tomaría en serio la posibilidad de que algún acreedor le apretara con los pagarés y quitara de en medio a Towers.

—Quizá sea así de sencillo, incluso con Metcalf. Ella tenía un buen rincón. No he descubierto que ninguno de los beneficiarios necesitara dinero rápidamente, pero eso no significa que no lo descubra.

—De acuerdo, continúa por esa línea. Pero no es por eso por lo que estás aquí con tu bolsa de nueces.

Feeney estuvo a punto de conseguir soltar una carcajada.

—Lista. Vale, ahí va. Me he tropezado con la esposa del comandante.

—Cuéntamelo con cuidado esto, Feeney. Con mucho cuidado.

Feeney era incapaz de permanecer sentado, así que se levantó y empezó a recorrer el pequeño espacio.

—David Angelini realizó unos cuantos depósitos importantes en su cuenta de crédito personal. Cuatro depósitos de cincuenta mil durante los últimos cuatro meses. El final de ellos fue ingresado dos semanas antes de que su madre fuera asesinada.

—De acuerdo, puso las manos en doscientos mil durante cuatro meses y los ingresó, como un buen chico. ¿Adónde nos lleva esto? Mierda. —Pero ya lo sabía.

—Sí. Accedía a las transacciones electrónicas. Hacia atrás. Ella lo transfirió al banco de él en Nueva York, y él los pasó a su cuenta personal de Milán. Luego los sacó, en metálico y en billetes grandes, de un cajero automático de Vegas II.

—Dios Santo, ¿por qué no me lo dijo ella? —Eve se llevó las manos, cerradas en un puño, a las sienes—. ¿Por qué diablos ha hecho que lo descubriéramos por nuestra cuenta?

—Pues no es que hubiera intentado esconderlo —repuso Feeney con rapidez—. Cuando entré en sus registros, apareció de inmediato. Ella tiene una cuenta a su nombre, al igual que el comandante. —Se aclaró la garganta ante la atenta mirada de Eve—. Tuve que indagar, Dallas. Él no ha hecho ninguna transacción inusual. Pero ella ha reducido a la mitad la suya hacia Angelini. Dios, la estaba sangrando.

—Chantaje —especuló Eve, luchando para pensar con frialdad—. Quizá tenían una relación amorosa. Quizá ella estaba colgada de ese bastardo.

—Oh, Dios. —Feeney sintió náuseas en el estómago—. El comandante.

—Lo sé. Tenemos que contárselo.

—Sabía que dirías eso. —Con aire grave, Feeney se sacó un disco del bolsillo—. Lo tengo todo. ¿Cómo quieres que lo hagamos?

—Quiero que vayamos a White Plains y le demos una patada a la señora Whitney en el culo. Después, vamos a la oficina del comandante y se lo exponemos.

—Creo que todavía existen algunos de esos viejos chalecos protectores en el almacén —sugirió Feeney mientras Eve se levantaba.

—Bien pensado.

Hubieran podido utilizarlos. Whitney no saltó sobre el escritorio para abalanzarse encima de ellos. Tampoco sacó su arma de inmovilización. Realizó todo el daño con una mirada que fue letal.

—Ha accedido usted a las cuentas de mi esposa, Feeney.

—Sí, señor, lo he hecho.

—Y ofreció esa información a la teniente Dallas.

—El procedimiento habitual.

—El procedimiento habitual —repitió Whitney—. Y ahora, me lo cuenta a mí.

—Al comandante —empezó Feeney, pero no continuó—. Oh, mierda, Jack, cómo se supone que podía ocultarlo.

—Hubieras podido decírmelo a mí primero. Pero...

—Whitney se calló y miró a Eve—. ¿Qué dice usted al respecto, teniente?

—La señora Whitney pagó a David Angelini una suma de doscientos mil dólares durante un período de cuatro meses. Este hecho no fue contado de forma voluntaria ni en la primera entrevista ni en las siguientes. Para continuar la investigación es necesario que... —se le cortó la voz—. Tenemos que saber por qué, comandante. —Detrás de los ojos de la policía, apareció una expresión que pedía disculpas—. Tenemos que saber por qué se pagó ese dinero, y por qué no ha habido ningún otro pago después de la muerte de Cicely Towers. Y, como responsable de esta investigación, debo preguntar, comandante, si usted estaba al corriente de esas transacciones y del motivo.

Whitney sintió que el estómago se le retorcía de nerviosismo.

—Contestaré a eso después de hablar con mi esposa.

—Señor. —El tono de Eve era tranquilo—. Usted sabe que no podemos permitirle que lo consulte con su esposa antes de que la interroguemos a ella. Este encuentro ya pone la investigación en un riesgo suficiente. Lo siento, comandante.

—No va a interrogar a mi esposa.

—Jack...

—A la mierda, Feeney. Mi esposa no va a ser tratada como una criminal. —El comandante apretó los puños debajo del escritorio y luchó por mantener la calma—. La interrogarán en casa, y en presencia de un abogado. Eso no es una violación del procedimiento, ¿no es así, teniente Dallas?

—No, señor. Con todos mis respetos, comandante, ¿vendrá usted con nosotros?

—Con todos mis respetos, teniente —repuso él en tono amargo—. No podrá impedirlo.

Capítulo once

Anna Whitney les recibió en la puerta con las manos, inquietas, unidas a la altura de la cintura.

—Jack, ¿qué sucede? Linda está aquí. Dice que la llamaste y le dijiste que yo necesitaba asesoramiento. —Su mirada se dirigió hacia Eve y hacia Feeney e, inmediatamente, volvió a depositarse en su marido—. ¿Para qué necesito asesoramiento?

—No pasa nada. —Le pasó el brazo, tenso, por los hombros en un gesto protector—. Vamos dentro, Anna.

—Pero no he hecho nada. —Soltó una nerviosa carcajada—. Ni siquiera he sacado un billete de tráfico últimamente.

—Siéntate, querida. Linda, gracias por venir tan pronto.

—Ningún problema.

La abogada de los Whitney era una mujer joven, de mirada perspicaz y de aspecto pulcro. Eve tardó unos momentos en recordar que también era su hija.

—La teniente Dallas, ¿no es así? —Linda la observó rápidamente—. La reconozco. —Hizo un gesto hacia una silla antes de que ninguno de sus padres pudiera pensar en ello—. Por favor, siéntese.

—Capitán Feeney. De la División de Detección Electrónica.

—Sí, mi padre ha mencionado su nombre muchas veces, capitán Feeney. Bueno. —Puso una mano encima de la de su madre—. ¿De qué se trata?

—Una información que ha aparecido y que requiere ser aclarada. —Eve sacó la grabadora y se la ofreció a Linda para que la examinara. Intentó no pensar en que Linda se parecía a su padre, la misma piel acaramelada, los mismos ojos fríos. Los genes y los rasgos familiares la fascinaban y la atemorizaban al mismo tiempo.

—Supongo que va a ser una entrevista formal. —Con estudiada calma, Linda depositó la grabadora encima de la mesa y sacó la suya.

—Exacto. —Eve recitó el día y la hora—. Entrevistadora: oficial Dallas, teniente Eve. También presentes: Whitney, comandante Jack, y Feeney, capitán Ryan. Entrevista a Whitney, Anna, asesorada por una abogada.

—Whitney, Linda. Mi cliente está al corriente de sus derechos y acepta someterse aquí y ahora a la entrevista. La asesora se reserva el derecho de hacerla callar cuando lo considere conveniente. Adelante, teniente.

—Señora Whitney —empezó Eve—. Usted conocía a Cicely Towers, ahora fallecida.

—Sí, por supuesto. ¿Se trata de Cicely? Jack...

Él se limitó a menear la cabeza y no apartó la mano de encima de su hombro.

—Usted también conoce a la familia de la fallecida. Su anterior esposo, Marco Angelini, su hijo, David Angelini y su hija, Mirina.

—Más que conocerlos. Sus hijos son como mi familia. Bueno, Linda incluso salía...

—Mamá. —Con una sonrisa de aliento, Linda la interrumpió—. Limítate a responder la pregunta, no añadas nada.

—Pero esto es ridículo. —Una parte de su sentimiento de sorpresa pasó a ser de irritación. Era su casa, después de todo, su familia—. La teniente Dallas ya conoce las respuestas.

—Siento tener que repetir las mismas preguntas, señora Whitney. ¿Cómo describiría su relación con David Angelini?

—¿David? Soy su madrina. Le he visto crecer.

—¿Tiene usted conocimiento de que David Angelini se encontraba en dificultades financieras antes de la muerte de su madre?

—Sí, él estaba... —Abrió los ojos con expresión de sorpresa—. ¿No es posible que crea de verdad que David...? Esto es horrible. —Descartó la idea con un fruncimiento de labios—. No pienso dar crédito a esto respondiendo a la pregunta.

—Entiendo que se sienta protectora con respecto a su ahijado, señora Whitney. Entiendo que haría usted muchas cosas para protegerle... y que incurriría en algunos gastos. Doscientos mil dólares.

El rostro de Anna empalideció a pesar del caro maquillaje.

—No sé a qué se refiere.

—Señora Whitney, ¿niega usted que pagó a David Angelini la suma de doscientos mil dólares, en cantidades de cincuenta mil dólares durante un período de cuatro meses, empezando en febrero de este año y acabando en mayo?

—Yo... —Evitó la mano que le tendía su esposo y fue a buscar la de su hija—. ¿Tengo que responder a esto, Linda?

—Un momento, por favor. Tengo que hablar con mi cliente. —Rápidamente, Linda pasó un brazo por el de su madre y la condujo a la habitación de al lado.

—Es usted muy buena, teniente —dijo Whitney con expresión tensa—. Hacía bastante tiempo que no presenciaba ninguna de sus entrevistas.

—Jack. —Feeney suspiró. Se sentía dolido por todo el mundo—. Está haciendo su trabajo.

—Sí, lo está haciendo. En eso es en lo que es mejor que nadie. —Levantó la mirada en cuanto su mujer volvió a entrar en la habitación.

Estaba pálida y temblaba un poco. Sentía el estómago revuelto.

—Continuaremos —dijo Linda. Miró a Eve y sus ojos tenían un brillo guerrero—. Mi cliente quiere hacer una declaración. Adelante, mamá, todo está bien.

—Lo siento. —Los ojos se le inundaron de lágrimas—. Jack, lo siento. No pude evitarlo. Tenía problemas. Sé lo que me dijiste, pero no pude evitarlo.

—No pasa nada. —Resignado, él tomó la mano que ella le ofrecía y se quedó de pie a su lado—. Cuéntale a la teniente la verdad y todo se arreglará.

—Le di el dinero.

—¿La amenazó él, señora Whitney?

—¿Qué? —Pareció que la sorpresa le secaba las lágrimas que le inundaban los ojos—. Dios mío. Por supuesto que no me amenazó. Tenía problemas —repitió, como si eso fuera suficiente para todos—. Sus negocios, la parte de los negocios de su padre que él supervisaba, se encontraban en un mal momento. Y él estaba trabajando en hacer despegar un proyecto nuevo. Me lo explicó —añadió, con un gesto de la mano que le quedaba libre—. No me acuerdo con exactitud. No me interesan demasiado los negocios.

—Señora Whitney, usted le ofreció unos pagos de cincuenta mil dólares. Usted no dio esta información en las entrevistas anteriores.

—Eso no era asunto suyo. —Tenía la espalda recta y tensa. Parecía una estatua sentada en la silla—. Era mi dinero y un préstamo personal a mi ahijado.

—Un ahijado —dijo Eve, haciendo un esfuerzo por mantener la paciencia— que estaba siendo interrogado en una investigación de asesinato.

—El asesinato de su madre. Puede usted acusarme a mí de haberla matado, tanto como a David.

—Usted no heredaba una considerable porción de sus bienes.

—Escúcheme bien. —El enfado le sentaba bien. Anna se

inclinó hacia delante con el rostro encendido—. Ese chico adoraba a su madre, y ella a él. Estaba destrozado por su muerte. Lo sé. Estuve a su lado, le consolé.

—Le dio usted doscientos mil dólares.

—Era mi dinero y hago con él lo que quiero. —Se mordió el labio—. Nadie le ayudaba. Sus padres se negaron. Esta vez se pusieron de acuerdo en no ayudarle. Yo hablé con Cicely sobre eso, meses antes. Era una madre excelente, y amaba a sus hijos, pero creía firmemente en la disciplina. Estaba convencida de que él tenía que manejar sus problemas por sí mismo, sin ninguna ayuda. Sin la mía. Pero cuando él acudió a mí, desesperado, ¿qué podía hacer yo? ¿Qué podía hacer yo? —preguntó, mirando a su esposo—. Jack, sé que me dijiste que me mantuviera alejada de eso, pero él estaba aterrorizado, tenía miedo de que le persiguieran, incluso de que le mataran. ¿Qué hubiera pasado si se hubiera tratado de Linda, o de Steven? ¿No hubieras querido que alguien les ayudara?

—Anna, alimentar esa situación no era una ayuda.

—Él iba a devolverme el dinero —insistió—. No iba a invertirlo en el juego. Me lo prometió. Sólo lo necesitaba para comprar un poco de tiempo. No podía darle la espalda.

—Teniente Dallas —empezó Linda—. Mi cliente prestó su propio dinero a un miembro de la familia, de buena fe. Eso no constituye un crimen.

—Su cliente no ha sido acusada de haber cometido ningún crimen, abogada.

—¿Preguntó usted directamente, en alguna de sus entrevistas previas, a mi cliente acerca de los movimientos de su dinero? ¿Le preguntó si tenía alguna relación financiera con David Angelini?

—No, no lo hice.

—Entonces ella no tiene ninguna obligación de dar esa información, la cual se encuentra en el ámbito de lo personal y no tiene ninguna relación con su investigación. Por lo que ella sabe.

—Es la esposa de un policía —dijo Eve, cansada—. Su conocimiento tendría que ser mejor que el de la mayoría. Señora Whitney, ¿discutió Cicely Towers con su hijo por el tema del dinero, de su hábito de juego, de sus deudas y de cómo saldarlas?

—Ella estaba preocupada. Naturalmente que discutían. Las familias discuten. No se hacen daño los unos a los otros.

«Quizá no en tu cómodo pequeño mundo», pensó Eve.

—¿Cuándo tuvo contacto con Angelini por última vez?

—Hace una semana. Me llamó para saber si yo estaba bien, si Jack estaba bien. Hablamos de unos planes para crear una fundación en memoria de su madre. Fue idea suya, teniente —dijo, con ojos llorosos—. Quería que se la recordara.

—¿Qué puede usted decirme de su relación con Yvonne Metcalf?

—La actriz. —Los ojos de Anna adquirieron un brillo inexpresivo—. ¿La conocía? Nunca lo mencionó.

Había sido un disparo a ciegas, y no había dado en el blanco.

—Gracias. —Eve tomó la grabadora y guardó el final de la entrevista—. Abogada, debería usted avisar a su cliente de que no debería mencionar esta entrevista ni parte de sus contenidos a nadie que no se encuentre en esta sala.

—Soy la esposa de un policía. —Anna le devolvió a Eve sus propias palabras—. Sé lo que es un interrogatorio.

La última imagen que Eve tuvo del comandante mientras salía de la habitación le mostraba abrazando a su esposa y a su hija.

Eve deseaba tomarse una copa. Después de dar por finalizada la sesión, pasó la mayor parte de la tarde siguiendo el rastro de David Angelini. Él estaba reunido, no estaba localizable, estaba en cualquier parte excepto donde ella le buscaba. No le quedaba ninguna opción, así que dejó mensajes en todos los puntos del planeta en que pudiera encontrarse y pensó que tendría suerte si recibía noticias suyas antes del día siguiente.

Mientras, tendría que enfrentarse a una enorme casa vacía y a un mayordomo que no la soportaba. Tuvo una idea en cuanto atravesó las puertas. Tomó el TeleLink del coche y pidió el número de Mavis.

—Es tu noche libre, ¿no es así? —preguntó en cuanto el rostro de Mavis apareció en pantalla.

—Sí. Estas cuerdas vocales necesitan un descanso.

—¿Algún plan?

—Nada que no pueda ser descartado ante una buena oportunidad. ¿Qué idea se te ha ocurrido?

—Roarke se encuentra fuera del planeta. ¿Quieres pasarte por aquí, quedarte a pasar la noche y emborracharte?

—¿Que si quiero pasarme por casa de Roarke, quedarme a pasar la noche en casa de Roarke y emborracharme en casa de Roarke? Ya estoy yendo para allá.

—Espera, espera. Vamos a hacerlo bien. Te mando un coche.

—¿Una limusina? —Mavis se olvidó por completo de sus cuerdas vocales y soltó un chillido—. Jesús, Dallas. Asegúrate de que el conductor lleve uniforme. En mi edificio, todo el mundo va a sacar la cabeza por la ventana con los ojos desorbitados.

—Quince minutos. —Eve cortó la transmisión y subió alegremente las escaleras de la casa. Summerset estaba allí, tal y como ella esperaba, y Eve le dirigió un altivo saludo con la cabeza. Había estado practicando.

—Espero a una amiga esta noche. Envíe un coche con chófer al número veintiocho de la calle C.

—Una amiga —repitió en tono suspicaz.

—Exacto, Summerset. —Acabó de subir las escaleras—. Una muy buena amiga mía. Asegúrese de que da aviso al cocinero de que seremos dos en la cena.

Consiguió esperar a encontrarse a alguna distancia antes de estallar en risas. Summerset se había esperado algo, de eso estaba segura. Pero en cuanto recibiera una dosis de Mavis, quedaría algo más que escandalizado.

Mavis no la decepcionó. Aunque, para Mavis, se había vestido de forma conservadora. El peinado de ese día era bastante discreto: de un color dorado brillante, estaba peinado en una media caída. Un lado peinado hacia la oreja mientras que el otro le caía sobre el hombro. Solamente llevaba una media docena de pendientes, todos en las orejas. Un aspecto distinguido según Mavis Freestone.

Salió del coche bajo una torrencial lluvia de primavera y le ofreció a Summerset, que se había quedado sin palabras, el abrigo transparente repleto de minúsculas lucecitas. Al entrar dio tres vueltas sobre sí misma, más para admirar el impresionante vestíbulo que para mostrar el ajustado vestido rojo desde todos los ángulos.

—Uaaaau.

—Eso es exactamente lo que pienso yo —dijo Eve.

Eve se había quedado en el vestíbulo esperándola. No quería que se encontrara con Summerset sola. Pero esa estrategia había sido, obviamente, innecesaria: el mayordomo, habitualmente desdeñoso, se había quedado mudo.

—Es de revista —dijo Mavis en tono de admiración—. Totalmente de revista. Y dispones de esta pensión toda para ti sola.

Eve dirigió una mirada fría y larga a Summerset.

—Casi.

—No está mal. —Mavis pestañeó mientras ofrecía a Summerset una mano cuyo dorso mostraba unos corazones tatuados—. Tú debes de ser Summerset. He oído hablar mucho de ti.

Summerset le tomó la mano. Estaba tan sorprendido que estuvo a punto de llevársela a los labios antes de reaccionar.

—Señora —respondió, tenso.

—Oh, llámame simplemente Mavis. Un lugar de trabajo fantástico, ¿eh? Debes de cobrar un sueldo impresionante aquí.

Sin saber si debía sentirse molesto o halagado, Summerset dio un paso atrás y consiguió dirigirle un leve asentimiento de cabeza antes de desaparecer al fondo del vestíbulo con el abrigo empapado por la lluvia.

—Un hombre de pocas palabras. —Mavis guiñó un ojo, se rio y atravesó el vestíbulo encima de sus plataformas hinchables de quince centímetros de altura. Al llegar a una puerta, emitió un profundo gemido de placer—. Tienes una chimenea de verdad.

—Un par de docenas, creo.

—Jesús, ¿y lo hacéis delante del fuego? ¿Como en las pelis antiguas?

—Eso lo voy a dejar a tu imaginación.

—Me lo puedo imaginar muy bien. Dios, Dallas, y el coche que has enviado. Una limusina de verdad, clásica. Y tenía que llover. —Se dio la vuelta y todos los pendientes tintinearon—. Solamente la mitad de la gente a quienes quería impresionar salió a verme. ¿Qué vamos a hacer ahora?

—Podemos comer.

—Me estoy muriendo de hambre, pero tengo que ver este sitio primero. Enséñame algo.

Eve lo pensó un momento. La terraza superior era increíble, pero estaba lloviendo con fuerza. La habitación de las armas estaba fuera, igual que la sala de tiro. Eve pensó que esas áreas no estaban permitidas a los invitados si Roarke no estaba presente. Había muchas cosas más, por supuesto. Dudando, Eve observó los zapatos de Mavis.

—¿De verdad puedes andar con eso?

—Están llenas de aire. Casi ni me doy cuenta de que las llevo puestas.

—Muy bien. Entonces subiremos por las escaleras. Así verás más cosas.

Llevó primero a Mavis al solárium y se divirtió al ver que a Mavis se le quedaba la boca abierta ante las exóticas plantas y los árboles, las brillantes cataratas y el canto de los pájaros. La curvada pared de cristal recibía la furia de la lluvia, pero a través de ella se percibían todavía las luces de Nueva York.

En la habitación de música, Eve programó un grupo de *trash* y dejó que Mavis la entretuviera entonando unos cuantos temas que estuvieron a punto de romper los cristales de la casa.

Pasaron una hora en la sala de juegos, compitiendo en el ordenador tanto entre ellas como contra los hologramas en Free Zone y en Apocalipsis.

Mavis soltó una gran cantidad de exclamaciones cuando vio las habitaciones y finalmente escogió la suite para pasar la noche.

—¿Podré encender el fuego si me apetece? —preguntó mientras pasaba la mano por encima del lapislázuli de la chimenea.

—Claro, pero estamos casi en junio.

—No me importa aunque me ase. —Con los brazos extendidos, dio unos pasos por la habitación, levantó la mirada hacia la cúpula y se dejó caer encima de la enorme cama repleta de almohadas de color plata—. Me siento como una reina. No, no, como una emperatriz. —Rodó sobre sí misma encima del ondulante colchón de agua—. ¿Cómo puedes continuar siendo una persona normal y vivir en un lugar así?

—No lo sé. No hace mucho que estoy aquí.

Sin dejar de rodar con placer encima del colchón, Mavis se rio.

—Yo sólo tardaré una noche. Nunca más seré la misma persona. —Se acercó al cabezal acolchado y apretó unos botones. Unas luces se encendieron y se apagaron, parpadearon y chispearon. La música empezó a sonar. Se oyó el sonido del agua en la habitación de al lado.

—¿Qué es eso?

—Has programado el baño —la informó Eve.

—Ups. Todavía no. —Mavis lo apagó, probó con otro botón y el panel de la pared al otro extremo de la habitación descubrió una pantalla de vídeo de tres metros—. Definitivamente, no está mal. ¿Quieres comer?

Mientras Eve se instalaba en el comedor con Mavis dispuesta a disfrutar de su primera noche libre en semanas, Nadine Furst se encontraba editando los contenidos de su próxima emisión.

—Quiero mejorar eso, congela a Dallas —ordenó a la técnica—. Sí, sí, acércala. Da jodidamente bien en cámara.

Se apoyó en el respaldo de la silla y estudió las cinco pantallas mientras la técnica trabajaba en el cuadro. La habitación de edición número uno se encontraba en silencio excepto por los murmullos de las voces procedentes de la pantalla. Para Nadine, montar las imágenes resultaba tan excitante como el sexo. La mayoría de los presentadores dejaban el proceso de montaje a los técnicos, pero Nadine quería poner la mano en eso. Como en todo.

En la sala de prensa, un piso más abajo, reinaba el caos. También le gustaba eso. La prisa por ganar la carrera para obtener la última murmuración, la última imagen, el ángulo más directo. Los periodistas no dejaban de manipular sus TeleLinks para ofrecer una línea más, ni de aporrear los ordenadores en busca de la última información.

La competición no se desarrollaba solamente en la calle. Una gran parte de ella se llevaba a cabo en la sala de prensa del Canal 75.

Todo el mundo quería conseguir la gran noticia, la gran foto, la mayor audiencia. En esos momentos, ella tenía todo eso. Y Nadine no tenía ninguna intención de perderlo.

—Ahí, párate ahí, conmigo de pie en el patio de Metcalf. Sí, ahora intenta partir la pantalla e introduce la toma en la que estoy en la acera con Towers. Ajá. —Se concentró en estudiar la imagen. Se la veía bien, decidió. Con actitud digna y la mirada sobria. La intrépida periodista con buen ojo revisitaba las escenas de los crímenes.

—Vale. —Juntó las manos y apoyó la barbilla en ellas—. Entra la voz en off.

«Dos mujeres, con talento, dedicación e inocentes. Dos vidas brutalmente cercenadas. La ciudad se detiene, echa un vistazo y se pregunta por qué. Las familias lloran el duelo, entierran a sus muertos y piden justicia. Hay una persona que trabaja para responder esa pregunta y satisfacer esa petición.»

—Congélala ahí —ordenó Nadine—. Mete a Dallas, la toma del exterior del tribunal de justicia. Sube el audio.

La imagen de Eve llenó las pantallas, con Nadine a su lado. Estaba bien, pensó Nadine. La imagen daba la impresión de que formaban un equipo, de que trabajaban juntas. No podía hacer ningún daño eso. Había una ligera brisa que las despeinaba ligeramente. Detrás de ellas se extendía la fachada del tribunal de justicia, con sus ascensores deslizándose hacia arriba y los pasajes exteriores atiborrados de gente.

Y

«Mi trabajo consiste en encontrar al asesino, y yo me tomo mi trabajo en serio. Cuando termine el mío, el tribunal de justicia empezará el suyo.»

—Perfecto. —Nadine cerró el puño—. Oh, sí, perfecto. Fúndelo aquí y yo lo retomaré en directo. ¿Tiempo?

—Tres cuarenta y cinco.

—Louise, soy un genio, y tú no estás nada mal. Guárdalo.

—Guardado. —Louise se soltó el pelo recogido en una cola y pasó los dedos entre los gruesos y oscuros rizos—. Hemos estado a punto de repetirnos aquí. No hemos tenido nada nuevo en un par de días.

—Tampoco lo han tenido los demás. Y yo tengo a Dallas.

—Y eso es importante. —Louise era una mujer bonita, de rasgos suaves y de ojos brillantes. Había empezado en el Canal 75 justo al acabar la universidad. Después de menos de un mes de trabajar allí, Nadine la había elegido como su primera técnico. La situación resultaba buena para ambas—. Tiene una imagen genial y una excelente garganta. El factor Roarke añade una cualidad de oro. Y eso sin tener en cuenta su buena reputación como policía.

—¿Y?

—Y estoy pensando que —continuó Louise—, hasta que tengas algo nuevo sobre esto, quizá incluir algunos datos del caso DeBlass. Recordar al público que nuestra teniente acabó con un pez gordo, que consiguió una marca en su oficio. Para aumentar la confianza.

—No quiero distraer la atención de la actual investigación.

—Quizá sí quieras —la contradijo Louise—, por lo menos hasta que hayan pistas nuevas. O una nueva víctima.

Nadine sonrió.

—Un poco más de sangre calentaría el tema. En un par

de días entraremos en la calma de junio. De acuerdo, lo tendré en cuenta. Quizá quieras pensar en algo.

Louise arqueó una ceja.

—¿Puedo?

—Y, si lo utilizo, tendrás pleno reconocimiento, zorra ambiciosa.

—Trato hecho. —Louise se palpó el bolsillo del chaleco de trabajo—. Me he quedado sin cigarrillos.

—Tienes que dejar eso. Ya sabes la opinión que tienen los de arriba sobre los empleados que arriesgan la salud.

—Me limito a la hierba.

—La hierba está bien. Consígueme un poco cuando vayas a buscar. —Nadine tuvo la elegancia de mostrarse avergonzada—. Y no se lo digas a nadie. Son más duros con los artistas de la pantalla que con los técnicos.

—Te queda un poco de tiempo hasta el resumen de medianoche. ¿No vas a tomarte un descanso?

—No. Tengo que hacer un par de llamadas. Además, está diluviando. —Nadine se tocó el perfecto peinado—. Ve tú. —Tomó el bolso y añadió—: Yo pago.

—Trato hecho, ya que tengo que ir hasta la Segunda para encontrar una tienda que tenga licencia de venta de cigarrillos. —Resignada, se levantó—. Me pongo tu gabardina.

—De acuerdo. —Nadine le dio un puñado de créditos—. Ponme los míos en el bolsillo, ¿vale? Estaré en la sala de prensa.

Salieron juntas de la habitación, Louise envuelta en la elegante gabardina azulada.

—Bonito tejido.

—Escupe el agua como un pato.

Pasaron por delante de unas salas de edición y de producción antes de llegar a una cinta transportadora que bajaba. El ruido empezaba a ser más fuerte en esa zona y Nadine tuvo que hacerse oír por encima de él.

—¿Todavía estáis Bongo y tú pensando en dar el gran paso?

—Lo estamos pensando tan en serio que ya hemos empezado a ver apartamentos. Vamos a seguir la vía tradicional. Vamos a intentar la convivencia durante un año. Si funciona, lo haremos legal.

—Mejor tú que yo —dijo Nadine con cierto sentimiento—. Yo soy incapaz de pensar en un solo motivo por el cual una persona racional puede atarse a otra persona racional.

—Amor. —Louise se llevó una mano al corazón en un gesto dramático—. Hace que la razón y la racionalidad salgan volando por la ventana.

—Eres joven y libre, Louise.

—Y tengo suerte. Voy a ser vieja y voy a estar encadenada con Bongo.

—¿Quién diablos puede querer encadenarse a alguien que se llama Bongo? —dijo Nadine.

—Yo. Nos vemos luego. —Le dirigió un rápido saludo y continuó en la cinta transportadora mientras Nadine saltó de ella y se dirigió hacia la sala de prensa.

Y, hablando de Bongo, Louise pensó en si podría llegar a casa antes de la una de la madrugada. Esa noche tocaba en su casa. Se trataba de una incomodidad que acabaría en cuanto encontraran un apartamento adecuado que les permitiera dejar de ir arriba y abajo entre su apartamento y el de él.

Sin prestar mucha atención, levantó la mirada hacia uno de los muchos monitores que, alineados en las paredes, emitían el programa en curso del Canal 75. En ese momento se emitía una serie muy popular, un medio que había estado muerto hasta que, un par de años antes, había sido resucitado por talentos como el de Yvonne Metcalf.

Louise meneó la cabeza ante ese pensamiento y se rio un poco al ver que el actor de la pantalla chupaba plano descaradamente.

Nadine se había casado con los noticieros, pero a Louise le gustaba la diversión simple. Esperaba con ganas que llegaran esas escasas noches en que ella y Bongo podían arrellanarse ante la pantalla.

El vestíbulo del Canal 75 estaba repleto de monitores y de estaciones de seguridad, y tenía una confortable área de descanso rodeada por unos hologramas que representaban a las estrellas del canal. Y, por supuesto, había una tienda de regalos repleta de souvenirs, camisetas, sombreros, tazas con autógrafos y hologramas de las principales estrellas del canal.

Dos veces al día, entre las diez y las cuatro, se realizaban unas visitas guiadas por las instalaciones. Louise había realizado una cuando era niña y se había sentido asombrada. Con una sonrisa, recordó que entonces fue cuando decidió que quería hacer su carrera allí.

Saludó al guarda de la puerta principal y caminó hasta el extremo este, que ofrecía el camino más corto hasta la Segunda. Al llegar a la puerta lateral de los empleados, pasó la palma por el lector para abrir la cerradura. Cuando se abrió la puerta, frunció el ceño al ver la fuerte lluvia. Estuvo a punto de cambiar de opinión.

¿Valía la pena hacer una carrera de dos manzanas bajo la lluvia y el frío por un par de cigarrillos? Claro que sí. Y se puso la capucha. Esa excelente y cara gabardina la iba a mantener seca. Además, había estado más de una hora encerrada en la sala de edición con Nadine.

Encogió los hombros y salió fuera.

El viento era fuerte y tuvo que aminorar el paso un momento para ajustarse el cinturón. Tuvo los zapatos empapados antes de llegar al final de las escaleras y, mirándolos, maldijo entre dientes.

—Bueno, mierda.

Fueron las últimas palabras que pronunció.

Un movimiento captó su atención y levantó la mirada. Parpadeó una vez para evitar la lluvia sobre los ojos. No vio el cuchillo, que ya volaba hacia ella cortando la lluvia y haciéndole un corte limpio en la garganta.

El asesino la observó solamente un momento. Contempló el chorro de sangre, el cuerpo desplomado como el de un títere al que le habían cortado las cuerdas. Hubo sorpresa, rabia y el miedo le invadió veloz y voraz. El cuchillo empapado de sangre desapareció en un profundo bolsillo y la oscura figura desapareció en las sombras.

—Creo que podría vivir así. —Después de una cena a base de una cara carne de ternera de Montana amenizada con unas langostas de Islandia y regada con un champán francés, Mavis se encontraba retozando en el lujoso lago interior del solárium. Bostezó. Estaba totalmente desnuda y sólo un poco borracha—. Tú vives así.

—Más o menos. —Eve, que no sentía el ánimo tan ligero como Mavis, se había puesto un bañador. Se había acomodado en un cómodo asiento de piedra y todavía estaba tomando una copa. Hacía mucho tiempo que no se permitía relajarse de esa manera—. La verdad es que no tengo demasiado tiempo para disfrutar de esta parte.

—Busca el tiempo, niña. —Mavis se sumergió y volvió a salir a la superficie. Sus pechos perfectamente redondos brillaron bajo las luces azules que había programado. Con gesto perezoso, nadó hasta un nenúfar y lo olió—. Dios, es de verdad. ¿Sabes qué es lo que tienes aquí, Dallas?

—¿Una piscina interior?

—Lo que tienes —empezó a decir Mavis mientras daba unas brazadas hasta la pieza flotante que sostenía su copa—, es una fantasía de primer nivel. De las que no se consiguen ni con las gafas de realidad virtual de mejor calidad—. Tomó un trago de champán helado—. Espero que no vayas a joderlo todo y a mandarlo a la mierda, ¿eh?

—¿De qué estás hablando?

—De que eres la diseccionadora que mejor diseccionas, joder, que diseccionas. Uau. Intenta decir esto rápidamente cinco veces cuando tengas la lengua pastosa. —Le dio un golpe a Eve con la cadera y se acomodó a su lado—. Está loco por ti, ¿no?

Eve se encogió de hombros y dio un trago.

—Es rico. Quiero decir, es rico como los de las revistas, impresionante como un dios, y con un cuerpo...

—¿Y tú qué sabes de su cuerpo?

—Tengo ojos. Y los utilizo. Tengo una idea bastante aproximada del aspecto que tiene desnudo. —Divertida al ver el brillo en los ojos de Eve, Mavis se pasó la lengua por los labios—. Siempre que quieras conocer algunos detalles que desconozcas, estoy a tu disposición.

—Vaya una amiga.

—Ésa soy yo. Bueno, él es todo eso. Además, está lo del poder. Tiene esa clase de poder que emana de todo su cuerpo. —Enfatizó esa afirmación salpicando a Eve con el agua—. Y te mira como si fuera a comerte viva. Con enormes y ávidos mordiscos. Joder, me estoy poniendo caliente.

—Sácame las manos de encima.

Mavis se rio.

—Quizá seduzca a Summerset.

—No creo que tenga polla.

—Apuesto a que lo puedo descubrir. —Pero se sentía demasiado perezosa en ese momento—. Estás enamorada de él, ¿no es así?

—Eso parece. No quiero pensar en eso.

—Bien. No lo hagas. Siempre he dicho que pensabas demasiado. —Levantó la copa por encima de la cabeza y nadó hacia el centro del lago—. ¿Podemos encender los motores?

—Claro.

Con torpeza a causa del vino, a Eve le costó un poco dar con el mando adecuado. En cuanto el agua empezó a burbujear, Mavis emitió un gemido divertido.

—Dios Santo, ¿quién necesita a un hombre si tiene esto? Venga, Eve, sube la música. Que haya fiesta.

Eve la satisfizo y subió el volumen. La música vibró en las paredes y en el agua. Los Rolling Stones, el grupo preferido de Mavis, se desgañitaban. Eve, recostada, se reía mientras Mavis improvisaba unos pasos de baile. Envió al androide a por otra botella.

—Disculpen.

—¿Qué? —Con ojos llorosos, Eve observó unos brillantes zapatos negros que acababan de aparecer en la orilla del lago. Despacio, y con cierta curiosidad, recorrió con la vista los pantalones oscuros, perfectamente planchados, y la corta y almidonada chaqueta hasta que llegó al rostro impasible de Summerset—. Eh, ¿quieres darte un baño?

—Adelante, Summerset. —El agua lamió la cintura de Mavis y cayó desde sus pechos mientras levantaba la mano en un gesto de saludo—. Cuantos más seamos, más divertido será.

Summerset apretó los labios en un gesto de desdén. Fue por puro hábito que pronunció las palabras como afilados cuchillos de hielo, pero su mirada no se apartó del ondulante cuerpo de Mavis.

—Hay una llamada para usted, teniente. Evidentemente, no ha percibido usted mis intentos de informarla al respecto.

—¿Qué? Vale, vale. —Se rio disimuladamente y nadó hasta un TeleLink instalado a uno de los lados del lago—. ¿Es Roarke?

—No lo es. —Aunque se sentía insultado hasta la médula, no tenía ninguna intención de humillarse a pedir que bajaran el volumen de la música—. Es un comunicado de la Central de Policía.

Eve se quedó un momento inmóvil y maldijo en voz alta. Se apartó el pelo empapado del rostro.

—Apaga la música —dijo en voz cortante. Mick y sus colegas se callaron—. Mavis, quédate fuera de la zona de vídeo, por favor. —Eve inhaló profundamente y encendió el Tele-Link—. Dallas.

—Comunicado, Dallas, teniente Eve. Verificación de voz realizada. Comunicado directo desde Avenida Broadcast, Canal 75. Homicidio confirmado. Código amarillo.

A Eve se le heló la sangre. Se agarró con fuerza a la orilla del lago.

—¿Nombre de la víctima?

—No hay permiso para comunicar esta información de momento. Confirme la recepción de las órdenes, Dallas, teniente Eve.

—Confirmada. Tiempo estimado de llegada, veinte minutos. Avisen a Feeney, capitán, División de Detección Electrónica, que se presente en la escena del crimen.

—Petición recibida. Aviso enviado.

—Oh, Dios. Oh, Dios. —El sentimiento de culpa, además del vino, la hicieron sentirse súbitamente débil. Eve apoyó la cabeza en la orilla—. La he matado.

—Frena. —Mavis nadó hasta ella y le puso una mano encima del hombro—. Frena, Eve —repitió.

—Ha mordido el anzuelo equivocado, el anzuelo equivocado, Mavis, y ahora está muerta. Se supone que tendría que haber sido yo.

—He dicho que frenes. —Confundida por sus palabras, pero no por la emoción que veía en ella, Mavis la sujetó y le dio una ligera sacudida—. Para ya con eso, Eve.

Desolada, Eve se llevó una mano a la cabeza. Sentía unos pinchazos en ella.

—Oh, Dios, estoy borracha. Perfecto.

—Yo te lo soluciono. Creo que tengo Sober Up en el bolso. —Eve gimió en tono de protesta y Mavis volvió a darle una sacudida—. Sé que odias las pastillas, pero te limpiarán el alcohol de la sangre en diez minutos. Vamos, te vas a tomar unas cuantas.

—Vale. Perfecto. Estaré sobria cuando la tenga que ver.

Eve empezó a subir los escalones, resbaló y se sorprendió al sentir que la sujetaban.

—Teniente. —Summerset habló todavía en tono de frialdad, pero le ofreció una toalla y la ayudó a ponerse en pie a la orilla del lago—. Voy a ocuparme de que preparen su coche.

—Sí, gracias.

Capítulo doce

La medicina de Mavis funcionó a la perfección. A Eve le quedó un sabor desagradable en la garganta, pero cuando llegó al pulido edificio del Canal 75 se encontraba completamente sobria.

El edificio había sido construido a mediados de los años veinte, en el momento en que la popularidad de los medios de comunicación había llegado a un nivel tan astronómico que éstos generaban más ingresos que un país pequeño. Era uno de los edificios más altos de la avenida Broadcast. Se levantaba desde allí con sus líneas puras y lisas; tenía capacidad para varios miles de trabajadores, cinco estudios completos entre los que se incluía el equipo más exquisito de la Costa Este, y era capaz de proyectar sus emisiones hasta el último rincón del planeta y de sus estaciones orbitales.

El ala este, hacia donde Eve fue conducida, daba a la Tercera y a sus multicomplejos y edificios de apartamentos, diseñados para satisfacer las necesidades de la industria mediática.

El denso tráfico aéreo era señal de que el rumor ya había corrido. Controlar la situación iba a ser un problema. Mientras rodeaba el edificio, comunicó con la Central y pidió que colocaran barricadas aéreas y que mandaran refuerzos de seguridad sobre el terreno. Ya era bastante difícil manejar un homicidio justo en el corazón de un medio de comunicación; no hacía falta tener a esos buitres volando sobre sus cabezas.

Eve se sentía más serena en esos momentos, así que dejó a un lado la culpa y salió del coche para acercarse a la escena del crimen. Los uniformes habían empezado su trabajo, y eso le dio cierto alivio. Habían despejado la zona y habían sellado la puerta de salida. Naturalmente, había algunos periodistas con sus equipos. No habría forma de sacarles de allí, pero por lo menos tenía suficiente espacio para respirar.

Se colgó la placa en la chaqueta y caminó bajo la lluvia hasta la zona del crimen, a la que alguna alma caritativa había sembrado de material antideslizante. La lluvia caía sonoramente sobre los trocitos de plástico rígido y transparente.

Reconoció la gabardina y tuvo que esforzarse por mantener bajo control los retortijones que empezaba a sentir en el estómago. Preguntó si ya habían grabado y registrado la zona. Cuando se lo hubieron confirmado, se agachó al lado del cuerpo.

Con el pulso firme, alargó las manos para apartar la capucha que cubría el rostro de la víctima. No hizo caso de la sangre que se acumulaba, pegajosa, a sus pies. Consiguió reprimir una exclamación y un temblor cuando apartó la capucha del rostro de la extraña.

—¿Quién diablos es? —preguntó.

—La víctima ha sido identificada como Louise Kirski, técnica editora del Canal 75. —Uno de los uniformes sacó un registro del bolsillo de la gabardina negra—. Ha sido encontrada aproximadamente a las 23:15 por J.C. Morse, quien ha escupido todas sus galletas justo ahí —añadió con un gesto de desdén ante esas golosinas civiles—. Luego entró por esa puerta, desgañitándose. El miembro de seguridad del edificio verificó su historia y llamó para dar aviso. El aviso llegó a las 23:22. Yo he llegado a la escena a las 23:27.

—Ha sido usted rápida, agente…

—Peabody, teniente. Me encontraba cerca, en First Avenue. Confirmé el homicidio, sellé la puerta de salida y llamé pidiendo refuerzos y pidiendo que la avisaran.

Eve hizo un gesto de cabeza en dirección al edificio.

—¿Han tomado algo de esto con las cámaras?

—Señor —empezó Peabody con cierta rigidez en los labios—. Hice salir a un equipo de informativos de la escena en cuanto llegué. Pero diría que ya habían sacado tomas de gran parte de esto, antes.

—De acuerdo. —Con las manos selladas, Eve inició el registro del cuerpo. Unos cuantos créditos, algo de cambio, un pequeño y caro TeleLink enganchado en el cinturón. No había ninguna señal de lucha, ni ninguna otra herida.

Lo grabó todo, mientras su mente trabajaba deprisa. Sí, reconocía la gabardina. En cuanto el examen inicial hubo terminado, se puso en pie.

—Voy a entrar. Estoy esperando al capitán Feeney. Hágalo entrar en cuanto llegue. Los forenses pueden llevársela.

—Sí, señor.

—Quédese, Peabody —decidió Eve. La policía tenía un estilo bueno y directo—. Mantenga a esos periodistas a raya. —Eve echó un vistazo por encima del hombro y no hizo caso de las preguntas que le gritaban ni del brillo de los objetivos—. No haga ningún comentario ni ninguna afirmación.

—No tengo nada que decirles.

—Bien. Continúe así.

Eve retiró la cinta de la puerta, la atravesó y volvió a colocarla en su lugar. El vestíbulo estaba casi vacío. Peabody, o alguien como ella, debía de haberlo despejado de todo excepto del personal imprescindible. Eve echó un vistazo al miembro de seguridad que se encontraba detrás de la consola principal.

—C. J. Morse. ¿Dónde está?

—Su plató está en el nivel seis, sección ocho. Algunos de los suyos se lo llevaron hacia allí.

—Estoy esperando a otro policía. Mándelo allí. —Eve se dio la vuelta y subió a la cinta transportadora.

Había algunas personas por allí, algunas que se encontraban en corrillos y otras que, frente a unos telones, hablaban furiosamente hacia las cámaras. Le llegó un olor de café y un rancio aroma similar al de los cuartos de los policías. En otro momento, eso le habría hecho sonreír.

El sonido iba subiendo de volumen a medida que ella subía de nivel. Salió de la cinta al llegar al nivel seis y se dirigió hacia el frenético zumbido de la sala de prensa.

Las consolas se encontraban unas frente a las otras y la zona estaba atravesada por pequeños pasillos. Al igual que el trabajo policial, el periodismo era un oficio de veinticuatro horas al día. Incluso a esa hora había más de una docena de estaciones en funcionamiento.

La diferencia, tal y como lo vio Eve, consistía en que los polis tenían un aspecto ajado y sudoroso. Pero ese personal tenía un aspecto impecable. Las ropas estaban perfectamente planchadas, llevaban unas joyas adecuadas para las cámaras y los rostros estaban cuidadosamente maquillados.

Todo el mundo parecía tener un trabajo que hacer. Algunos hablaban rápidamente por sus TeleLinks y nutrían a las estaciones satélite con los últimos datos, le pareció. Otros lanzaban gritos a sus ordenadores o escuchaban los chillidos de las máquinas mientras éstas ofrecían los datos solicitados, o los enviaban al destino seleccionado.

Todo parecía perfectamente normal, sólo que, mezclado con el rancio olor a café malo, se percibía el denso olor del miedo.

Una o dos personas la vieron e iniciaron el gesto de levantarse con mirada interrogativa. Pero la brutal y fría mirada de Eve fue tan eficiente como una coraza de acero.

Se dirigió a la pared donde las pantallas se apretaban las unas contra las otras. Roarke tenía un equipo similar y Eve sabía que cada una de las pantallas podía utilizarse para una imagen distinta, o para ofrecer cualquier combinación. Ahora la pared estaba inundada por una enorme imagen de Nadine Furst en el plató de noticias. Detrás de ella se veía el familiar perfil de Nueva York en tres dimensiones.

También ella tenía un aspecto cuidado, perfecto. Eve se acercó para escuchar el audio y pareció que los ojos de Nadine se quedaban clavados en los suyos.

—De nuevo, esta noche, ha habido un cruel asesinato. Louise Kirski, una empleada de esta casa, ha sido asesinada tan sólo a unos pasos del edificio desde el cual se emite este informativo.

A Eve no le importó maldecir en voz alta al escuchar a Nadine añadir unos cuantos detalles y al ver que le cedía la palabra a Morse. Ya se lo esperaba.

—Una noche cualquiera —dijo Morse, con su clara voz de reportero—. Una noche lluviosa en la ciudad. Pero, de nuevo, y a pesar de los mejores esfuerzos de nuestras fuerzas policiales, sucede un asesinato. Este periodista va a ofrecerles una visión de primera mano del horror, de la conmoción y del desastre.

Hizo una pausa, con un tempo perfecto, y la cámara se acercó hasta ofrecer un primer plano de él.

—Encontré el cuerpo de Louise Kirski tirado y sangrante al pie de las escaleras del edificio donde ambos, ella y yo, hemos trabajado muchísimas noches. Le han cortado el cuello y la sangre ha manado sobre el húmedo pavimento. No me avergüenza confesar que me he quedado inmóvil, que me he mareado, y que el olor de la muerte ha penetrado en mis pulmones. Me he quedado de pie, mirándola, incapaz de creer lo que estaba viendo con mis propios ojos. ¿Cómo era posible? Una mujer a la que conocía, una mujer con quien a menudo crucé palabras amistosas, una mujer con quien he tenido el privilegio ocasional de trabajar. ¿Cómo podía estar allí, tirada y sin vida?

La pantalla fundió en negro sobre su rostro serio y pálido y se abrió a una desagradable toma del cuerpo.

No habían perdido ni un minuto, pensó Eve con disgusto mientras se dirigía a la consola más próxima que estaba en funcionamiento.

—¿Dónde está el plató?

—¿Perdón?

—He dicho que dónde está el maldito plató. —Señaló las pantallas con el pulgar.

—Bueno, eh…

Furiosa, se inclinó hacia delante y le sujetó con fuerza.

—¿Quieres ver lo que tardo en cerrar este sitio?

—Nivel doce, plató A.

Eve ya se dirigía hacia allí cuando Feeney salía de la cinta transportadora.

—Te has tomado tu tiempo.

—Eh, estaba en New Jersey con los míos. —Sin preguntarle nada, caminó a su lado.

—Necesito una orden de confiscación.

—Bueno. —Se rascó la cabeza mientras la cinta les transportaba hacia arriba—. Probablemente puedo comprar una orden para confiscar las imágenes de la escena. —Se encogió de hombros al ver la mirada de Eve—. He visto algo en la pantalla del coche mientras venía hacia aquí. Las recuperarán, pero podemos retenerlas durante unas horas, de todas formas.

—Ponte a trabajar en ello. Necesito todos los datos posibles sobre la víctima. Debe de haber registros aquí.

—Esto es bastante fácil.

—Mándamelos a mi oficina, ¿quieres, Feeney? Voy a ir allí dentro de poco.

—Ningún problema. ¿Algo más?

Eve salió de la cinta y, al llegar ante las blancas y gruesas puertas del plató A, frunció el ceño.

—Voy a necesitar cierto refuerzo aquí.

—Será un placer.

Las puertas estaban cerradas y el signo «emitiendo» brillaba. Eve reprimió el deseo de desenfundar el arma y volar el panel de seguridad. En lugar de eso, presionó el botón de emergencia y esperó la respuesta.

—Las noticias del Canal 75 se están emitiendo en directo —le comunicó la voz electrónica—. ¿Cuál es la naturaleza de su problema?

—Emergencia policial. —Levantó su identificación hasta el pequeño escáner.

—Un momento, teniente Dallas, mientras se comunica su petición.

—No es una petición —dijo Eve en tono ecuánime—. Quiero que estas puertas se abran ahora o me veré obligada a entrar por la fuerza según establece el código 83B, apartado J.

Se oyó un tenue zumbido y un silbido electrónico, como si el ordenador estuviera valorando la situación y mostrando su disgusto.

—Abriendo las puertas. Por favor, permanezca en silencio y no traspase la línea blanca. Gracias.

En el plató la temperatura era diez grados inferior. Eve caminó directamente hacia una partición de cristal que daba al decorado. Lo golpeó con fuerza suficiente para hacer que el director empalideciera de preocupación. Se llevó un desesperado dedo índice a los labios, pero Eve levantó la placa.

Con evidente resistencia, el director abrió la puerta y les hizo un gesto para que entraran.

—Estamos en directo —les dijo en tono cortante, y les dio la espalda para contemplar el decorado—. Cámara tres sobre Nadine. Imagen de fondo de Louise. Mark.

Los robots del escenario le obedecieron con suavidad. Eve observó el giro de la pequeña cámara. Desde el monitor de control, Louise Kirski sonrió con alegría.

—Despacio, Nadine, no te precipites. C. J., listo en diez.

—Pase a la publicidad —le dijo Eve.

—Este informativo se emite sin publicidad.

—Pase a publicidad —repitió ella—, o va a tener que fundir en negro.

Él frunció el ceño e hinchó el pecho.

—Escuche…

—Usted me va a escuchar a mí. —Le dio unos golpecitos nada amables sobre el pecho hinchado—. Esos de ahí son mis testigos. Haga lo que le digo o sus competidores van a conseguir los mayores niveles de audiencia gracias a la historia que les voy a contar acerca de cómo el Canal 75 interfirió en la investigación policial del asesinato de uno de sus propios trabajadores. —Levantó una ceja en actitud pensativa—. Y quizá empiece a verle a usted como a un posible sospechoso. ¿No te parece que tiene el aspecto de un asesino de sangre fría, Feeney?

—Justo lo estaba pensando. Quizá tengamos que llevárnoslo y tener con él una agradable charla. Después de un registro corporal completo.

—Un momento. Un momento. —El hombre se pasó una mano por la boca. Una breve pieza de publicidad de noventa segundos no podía hacer ningún daño—. Pasa un anuncio Zippy en diez. C. J., corta. Inserta música. Cámara uno, panorámica hacia atrás. Mark.

Exhaló un largo suspiro.

—Voy a avisar a mis asesores legales.

—Hágalo. —Eve salió de la cabina y se dirigió hacia la larga consola negra que Nadine y Morse compartían.

—Tenemos derecho a…

—Yo voy a decirte cuáles son tus derechos completos —interrumpió Eve a Morse—. Tienes derecho a llamar a tu abogado y decirle que se encuentre contigo en la central de policía.

Él empalideció.

—Me estás arrestando. Dios santo, ¿te has vuelto loca?

—Eres un testigo, imbécil. Y no vas a hacer ninguna otra declaración hasta que me lo hayas contado todo a mí. Oficialmente. —Eve dirigió una dura mirada hacia Nadine—. Tendrás que salir del paso sola.

—Quiero ir con vosotros. —Nadine se levantó con piernas temblorosas. Para terminar con los frenéticos gritos que le llegaban desde la cabina de control, se sacó los auriculares y los tiró al suelo—. Probablemente, yo fui la última persona que habló con ella.

—De acuerdo. Vamos a hablar de ello. —Eve les condujo hacia fuera y se detuvo sólo un momento para dirigir una desagradable sonrisa hacia la cabina de control—. Puede usted rellenarlo con alguna reposición de *Blue,* Departamento de Policía de Nueva York. Es un clásico.

—Bueno, bueno, C. J. —A pesar de lo mal que se sentía, Eve fue capaz de apreciar ese momento—. Por fin te tengo donde quería tenerte. ¿Estás cómodo?

Se le veía con mal aspecto, pero consiguió sonreír mientras daba un vistazo a la habitación.

—Chicos, podríais contratar un decorador.

—Estamos intentando incluirlo en el presupuesto. —Eve se sentó ante la única mesa que había en la habitación—. Grabando —pidió—. Uno de junio, mierda, ¿qué ha pasado con mayo? Sujeto: C. J. Morse, ubicación: sala de entrevistas C, entrevista dirigida por Dallas, teniente Eve. Homicidio. Víctima: Louise Kirski. Hora: 00:45. Señor Morse, ha sido usted instruido acerca de sus derechos. ¿Quiere tener a un abogado presente durante esta entrevista?

Él alargó la mano hasta el vaso de agua que le habían ofrecido y tomó un sorbo.

—¿Se me acusa de algo?

—No de momento.

—Entonces, adelante.

—Vayamos hacia atrás, C. J. Dígame exactamente qué pasó.

—De acuerdo. —Volvió a tomar un trago como si tuviera la garganta seca—. Yo llegaba a la cadena. Estaba de copresentador en las noticias de medianoche.

—¿A qué hora llegó?

—Aproximadamente a las 23:15. Me dirigí hacia la puerta este. La mayoría de nosotros la utilizamos porque ofrece el acceso más directo a la sala de prensa. Llovía, así que me apresuré desde el coche. Vi que había algo al pie de la escalera, pero al principio no podía decir de qué se trataba.

Se calló y se cubrió el rostro con las manos. Se lo frotó con fuerza.

—No lo supe hasta que me encontré prácticamente encima de ella. Pensé… no sé qué pensé en verdad. Alguien había tenido una muy mala caída.

—¿No reconoció a la víctima?

—La… la capucha. —Hizo un vago gesto con la mano—. Le cubría el rostro. Me agaché y empecé a apartársela de la cara. —Un violento escalofrío le recorrió el cuerpo—. Entonces vi la sangre, su garganta. La sangre —repitió, y se cubrió los ojos.

—¿Tocó usted el cuerpo?

—No, no lo creo… no. Ella estaba allí tumbada, y tenía el cuello desgarrado. Sus ojos. No, no la toqué. —Dejó caer la mano de nuevo e hizo lo que parecía ser un esfuerzo enorme para mantener la calma—. Me mareé. Probablemente no pueda comprenderlo, Dallas. Algunas personas todavía tenemos las reacciones humanas básicas. Toda esa sangre, sus ojos. Dios. Me mareé y me asusté y corrí hasta dentro. Hacia el guarda de la mesa. Se lo dije.

—¿Conocía usted a la víctima?

—Claro, la conocía. Louise había editado unas cuantas piezas para mí. Casi siempre trabajaba para Nadine, pero hizo algunas piezas para mí y para otros. Era buena, buena de verdad. Rápida, de mirada aguda. Una de las mejores. Dios. —Alargó la mano y tomó la jarra. El agua se derramó cuando quiso llenar el vaso—. No había ninguna razón para matarla. Ninguna razón.

—¿Tenía ella por costumbre salir por esa salida a esa hora?

—No lo sé. No creo... ella debería de haber estado dentro editando —dijo con rabia.

—¿Tenían ustedes una relación cercana, íntima?

Levantó la cabeza y la miró con suspicacia

—Está usted intentando colgarme esto, ¿no es así? Esto le está gustando de verdad.

—Limítese a responder la pregunta, C. J. ¿Tenía usted una relación con ella?

—Ella tenía una relación, habló de un chico llamado Bongo. Solamente trabajábamos juntos, Dallas. Eso es todo.

—Usted llegó al Canal 75 a las 23:15. ¿Y antes de eso?

—Antes estaba en casa. Cuando tengo el turno de noche, duermo un par de horas antes. No tenía un programa principal, así que no tuve que preparar demasiado. Se suponía que sólo tenía que leer el resumen del día. Cené con unos amigos sobre las siete y me fui a casa más o menos a las ocho. Dormí un poco.

Apoyó los codos en la mesa y apoyó la cabeza en las manos.

—Me desperté a las diez y salí justo antes de las once. Tardé un poco más durante el trayecto a causa del mal tiempo. Dios, Dios, Dios.

Si Eve no le hubiera visto plantarse ante las cámaras sólo minutos después del descubrimiento del cuerpo, habría sentido lástima por él.

—¿Vio usted a alguien en o cerca de la escena del crimen?

—Sólo a Louise. A esas horas de la noche no hay mucha gente entrando o saliendo. No vi a nadie. Sólo a Louise. Sólo a Louise.

—De acuerdo, C. J., esto es todo de momento.

Él volvió a dejar el vaso del que acababa de beber otra vez.

—¿Puedo irme?

—Recuerda que eres un testigo. Si has omitido algo o si recuerdas algo que no nos hayas dicho durante esta entrevista, te acusaré por ocultación de pruebas y por obstrucción de una investigación. —Sonrió, complacida—. Ah, y dame los nombres de tus amigos, C. J. No creí que tuvieras ninguno.

Eve le dejó marchar y se quedó pensativa mientras Nadine era conducida a la habitación. La situación estaba demasiado clara. Y la culpa emergía de nuevo. Para mantener ambas cosas presentes, abrió el informe y estudió las fotos sobre papel del cuerpo de Louise Kirski. Cuando la puerta se abrió, las dejó sobre la mesa boca abajo.

Nadine no tenía un aspecto impecable en esos momentos. El brillo profesional del personaje público había dejado paso a una mujer pálida y temblorosa de ojos hinchados y labios temblorosos. Sin decir nada, Eve hizo un gesto hacia la silla y llenó un vaso limpio con agua.

—Has sido rápida —le dijo con frialdad— en emitir la noticia.

—Es mi trabajo. —Nadine no tocó el vaso sino que juntó las manos sobre su regazo—. Tú haces el tuyo y yo hago el mío.

—Exacto. Servir al prójimo, ¿no es así?

—No estoy muy interesada en lo que pienses de mí ahora mismo, Dallas.

—Perfecto, porque no tengo una gran opinión de ti ahora mismo. —Por segunda vez, encendió la grabadora y cantó la información necesaria—. ¿Cuándo vio a Louise Kirski viva por última vez?

—Nos encontrábamos trabajando en la sala de edición, acabando una pieza para la medianoche. No tardamos tanto como habíamos pensado en terminarlo. Louise era buena, muy buena. —Nadine inhaló profundamente y clavó la vista en un punto ligeramente por debajo de los hombros de Eve—. Hablamos unos minutos. Ella y el hombre con quien tenía una relación desde hacía unos meses estaban buscando un apartamento. Estaba contenta. Louise era una persona alegre, era fácil tratar con ella, era vital.

Tuvo que callar otra vez. Tuvo que hacerlo. Se estaba quedando sin aliento. Atentamente y con decisión, se obligó a inhalar y a exhalar. Dos veces.

—Bueno. Salió a buscar cigarrillos. Le gustaba fumar un poco entre trabajo y trabajo. Todo el mundo miraba hacia otro lado, incluso aunque ella se escondiera en cualquier habitación. Le dije que me trajera dos para mí y le di unos cuantos créditos. Bajamos juntas y yo la dejé para ir a la sala de prensa. Tenía que hacer unas llamadas. Si no hubiera sido por eso, hubiera ido con ella. Hubiera estado con ella.

—¿Acostumbraban a salir juntas antes de la emisión?

—No. Normalmente me tomo un breve descanso y salgo, me tomo con tranquilidad una taza de café en ese pequeño café de la Tercera. Me gusta salir de la cadena, especialmente antes de la medianoche. Aquí hay un restaurante-cafetería, pero me gusta salir y tomarme un descanso por mi cuenta.

—¿De forma habitual?

—Sí. —Nadine miró a Eve a los ojos, pero apartó la mirada—. De forma habitual. Pero yo quería hacer esas llamadas, y estaba lloviendo, así... así que no fui. Le presté mi gabardina y ella salió. —Volvió a mirar a Eve a los ojos. Tenía una expresión desolada—. Está muerta en mi lugar. Tú lo sabes, y yo lo sé. ¿No es así, Dallas?

—Reconocí su gabardina —dijo Eve, escueta—. Creí que era usted.

—Ella no había hecho nada, sólo salía en busca de unos cigarrillos. En el lugar equivocado, a la hora equivocada. Con la gabardina equivocada.

«El anzuelo equivocado», pensó Eve, pero no lo dijo.

—Vayamos paso a paso, Nadine. Un editor tiene cierta cantidad de poder, de control.

—No. —De forma lenta y metódica, Nadine negó con la cabeza. Tenía el estómago revuelto y el mal sabor le llegaba hasta la garganta—. Se trata de la historia, Dallas, y de la personalidad pública. Nadie conoce, ni siquiera piensa en un editor. Piensa en el presentador. Ella no era el objetivo, Dallas. No finjamos que es de otra manera.

—Lo que yo creo y lo que sé, requiere que lo maneje de forma distinta, Nadine. Pero vamos a hablar de lo que creo de momento. Creo que usted era el objetivo, y creo que el asesino confundió a Louise con usted. Tienen distinta constitución física, pero estaba lloviendo y ella llevaba su gabardina y llevaba puesta la capucha. Quizá o no hubo tiempo o no hubo otra opción en cuanto se cometió el error.

—¿Qué? —Nadine tuvo que esforzarse para concentrarse, sorprendida de que eso fuera dicho de forma tan directa—. ¿Qué has dicho?

—Todo sucedió muy deprisa. Sé a qué hora ella se despidió del agente de seguridad. Al cabo de diez minutos, Morse se tropezó con ella. O bien todo estuvo perfectamente calculado o el asesino es un engreído. Y puedes apostar a que él quería verlo en las noticias antes de que se enfriara.

—Le hemos complacido, ¿verdad?

—Sí —asintió Eve—. Tú le has complacido.

—¿Crees que ha sido fácil para mí? —repuso en tono áspero Nadine—. ¿Crees que ha sido fácil estar aquí sentada e informar del suceso sabiendo que ella todavía se encontraba fuera, en el suelo?

—No lo sé —dijo Eve en tono ecuánime—. ¿Lo fue?

—Era mi amiga. —Nadine empezó a sollozar y las lágrimas se le deslizaron mejillas abajo y le arruinaron el maquillaje—. Yo la quería. Maldita sea, ella me importaba, no era una historia. No es solamente una jodida historia.

Eve tuvo que esforzarse por contener su propio sentimiento de culpa. Le acercó el vaso a Nadine.

—Bebe —le ordenó—. Tómate un minuto.

Nadine tuvo que emplear ambas manos para mantener el vaso mínimamente estable. Hubiera preferido tomarse un coñac, pero eso tendría que esperar.

—Me encuentro en este tipo de situaciones continuamente. No es tan distinto a lo tuyo.

—Viste el cuerpo —la cortó Eve—. Estuviste en la escena del crimen.

—Tenía que verlo. —Volvió a dirigir la mirada hacia Eve con los ojos todavía llorosos—. Era algo personal, Dallas. Tenía que verlo. No quise creerlo cuando corrió la voz.

—¿Cómo corrió la voz?

—Alguien oyó a Morse gritarle al guarda de seguridad que alguien había muerto, que alguien había sido asesinado justo fuera. Eso llamó la atención de todo el mundo —explicó mientras se frotaba las sienes—. Corrió la voz. Yo no había terminado mi segunda llamada todavía cuando lo oí. Colgué y bajé. Y la vi. —Sonrió con una expresión agria y desganada—: Gané a las cámaras y a los polis.

—Y tú y tus colegas casi contaminasteis la escena del crimen. —Eve se pasó una mano por el pelo—. Eso ya está hecho. ¿La tocó alguien? ¿Viste si alguien la tocaba?

—No, nadie fue tan estúpido. Era obvio que estaba muerta. Se veía... se veía la herida, la sangre. De todas formas, llamamos a una ambulancia. La primera unidad de policía llegó al cabo de unos minutos, nos hizo entrar y selló la puerta. Hablé con alguien. Peabody. —Se frotó las sienes. No le dolían, pero las sentía como adormecidas—. Le dije que se trataba de Louise y luego subí para prepararme para la emisión. Y todo el tiempo estuve pensando: «Tenía que haber sido yo». Yo estaba viva, delante de la cámara, y ella estaba muerta. Tenía que haber sido yo.

—No tenía que haber sido nadie.

—La hemos matado, Dallas. —Nadine habló en tono firme ahora—: Tú y yo.

—Supongo que tendremos que vivir con eso. —Eve inspiró con fuerza y se inclinó hacia delante—: Volvamos a repasarlo todo, Nadine. Paso a paso.

Capítulo trece

Eve pensó que, a veces, la esclavitud del trabajo policial ofrecía sus recompensas. Igual que una máquina tragaperras a la que se alimenta de forma monótona, regular y sin prestarle atención, y que, de repente, suelta un premio de forma inesperada.

Exactamente así fue como apareció el nombre de David Angelini.

Eve intentaba encontrar respuesta a unos cuantos detalles del caso Kirski. La secuencia y la hora de los hechos se encontraban entre ellos.

Nadine se salta su descanso habitual, Kirski sale en lugar de ella y pasa por delante del mostrador del vestíbulo, aproximadamente, a las 23:04 de la noche. Sale fuera, bajo la lluvia, y se encuentra con un cuchillo.

«Todo eso —pensó Eve—, rápidamente y con prisas.»

Por supuesto, revisionó los discos de seguridad de la puerta del Canal 75. Quizá el asesino había entrado, había aparcado el coche en el estacionamiento de la emisora, había dado un paseo esperando a Nadine, había matado a Louise por error y había salido con el coche de nuevo. Pero no había forma de saberlo.

Cualquiera hubiera podido entrar caminando desde la Tercera, igual que Louise iba a salir caminando de allí. La seguridad de la puerta servía para asegurarse de que había estacionamiento disponible para los empleados y de que el espacio de los invitados no era usurpado por cualquier conductor frustrado en busca de aparcamiento.

Eve volvió a visionar los discos por una cuestión de rutina y porque, tenía que admitirlo, tenía la esperanza de que la historia de Morse no llegara a cuajar. Él había reconocido la gabardina de Nadine y conocía su costumbre de salir un rato sola antes de la emisión de la noche.

No había nada que le hubiera gustado más que darle una patada en el huesudo culo.

Y así fue como vio el elegante coche italiano de dos plazas que cruzaba las puertas como un gato de lustroso pelaje. Había visto ese coche antes, aparcado delante de la casa del comandante después del funeral.

—Parar —ordenó, y la imagen de la pantalla se congeló—. Mayor definición desde el sector veintitrés hasta el treinta, pantalla completa. —La máquina chirrió y la imagen se detuvo, parpadeante. Eve soltó un gruñido de impaciencia y dio una palmada contra la pantalla que consiguió detener del todo la imagen—. Malditos recortes de presupuesto —se quejó, pero enseguida empezó a sonreír, disfrutando del momento—: Bueno, bueno, señor Angelini.

Inspiró con fuerza ante el rostro de David a toda pantalla. Se le veía impaciente, pensó. Distraído. Nervioso.

—¿Qué estaba usted haciendo ahí... —murmuró mientras dirigía un rápido vistazo al reloj digital detenido en la esquina inferior izquierda— ... a las 23:02:05?

Se recostó en el respaldo de la silla y, mientras rebuscaba en un cajón con la mano, continuó estudiando la pantalla. Con gesto ausente, dio un mordisco a una barrita dulce que iba a ser todo su desayuno. Todavía no había ido a casa.

—Imprimir una copia —ordenó—. Luego volver al original, visionar e imprimir una copia—. Esperó con paciencia mientras la máquina realizaba la función con un zumbido—. Continuar el visionado del disco, velocidad normal.

Mientras continuaba mordisqueando su desayuno, observó los caros coches deportivos que pasaban por delante de la cámara. La imagen parpadeó. El Canal 75 se podía permitir estar a la última en cuanto a cámaras de seguridad con movilidad incorporada. Habían pasado once minutos cuando el coche de Morse se aproximó.

—Interesante —murmuró—. Copiar disco, transferir copia al documento 47833-K. Kirski, Louise. Homicidio. Referencia cruzada con el caso del informe 47801-T. Towers, Cicely y 47815-M. Metcalf, Ivonne. Homicidios.

Se apartó de la pantalla y activó el TeleLink.

—Feeney.

—Dallas —dijo él, dando el último mordisco a la pasta del desayuno—. Estoy trabajando en ello. Dios, no son ni las siete de la mañana.

—Sé que hora es. Tengo un asunto delicado aquí, Feeney.

—Mierda. —Su ya surcado rostro se arrugó aún más—. Odio que digas eso.

—Tengo a David Angelini en el disco de seguridad de la puerta del Canal 75 entrando diez minutos antes de que se encontrara el cuerpo de Louise Kirski.

—Jode, joder, joder. ¿Quién se lo va a decir al comandante?

—Yo... después de que haya hablado con Angelini. Necesito que me cubras en esto, Feeney. Voy a enviar lo que tengo excepto lo de Angelini. Se lo comunicas al comandante. Dile que me he tomado un par de horas para mí.

—Sí. Crees que se lo va a tragar.

—Feeney, dime que necesito dormir. Dime que vas a pasar el informe al comandante, que yo debo irme a casa y dormir un par de horas.

Feeney exhaló un largo suspiro.

—Dallas, necesitas dormir. Yo le pasaré el informe al comandante. Debes irte a casa y dormir un par de horas.

—Ahora puedes decirle que me lo has dicho —dijo Eve, y cortó.

Al igual que sucedía con la rutina policial, el instinto de un poli también tenía sus recompensas. El de Eve le decía que David Angelini se encerraría en familia. Su primera parada fue la casa de Angelini, arrebujada en un lujoso vecindario del East Side.

En él, las casas de piedra fueron construidas hacía apenas treinta años y eran reproducciones de las que habían sido diseñadas durante el siglo XIX y destruidas a inicios del XXI, cuando la mayor parte de la infraestructura de Nueva York falló. Una gran parte de las casas más pijas de Nueva York de esta área fueron declaradas en ruinas y demolidas. Después de grandes debates, esta área fue reconstruida según la vieja tradición, una tradición que sólo los muy ricos habían sido capaces de permitirse.

Después de buscar durante diez minutos, Eve consiguió encontrar un agujero entre los caros coches europeos y americanos. Por encima de su cabeza, un trío de mini transportes aéreos daban vueltas en busca de un lugar despejado donde aterrizar.

Era evidente que el transporte público no era un punto fuerte en ese vecindario y que la propiedad iba demasiado buscada como para emplearla en instalaciones para el estacionamiento. A pesar de todo, Nueva York era Nueva York así que Eve cerró las puertas de su transporte policial antes de subir calle arriba. Vio a un adolescente que pasaba en un aeroskate. El chico aprovechó la oportunidad para impresionar a su pequeño público con unas cuantas maniobras complicadas que acabaron con un rápido quiebro al final de una larga y abierta curva. En lugar de ignorarle, Eve le dirigió una sonrisa de aprobación.

—Buen movimiento.

—Estoy en la ola —declaró él. Su voz oscilaba entre el púber y el adulto, con menos seguridad que los movimientos que realizaba en su aeroskate—. ¿Patinas?

—No. Demasiado peligroso para mí. —Eve continuó caminando y él dio una vuelta a su alrededor mientras giraba encima de la tabla con rápidos movimientos de pies.

—Puedo enseñarte algunos movimientos fáciles en cinco minutos.

—Lo tendré en cuenta. ¿Sabes quién vive aquí, en el veintiuno?

—¿En el veintiuno? Claro. El señor Angelini. Tú no eres uno de sus bocaditos.

Ella se detuvo.

—¿No lo soy?

—Venga. —El chico sonrió con arrogancia, mostrando unos dientes perfectos—. A él le gustan de tipo elegante. También mayores. —Realizó un rápido balanceo en vertical, de un lado a otro—. Tampoco pareces del servicio doméstico. De cualquier forma, él acostumbra a utilizar a los androides para eso.

—¿Tiene muchos bocaditos?

—He visto a unos cuantos por aquí. Siempre llegan en coche privado. A veces se quedan hasta la mañana siguiente, pero en general no lo hacen.

—¿Y cómo lo sabes?

Él sonrió.

—Vivo justo ahí. —Señaló una casa al otro lado de la calle—. Y me gusta echar un vistazo a lo que hace.

—Vale. ¿Por qué no me dices si alguien vino la noche pasada?

Él dio un rápido giro.

—¿Por qué?

—Porque soy poli.

Él abrió los ojos asombrado al ver la placa.

—Uau. Vale. Eh, ¿crees que mató a su señora? Hay que mantenerse al día de los sucesos en la escuela.

—No se trata de una adivinanza. ¿Estuviste ayer echando un ojo también? ¿Cómo te llamas?

—Barry. Estaba por aquí la otra noche, en casa, viendo un poco la tele y escuchando un poco de música. Se suponía que tenía que estudiar para el monstruoso final de Tecnología.

—¿Por qué no estás en la escuela hoy?

—Eh, ¿no estarás con la división de vigilancia? —Sonrió con cierto nerviosismo—. De todas formas, estoy en los tres días de escuela por Internet.

—Vale. ¿Qué hay de ayer por la noche?

—Mientras estaba en casa, vi que el señor Angelini salía. Sobre las ocho, supongo. Luego, más tarde, seguramente cerca de la medianoche, apareció el flipante coche del otro tipo. No salió durante un buen rato. Se quedó allí sentado como si no acabara de decidirse.

Barry dio un salto con el aeroskate, giró en el aire.

—Luego entró. Caminaba de forma extraña. Supuse que había estado bebiendo un poco. Entró directamente, así que sabía el código de seguridad. No vi volver al señor Angelini. Yo debía estar ya volando. Ya sabes, cazando papas.

—Sí, durmiendo. Lo pillo. ¿Has visto salir a alguien esta mañana?

—No, pero el flipe de coche estaba ahí.

—Ya lo veo, gracias.

—Eh. —La siguió—. ¿Mola ser un poli?

—A veces sí, a veces no. —Eve subió los escalones de la casa de Angelini y se identificó ante el frío sonido del escáner de bienvenida.

—Lo siento, teniente, no hay nadie en casa. Si quiere dejar un mensaje, le responderán en cuanto sea posible.

Eve miró directamente al escáner.

—Entiende esto. Si no hay nadie en casa, voy a volver a mi coche y voy a pedir una orden de registro. Esto serán diez minutos.

Eve se quedó donde estaba y no pasaron dos minutos cuando David Angelini abrió la puerta.

—Teniente.

—Señor Angelini. ¿Aquí o en la central de policía? Usted decide.

—Entre. —Dio un paso hacia atrás—. Llegué a Nueva York ayer por la noche. Todavía estoy un tanto desorganizado esta mañana.

La condujo hasta un salón de estar de tonos oscuros y techos altos. Le ofreció un café educadamente y Eve lo rechazó de forma igualmente educada. Vestía los mismos finos y sueltos pantalones que ella había visto en las calles de Roma con una camisa de seda de manga ancha del mismo tono neutro. Llevaba unos zapatos a juego y eran de una piel finísima.

Pero tenía la mirada inquieta. Se sentó y empezó a repicar en los brazos del sillón con ambas manos.

—¿Tiene usted más información acerca del caso de mi madre?

—Usted sabe por qué estoy aquí.

Él se humedeció los labios con la lengua y cambió de postura. Eve creyó comprender por qué le iba tan mal en el juego.

—¿Perdón?

Eve depositó la grabadora encima de la mesa, a plena vista.

—David Angelini, sus derechos son los siguientes: No tiene usted ninguna obligación de realizar una declaración. Si realiza una declaración, ésta será grabada y podrá ser utilizada contra usted en el tribunal o en cualquier proceso legal. Tiene usted derecho a tener a un abogado o a un representante legal.

Eve continuó comunicándole rápidamente sus derechos mientras él respiraba con mayor dificultad cada vez.

—¿Los cargos?

—Todavía no hay cargos contra usted. ¿Comprende usted cuáles son sus derechos?

—Por supuesto que lo comprendo.

—¿Desea usted llamar a un abogado?

Él exhaló un suspiro.

—Todavía no. Supongo que va usted a aclarar el objetivo de este interrogatorio, teniente.

—Creo que va a quedar claro como el agua. Señor Angelini, ¿dónde se encontraba usted entre las once de la noche del día 31 de mayo y las doce de la noche del día 1 de junio?

—Ya le he dicho que acabo de volver a la ciudad. Conduje desde el aeropuerto directamente aquí.

—¿Vino aquí directamente desde el aeropuerto?

—Exacto. Tenía una cita muy tarde, pero yo... yo la cancelé. —Se desabrochó los botones superiores de la camisa, como si necesitara un poco de aire—. La aplacé.

—¿A qué hora llegó usted al aeropuerto?

—Mi vuelo llegó alrededor de las diez y media, creo.

—Y vino usted aquí.

—Eso he dicho.

—Sí, lo ha dicho. —Eve ladeó la cabeza—. Y es usted un mentiroso. Un mal mentiroso. Suda cuando miente.

Él se levantó, consciente del sudor que le empapaba la espalda. Intentó hablar en tono ofendido, pero sólo pudo traslucir su miedo.

—Creo que voy a llamar a mi abogado, después de todo, teniente. Y a su superior. ¿Es procedimiento policial habitual amenazar a las personas inocentes en su propia casa?

—Todo aquello que funciona es procedimiento habitual —murmuró ella—. Pero no es usted inocente. Llame a su abogado y vamos a ir todos a la central de policía.

Pero él no hizo ningún movimiento hacia su TeleLink.

—No he hecho nada.

—Para empezar, ha mentido usted a un investigador. Llame a su abogado.

—Espere, espere. —Se pasó una mano por los labios y empezó a pasear por la habitación—. No es necesario. No es necesario llevar esto tan lejos.

—Eso es elección suya. ¿Desea usted revisar su anterior declaración?

—Es un tema delicado, teniente.

—Es gracioso. Yo siempre he pensado que el asesinato es un tema cruel.

Él continuó paseando por la habitación sin dejar de retorcerse los dedos de la mano.

—Debe usted comprender que los negocios se encuentran en una situación frágil en este momento. Una publicidad desfavorable resultaría demasiado influyente en ciertas transacciones. Dentro de una semana, como mucho, todo estará solucionado.

—¿Y cree usted que yo debo esperar a que coloque usted a todos sus patitos financieros en fila?

—Yo compensaría su tiempo y su discreción.

—¿Ah, sí? —Eve abrió mucho los ojos—. ¿Qué tipo de compensación sugiere usted, señor Angelini?

—Puedo desviar diez mil. —Se esforzó por esbozar una sonrisa—. Y dóblelo si todo esto queda bien enterrado.

Eve cruzó los brazos.

—Vamos a dejar claro y bien grabado que David Angelini ha ofrecido un soborno económico a la teniente responsable de la investigación, Eve Dallas, y que tal soborno ha sido rechazado.

—Zorra —dijo él en voz baja.

—Seguro que sí. ¿Por qué estaba usted en el Canal 75 ayer por la noche?

—Yo no he dicho que estuviera.

—Vamos a tirar por lo recto. El sistema de seguridad de

la puerta le grabó cuando entraba. —Para dar más fuerza a la afirmación, Eve abrió el bolso, sacó el disco y lo tiró encima de la mesa.

—El sistema de seguridad de la puerta. —Pareció que las piernas le fallaban y David se sujetó a una silla—. Nunca pensé, nuca tuve en cuenta… entré en pánico.

—Abrir el cuello a alguien puede provocar eso.

—Yo no la toqué. No me acerqué a ella. Dios Santo, ¿parezco un asesino?

—Los hay de todo tipo. Usted estaba allí. Tengo documentos que lo demuestran. ¡Las manos! —advirtió mientras llevaba las suyas al arnés que llevaba a la espalda—. Saque las manos de los bolsillos.

—En nombre de Dios, ¿cree usted que llevo un cuchillo encima? —Despacio, sacó un pañuelo y se secó la frente—. Ni siquiera conocía a Louise Kirski.

—Pero sabe usted su nombre.

—Lo vi en las noticias. —Cerró los ojos—. Lo vi en las noticias. Y le vi a él matarla.

Eve sintió que se le tensaban todos los músculos de la espalda, pero a diferencia de David, ella era buena jugadora. Tanto su rostro como su voz permanecieron impasibles.

—Bueno, pues, ¿por qué no me lo cuenta usted todo?

Él volvió a retorcerse los dedos de las manos. Llevaba dos anillos. Uno con un diamante y otro con un rubí. Ambos engastados en oro. Tintinearon musicalmente al entrechocar.

—Tiene usted que mantener mi nombre lejos de todo esto.

—No —dijo ella en tono ecuánime—. No tengo que hacerlo. Yo no hago tratos. Su madre era fiscal, señor Angelini. Debería usted saber que si hay algún trato, éste provendrá de esa oficina, no de mí. Ya ha mentido usted durante la declaración. —Ella mantuvo el tono de voz neutro, fluido. Resultaba más eficaz para ganar a un sospechoso nervioso—.

Le estoy dando la oportunidad de revisar su declaración anterior y le vuelvo a recordar que tiene usted el derecho de avisar a un abogado en cualquier momento durante esta entrevista. Pero si quiere usted hablar conmigo, hágalo ahora. Yo empezaré, para hacérselo más fácil. ¿Qué estaba usted haciendo en el Canal 75 ayer por la noche?

—Tenía una cita tarde. Ya le dije que tenía una y que la cancelé. Es la verdad. Hemos estado… he estado trabajando en un proyecto de expansión. Angelini tiene algunos intereses en la industria del espectáculo. Hemos estado desarrollando unos proyectos, programas para el visionado privado. Carlson Young, el jefe de la división de espectáculos del canal, ha hecho mucho para que estos proyectos resulten interesantes. Tenía que encontrarme con él en su oficina, allí.

—Un tanto fuera de hora, ¿no es así?

—El campo del espectáculo no sigue lo que usted llamaría un horario normal. Nuestras respectivas agendas estaban apretadas, y ésa era una hora que nos iba bien a ambos.

—¿Por qué no hablarlo por el TeleLink?

—Una gran parte del negocio se ha realizado de esa forma. Pero ambos sentíamos que había llegado el momento de tener un encuentro personal. Teníamos la esperanza, y todavía la tenemos, de que este proyecto se emita en otoño. Tenemos el guión —continuó casi hablando para sí mismo—. El equipo de producción está preparado. Ya hemos firmado con algunos de los actores.

—Así que tenía usted una cita tarde por la noche con Carlson Young en el Canal 75.

—Sí. El tiempo me lo puso un poco difícil. Llegaba tarde. —Levantó la cabeza—. Le llamé desde mi coche. Puede usted comprobarlo también. Le llamé unos minutos antes de las once, en cuanto me di cuenta de que llegaba tarde.

—Lo comprobaremos todo, señor Angelini. Puede estar seguro.

—Llegué a la puerta principal. Estaba distraído, pensaba en… en algunos problemas del reparto. Giré. Debería haber seguido en dirección recta hasta la entrada principal, pero estaba pensando en otra cosa. Detuve el coche y me di cuenta de que tenía que hacer marcha atrás. Entonces vi… —Utilizó el pañuelo, se lo pasó por los labios—. Vi que alguien salía de una puerta. Allí había alguien más. Él debió de haber estado allí, observando y esperando. Se movió muy deprisa. Sólo por un segundo, vi el rostro de ella a la luz. No podía creerlo, la sangre le salió a borbotones. Cayó y él corría, corría.

—¿Qué hizo usted?

—Yo… yo me quedé allí sentado. No sé cuánto tiempo. Luego conduje. Ni siquiera lo recuerdo. Estaba conduciendo y todo era como un sueño. La lluvia y las luces de los coches. Más tarde estaba aquí. Ni siquiera recuerdo cómo llegué. Pero estaba fuera, en el coche. Llamé a Young y le dije que había vuelto a retrasarme y que teníamos que aplazar la cita. Entré y no había nadie aquí. Me tomé un sedante y me fui a la cama.

Eve dejó que el silencio resonara unos instantes.

—Vamos a ver si lo comprendo. Usted se dirigía a una cita, dio un giro equivocado y vio que asesinaban brutalmente a una mujer. Entonces se alejó con el coche, canceló la cita y se fue a la cama. ¿Es eso exacto?

—Sí, supongo que lo es.

—¿No se le ocurrió salir del coche y comprobar si había alguna manera de ayudarla? ¿O quizá de utilizar el TeleLink para avisar a las autoridades, a los técnicos médicos?

—No pensaba con claridad. Estaba bajo los efectos de la conmoción.

—Bajo los efectos de la conmoción. Así que vino usted aquí, se tomó una píldora y se fue a la cama.

—Eso es lo que he dicho —dijo él en mal tono—. Necesito una copa. —Tenía las manos sudorosas y se esforzaba por mantener la calma—. Vodka —ordenó—. Una botella.

Eve dejó que se quedara pensativo hasta que entró el androide con una botella de Stoli y un vaso bajo y grueso en una bandeja. Le dejó beber.

—No podía hacer nada —dijo él, intimidado por el silencio de ella, tal y como Eve pretendía—. No tuve nada que ver en eso.

—Su madre fue asesinada hace unas semanas por el mismo método que acaba usted de describir. ¿Y esto no hace que tenga nada que ver con eso?

—Ése era parte del problema. —Volvió a servirse vodka y volvió a beber. Se estremeció—. Estaba conmocionado y... y tenía miedo. La violencia no forma parte de mi vida, teniente. Formaba parte de la vida de mi madre, algo que nunca pude comprender. Ella comprendía la violencia —dijo en voz baja—. La comprendía.

—¿Se sentía usted resentido por ello, señor Angelini? ¿Por el hecho de que su madre comprendiera la violencia, de que fuera suficientemente valiente para enfrentarse a ella? ¿Para luchar contra ella?

Él tenía la respiración agitada.

—Yo quería a mi madre. Cuando vi a esa mujer asesinada, de la misma forma en que mi madre lo había sido, lo único que fui capaz de hacer fue correr.

Hizo una pausa, y se tomó un último y rápido trago de vodka.

—¿Cree usted que no sé que ha estado usted investigándome, haciendo preguntas, hurgando en mi vida personal y en mi vida profesional? Ya soy un sospechoso. ¿No hubiera sido mucho peor para mí haberme encontrado allí, justo allí, en la escena de otro de los crímenes?

Eve se puso en pie.

—Está usted a punto de averiguarlo.

Capítulo catorce

Eve volvió a interrogarle, esta vez en el entorno menos cómodo de la sala de entrevistas C. Finalmente, él había hecho uso de su derecho a tener una representación legal y allí se encontraban tres abogados de mirada fría y traje a rayas, en fila al lado de su cliente, ante la mesa.

Para sí, Eve les había bautizado como Moe, Larry y Curly.

Parecía que Moe estaba al cargo de todo. Era una mujer con un tono de voz duro y con un corte de pelo severo que fue lo que inspiró a Eve. Sus socios hablaban poco pero tenían un aspecto serio y de vez en cuando realizaban algunas anotaciones en los cuadernos de notas amarillos que parecían ser del gusto de todos los abogados.

De vez en cuando, Curly, con el ceño fruncido, apretaba una serie de botones de su registro y murmuraba en tono conspirador al oído de Larry.

—Teniente Dallas. —Moe cruzó las manos, adornadas con unas uñas largas de color escarlata, encima de la mesa—. Mi cliente desea colaborar.

—Pues no lo ha hecho —constató Eve—, tal y como ha visto usted misma en la grabación de la primera entrevista. Después de desmentir su versión primera de la historia, su cliente ha admitido haber abandonado la escena de un crimen sin haber comunicado el susodicho crimen a las autoridades.

Moe suspiró. Parecía decepcionado.

—Por supuesto, puede usted presentar cargos contra el

señor Angelini por estos lapsus. A su vez, nosotros podemos alegar disminución de capacidad mental, conmoción y trauma emocional provocado por el reciente asesinato de su madre. Todo esto significaría una pérdida de tiempo para los tribunales y un derroche del dinero de los contribuyentes.

—Todavía no he presentado cargos contra su cliente por estos... lapsus. Aquí se trata de un tema más importante.

Curly garabateó algo y mostró el bloc a Larry para que éste lo leyera. Ambos murmuraron entre ellos con aspecto serio.

—Usted ha confirmado la cita que mi cliente tenía en el Canal 75.

—Sí, él tenía una cita, que canceló a las 23:35. Extraño que su disminución de capacidad mental y su trauma emocional no le impidieran ocuparse de sus negocios. —Antes de que Moe pudiera hablar de nuevo, Eve se volvió y clavó una dura mirada en los ojos de Angelini—. ¿Conoce usted a Nadine Furst?

—Sé quién es. La he visto en los noticieros. —Dudó un momento, y se inclinó hacia Moe para realizar una consulta. Al cabo de un instante, asintió con la cabeza—. Me la encontré en unas cuantas reuniones sociales y hablé con ella un momento después de la muerte de mi madre.

Eve ya sabía todo eso y cerró el cerco:

—Estoy convencida de que ha visto usted sus noticias. Tenía usted un interés personal en ello, dado que ella se ocupaba de la cobertura mediática de los asesinatos. Del asesinato de su madre.

—Teniente, ¿qué tiene que ver el interés personal que mi cliente pueda tener en la cobertura mediática de la muerte de su madre con la investigación del asesinato de la señora Kirski?

—Eso es lo que me pregunto. ¿Ha seguido usted las noticias de Nadine Furst durante las últimas dos semanas, señor Angelini?

—Por supuesto. —Ya se había recuperado lo suficiente

para hablar en tono burlón—. Usted también ha obtenido una gran atención mediática de todo esto, teniente.

—¿Le preocupa eso?

—Creo que resulta triste que un servidor público, pagado por los ciudadanos, busque obtener notoriedad gracias a una tragedia.

—Parece que le ha molestado mucho —dijo Eve, y se encogió de hombros. La señorita Furst también ha obtenido mucha atención de todo esto.

—Uno ya espera que alguien como ella utilice el dolor de los demás en interés propio.

—¿No le gustó cómo se llevaba la cobertura?

—Teniente —interrumpió Moe, evidentemente sin paciencia—. ¿Cuál es el propósito de todo esto?

—Esto no es un juicio todavía. No necesito un propósito. ¿Le molestaba la cobertura, señor Angelini? ¿Estaba enojado?

—Yo... —Se interrumpió al percibir la dura mirada que Moe le dirigió—. Vengo de una familia importante —dijo, con más cuidado—. Estamos acostumbrados a este tipo de cosas.

—Si pudiéramos volver al tema que nos ocupa —pidió Moe.

—Éste es el tema que nos ocupa. Louise Kirski llevaba la gabardina de Nadine Furst cuando fue asesinada. ¿Sabe qué creo, señor Angelini? Creo que el asesino dio con el objetivo equivocado. Creo que esperaba a Nadine y que fue Louise quien escogió el momento equivocado para salir bajo la lluvia en busca de cigarrillos.

—Eso no tiene nada que ver conmigo. —Dirigió una rápida mirada a sus abogados—. Todo esto continúa sin tener nada que ver conmigo. Yo lo vi. Eso es todo.

—Dijo usted que era un hombre. ¿Qué aspecto tenía?

—No lo sé. No le vi con claridad, estaba de espaldas a mí. Todo sucedió muy deprisa.

—Pero lo vio lo suficiente para decir que era un hombre.

—Lo di por entendido. —Se derrumbó y tuvo que esforzarse por mantener la respiración regular mientras Moe le susurraba algo al oído—. Estaba lloviendo —empezó—. Me encontraba a unos cuantos metros de todo eso, dentro del coche.

—Dijo que vio el rostro de la víctima.

—La luz. Ella dirigió el rostro hacia la luz cuando él, o cuando el asesino, se acercó a ella.

—Y este asesino, que pudo haber sido un hombre, y que apareció de la nada… ¿era alto, bajo, viejo, joven?

—No lo sé. Estaba oscuro.

—Ha dicho usted que había luz.

—Sólo un halo de luz. Él estaba en la sombra. Vestía de negro —dijo David, en una racha de inspiración—. Un abrigo largo y negro. Y un sombrero, un sombrero que le caía muy bajo.

—Eso es muy adecuado. Vestía de negro. Es muy original.

—Teniente, no puedo aconsejar a mi cliente que continúe si persiste usted en hablarle con ese sarcasmo.

—Su cliente se encuentra en un serio problema. Mi sarcasmo es la más pequeña de sus preocupaciones. Tenemos los tres gordos: medios, móvil, oportunidad.

—No tiene usted nada excepto la admisión que mi cliente ha hecho de haber presenciado un crimen. Además —continuó Moe mientras repiqueteaba en la mesa con esas peligrosas uñas—, no tiene usted absolutamente nada que le relacione con los anteriores asesinatos. Lo que sí tiene usted, teniente, es a un maníaco que anda suelto, además de la desesperada necesidad de tranquilizar a sus superiores y al público realizando un arresto. Y no va a ser mi cliente.

—Eso está por ver. Ahora —la interrumpió el doble pitido de su comunicador, la señal de Feeney. Sintió que le subía la adrenalina, pero lo disimuló con una sonrisa tranquila—. Discúlpenme. Será sólo un momento.

Salió de la habitación y se quedó en el pasillo. Detrás de ella, a través del cristal, el grupo se apretujó.

—Dame buenas noticias, Feeney. Quiero crucificar a este hijo de puta.

—¿Buenas noticias? —Feeney se frotó la barbilla—. Bueno, quizá te guste esto. Yvonne Metcalf se encontraba en negociaciones con nuestro tipo. Negociaciones de carácter personal.

—¿Para?

—La protagonista de una peli. Estaba todo en suspenso porque estaba a punto de aparecer el contrato para *Tune In*. Finalmente pude sonsacar a su agente. Si ella aceptaba el papel, abandonaría la serie. Pero tendrían que superar la cantidad, garantizarle un contrato para tres largometrajes, una distribución internacional y veinte horas de promoción exclusiva.

—Parece que quería mucho.

—Le estaba apretando un poco. Mi deducción a partir de lo que dijo el agente es que él necesitaba a Metcalf para obtener parte del apoyo financiero, pero tendría que ser una cantidad considerable sólo para los gastos iniciales. Él estaba luchando para conseguirla y salvar el proyecto.

—Él la conocía. Y ella tenía los mandos.

—Según el agente, él fue para conocer a Metcalf en persona, varias veces. Tuvieron un par de encuentros en el apartamento de ella. Él se puso un tanto furioso, pero Metcalf se rio de él. Ella estaba sacando beneficios del interés de él.

—Me encanta cuando las piezas encajan en su sitio. ¿A ti no? —Se dio la vuelta y observó a Angelini a través del cristal—. Tenemos la conexión, Feeney. Las conocía a todas.

—Se supone que él se encontraba en la costa cuando Metcalf fue asesinada.

—¿Cuánto quieres apostar a que tiene un avión privado? ¿Sabes qué he aprendido con Roarke, Feeney? Los vuelos no significan ninguna espera si uno tiene el dinero y un transporte propio. No. A no ser que aparezcan diez testigos que estuvieran besándole el culo mientras Metcalf era asesinada, le tenemos. Le veremos sudar —murmuró mientras volvía a la sala.

Se sentó, se cruzó de brazos y buscó la mirada de Angelini.

—Usted conocía a Yvonne metcalf.

—Yo... —Desconcertado, se incorporó un poco y se aflojó el cuello de la camisa—. Por supuesto, yo... todo el mundo la conocía.

—Usted tenía un negocio con ella, se encontró con ella en persona, usted estuvo en su apartamento.

Era evidente que eso era nuevo para Moe. Apretó las mandíbulas y levantó una mano.

—Un momento, teniente. Me gustaría hablar con mi cliente en privado.

—De acuerdo. —Eve se levantó. Fuera, observó la escena a través del cristal y pensó que era una pena que la ley le prohibiera activar el audio.

A pesar de ello, se daba cuenta de que Moe acribillaba a David a preguntas y pudo suponer cuáles fueron las respuestas mientras Larry y Curly escribían con furia en sus cuadernos con expresión amarga.

Moe meneó la cabeza ante una de las respuestas de David, y le señaló con una de sus afiladas y letales uñas rojas. Eve estaba sonriendo cuando Moe levantó una mano y le hizo una seña para que entrara en la habitación.

—Mi cliente está preparado para declarar que tenía una relación con Yvonne Metcalf a un nivel profesional.

—Ajá. —Esta vez, Eve apoyó una cadera contra la mesa—. Yvonne Metcalf le estaba produciendo ciertos quebraderos de cabeza, ¿no es así, señor Angelini?

—Estábamos negociando. —Volvió a retorcerse los dedos de las manos—. Es habitual que la gente con talento pida la luna. Estábamos... llegando a un acuerdo.

—Usted se encontró con ella en su apartamento. ¿Discutieron?

—Nosotros... yo... nos encontramos en distintos sitios. Su casa fue uno de ellos. Hablamos de las condiciones y de las posibilidades.

—¿Dónde se encontraba usted, señor Angelini, la noche en que Yvonne Metcalf fue asesinada?

—Tengo que consultar mi agenda —repuso en un tono de voz sorprendentemente controlado—. Pero creo que me encontraba en Los Ángeles, en el complejo Planet Hollywood. Siempre me hospedo allí cuando voy.

—¿Y dónde pudo haber estado usted entre las siete de la tarde y la medianoche, hora de la Costa Oeste?

—No podría decirlo.

—Va a tener que poder, señor Angelini.

—Lo más probable es que estuviera en mi habitación. Tenía que atender muchos asuntos. El guión necesitaba unos retoques.

—El guión que estaba usted retocando para la señorita Metcalf.

—Sí, de hecho sí.

—¿Y se encontraba trabajando solo?

—Prefiero estar solo cuando escribo. Yo escribí el guión, ¿sabe? —El rostro adquirió un tono rojizo que le subía desde el cuello de la camisa—. Dediqué mucho tiempo y esfuerzo en prepararlo.

—¿Tiene usted un avión?

—Un avión. Por supuesto, yo viajo, yo...

—¿Estaba su avión en Los Ángeles?

—Sí, yo... —Abrió mucho los ojos con una expresión de desconcierto cuando se dio cuenta de lo que eso implicaba—. ¡No es posible que crea usted esto!

—David, siéntese —ordenó Moe con firmeza al ver que él se ponía en pie—. No tiene que decir nada a partir de este momento.

—Ella cree que yo las he matado. Es una locura. Mi propia madre, por Dios. ¿Por qué razón? ¿Qué razón podría tener yo para hacer eso?

—Oh, tengo unas cuantas ideas acerca de eso. Veremos si el psiquiatra está de acuerdo con ellas.

—Mi cliente no tiene ninguna obligación de someterse a un examen psiquiátrico.

—Creo que va a tener que aconsejarle que haga justamente eso.

—Esta entrevista —dijo Moe en tono cortante— ha terminado.

—De acuerdo. —Eve se estiró y disfrutó del instante en que su mirada se cruzó con la de David—. David Angelini, queda usted arrestado. Se le acusa de abandonar la escena de un crimen, de obstrucción a la justicia y de intento de soborno a un oficial de la policía.

Él se precipitó contra ella e, irónicamente, lo hizo dirigiéndose al cuello. Eve esperó a sentir que las manos se cerraban alrededor de su cuello y le tumbó.

Sin hacer caso de las órdenes que el abogado disparaba, Eve se inclinó encima de él.

—No voy a molestarme en añadir asalto a un oficial y resistencia ante el arresto. No creo que vaya a ser necesario. Enciérrenlo —ordenó, cortante, a los uniformes que habían irrumpido en la habitación.

—Buen trabajo, Dallas —la felicitó Feeney mientras observaban cómo se llevaban a David.

—Esperemos que la fiscalía opine de la misma manera, y que bloqueen la posibilidad de fianza. Tenemos que tenerle encerrado y hacerle sudar. Quiero tenerle por asesinato, Feeney.

—Estamos cerca, niña.

—Necesitamos pruebas físicas. Necesitamos la maldita arma, sangre, los souvenirs. El perfil psiquiátrico de Mira será de ayuda, pero no puedo aumentar los cargos sin pruebas físicas. —Impaciente, consultó el reloj—. No debería requerir mucho tiempo conseguir una orden de registro, aunque los abogados estén intentando evitarlo.

—¿Cuánto tiempo has estado despierta? —preguntó él—. Se pueden observar las ojeras en la cara.

—Lo suficiente como para que dos horas más no tengan la menor importancia. ¿Qué tal si te invito a una copa mientras esperamos la orden?

Feeney le puso una mano en el hombro con gesto paternal.

—Creo que ambos vamos a necesitarla. El comandante ha oído rumores de esto. Quiere vernos, Dallas. Ahora.

Ella se presionó el entrecejo con el dedo.

—Vamos a ello, entonces. Tomaremos dos copas, después.

Whitney no perdía el tiempo. En cuanto Eve y Feeney entraron en su oficina, les fulminó con una larga mirada.

—Han traído a David aquí para interrogarlo.

—Yo lo hice, señor, sí. —Eve dio un paso hacia delante para recibir el escarmiento—. Tenemos una grabación de vídeo que demuestra que él entró por las puertas del Canal 75 en el momento del asesinato de Louise Kirski. —Sin hacer ninguna pausa, continuó con el informe completo, deprisa y sin apartar la mirada de él.

—David dice que presenció el asesinato.

—Afirma que vio a alguien, posiblemente a un hombre, con un largo abrigo negro y un sombrero, que atacaba a Kirski y que corría en dirección a la Tercera.

—Y entró en pánico —añadió Whitney, todavía moderado. Sus manos, encima del escritorio, no temblaban—. Abandonó la escena del crimen sin dar aviso del suceso. —Quizá Whitney maldecía por dentro, quizá sentía el estómago retorcido a causa de la tensión, pero mantenía la mirada fría, dura y firme—. Ésa no es una reacción atípica de un testigo de un crimen.

—Él negó haber estado en la escena del crimen —dijo Eve en voz tranquila—. Intentó ocultarlo. Ofreció un soborno. Él tenía la oportunidad, comandante. Y está relacionado con las tres víctimas. Él conocía a Metcalf, estaba trabajando con ella en un proyecto, había estado en su apartamento.

La única reacción de Whitney consistió en entrelazar los dedos de las manos y, luego, en separarlos.

—¿Móvil, teniente?

—En primer lugar, el dinero. Se encuentra en dificultades económicas que se solucionarán en cuanto se haga efectivo el testamento de su madre. Las víctimas o, en el tercer caso, la que tendría que haber sido la víctima, eran muy conocidas por el público. De alguna forma, todas le provocaban irritación. A no ser que sus abogados intenten evitarlo, la doctora Mira le someterá a examen y determinará su estado emocional y mental, además del factor de probabilidad de sus aptitudes violentas.

Eve recordó la presión de sus manos alrededor de su cuello y se imaginó que esa probabilidad sería alta.

—Él no se encontraba en Nueva York durante los primeros dos asesinatos.

—Señor. —Eve sintió una punzada de pena, pero la reprimió—. Él tiene un avión privado. Pude volar a cualquier parte que desee. Resulta patéticamente simple manipular los registros de vuelo. No puedo acusarle de asesinato todavía, pero quiero retenerle hasta que reunamos más pruebas.

—¿Le está reteniendo acusándole de abandono de la escena del crimen y de intento de soborno?

—Es un arresto adecuado, comandante. He pedido órdenes de registro. Cuando encontremos alguna prueba física...

—Sí —la interrumpió Whitney. Ahora se levantó, incapaz de permanecer más tiempo sentado detrás del escritorio—. Es una gran diferencia, Dallas. Sin pruebas físicas, su caso de asesinato no se sostiene.

—Por lo cual todavía no ha sido acusado de asesinato. —Eve dejó un informe encima del escritorio. Ella y Feeney se habían tomado un momento para pasar por su oficina y utilizar el ordenador para conseguir un cálculo de probabilidades—. Él conocía a las dos primeras víctimas y a Nadine Furst, tenía contacto con ellas, estuvo en la escena del crimen del último asesinato. Sospechamos que Towers estaba protegiendo a alguien cuando borró la última llamada de su TeleLink. Debía de estar protegiendo a su hijo. Y su relación estaba en dificultades debido al problema con el juego y a que ella rehusaba ayudarle económicamente. Con los datos que tenemos, el factor de probabilidad de que sea culpable es del ochenta y tres por ciento.

—No ha tenido en cuenta que él es incapaz de ejercer este tipo de violencia. —Whitney puso las manos encima del escritorio y se inclinó hacia delante—. Usted no ha incluido este factor en la mezcla, ¿no es así, teniente? Conozco a David Angelini, Dallas. Le conozco como conozco a mis hijos. No es un asesino. Es un loco, quizá. Quizá es débil. Pero no es un asesino a sangre fría.

—A veces los locos y los débiles sorprenden. Lo siento, comandante, no puedo soltarle.

—¿Tiene la más mínima idea de lo que puede significar para un hombre como él que le condenen? ¿Saber que es sospechoso de haber matado a su propia madre? —Whitney no tenía opción de hablar de otra forma que no fuera suplicar—. No puedo negar que sea un malcriado. Su padre quería lo mejor para él y para Mirina, y se ocupó de que lo tuvieran. Desde niño se acostumbró a tener todo aquello que quería. Sí, su vida ha sido fácil, privilegiada, incluso mimada. Ha cometido equivocaciones, errores de juicio, y otros lo han arreglado en su lugar. Pero no hay maldad en él, Dallas. No hay violencia. Le conozco.

Whitney no levantó la voz, pero habló en tono vibrante de emoción.

—Nunca me convencerá de que David tomó un cuchillo y le cortó el cuello a su madre. Le pido que tenga en cuenta esto, que aplace los trámites de la hoja amarilla y que recomiende su liberación bajo fianza.

Feeney empezó a decir algo, pero Eve le hizo una señal negativa con la cabeza. Quizá él tenía un rango superior, pero ella era la responsable de la investigación.

—Tres mujeres han sido asesinadas, comandante. Tenemos a un sospechoso detenido. No puedo hacer lo que me pide. Me hizo usted responsable de la investigación porque sabía que yo no haría una cosa así.

Él se dio la vuelta y miró a través de la ventana.

—La compasión no es su fuerte, ¿no es así, Dallas?

Ella puso mala cara, pero no dijo nada.

—Ése ha sido un golpe bajo, Jack —dijo Feeney, con enojo—. Y si va a tomarlo con ella, también tendrá que hacerlo conmigo, porque en esto estoy de su parte. Tenemos suficientes motivos para retenerle por cargos menores, para no permitirle que esté en la calle, y eso es lo que estamos haciendo.

—Van a provocarle la ruina. —Whitney se volvió hacia ellos—. Pero ése no es su problema. Tendrán las órdenes de registro y llevarán a cabo los registros. Pero como oficial comandante, les ordeno que mantengan el caso abierto. Seguirán buscando. Tráiganme sus informes a mi despacho a las 14:00 en punto. —Dirigió una última mirada a Dallas—. Eso es todo.

Eve salió del despacho, y se sorprendió al notar que sentía como si sus piernas fueran de cristal, de ese tipo de cristal que se rompe con un simple roce de la mano.

—Está fuera de sí, Dallas —le dijo Feeney mientras la tomaba por el brazo—. Está dolido y ha disparado con crueldad contra ti.

—No tanta crueldad —dijo ella en tono ronco y grave—.

La compasión no es mi fuerte, ¿no es así? No tengo ni idea de qué significan los jodidos lazos familiares y la lealtad, ¿no es verdad?

Feeney se sintió incómodo.

—Venga, Dallas, no vayas a tomártelo como algo personal.

—¿Ah, no? Él me ha apoyado muchas veces. Ahora me pide que le apoye y yo tengo que decirle que lo siento, que no es posible. Eso es jodidamente personal, Feeney. —Ella se quitó la mano de él de encima—. Vamos a aplazar esas copas. No me siento sociable.

Abatido, Feeney introdujo las manos en los bolsillos. Eve se fue en una dirección, el comandante se quedó tras las puertas cerradas. Feeney se quedó de pie y triste entre ambos.

Eve supervisó personalmente el registro de la casa de Marco Angelini. Su presencia no era necesaria allí. Los agentes sabían hacer su trabajo, y el equipo era todo lo bueno que el presupuesto permitía. A pesar de todo, se cubrió las manos y las botas con el sellador y recorrió la casa de tres pisos en busca de cualquier cosa que pudiera cerrar el caso o, pensando en Whitney, descartarlo.

Marco Angelini se quedó en el edificio. Era su derecho, por ser el propietario del edificio y el padre del sospechoso principal. Eve ignoró su presencia, sus fríos ojos azules que perseguían todos sus movimientos, su rostro ojeroso, el rápido movimiento en los músculos de la mandíbula.

Uno de los agentes realizó un registro completo del guardarropa de David con un sensor portátil en busca de manchas de sangre. Mientras trabajaba, Eve registró meticulosamente el resto de la habitación.

—Puede ser que se haya deshecho del arma —comentó el agente. Era un hombre mayor, de dientes prominentes, un ex combatiente al que llamaban Beaver. Pasó el sensor, sujeto a su hombro izquierdo, por encima de una chaqueta sport que debía de valer unos mil dólares.

—Utilizó la misma para las tres mujeres —contestó Eve, más para sí misma que para Beaver—. El laboratorio lo ha confirmado. ¿Por qué iba a deshacerse de ella ahora?

—Quizá ya ha terminado. —El sensor modificó un sordo zumbido por un rápido pitido—. Un poco de aceite con sal —anunció Beaver—. Aceite de oliva virgen. Se manchó la bonita corbata. Quizá ya ha terminado —repitió.

Eve admiraba a los detectives y una vez tuvo la ambición de convertirse en uno de ellos. A lo más que llegó fue a técnico de campo. Pero leía todas las historias de detectives que se podían conseguir en discos.

—¿Ves? Es como un número mágico. Un número importante. —Afiló la mirada tras las gafas oscuras mientras el sensor detectaba una mancha de talco en uno de los puños. Continuó con el tema—: Así que ese tipo se pilla en tres mujeres que está viendo todo el tiempo en pantalla. A lo mejor le ponen caliente.

—La primera de las víctimas era su madre.

—Eh. —Beaver hizo una pausa y miró a Eve—. ¿No has oído hablar de Edipo? Un tipo griego que estaba caliente por su mamá. De cualquier manera, se carga a las tres y se deshace del arma y de las ropas que llevaba cuando lo hizo. Este tipo tiene ropa para vestir a seis personas.

Eve, con el ceño fruncido, se dirigió hacia el espacioso vestidor, observó los estantes automáticos y motorizados.

—No vive aquí.

—El tipo es rico, ¿no? —Para Beaver, eso lo explicaba todo—. Aquí hay un par de trajes que nunca han sido utilizados. También de zapatos. —Se agachó, tomó un par de botas de piel y les dio la vuelta—. Nada, ¿ves? —Pasó el sensor por las suelas limpias—. No hay suciedad, no hay polvo, no hay ninguna rascada, ninguna fibra.

—Eso sólo le hace culpable de autoindulgencia. Mierda, Beaver, encuentra un poco de sangre.

—Estoy en ello. Quizá tiró la ropa que llevaba.

—Eres un verdadero optimista, Beaver.

Disgustada, Eve se dirigió hacia una mesa lacada en forma de «U» y empezó a rebuscar en los cajones. Cogió los discos que iba a llevarse para visionarlos en su ordenador. Quizá tendría suerte y encontraría alguna correspondencia entre David Angelini y su madre o con Metcalf. O quizá tendría más suerte y encontraría algún diario de confesiones que describiera los asesinatos.

«¿Donde diablos ha puesto el paraguas?¿Los zapatos?», y se preguntó si los agentes que trabajaban en Nueva Los Ángeles tendrían más suerte. La idea de realizar el seguimiento y el registro en todos los acogedores nidos y lujosas mansiones de David Angelini le estaba provocando retortijones en el estómago.

Entonces encontró el cuchillo.

Fue así de simple: abrir el cajón del medio de la consola de trabajo y allí estaba. Largo, delgado y letal. Tenía un elegante mango, tallado, y debía de ser marfil de verdad. Recoger marfil o comprarlo en cualquiera de sus formas estaba prohibido en todo el planeta hacía más de medio siglo, después de la casi extinción de los elefantes africanos.

Eve no era una aficionada a las antigüedades, tampoco era una experta en crímenes medioambientales, pero había estudiado la ciencia forense suficientemente como para saber que la forma y la dimensión de la hoja era la adecuada.

—Bueno, bueno. —Los retortijones habían desaparecido, como unos invitados no deseados. En su lugar, sintió una clara y limpia sensación de éxito—. Quizá no era un número mágico, después de todo.

—¿Lo guardó? Hijo de puta. —Beaver, decepcionado por la tontería del asesino, meneó la cabeza—. Ese tipo es un idiota.

—Escanéalo —ordenó, acercándose hacia él.

Beaver cambió el extremo del escáner, cambió el programa y puso el de vestuario. Después de un rápido ajuste de las lentes, pasó el extremo del brazo del escáner a lo largo del cuchillo. El escáner pitó inmediatamente.

—Aquí hay algo —dijo Beaver mientras manejaba los botones de los controles como un pianista—. Fibra, quizá papel. Algún tipo de adhesivo. Huellas en el mango. ¿Quieres una copia sobre papel?

—Sí.

—Vale. —El escáner escupió una hoja de papel impresa con huellas digitales—. Un examen completo. Y bingo. Aquí tienes la sangre. No hay mucha. —Frunció el ceño y pasó el escáner a lo largo del filo—. Seremos afortunados si encontramos suficiente para realizar una clasificación y, además, ADN.

—Continúas con tu mirada positiva, Beaver. ¿Cuánto tiempo tiene la sangre?

—Venga, teniente. —Tras las lentes del sensor, sus ojos se veían oscuros y cínicos—. Hay que aceptarlo. Lo único que hace esta cosa bonita es identificar. No hay ningún rastro de piel —anunció—. Sería mejor si obtuviéramos un rastro de piel.

—Me llevaré la sangre. —Mientras guardaba el cuchillo en una bolsa, percibió un movimiento. Levantó la vista y se encontró con los oscuros y desagradables ojos de Marco Angelini.

Bajó la vista hasta el cuchillo y volvió a subirla hasta el rostro del hombre. Una emoción lo atravesó, algo que le hizo tensar los músculos de las mandíbulas.

—Le pido un momento de su tiempo, teniente Dallas.

—No puedo darle mucho más que eso.

—No tardaré mucho. —Miró a Beaver y al cuchillo que Eve estaba guardando en su bolso—. En privado, por favor.

—De acuerdo. —Eve dirigió un gesto de cabeza a uno de

los uniformes que se encontraban detrás de Angelini—. Dile a alguien del equipo que venga y termine con el registro aquí —le ordenó a Beaver. Luego siguió a Angelini fuera de la habitación.

Éste se dirigió hacia unas estrechas escaleras enmoquetadas y pasó la mano por el pulido pasamanos mientras subía. Cuando llegó arriba, giró a la derecha y entró en una habitación.

Eve se dio cuenta de que era una oficina, ahora bañada por el sol de la brillante tarde. La luz se reflejaba en las superficies del equipo de comunicación, en la oscura y pulida consola semicircular de un sobrio color negro, y en el brillante suelo.

Como si le molestara la fuerza de la luz del sol, Angelini presionó un botón que inmediatamente oscureció las ventanas con un suave tono ámbar. Ahora la habitación adquirió un tono de sombras doradas.

Angelini se dirigió directamente hacia una unidad que se encontraba en la pared y ordenó un bourbon con hielo. Tomó el vaso y dio un lento sorbo.

—Usted cree que mi hijo asesinó a su madre y a dos mujeres más.

—Su hijo ha sido interrogado acerca de esos cargos, señor Angelini. Es un sospechoso. Si tiene usted alguna pregunta acerca del proceso de investigación, debería usted hablar con los abogados de su hijo.

—Ya he hablado con ellos. —Dio otro sorbo—. Creen que existe una gran posibilidad de que usted le acuse, pero que no será condenado.

—Eso dependerá del jurado.

—Pero usted cree que sí lo será.

—Señor Angelini, cuando arreste a su hijo y le acuse de tres homicidios en primer grado, será porque creeré que sí será apresado, juzgado y condenado por esos cargos, porque tendré las pruebas para que se le acuse.

Él dirigió la mirada al bolso en el cual ella había guardado parte de esas pruebas.

—He realizado algunas investigaciones sobre usted, teniente Dallas.

—¿Ah, sí?

—Me gusta estar al tanto —le dijo con una sonrisa que apareció y desapareció en un instante—. El comandante Whitney la respeta. Mi anterior mujer admiraba su tenacidad y su meticulosidad, y sabía de lo que hablaba. Habló de usted, ¿sabía usted eso?

—No, no lo sabía.

—Estaba impresionada por su inteligencia. Una limpia inteligencia de policía, decía. Usted es buena en su trabajo, ¿no es así, teniente?

—Sí, soy buena.

—Pero comete errores.

—Intento que sean los mínimos.

—Un error en su profesión, por pequeño que sea, puede producir un increíble dolor a un inocente. —Clavó sus ojos en los de ella—. Usted ha encontrado un cuchillo en la habitación de mi hijo.

—No puedo hablar de eso con usted.

—Él utiliza esta casa muy pocas veces —dijo Angelini despacio—. Quizá unas tres o cuatro veces al año. Prefiere la propiedad de Long Island cuando se encuentra en esta zona.

—Eso es posible, señor Angelini, pero él utilizó esta casa la misma noche en que Louise Kirski fue asesinada. —Impaciente ahora, y ansiosa por llevar las pruebas al laboratorio, Eve se encogió de hombros—. Señor Angelini, no puedo hablar del estado de la investigación con usted...

—Pero tiene usted mucha confianza en ella —la interrumpió él. Ella no contestó y él la observó con detenimiento. De un trago, acabó con el contenido del vaso y lo dejó a un lado—. Pero está usted equivocada, teniente. Tiene usted al hombre equivocado.

—Usted cree en la inocencia de su hijo, señor Angelini. Puedo comprenderlo.

—No es que lo crea, teniente, es que lo sé. Mi hijo no mató a esas mujeres. —Inhaló con fuerza, como un submarinista a punto de sumergirse bajo la superficie del agua—. Yo lo hice.

Capítulo quince

Eve no tuvo otra opción. Le detuvo y le encerró. Al cabo de una hora entera, se encontró con un terrible dolor de cabeza y con una declaración irrebatible de Marco Angelini según la cual él había asesinado a las tres mujeres.

Rechazó la presencia de un abogado, y también se negó, o fue incapaz, de ofrecer ninguna explicación.

Cada vez que Eve le preguntaba por qué las había matado, él la miraba directamente a los ojos y decía que había sido un impulso. Estaba enojado con su mujer, dijo. Se sentía personalmente ofendido por la relación que ésta mantenía con uno de sus socios. La mató porque no podía hacer que volviera con él. Y entonces, le gustó

Todo era muy simple y, a los ojos de Eve, resultaba ensayado. Se lo imaginaba repitiendo y puliendo las frases en su mente antes de decirlas.

—Son tonterías —dijo abruptamente mientras se apartaba de la mesa de entrevistas—. Usted no ha matado a nadie.

—Le digo que lo he hecho. —Él hablaba en un tono impasible y tranquilo—. Tiene usted mi confesión grabada.

—Vuelva a decírmelo. —Se inclinó hacia delante y dio una palmada encima de la mesa—. ¿Por qué le dijo a su mujer que se encontrara con usted en el Five Moons?

—Quería que sucediera en algún lugar fuera de nuestro circuito habitual. Creí que de esa forma saldría impune. Le dije que había problemas con Randy. Ella no conocía todos sus problemas con el juego. Yo sí. Así que, por supuesto, vino.

—Y le cortó la garganta.

—Sí. —Empalideció un poco—. Fue muy rápido.

—¿Qué hizo usted luego?

—Me fui a casa.

—¿Cómo?

Él parpadeó un momento.

—En coche. Aparqué el coche a dos manzanas.

—¿Y qué me dice de la sangre? —Le miró a los ojos y observó sus pupilas—. Debió de haber mucha sangre. Debió de haberle salpicado por todas partes.

Se le dilataron las pupilas, pero los ojos mantuvieron la mirada firme.

—Llevaba un sobreabrigo, impermeable. Lo tiré por el camino. —Sonrió un poco—. Imagino que alguien lo encontró y le dio algún uso.

—¿Qué se llevó usted de la escena del crimen?

—El cuchillo, por supuesto.

—¿Nada de ella? —Esperó un instante—. ¿Nada que pudiera hacer pensar que se trataba de un robo, de un asalto callejero?

Él dudó. Eve casi sintió como su cabeza trabajaba.

—Estaba bajo una conmoción. No me esperaba que fuera tan desagradable. Tenía pensado llevarme su bolso, las joyas, pero me olvidé. Solamente corrí.

—Corrió, no se llevó nada, pero fue suficientemente listo para deshacerse del impermeable manchado de sangre.

—Exacto.

—Luego fue a por Metcalf.

—Fue un impulso. Estuve pensando en cómo sería, y quería hacerlo de nuevo. Con ella fue fácil. —El ritmo de la respiración se le aceleró. Dejó las manos quietas encima de la mesa—. Era una mujer ambiciosa y bastante inocente. Yo sabía que David había escrito un guión pensando en ella. Él estaba decidido a conseguir su proyecto, era un tema acerca del cual estábamos en desacuerdo. Me molestaba, y hubiera sido un coste para la empresa que, en estos momentos, tiene pocos recursos. Decidí asesinarla, y la llamé. Por supuesto, ella consintió en verme.

—¿Qué ropa llevaba ella?

—¿Qué ropa? —Dudó un momento—. No presté atención. No era importante. Ella me sonrió, alargó ambas manos y caminó hacia mí. Y lo hice.

—¿Por qué volvió a hacerlo?

—Tal y como le he dicho, creí que podría salir impune. Quizá lo hubiera conseguido. Nunca pensé que mi hijo resultaría arrestado en mi lugar.

—Así que le está usted protegiendo.

—Yo las maté, teniente. ¿Qué más quiere?

—¿Por qué dejó usted el cuchillo en el cajón, en su habitación?

Angelini apartó la mirada de ella.

—Tal y como le he dicho, él pocas veces se queda aquí. Pensé que era un lugar seguro. Entonces me comunicaron lo de la orden de registro. No tuve tiempo de sacarlo.

—¿Espera que me lo crea? ¿Cree que está ayudando a su hijo al bloquear la investigación, al presentar esta absurda declaración? Usted le cree culpable. —Eve bajó el tono de voz y pronunció cada palabra con detenimiento—. Tiene tanto miedo de que su hijo sea un asesino que está dispuesto a cargar con su peso para que él no tenga que enfrentarse a las consecuencias. ¿Va a permitir que muera otra mujer, Angelini? ¿O dos, o tres, hasta que admita la verdad?

Los labios le temblaron una sola vez.

—Ya he realizado mi declaración.

—Ha realizado una tontería.

Eve dio media vuelta y abandonó la habitación. Se esforzó por tranquilizarse. Se quedó fuera de pie un rato y observó a Angelini, que tenía el rostro enterrado entre las manos.

Al final conseguiría que dijera la verdad. Pero siempre existía la posibilidad de que se filtrara la voz y de que los medios de comunicación divulgaran que había una confesión.

Oyó el sonido de unos pasos y levantó la vista. Todo su cuerpo se tensó.

—Comandante.

—Teniente. ¿Algún avance?

—Continúa manteniendo la misma historia. Pero ésta tiene grietas por las que puede pasar un avión. Le he dado la oportunidad de que me hablara de los souvenirs de los dos primeros golpes. No ha mordido el anzuelo.

—Me gustaría hablar con él, en privado, teniente, y extra oficialmente. —Antes de que ella dijera nada, levantó una mano—. Ya me doy cuenta de que no es algo regular. Le estoy pidiendo un favor.

—¿Y si se acusa a sí mismo, o a su hijo?

Whitney apretó las mandíbulas.

—Todavía soy un policía, Dallas, joder.

—Sí, señor. —Abrió la puerta y después de una leve vacilación, oscureció el cristal y apagó el audio—. Estaré en mi oficina.

—Gracias.

Él entró. Dirigió una última mirada a Eve antes de cerrar la puerta y dirigirse al hombre que se encontraba ante la mesa, derrotado.

—Marco —dijo Whitney con un largo suspiro—. ¿Qué coño crees que estás haciendo?

—Jack. —Marco le dirigió una leve sonrisa—. Me preguntaba si te pasarías por aquí. Nunca nos encontramos para esa partida de golf.

—Habla conmigo —dijo Whitney en tono grave.

—¿Es que tu fiel y adiestrada teniente no te ha informado?

—La grabadora está apagada —dijo Whitney en tono seco—. Estamos solos. Habla conmigo, Marco. Ambos sabemos que no mataste a Cicely ni a nadie más.

Por un momento, Marco levantó la mirada al techo como si valorara la posibilidad de hacerlo.

—La gente no se conoce tanto como cree. Ni siquiera a la gente a la que quieren. Yo la quería, Jack. Nunca dejé de quererla. Pero ella dejó de amarme. Una parte de mí continuaba esperando que ella volvería a amarme, pero nunca iba a hacerlo.

—Mierda, Marco, ¿esperas que me crea que le cortaste el cuello porque se divorció de ti doce años atrás?

—Quizá yo pensaba que podría haberse casado con Hammett. Él lo deseaba —dijo Marco en voz baja—. Yo me daba cuenta de que él lo deseaba. Cicely dudaba. —Su voz continuaba siendo tranquila, suave, ligeramente nostálgica—. Ella valoraba su independencia, pero le sabía mal defraudar a Hammett. Al final hubiera consentido. Se hubiera casado con él. Entonces todo habría terminado, ¿no es así?

—¿Mataste a Cicely porque ella podría casarse con otro hombre?

—Era mi esposa, Jack. Digan lo que digan los tribunales y las iglesias.

Whitney se quedó un momento sentado en silencio.

—He jugado al póquer contigo demasiadas veces durante los últimos años, Marco. Te delatas. —Dobló los brazos encima de la mesa y se inclinó hacia delante—. Cuando haces un farol, te golpeas la rodilla con los dedos de las manos.

Dejó de golpearse la rodilla inmediatamente.

—Esto está muy lejos de ser una partida de póquer.

—De esta manera no ayudarás a David. Tienes que dejar que el proceso siga su curso.

—David y yo... hemos tenido muchas diferencias en los últimos meses. Desacuerdos profesionales y personales.

—Suspiró por primera vez, profunda, larga y cansadamente—. No debería haber ninguna distancia entre un padre y un hijo por estas tonterías.

—Pero ésta no es la manera de mejorar la relación, Marco.

Angelini volvió a recuperar la dureza en la mirada. No volvió a suspirar.

—Deja que te pregunte algo, Jack, entre nosotros. ¿Si se tratara de uno de los tuyos, y si hubiera la más remota posibilidad de que fuera condenado de asesinato, habría algo que pudiera impedirte protegerle?

—No puedes proteger a David interviniendo con una confesión de mierda.

—¿De mierda? —La palabra pareció exquisita en los educados labios de Angelini—. Yo lo hice, y lo confieso porque no puedo continuar viviendo si mi propio hijo carga con un crimen mío. Ahora dime, Jack, ¿tú no apoyarías a tu hijo, no le defenderías?

—Oh, joder, Marco. —Fue todo lo que Whitney pudo decir.

Permaneció en la habitación veinte minutos más, pero no consiguió nada. En algún momento dirigió la conversación hacia temas más frívolos, sobre golf o la situación del equipo de baloncesto en el que Marco tenía alguna participación. Luego, rápido y escurridizo como una serpiente, volvía a hacerle una pregunta acerca de los asesinatos.

Pero Marco Angelini era un experto negociante y ya había dicho lo que tenía que decir. No iba a hacer ninguna concesión.

La culpa y el dolor empezaban a transformarse en verdadero miedo y a formar un nudo en el estómago de Whitney cuando éste entró en la oficina de Eve. Ella se encontraba concentrada ante el ordenador, examinando datos, buscando información.

Por primera vez en muchos días, Whitney pudo ignorar

su propio cansancio y mirar a Eve a los ojos. Ella estaba pálida, tenía ojeras y una expresión de tristeza. Su pelo estaba revuelto como si se hubiera pasado las manos por él cientos de veces. Mientras él la observaba, ella volvió a hacerlo, se pasó una mano por el pelo y se presionó los ojos como si le quemaran a causa del cansancio.

Whitney recordó la anterior mañana en su propia oficina, la mañana siguiente a la noche en que Cicely fue asesinada. Y recordó la responsabilidad con que cargó a Eve.

—Teniente.

La espalda de ella se tensó. Eve levantó la cabeza le miró con ojos deliberadamente inexpresivos.

—Comandante. —Se puso en pie.

«Cuidado», pensó Whitney, molesto por el tenso y formal gesto de ella.

—Marco está retenido. Podemos mantenerle cuarenta y ocho horas sin presentar cargos. Pensé que era mejor que le dejáramos meditar tras los barrotes durante un tiempo. Sigue rechazando la presencia de un abogado.

Whitney se acercó mientras ella permanecía de pie en su sitio. Echó un vistazo a su alrededor. No iba a menudo a esa parte del edificio. Eran sus inferiores quienes acudían a su oficina. Se trataba de otra de las cargas de ejercer el mando.

Eve hubiera podido disponer de una oficina más amplia. Se la había ganado. Pero prefería trabajar en una habitación tan pequeña que si tres personas entraban en ella, estarían en pecado.

—Menos mal que no tiene usted claustrofobia —comentó él. Ella no contestó, ni siquiera arqueó una ceja. Whitney murmuró un juramento—. Mire, Dallas…

—Señor. —Le interrumpió rápidamente y en un tono frágil—. Los forenses tienen el arma que se encontró en la habitación de David Angelini. Me han comunicado que habrá cierto atraso en los resultados debido a que los restos de sangre están justo al límite para ser clasificados y obtener el ADN.

—Tomo nota, teniente.

—Se han comparado las huellas digitales encontradas en el cuchillo con las de David Angelini. Mi informe…

—Ya entraremos en su informe.

Ella cerró la boca.

—Sí, señor.

—Mierda, Dallas, quítese ese palo de la espalda y siéntese.

—¿Se trata de una orden, comandante?

—Joder —empezó él.

Mirina Angelini irrumpió inesperadamente por la puerta con un repicar de tacones y un siseo de seda.

—¿Por qué intenta usted destrozar a mi familia? —preguntó mientras se quitaba de encima la mano de Slade, que había entrado detrás de ella.

—Mirina, esto no nos va a ayudar en nada.

Ella se apartó de él con un gesto brusco y se precipitó hacia Eve.

—¿No es suficiente que mi madre haya sido asesinada en plena calle? Asesinada porque los polis americanos están muy ocupados persiguiendo sombras y escribiendo informes inútiles.

—Mirina —dijo Whitney—, ven a mi oficina. Vamos a hablar.

—¿Hablar? —Se volvió hacia él como un gato rubio y esbelto preparado para el ataque—. ¿Cómo podría hablar contigo? Yo he confiado en ti. Creí que te preocupabas por mí, por David, por todos nosotros. Has permitido que ella encierre a David en una celda. Y ahora a mi padre.

—Mirina, Marco lo hizo por propia voluntad. Vamos a hablar. Te lo explicaré todo.

—No hay nada que explicar. —Le dio la espalda y dirigió su furia contra Eve—. He ido a la casa de mi padre. Él quería que me quedara en Roma, pero no pude. No, porque todos los informativos que aparecen en los medios difunden el nombre de mi hermano. Cuando llegamos, encontramos a un vecino regocijado que nos contó que mi padre había sido detenido por la policía.

—Puedo conseguir que hable con su padre, señorita Angelini —le dijo Eve con frialdad—. Y con su hermano.

—Por supuesto que lo hará. Y ahora mismo. ¿Dónde está mi padre? —Dio un empujón a Eve con ambas manos antes de que Whitney ni Slade pudieran evitarlo—. ¿Qué ha hecho con él, zorra?

—Quíteme las manos de encima —le advirtió Eve—. Ya estoy harta de los Angelini. Su padre se encuentra aquí retenido. Su hermano se encuentra en la torre en Riker. Puede usted ver a su padre ahora. Si quiere usted ver a su hermano, la llevaremos allí. —Miró a Whitney—. O, ya que tiene usted alguna influencia aquí, quizá consiga que le trasladen a la sala de visitas durante una hora.

—Sé lo que está usted haciendo. —Ahora no había en ella ninguna fragilidad. Mirina se mostraba vibrante de fuerza—. Usted necesita un chivo expiatorio. Necesita realizar un arresto para que los medios dejen de acosarla. Está usted haciendo política, está utilizando a mi hermano, incluso a mi madre, para no perder su trabajo.

—Sí, mi trabajo es un chollo. —Eve sonrió con amargura—. Acuso a inocentes a diario para obtener todo tipo de ventajas.

—Bueno, eso le permite estar en primer plano, ¿no es así? —Mirina se pasó una mano por el hermoso pelo—. ¿Cuánta publicidad ha conseguido a costa del cuerpo de mi madre?

—Ya es suficiente, Mirina. —Whitney la cortó en un tono cortante que sonó como un latigazo—. Vete a mi oficina y espérame. —Miró a Slade por encima del hombro—. Llévesela de aquí.

—Mirina, esto es inútil —murmuró Slade mientras intentaba tomarla del brazo—. Vámonos.

—No me sujetes. —Escupió cada una de esas palabras y se lo sacó de encima—. Me voy. Pero usted va a pagar por todo el dolor que ha provocado en mi familia, teniente. Lo pagará por completo.

Mirina salió fuera de la habitación. Slade casi no tuvo tiempo de pronunciar una disculpa antes de seguirla.

Whitney dio unos pasos en silencio.

—¿Está usted bien?

—Me he encontrado en situaciones peores. —Eve se encogió de hombros. Se sentía enferma a causa de la rabia y la culpa. Lo único que quería era encerrarse y quedarse sola—. Si me disculpa, comandante, quiero terminar este informe.

—Dallas… Eve. —El cansancio con que pronunció estas palabras hizo que ella le mirara, alerta—. Mirina está preocupada, y eso es comprensible. Pero se ha pasado de la raya, se ha pasado de la raya.

—Tenía derecho a ello. —Eve reprimió el gesto de llevarse las manos a la cabeza y presionar con fuerza; en lugar de ello, las introdujo en los bolsillos—. Hemos metido a la poca familia que le queda en prisión. ¿Con quién más podría estar furiosa? Puedo soportarlo. —Eve mantuvo la mirada fría y firme—. Los sentimientos no son mi punto fuerte.

Él asintió despacio.

—Yo lo he provocado. Yo la he puesto al frente de este caso, Dallas, porque es usted la mejor. Su inteligencia es buena, su instinto es bueno. Y usted se preocupa. Se preocupa por las víctimas. —Exhaló un largo suspiro y se pasó una mano por el pelo—. Esta mañana me equivoqué, Dallas, en mi oficina. Me he equivocado muchas veces con usted desde que empezó todo esto. Le pido disculpas.

—No tiene importancia.

—Ojalá no la tuviera. —Él la observó con detenimiento

y se dio cuenta de la tensión que había en él—. Pero me doy cuenta de que sí la tiene. Yo me ocuparé de Mirina y me ocuparé de las visitas.

—Sí, señor. Me gustaría continuar con el interrogatorio a Marco Angelini.

—Mañana —dijo Whitney, un tanto molesto al ver cierta expresión de burla en el rostro de Eve—. Está cansada, teniente. Un policía cansado comete errores y omite los detalles. Ya continuará mañana. —Se dirigió hacia la puerta, maldijo otra vez y se detuvo, aunque sin volverse hacia ella—. Duerma un poco y, por Dios, tómese un calmante para el dolor de cabeza. Tiene un aspecto horroroso.

Eve reprimió un portazo cuando él hubo salido. Porque hubiera sido un gesto infantil y poco profesional. Se sentó, clavó la mirada en la pantalla e hizo como si la cabeza no estuviera a punto de estallarle.

Al cabo de unos momentos, una sombra cayó sobre el escritorio. Eve levantó la vista, los ojos encendidos, como preparada para una batalla.

—Bueno —dijo Roarke en tono tranquilo mientras se inclinaba para darle un beso—. Ésa sí es una bienvenida. —Se dio unos golpecitos en el pecho—. ¿Tengo sangre?

—Ja, ja.

—Ésa es la chispa que echaba de menos. —Se sentó en el borde del escritorio, desde donde podía verle el rostro y al mismo tiempo ver la pantalla. Quería averiguar si era la información que aparecía en ella lo que le suscitaba el enojo que percibía en su mirada—. Bueno, teniente, ¿qué tal te ha ido el día?

—Veamos. He encerrado al ahijado de mi superior con cargos de obstrucción y otros menores, he encontrado lo que debe de ser el arma del asesinato en el cajón de su consola, en su casa familiar, he escuchado una confesión del padre que asegura haberlo hecho él y he recibido un par de disparos entre los ojos de parte de su hermana, que piensa que soy una zorra y que estoy ansiosa de publicidad. —Intentó esbozar una sonrisa—. Aparte de esto, ha sido un día bastante tranquilo. ¿Y tú, qué tal?

—He ganado unas cuantas fortunas y he perdido unas cuantas más —repuso con tranquilidad aunque un tanto preocupado por ella—. Nada tan excitante como el trabajo de una policía.

—No sabía si volverías esta noche.

—Yo tampoco. La construcción del complejo va bastante bien. Durante un tiempo podré manejar las cosas desde aquí.

Eve intentó no sentirse tan aliviada. Le irritaba que después de unos pocos meses se sintiera tan habituada a que él se encontrara a su lado. Incluso se sentía dependiente de él.

—Supongo que eso es bueno.

—Ajá. —Él la observó—. ¿Qué puedes decirme del caso?

—Está todo en los medios. Enciende cualquier canal.

—Prefiero que me lo cuentes tú.

Ella lo puso al día más o menos igual que hubiera escrito un informe: con breves y certeras palabras, haciendo hincapié en los hechos y siendo parca en comentarios personales. Roarke tenía una manera de escucharla que la ayudaba a pensar con claridad.

—Crees que ha sido el joven Angellini.

—Ha tenido los medios y la oportunidad, y bastantes motivos. Si el cuchillo concuerda… De todas formas, mañana tengo una cita con la doctora Mira para hablar del perfil psiquiátrico.

—Y Marco —continuó Roarke—. ¿Qué piensas de su confesión?

—Que es una buena manera de confundir la situación, de impedir el curso de la investigación. Es un hombre listo, y encontrará la forma de que esto llegue a los medios. —Eve frunció el ceño y dirigió la mirada más allá de donde Roarke se encontraba—. Eso va a confundir la situación un poco, nos va a costar tiempo y nos va a provocar molestias. Pero lo superaremos.

—¿Crees que confesó para complicar el proceso de investigación?

—Exacto. —Ella le miró ahora y arqueó una ceja—. Tú tienes otra teoría.

—La del niño que se ahoga —murmuró Roarke—. El padre cree que su hijo está a punto de hundirse por tercera vez y se tira a la corriente. Ofrece su vida a cambio de la de su hijo. Amor, Eve. —Le tomó la barbilla con la mano—. El amor no se detiene ante nada. Marco cree que su hijo es culpable, y prefiere sacrificarse a sí mismo antes de que el hijo pague las consecuencias.

—Si sabe, o si cree, que David mató a esas mujeres, sería una locura protegerle.

—No, sería una cuestión de amor. Probablemente no haya amor más fuerte que el de los padres por sus hijos. Tú y yo no tenemos ninguna experiencia en eso, pero existe.

Ella negó con la cabeza.

—¿Incluso cuando el hijo tiene un defecto?

—Quizá más que nunca en esos momentos. Cuando yo era un niño, en Dublín, había una mujer que tenía una hija que había perdido un brazo debido a un accidente. No tenía dinero para un injerto. Tenía cinco hijos y los quería a todos. Pero los otros cuatro estaban enteros y una tenía un defecto. Construyó un muro protector alrededor de esa niña, para protegerla de las miradas y las murmuraciones y la pena. Fue hacia la niña defectuosa hacia quien dirigieron todas las atenciones, hacia quien todos se volcaron. Los demás no necesitaban tanto como la que tenía un defecto, ¿sabes?

—Un defecto físico es distinto a un defecto mental.

—Me pregunto si es así para un padre.

—Sea cual sea el motivo de Angelini, al final sabremos la verdad.

—No me cabe duda de que será así. ¿Cuándo terminas el turno?

—¿Qué?

—Tu turno —repitió—. ¿Cuándo terminas?

Ella echó un vistazo a la pantalla y vio la hora en la esquina inferior.

—Hace una hora que ha acabado.

—Bien. —Él se levantó y la tomó de la mano—. Ven conmigo.

—Roarke, hay algunas cosas que tengo que terminar aquí. Quiero revisar la entrevista con Marco Angelini. Es posible que encuentre algún agujero.

Roarke tuvo paciencia porque sabía que se saldría con la suya.

—Eve, estás tan cansada que serías incapaz de ver un agujero de cien metros antes de caer en él. —La tomó de la mano con determinación y la obligó a ponerse en pie—. Ven conmigo.

—De acuerdo, quizá me venga bien un descanso. —Refunfuñó un poco pero apagó el ordenador y lo cerró—. Voy a tener que poner firmes a los técnicos del laboratorio. Están tardando una eternidad con el cuchillo. —El contacto de la mano de él le resultaba agradable. Ni siquiera se preocupó de que los demás policías pudieran verles en el pasillo—. ¿Dónde vamos?

Él se llevó la mano de ella a los labios y sonrió.

—No lo he decidido todavía.

Optó por México. Era un vuelo rápido y fácil, y la casa que tenía ante la turbulenta Costa Oeste siempre estaba preparada. A diferencia de la casa que tenía en Nueva York, ésta estaba totalmente automatizada y los asistentes domésticos sólo acudían cuando la estancia era larga.

Para Roarke, los androides y los ordenadores eran convenientes pero impersonales. Pero, para esa visita, estaba satisfecho de poder contar con ellos. Quería estar sólo con Eve, quería que ella se sintiera relajada y que estuviera feliz.

—Impresionante, Roarke.

Eve echó un vistazo al alto edificio que se encontraba al borde del acantilado y rio. Parecía una extensión de la misma roca, como si las lisas paredes de cristal hubieran surgido de la roca pulida. Unos jardines escalonados en terrazas brillaban con vívidos colores, múltiples formas y fragancias.

Arriba, el profundo azul del cielo se encontraba libre de tráfico. Sólo el azul y los remolinos blancos de las nubes, las centelleantes alas de los pájaros. Parecía otro mundo.

Eve había dormido como un tronco en el avión. Ni siquiera se había despertado cuando el piloto ejecutó el descenso para el aterrizaje que les dejó al pie de unos escalones de piedra zigzagueante que ascendían por el acantilado. Eve estaba muy adormecida, y quiso comprobar que él no le hubiera colocado unas gafas de realidad virtual mientras dormía.

—¿Dónde estamos?

—En México —se limitó a responder él.

—¿En México? —Sorprendida, se frotó los ojos intentando vencer la somnolencia. Roarke pensó, con afecto, que parecía una desgarbada niña que acababa de despertarse de una siesta—. Pero no puedo quedarme en México. Tengo que…

—¿Prefieres ir en coche o caminar? —preguntó él, mientras la empujaba como si fuera una muñeca.

—Tengo que…

—En coche —decidió él—. Todavía estás dormida.

Roarke pensó que ya disfrutarían más tarde del ascenso, y de sus muchas vistas. En lugar de eso, le hizo entrar en el pequeño coche. Él se sentó ante los mandos e hizo elevar el coche a una velocidad que quitó a Eve todo el sueño que le quedaba.

—Dios, no tan rápido. —Sus instintos de supervivencia la hicieron retorcerse como esquivando las rocas, las flores y el agua que sobrevolaban. Roarke se desternillaba de risa cuando por fin entraron en el patio delantero de la casa.

—¿Estás despierta ya, querida?

Ella casi no había recuperado el aliento todavía.

—En cuanto me asegure de que lo tengo todo en mi sitio, te mato. ¿Qué diablos hacemos en México?

—Tomamos un descanso. Necesito un descanso. —Roarke salió del coche y se dirigió hacia su lado—. Y sin duda, tú también lo necesitas. —Eve todavía se encontraba aferrada al asiento y él alargó la mano para hacerla salir. Luego la condujo hacia la puerta.

—Corta el rollo. Soy capaz de caminar sola.

—Deja de quejarte. —Él fue al encuentro de sus labios y le dio un profundo beso. Eve dejó de empujarle y le sujetó por el hombro, atrayéndole hacia ella.

—Maldita sea, ¿cómo es posible que siempre consigas provocar esto en mí? —murmuró ella.

—Supongo que tengo suerte. Roarke. Abre —ordenó, y los barrotes de la puerta se deslizaron a ambos lados. Detrás de éstos, unas puertas de madera grabada y cristal tallado se abrieron dándoles la bienvenida. Entraron—. Cierra —ordenó. Las puertas se cerraron eficientemente ante la mirada de Eve.

Una de las paredes, al nivel de la entrada, era de vidrio y a través de ella se veía el mar. Eve nunca había visto el Pacífico. Se preguntó por qué tenía ese nombre cuando parecía un mar tan vivo, tan a punto de entrar en ebullición.

Habían llegado a punto de ver la puesta de sol. En silencio, observaron el cielo explotar en múltiples rayos de colores salvajes. Como un globo hinchado y rojo, el sol se hundió despacio detrás de la línea azul del agua.

—Te gustará esto —murmuró Roarke.

Eve estaba asombrada ante la belleza de ese final del día. Parecía que la naturaleza hubiera esperado a que llegaran para desplegar ese espectáculo ante ellos.

—Es maravilloso. Pero no puedo quedarme.

—Sólo unas horas. —Le dio un beso en la sien—. Solamente esta noche, de momento. Ya volveremos más adelante para pasar unos cuantos días, cuando tengamos más tiempo.

Sin soltarle la mano, la condujo hasta el borde del muro acristalado. A Eve le pareció que el mundo entero estaba formado por salvajes colores y formas cambiantes.

—Te amo, Eve

Ella apartó la mirada del sol, del océano y le miró a los ojos. Fue maravilloso y, de momento, muy sencillo.

—Te he echado de menos. —Apoyó su mejilla contra la de él y se sujetó con fuerza—. Te he echado de menos de verdad. Me puse unas de tus camisas. —Ahora que él estaba ahí, Eve podía reírse de haberlo hecho. Ahora podía olerle, tocarle—. La verdad es que fui a tu vestidor y tomé una de tus camisas, una de tus muchas camisas de seda negra. Me la puse y me escabullí de tu casa como una ladrona para que Summerset no me pillara.

Él le acarició el cuello con la punta de la nariz. Se sentía absurdamente conmovido.

—Por la noche, yo volvía a visionar tus llamadas, sólo para verte otra vez y escuchar tu voz.

—¿De verdad? —Ella rio de placer, una sensación nueva—. Dios, Roarke, hemos sido unos bobos.

—Será nuestro pequeño secreto.

—Trato hecho. —Ella se apartó un poco para mirarle a la cara—. Tengo que preguntarte una cosa. Es absurdo, pero tengo que hacerlo.

—¿Qué?

—¿Fue alguna vez… —frunció el ceño y deseó ser capaz

de no tener que preguntarlo— alguna vez… con alguien más…?

—No. —Él la acarició con los labios en la ceja, la nariz y el hoyuelo de la barbilla—. Nunca, con nadie.

—Para mí tampoco. —Ella sintió su olor—. Acaríciame. Quiero sentir tus manos.

—Eso puedo hacerlo.

Lo hizo. Ambos cayeron sobre un suelo alfombrado de almohadas mientras el sol, brillante, moría tras el océano.

Capítulo dieciséis

Tomarse un descanso con Roarke no era exactamente igual a hacer una parada en una cafetería para tomarse una ensalada vegetal y un café de soja. Eve no sabía cómo lo hacía, pero el dinero tenía la palabra, y hablaba claro.

Cenaron una suculenta langosta bañada en mantequilla de verdad. Tomaron un champán tan frío que helaba la garganta. Degustaron una sinfonía frutal de exóticos híbridos cuyos sabores les inundaron los sentidos.

Mucho antes de ser capaz de admitir que le amaba, Eve había aceptado el hecho de que se había convertido en una adicta al tipo de platos que él podía permitirse con tanta facilidad.

Eve se sumergió desnuda en un pequeño lago cubierto por palmeras e iluminado por la luz de la luna. Sintió el cuerpo relajado en el agua cálida, después de una sesión completa de sexo. Escuchó el canto de los pájaros nocturnos: no era una simulación, eran de verdad y pendían en la noche como lágrimas fragantes.

En esos momentos, durante esa sola noche, la presión del trabajo se encontró a años luz.

Eve se dio cuenta de que él era capaz de hacer eso con ella, de hacerlo por ella. Era capaz de ofrecerle esos pequeños espacios de paz.

Roarke la observó, complacido al ver que la tensión había desaparecido de su rostro después de unos cuantos mimos. Le gustaba verla así, suelta, relajada, abandonada al placer, sin sentir ninguna culpa por permitírselo. Le gustaba al igual que le gustaba verla excitada, con la mente acelerada y el cuerpo listo para la acción.

No, nunca antes había sido así para él, con nadie. De todas las mujeres que había conocido, ella era la única hacia la que había sentido tal atracción, tal necesidad de tocarla. Más allá del básico y aparentemente insaciable deseo físico que le suscitaba, ella ejercía una constante fascinación sobre él. Por su inteligencia, su corazón, sus secretos, sus heridas.

Una vez, él le había dicho que eran dos almas perdidas. Ahora le parecía que no había dicho otra cosa que la verdad. Pero ambos encontraban, el uno en el otro, algo que les unía.

Él, un hombre que siempre había sentido recelo de los policías, se sentía asombrado al darse cuenta de que su felicidad dependía de uno.

Divertido consigo mismo, Roarke se sumergió en el agua con ella. Eve reunió fuerzas para entreabrir los ojos.

—Creo que no soy capaz de moverme.

—No lo hagas. —Le puso otra copa de champán entre los dedos.

—Estoy demasiado relajada para emborracharme. —Consiguió llevarse la copa a los labios—. Es una vida tan extraña. La tuya —dijo—. Quiero decir que tú puedes tener todo lo que quieres, ir a cualquier lugar, hacer cualquier cosa. Si quieres tomarte una noche libre, te vas a México y te tomas una langosta y… ¿qué era esa cosa, lo que pusiste sobre las tostadas?

—Hígado de oca.

Ella frunció el ceño y se estremeció.

—No fue eso lo que dijiste cuando me lo pusiste en la boca. Sonaba mejor.

—Foie gras. Es lo mismo.

—Es mejor. —Eve entrelazó sus piernas con las de él—. Sea como sea, pero la mayoría de la gente se programa un vídeo o hacen un rápido viaje con las gafas de realidad virtual. O gastan unas cuantas monedas en una de esas cabinas de simulación de Times Square. Pero tú prefieres las cosas de verdad.

—Prefiero las cosas de verdad.

—Lo sé. Eso es otra de las cosas extrañas en ti. Te gustan las cosas antiguas. Prefieres leer un libro que un disco, prefieres tomarte la molestia de venir hasta aquí en lugar de programarte una simulación holográfica. —Sonrió con expresión soñadora—. Eso me gusta de ti.

—Me viene bien que sea así.

—Cuando eras un niño y las cosas te iban mal, ¿era esto en lo que soñabas?

—Soñaba en ser capaz de sobrevivir, en salir de aquello. En tener el control. ¿Tú no?

—Supongo que sí. —Una parte demasiado grande de sus recuerdos estaban enmarañados y eran oscuros—. Después de estar en el sistema. Entonces, lo que más quería era ser policía. Una buena policía. Una policía inteligente. ¿Tú qué querías?

—Ser rico. No pasar hambre.

—Ambos conseguimos lo que queríamos, más o menos.

—Tuviste pesadillas mientras yo estaba fuera.

Eve no necesitó abrir los ojos para darse cuenta de que él estaba preocupado. Lo notaba en su voz.

—No han sido tan malas. Ya son más normales.

—Eve, si lo trabajaras con la doctora Mira…

—No estoy preparada para recordarlo. No para recordarlo todo. ¿Alguna vez has sentido las heridas de lo que tu padre te hizo?

Inquieto ante esos recuerdos, él se apartó un poco y se introdujo por completo en el agua caliente y espumosa.

—Unos cuantos golpes, cierta crueldad. ¿Por qué tendría que tener importancia ahora?

—Lo has obviado. —Ahora abrió los ojos y le miró. Vio

que estaba pensativo—. Pero eso te hizo como eres, ¿no es así? Lo que te sucedió te hizo ser así.

—Supongo que sí, más o menos.

Ella asintió e intentó hablar en tono ligero.

—Roarke, ¿crees que si a alguien le falta algo, y ese algo que les falta les conduce a maltratar a sus hijos... como a nosotros... crees que eso se pasa a...? ¿Crees que...?

—No.

—Pero...

—No. —Él le tomó la pantorrilla con la mano y se la apretó—. Nos hacemos a nosotros mismos, a la larga. Tú y yo lo hemos hecho. Si eso no fuera cierto, yo estaría borracho en cualquier tugurio de Dublín, buscando a alguien más débil a quien dar una paliza. Y tú, Eve, serías una mujer fría, frágil y sin compasión.

Ella cerró los ojos de nuevo.

—A veces lo soy.

—No, eso no lo eres nunca. Eres una mujer fuerte y tienes tu moral. A veces sientes demasiada compasión por los inocentes.

Eve sintió que los ojos le escocían a pesar de que los tenía cerrados.

—Alguien a quien admiro y respeto me ha pedido ayuda, me ha pedido un favor. Le he decepcionado por completo. ¿En qué me convierte eso?

—En una mujer que ha tenido que realizar una elección.

—Roarke, la última mujer que fue asesinada, Louise Kirski. Está en mi cabeza. Tenía veinticuatro años, tenía talento, era ambiciosa, estaba enamorada de un músico de segunda fila. Vivía en un pequeño apartamento en la Veintiséis Oeste y le gustaba la comida china. Tenía a su familia en Texas, y esas personas no volverán a ser lo mismo. Era inocente, Roarke, y eso me acosa.

Aliviada, Eve exhaló un largo suspiro.

—Nunca he sido capaz de decirle algo así a nadie. No sabía si sería capaz de decirlo en voz alta.

—Me alegro de que me lo hayas podido decir a mí. Ahora escucha. —Dejó la copa y se acercó para tomar su rostro entre las manos. Sintió su piel suave y observó sus ojos, dos ámbares oscuros—. El destino es quien decide, Eve. Uno sigue sus pasos, uno planea y trabaja, pero el destino se ríe y nos convierte en tontos. A veces podemos hacerle trampa, o manejarlo un poco, pero la mayor parte de las veces, todo está escrito. Para algunos, está escrito en sangre. Eso no significa que debamos detenernos, pero significa que no siempre podemos consolarnos con la culpa.

—¿Eso es lo que crees que estoy haciendo? ¿Consolándome a mí misma?

—Es más fácil aceptar la culpa que admitir que no había nada que uno pudiera hacer. Eres una mujer arrogante, Eve. Ésa es otra de tus facetas que encuentro atractivas. Es arrogante asumir la responsabilidad de los sucesos que están más allá de nuestro control.

—Sí, hubiera debido controlarlo.

—Ah, sí. —Sonrió—. Por supuesto.

—No es arrogancia —insistió—. Es mi trabajo.

—Tú le provocaste y diste por sentado que vendría a por ti. —Esa idea continuaba provocándole dolor en el estómago. Le apretó con más fuerza el rostro—. Ahora te sientes insultada y enojada porque él no siguió las reglas.

—Eso es algo horrible de decir. Maldita sea, yo no… —Se interrumpió y tomó aire—. Me enojas para que deje de sentir compasión de mí misma.

—Parece que funciona.

—De acuerdo. —Eve volvió a cerrar los ojos—. De acuerdo. No voy a pensar en ello ahora. Quizá mañana pueda pensarlo con más lucidez. Eres bastante bueno, Roarke —dijo, con una sombra de sonrisa.

—Miles estarían de acuerdo —murmuró y le tomó un pezón entre el pulgar y el índice.

Eve sintió el efecto de ese contacto hasta la punta de los dedos de los pies.

—No era eso lo que quería decir.

—Pero es lo que yo quería decir. —La acarició con suavidad y escuchó cómo se le aceleraba la respiración.

—Quizá, si consigo salir de aquí, pueda llegar a un acuerdo con esta propuesta tan interesante.

—Sólo relájate. —La miró a la cara y deslizó una mano entre sus piernas—. Déjame. —Consiguió rescatar su vaso antes de que se le cayera de la mano. Lo dejó a un lado—. Deja que te posea, Eve.

Antes de que ella pudiera responder, él la llevó hasta un rápido y violento orgasmo. Ella levantó las caderas y se movió con fuerza contra la mano de él. Luego se derrumbó.

Él sabía que ahora ella era incapaz de pensar. Que se sentía envuelta en múltiples sensaciones. Siempre parecía que la pillaba por sorpresa. Y su sorpresa, su respuesta dulce e inocente, le resultaba peligrosamente excitante. Él habría podido estar ofreciéndole placer sin descanso, por el simple placer de verla absorta en cada contacto, en cada movimiento.

Así que se lo permitió, exploró su esbelto y suave cuerpo, lamió sus pequeños y cálidos pechos perfumados por la humedad del agua, inhaló su aliento cada vez más frenético.

Ella se sentía ebria, abandonada a él. La mente y el cuerpo le ardían de placer. Se sentía en parte asombrada, o lo intentaba. No tanto por lo que le permitía hacerle, sino por el hecho de que le ofrecía a él el control absoluto de sí misma. No hubiera sido capaz de detenerle, y no lo hizo, ni siquiera cuando la condujo al límite del deseo antes de ofrecerle otro indescriptible clímax.

—Otra vez. —Ansioso, la tomó por el pelo y la obligó a echar la cabeza hacia atrás mientras introducía los dedos dentro de ella y la penetraba sin tregua a un ritmo cada vez más frenético—. Yo soy todo lo que existe esta noche. Esta noche sólo existimos nosotros dos. —Le lamió el cuello antes de ir en busca de sus labios. Sus ojos eran dos fieros círculos de luz azul—. Dime que me amas. Dímelo.

—Te amo. Te amo. —Se le escapó un gemido en cuanto él se introdujo dentro de ella, la sujetó por las caderas y se clavó con fuerza.

—Dímelo otra vez. —Sintió que los músculos de ella se tensaban como puños y tuvo que apretar la mandíbula para no eyacular—. Dímelo otra vez.

—Te amo. —Temblorosa por haberlo dicho, le rodeó con ambas piernas y le permitió que la penetrara hasta conducirla más allá del delirio.

Eve salió del agua a gatas. La cabeza le daba vueltas y sentía flojedad en todo el cuerpo.

—Parece que los huesos no me aguantan.

Roarke se rio y le dio una palmada cariñosa en el trasero.

—Esta vez no voy a llevarte en brazos, querida. Acabaríamos los dos en el suelo.

—Quizá es mejor que me tumbe un poco aquí. —Le costaba aguantarse sobre las rodillas y las manos.

—Te cogerá frío. —Haciendo un esfuerzo, Roarke consiguió ayudarla a ponerse en pie. Se abrazaron, un tanto mareados, como si estuvieran borrachos.

Eve se rio con disimulo, insegura sobre sus pies.

—¿Qué es lo que me has hecho? Me siento como si me hubiera tomado un par de pastillas.

Roarke la abrazó por la cintura.

—¿Desde cuándo juegas con drogas?

—Entrenamiento policial estándar. —Eve se mordisqueó el labio inferior y comprobó que lo sentía dormido—. Se hace un curso sobre droga ilegal en la academia. Tomé algunas. ¿Te da vueltas la cabeza a ti?

—Cuando recupere la sensibilidad de la parte alta del cuerpo, te lo haré saber. —Le dio un beso suave—. ¿Y si probamos a entrar? Podemos... —Se interrumpió y clavó la mirada en algún punto a espaldas de Eve, los ojos muy abiertos.

Eve era una policía, y no perdió un segundo. Por instinto, se dio la vuelta rápidamente y protegió el cuerpo de él con el suyo.

—¿Qué? ¿Qué sucede?

—Nada. —Se aclaró la garganta y le dio un golpecito en el hombro—. Nada —repitió—. Vete dentro. Yo voy ahora.

—¿Qué? —Ella no se movió, insistiendo en saber cuál era el problema.

—No es nada, de verdad. Es sólo que... olvidé apagar la cámara de seguridad. Está... esto... activada para grabar cualquier movimiento y cualquier sonido. —Desnudo, caminó hacia una pared baja, apretó un botón y sacó un disco.

—Una cámara. —Eve levantó un dedo—. ¿Ha estado grabando todo el tiempo que hemos estado aquí? —Clavó los ojos en el lago—. ¿Todo el tiempo?

—Por eso es por lo que siempre prefiero las personas a las máquinas.

—¿Estamos grabados? ¿Se ha grabado todo ahí?

—Yo me ocupo de eso.

Eve iba a decir algo más, pero se contuvo y le miró con detenimiento. Le entró cierta malicia.

—Joder, Roarke. Estás incómodo.

—Por supuesto que no. —Si no hubiera estado desnudo, se habría metido las manos en los bolsillos—. Ha grabado solamente una vista general. Ya te he dicho que me ocuparé de eso.

—Vamos a ponerlo.

Roarke la miró sorprendido y tartamudeó.

—¿Perdón?

—Estás incómodo. —Se inclinó un poco para besarle y, mientras le distraía, le quitó el disco—. Es genial. Genial de verdad.

—Cállate. Dame eso.

—Me parece que no. —Encantada, dio unos saltitos hacia atrás y apartó el disco de su alcance—. Creo que esto es algo muy caliente. ¿No sientes curiosidad?

—No. —Intentó quitárselo, pero ella fue más rápida—. Eve, dame eso.

—Esto es fascinante. —Se alejó en dirección a las puertas abiertas del patio—. El sofisticado y curtido Roarke se ha sonrojado.

—No es verdad. —Esperaba que fuera verdad. Sería el colmo—. Simplemente, no veo ninguna razón para documentar un acto de amor. Es algo privado.

—No pienso enviárselo a Nadine Furst para que lo emita. Solamente voy a verlo. Ahora mismo. —Corrió hacia dentro antes de que él la siguiera, maldiciendo en voz alta.

Eve entró con paso vivo en su oficina a las nueve de la mañana. Tenía la mirada clara y limpia, sentía el cuerpo tonificado y relajado. Estaba radiante.

—Alguien con suerte —dijo Feeney con expresión triste, sin quitar los pies de encima de la mesa—. Roarke ha vuelto al planeta, lo veo.

—He dormido bien esta noche —respondió ella mientras le quitaba los pies de la mesa.

Él gruñó.

—Pues alégrate, porque hoy no vas a tener paz. Ha llegado el informe del laboratorio. El jodido cuchillo no concuerda.

A Eve se le pasó el buen humor.

—¿Qué quieres decir con que el cuchillo no concuerda?

—El filo es demasiado ancho. Un centímetro. Daría igual que fuera por un metro, mierda.

—Pero eso podría ser debido al ángulo de la cuchillada, al gesto. —México había desaparecido como una nube pasajera. Eve empezó a caminar por la habitación mientras pensaba—. ¿Qué hay de la sangre?

—Consiguieron reunir la suficiente para obtener el tipo, el ADN. —Su rostro, ya de por sí surcado de arrugas, se contrajo—. Corresponde al de nuestro hombre. Es la sangre de David Angelini, Dallas. Los del laboratorio dicen que es vieja, de seis meses atrás, como mínimo. De las fibras que han obtenido, parece que lo utilizó para abrir paquetes. Probablemente, se cortó en algún momento. No es nuestra arma.

—Y una mierda. —Exhaló con fuerza. No quería desanimarse—. Si tenía un cuchillo, puede tener dos. Esperemos a ver qué nos viene del registro del lugar. —Se calló un momento y se pasó ambas manos por el rostro—. Escúchame, Feeney. Si tomamos la confesión de Marco como falsa, tenemos que preguntarnos el porqué. No es un imbécil ni un lunático que busca que le presten atención. Lo que hace es salvarle el culo al hijo. Así que nos centraremos en él, con toda la energía. Voy a interrogarle, se lo voy a sacar.

—En eso estoy contigo.

—Dentro de un par de horas tengo una sesión con Mira. Dejemos que nuestro chico se caliente un poco más.

—Y recemos para que alguno de nuestros chicos encuentre algo más.

—Rezar no nos hará daño. Lo grave, Feeney, es que si los abogados de nuestro chico echan un vistazo a la confesión de Marco, van a arruinar los cargos menores. Tendremos que rezar para conseguir una condena.

—Con eso y sin ninguna prueba física, le van a soltar, Dallas.

—Sí. Menudo cabronazo.

Y

Marco Angelini se comportó como una roca pegada sobre cemento. No estaba dispuesto a conceder nada. Después de dos horas de intenso interrogatorio no consiguieron modificar su historia. Eve se consoló a sí misma pensando que, a pesar de ello, tampoco había conseguido tapar ninguno de los agujeros de la misma. De momento, lo único que podía hacer era depositar sus esperanzas en el informe de la doctora Mira.

—Lo que puedo decir —empezó Mira con su habitual tono imperturbable— es que David Angelini es un hombre joven y problemático, con un alto sentido de autoindulgencia y muy protegido.

—Dígame que es capaz de cortarle el cuello a su madre.

—Ah. —Mira se apoyó en el respaldo de la silla y se cruzó de brazos—. Lo que puedo decirle es que, en mi opinión, es más capaz de escapar corriendo ante un problema que enfrentarse con él, en todos los sentidos. Después de combinar y de valorar sus características en el Murdock-Lowell y en la Evaluación Sinérgica…

—¿Podemos saltarnos la jerga psiquiátrica, doctora? Eso puedo leerlo en el informe.

—De acuerdo. —Mira se apartó de la pantalla ante la que iba a mostrarle los resultados de la evaluación—. A partir de ahora lo hablaremos en términos sencillos. Su hombre es un mentiroso, es alguien a quien le cuesta poco convencerse a sí mismo de que sus mentiras son verdades para mantener su autoestima. Necesita ser reconocido, incluso valorado, y está acostumbrado a obtenerlo. Y a obtenerlo a su manera.

—¿Y si no lo consigue a su manera?

—Echa la culpa fuera de él. Nunca es un error suyo, tampoco su responsabilidad. Su mundo es como una isla, teniente, y la ocupa él solo casi por entero. Se considera a sí mismo un hombre con talento y con éxito, y cuando se equivoca siempre es porque alguien más se equivocó. Juega porque no cree que vaya a perder, y disfruta la emoción del riesgo. Pierde porque cree que se encuentra por encima del juego.

—¿Cómo reaccionaría ante el riesgo de que le rompieran los huesos por una deuda de juego?

—Se escaparía corriendo y se escondería. Al ser anormalmente dependiente de sus padres, esperaría que ellos le solucionaran el lío.

—¿Y si ellos se negaran?

Mira se quedó en silencio un momento.

—Quiere que le diga que podría tener una salida violenta, incluso letal. No puedo hacerlo. Por supuesto, existe una posibilidad, y no podemos negarlo. Ningún test, ninguna evaluación puede llegar a la conclusión irrevocable de cuál sería la reacción de un individuo bajo ciertas circunstancias. Pero según nuestros tests y evaluaciones, el sujeto reacciona escondiendo, huyendo, depositando la culpa en los demás, y no enfrentándose al origen del problema.

—Y podría estar escondiendo su reacción, para engañarnos ante la evaluación.

—Es posible, pero poco probable. Lo siento.

Eve dejó de dar vueltas por la habitación y se sentó.

—Me está usted diciendo que, en su opinión, el asesino todavía debe de estar suelto.

—Me temo que sí. Eso hace que su trabajo sea más difícil.

—Si me estoy centrando en un objetivo equivocado —dijo Eve para sí misma—, ¿cuál es el objetivo correcto? ¿Y quién será la siguiente?

—Por desgracia, ni la ciencia ni la tecnología es capaz, todavía, de prever el futuro. Es posible programar las posibilidades, las probabilidades, pero no es posible tener en cuenta los impulsos y las emociones. ¿Ha puesto a Nadine Furst bajo protección?

—Sí, hasta donde he podido. —Eve se dio unos golpecitos en la rodilla—. Es una mujer difícil, y está destrozada por lo de Louise Kirski.

—Usted también.

Eve dejó vagar la mirada y asintió, tensa.

—Sí, se podría decir así.

—A pesar de eso, tiene usted un aspecto muy descansado esta mañana.

—He tenido una buena noche.

—¿Sin pesadillas?

Eve se encogió de hombros y relegó a Angelini y el caso a un rincón de su mente con la esperanza de que cuando volviera a pensar en ello, algo nuevo aparecería.

—¿Qué diría usted de una mujer que parece incapaz de dormir bien si su hombre no se encuentra en la cama con ella?

—Diría que está enamorada de él, y que está acostumbrada a él.

—No diría que es totalmente dependiente.

—¿Puede usted funcionar normalmente sin él? ¿Se siente capaz de tomar una decisión sin pedirle consejo, opinión u orientación?

—Sí, claro, pero... —Se interrumpió. Se sentía estúpida. ¿Bueno, dónde mejor para sentirse estúpida que en la consulta de un loquero?—. El otro día, mientras él se encontraba fuera del planeta, me puse una de sus camisas para ir a trabajar. Eso es...

—Encantador —dijo Mira, con una sonrisa—. Romántico. ¿Por qué le preocupa un romance?

—No me preocupa. Yo... De acuerdo, me aterroriza y no sé por qué. No estoy acostumbrada a tener a alguien a mi lado, a alguien que me mire... como él lo hace. A veces es irritante.

—¿Por qué?

—Porque no he hecho nada para que él se preocupe por mí de la forma en que lo hace. Sé que se preocupa.

—Eve, su autoestima ha estado siempre apoyada en su trabajo. Ahora una relación la obliga a empezar a valorarse a sí misma como mujer. ¿Tiene miedo de lo que pueda descubrir?

—Nunca me lo había imaginado. Siempre ha sido el trabajo. Los altos y los bajos, la prisa, la monotonía. Todo lo que necesitaba se encontraba en él. Me esforcé mucho para llegar a ser teniente, y supongo que podría llegar a ser capitán, o quizá algo más. Hacer mi trabajo lo era todo, todo por completo. Era importante ser la mejor, batir un récord. Todavía es importante, pero no lo es todo.

—Eve, yo diría que usted será una mejor policía y una mejor mujer a causa de esto. Un objetivo único resulta limitador y, a menudo, acaba siendo obsesivo. Una vida sana necesita tener más de un objetivo, más de una pasión.

—Entonces, supongo que mi vida es más sana.

El comunicador de Eve sonó, recordándole que debía tener en cuenta el reloj, que todavía era una policía.

—Dallas.

—Creo que querrás conectarte con el Canal 75 —anunció Feeney—. Luego vuelve aquí a la torre. El nuevo jefe quiere darnos una patada en el culo.

Eve cortó la comunicación. Mira ya había encendido la pantalla. Se encontraron ante el informativo de mediodía de C. J. Morse.

«... continúan los problemas en la investigación de los asesinatos. Una fuente de la Central de Policía nos ha confirmado que mientras que David Angelini ha sido acusado de obstrucción a la justicia y es retenido como principal sospechoso de los tres asesinatos, Marco Angelini, el padre del acusado, se ha confesado culpable de estos asesinatos. El viejo Angelini, presidente de Angelini Exports y anterior esposo de la primera víctima, la fiscal Cicely Towers, se entregó a la policía ayer. Aunque ha confesado haber cometido los tres asesinatos, no ha sido acusado y la policía continúa reteniendo a David Angelini.»

Morse hizo una pausa y se movió para ofrecer otro ángulo a la cámara. Su rostro, agradable y juvenil, brillaba de preocupación.

«En otro orden, el cuchillo que se encontró en casa de Angelini durante un registro policial ha demostrado, después de ser sometido a examen, no ser el arma del crimen. Mirina Angelini, la hija de Cicely Towers, ha hablado con este periodista en una entrevista exclusiva esta mañana.»

La pantalla mostró unas imágenes del hermoso y enojado rostro de Mirina.

«—La policía está acosando a mi familia. No es suficiente con que mi madre esté muerta, con que haya sido asesinada en plena calle. Ahora, en un desesperado intento por disimular su ineptitud, han arrestado a mi hermano y retienen a mi padre. No me sorprendería que me retuvieran a mí en cualquier momento.»

Eve apretó la mandíbula mientras escuchaba cómo Morse hacía preguntas a Mirina, la animaba a realizar acusaciones y le provocaba casi el llanto. La pantalla volvió a mostrar el plató del informativo y él apareció con el ceño fruncido.

«—¿Una familia acosada? Hay rumores que afirman que se están escondiendo cosas en esta investigación. La oficial responsable del caso, la teniente Eve Dallas, no ha estado localizable para ofrecer ningún comentario.»

—Bastardo. Pequeño bastardo —dijo Eve mientras se apartaba de la pantalla—. No ha intentado ponerse en contacto conmigo para nada. Ya le daré yo comentario. —Furiosa, agarró su bolso y dirigió una última mirada a Mira—. Debería usted examinar a ese tipo —dijo, indicando la pantalla con un gesto de cabeza—. Este pequeño capullo tiene delirios de grandeza.

Capítulo diecisiete

Harrison Tibble era un veterano con treinta y cinco años de experiencia en las fuerzas de la policía. Se había abierto camino desde sus inicios como poli de batalla, trabajando en barrios del West Side en una época en que los polis y sus presas todavía llevaban armas. Incluso había sido herido una vez: tres feos agujeros en el abdomen que hubieran matado a un hombre menos fuerte y que, por supuesto, hubieran hecho que un policía ordinario se replanteara su elección de carrera. Tibble había vuelto a su deber al cabo de seis semanas.

Era un hombre enorme, de un metro ochenta y cinco de altura y unos ciento veinte kilos de sólidos músculos. Después de la prohibición de armas, utilizó su imponente y terrorífica sonrisa para aterrorizar a sus enemigos. Todavía tenía la cabeza de un policía de la calle, y su expediente era transparente.

Tenía un rostro grande y cuadrado, la piel era del color del ónice pulido, las manos, enormes, y no tenía paciencia ninguna ante las tonterías.

A Eve le caía bien y, en privado, hubiera admitido que le tenía un poco de miedo.

—¿De qué va esta mierda en la que nos hemos metido, teniente?

—Señor. —Eve le miró, flanqueada por Feeney y Whitney. Pero en esos momentos, sabía que estaba sola—. David Angelini se encontraba en la escena del crimen la noche en que Louise Kirski fue asesinada. Esto está grabado. No tiene ninguna coartada sólida para los otros dos asesinatos. Tiene fuertes deudas que saldar a unos matones y, después de la muerte de su madre, va a obtener una sustanciosa herencia. Se ha confirmado que ella se negó a sacarle del apuro esta vez.

—El dinero ha sido un móvil recurrente y válido en las investigaciones criminales, teniente. Pero ¿qué hay de los otros dos asesinatos?

Eve pensó que él ya sabía todo eso, pero luchó por no mostrar incomodidad. Él había leído cada palabra de cada uno de los informes.

—Él conocía a Metcalf, había estado en su apartamento y estaba trabajando con ella en un proyecto. Necesitaba que ella se comprometiera, pero ella jugaba a hacerse la difícil y escondía sus motivos. La tercera víctima fue un error. Creemos que la víctima tenía que haber sido Nadine Furst, quien, por sugerencia mía y con mi cooperación, estaba ejerciendo mucha presión en la historia. Él también la conocía personalmente.

—De momento, esto está muy bien. —La silla crujió bajo su peso—. Muy bien. Le ha colocado en una de las escenas del crimen, ha establecido los móviles, ha descubierto las relaciones. Ahora viene la parte difícil. No tiene usted el arma. Tampoco tiene ningún rastro de sangre. No tiene nada en absoluto como prueba física.

—No, de momento.

—Además tiene usted una confesión, pero no de parte del acusado.

—Esa confesión no es más que una cortina de humo —intervino Whitney—. Un intento del padre de proteger a su hijo.

—Eso es lo que cree —dijo Tibble en tono neutro—. Pero ésos son los hechos, está documentado y se ha ofrecido a conocimiento del público. El perfil psiquiátrico no concuerda y, en mi opinión, la oficina del fiscal está demasiado ansiosa para encender la luz roja. Eso es así cuando se trata de uno de los tuyos.

Antes de que Eve pudiera decir nada, él levantó una de sus manos grandes como platos.

—Yo le diré lo que tenemos, cómo se ve a ojos de toda esa buena gente que mira la pantalla. Una familia destrozada por el dolor resulta golpeada por la policía, por pruebas circunstanciales, y existen tres mujeres a quienes han cortado el cuello.

—No se ha cortado el cuello de ninguna mujer desde que David Angelini está retenido. Y los cargos contra él son claros.

—Eso es verdad, pero este hecho tan útil no va a conseguir una condena por los cargos menores, especialmente porque el jurado va a sentir pena por él y porque los abogados alegarán una disminución de sus capacidades.

Calló un momento, observó los rostros de todos y, al ver que nadie le llevaba la contraria, repiqueteó los dedos en la mesa.

—Usted es el genio de los números, Feeney, de la electrónica. ¿Qué posibilidades tenemos de que el gran jurado condene a nuestro tipo mañana por obstrucción a la justicia e intento de soborno?

Feeney se encogió de hombros.

—Mitad y mitad —dijo, abatido—. Pocas, teniendo en cuenta las últimas noticias de ese idiota de Morse.

—Eso no es suficiente. Suéltenle.

—¿Que le soltemos? Jefe Tibble…

—Lo único que conseguiremos si presentamos esos cargos es una mala prensa y que la simpatía pública se desvíe hacia el hijo de una servidora pública convertida en mártir. Déjele suelto, teniente, y siga profundizando. Ponga a alguien tras sus pasos —le ordenó a Whitney—. Y tras los pasos de su padre. No quiero que respiren sin que yo me entere. Y encuentren la jodida grieta en todo esto —añadió, dirigiéndoles una mirada dura—. Quiero saber quién ha sido el hijo de puta que ha dado la información a Morse. —Desplegó una terrorífica sonrisa—. Luego querré hablar con él, en persona. Manténgase a distancia de los Angelini, Jack. Ahora no es momento de amistades.

—Me hubiera gustado hablar con Mirina. Quizá pueda convencerla de que no ofrezca ninguna entrevista más.

—Es un poco tarde para controlar los daños, ahora —valoró Tibble—. Descártelo. Me ha costado mucho despegar la etiqueta de «encubrimiento» de esta oficina. Quiero que continúe así. Consíganme el arma. Consíganme un poco de sangre. Y, por Dios, háganlo antes de que le rajen el cuello a nadie más.

Y, en tono contundente, mientras jugaba con los dedos, continuó dando órdenes:

—Feeney, ponga en práctica un poco de su magia. Repase los nombres de los diarios de las víctimas otra vez, contrástelas con los de Furst. Encuentre a alguien más que tuviera un interés en esas señoras. Eso es todo, caballeros. —Se puso en pie—. Teniente Dallas, le pido un momento más de su tiempo.

—Jefe Tibble —empezó Whitney en tono formal—. Quiero que quede constancia de que considero el ejercicio de la teniente Dallas, como oficial responsable del caso, ejemplar. Su trabajo ha sido de primera categoría a pesar de las difíciles circunstancias tanto profesionales como personales, algunas de las cuales han sido responsabilidad mía.

Tibble arqueó una de sus pobladas cejas.

—Estoy seguro de que la teniente Dallas aprecia su valoración, Jack. —No dijo nada más y esperó hasta que los hombres hubieron salido de la habitación—. Jack y yo, nos viene de tiempo —empezó, para ofrecer un poco de conversación—. Ahora él cree que, dado que me siento en la silla de ese capullo de Simpson, voy a utilizarla a usted como cabeza de turco y que voy a ofrecer su cabeza a los perros de la prensa. —Mantuvo la mirada firme en Eve—. ¿Es eso lo que usted cree, Dallas?

—No, señor. Pero podría hacerlo.

—Sí. —Se rascó el cuello—. Podría. ¿Ha perdido usted el paso en esta investigación, teniente?

—Quizá sí lo haya hecho. —Ésa era difícil de tragar—. Si David Angelini es inocente…

—El tribunal decidirá sobre su inocencia o culpa —la interrumpió él—. Usted reúne las pruebas. Reunió algunas muy buenas, y el imbécil se encontraba allí por Kirski. Si él no la mató, el bastardo observó cómo una mujer era degollada y se marchó. Eso no le hace figurar en mi lista de favoritos.

Tibble entrelazó los dedos de las manos y la miró por encima de ellos.

—¿Sabe qué es lo que me haría apartarla a usted del caso, Dallas? Si creyera que lleva usted una carga demasiado pesada con lo de Kirski. —Al ver que Eve iba a decir algo pero se contenía, le dirigió una fina sonrisa—. Sí, mejor que se calle. Usted puso un cebo, tomó una decisión. Había bastantes posibilidades de que él fuera a por usted. Yo hubiera hecho lo mismo en mis días de gloria —añadió, en un tono que indicaba cierto pesar de que éstos hubieran pasado—. El problema es que no lo hizo, y una pobre mujer con un hábito por el tabaco, fue quien se la cargó. ¿Cree que es usted responsable de eso?

Eve dudó un poco, pero optó por la verdad.

—Sí.

—Supérelo —le dijo él cortante—. El problema de este caso es que hay demasiados sentimientos. Jack no puede superar su dolor y usted no puede superar la culpa. Eso les convierte en dos inútiles. Si quiere usted sentirse culpable, quiere sentirse desgraciada, espérese hasta que le encierren. ¿Está claro?

—Sí, señor.

Satisfecho, se apoyó contra el respaldo de la silla de nuevo.

—Salga de aquí. Los medios van a saltarle encima como piojos.

—Puedo manejar a los medios.

—Estoy seguro de que sí. —Exhaló un suspiro—. Yo también puedo. Tengo una jodida rueda de prensa. Lárguese.

Y

Sólo había un lugar adónde ir, y era al principio de todo. Eve se quedó de pie en la acera de delante del Five Moons y miró hacia abajo. Recorrió la ruta de regreso mentalmente y caminó hacia la entrada del metro.

«Llovía —recordó—. Tengo una mano en el paraguas, mi bolso colgado del hombro y lo tengo bien sujeto también. Es un barrio malo. Estoy molesta. Camino deprisa, pero tengo un ojo alerta por si alguien aparece y quiere mi bolso igual que lo quiero yo.»

Entró en el Five Moons y, sin hacer caso de las rápidas miradas y del rostro inexpresivo del androide que se encontraba detrás de la barra, continuó reconstruyendo los pensamientos de Cicely Towers.

«Un lugar desagradable. Sucio. No voy a beber nada. Ni siquiera me voy a sentar. Sólo Dios sabe cómo quedaría el vestido. Miro el reloj. ¿Dónde diablos está? Vamos a ver si terminamos con esto. ¿Por qué demonios he quedado con él aquí? Estúpida, estúpida. Debería haber quedado en mi oficina, en mi territorio.»

«¿Por qué no lo he hecho?»

«Porque es privado —pensó Eve, cerrando los ojos—. Es personal. Allí hay demasiada gente, demasiadas preguntas. No se trataba de asuntos públicos. Eran sus asuntos.»

«¿Por qué no en su apartamento?»

«No lo quería a él allí. Demasiado enfadada... preocupada... ansiosa... para ser capaz de discutir cuando él propuso el lugar y la hora.»

«No es sólo enojada, impaciente —decidió Eve, recordando la declaración del androide—. Ella comprobó su reloj una y otra vez, frunció el ceño, abandonó y salió del local.»

Eve siguió la ruta y recordó el paraguas, el bolso.

«Unos pasos rápidos, los tacones resonando contra el suelo. Hay alguien ahí. Ella se detiene. ¿Le ve, le reconoce? Seguro que sí, le tiene cara a cara. Quizá habla con él: "Llegas tarde".

»Él lo hace rápido. Es un barrio malo. No hay mucho tráfico, pero uno nunca puede estar seguro. Las luces de seguridad son tenues, siempre lo son aquí. Nadie se queja mucho porque es más fácil pillar en la oscuridad.

»Pero alguien sale del bar, o del club del otro lado de la calle. Un gesto y ella está en el suelo. Su sangre le ha manchado por todas partes. La maldita sangre tiene que haberle manchado por todas partes.

»Él se lleva el paraguas. Un impulso, o quizá para protegerse. Camina deprisa. No va hacia el metro. Está cubierto de sangre. Incluso en ese lugar, alguien puede darse cuenta.»

Eve recorrió dos manzanas en cada dirección, luego volvió a recorrerlas mientras preguntaba a todo aquel que encontró en la calle. La mayoría de las respuestas consistieron en encogimiento de hombros y en miradas de enojo. Los polis no eran populares en el West End.

Vio que una vendedora ambulante, que parecía llevar algo más que plumas y abalorios de moda, giraba la esquina. Se apresuró tras él.

—Ya has estado por aquí antes.

Eve miró a su alrededor. La mujer era tan blanca que estaba a punto de ser invisible. La piel del rostro era casi de escayola, y llevaba el pelo tan mal cortado y tan corto que casi mostraba el cráneo del color del marfil. Sus ojos eran incoloros hasta casi la pupila como la punta de una aguja.

«Una yonqui nerviosa», pensó Eve. Se drogaban con las pastillas blancas que nublaban la mente y hacían que la pupila se empequeñeciera.

—Sí, he estado por aquí.

—Policía. —La yonqui se inclinó un poco hacia delante, rígida, como un androide que necesita una revisión. Ésa era una señal de que le faltaba un chute—. Te he visto hablar con Crack hace un tiempo. Es un colega.

—Sí, es un colega. ¿Estabas por aquí la noche que se cargaron a la mujer en la calle?

—Una señora elegante, rica, una señora elegante. Lo vi en pantalla en desintoxicación.

Eve se reprimió un juramento.

—Si estabas en desintoxicación, cómo me viste hablar con Crack.

—Entré ese día. Quizá al día siguiente. El tiempo es relativo, ¿no es así?

—Quizá viste a la señora rica y elegante antes de que la vieras en pantalla.

—No. —La albina se chupó un dedo—. No la vi.

Eve observó el edificio que se encontraba detrás de la yonqui.

—¿Es ahí dónde vives?

—Vivo aquí, vivo allí. Tengo un lugar donde tirarme arriba.

—¿Estabas ahí la noche en que se cargaron a la mujer?

—Seguramente. Tenía un problema de crédito. —Mostró unos pequeños y redondos dientes al sonreír. Respiraba de forma extraña—. La calle no es divertida si te falta crédito.

—Estaba lloviendo —continuó Eve.

—Ah, sí. Me gusta la lluvia. —Continuaba teniendo tics, pero tenía una mirada soñadora—. Lo vi por la ventana.

—¿Viste algo más por la ventana?

—Gente que llega, gente que se va —dijo, como cantando—. A veces se oye la música que sube de la calle. Pero esa noche no. La lluvia hace demasiado ruido. La gente corre para huir de ella. Como si fueran a derretirse, o algo.

—Viste que alguien corría bajo la lluvia.

La mirada incolora se afiló.

—Quizá. ¿Cuánto vale?

Eve rebuscó en los bolsillos. Tenía suficiente crédito suelto para obtener algo rápido y pequeño. La yonqui elevó los ojos al cielo y se tambaleó.

—¿Qué viste? —preguntó Eve despacio mientras mantenía los créditos fuera del alcance de ella.

—Un tío que meaba en el callejón de ahí. —Se encogió de hombros sin apartar la mirada de los créditos—. Quizá vomitaba. Difícil de decir.

—¿Llevaba algo con él? ¿Sujetaba algo?

—Sólo la polla. —Soltó una sonora carcajada que casi la hizo caer. Empezaba a tener los ojos muy llorosos—. Caminó bajo la lluvia. No había casi nadie fuera esa noche. El tipo entró en un coche.

—¿Era el mismo tipo?

—No, otro tipo, lo tenía aparcado ahí. —Hizo un gesto vago—. No era de por aquí.

—¿Por qué?

—El coche era brillante. Nadie tiene un coche con ese brillo por aquí. Si es que tienen un coche. Ahora Crack tiene uno, y ese insignificante de Reeve del otro lado del pasillo. Pero no brillan.

—Háblame del tipo que se metió en el coche.

—Se metió en el coche y se fue.

—¿Qué hora era?

—Eh, ¿tengo pinta de reloj? Tic-tac. —Volvió a reírse—. Era de noche. La noche es lo mejor. De día me duelen los ojos —se quejó—. He perdido mis gafas de sol.

Eve sacó un par de protectores de los ojos del bolsillo. De cualquier forma, nunca se acordaba de ponérselos. Se los lanzó a la albina y ésta se los colocó.

—Baratos. De poli. Mierda.

—¿Qué ropa llevaba? El tipo que entró en el coche.

—Joder, no lo sé. —La yonqui jugó con las gafas. Los ojos no le escocían tanto detrás de las lentes—. Quizá un abrigo. Un abrigo oscuro que se movía con el viento. Sí, se movía con el viento mientras cerraba el paraguas.

Eve se sobresaltó, sintió como una patada en el estómago.

—¿Tenía un paraguas?

—Eh, estaba lloviendo. Hay gente que no le gusta mojarse. Bonito —dijo, como en un ensueño otra vez—, brillante.

—¿De qué color era?

—Brillante —repitió—. ¿Vas a darme esos créditos?

—Sí, los vas a tener. —Pero Eve la tomó por el brazo y la condujo hacia las escaleras rotas del edificio. La hizo sentarse en ellos—. Pero vamos a hablar un poco más de esto primero.

—Los uniformes la echaron —Eve caminaba por su oficina mientras Feeney se balanceaba en su silla—. Fue a desintoxicación el día siguiente al del asesinato. Lo he comprobado. Salió al cabo de una semana.

—Tienes a una adicta albina —constató Feeney.

—Le vio, Feeney. Le vio entrar en un coche, vio el paraguas.

—Ya sabes cómo es la vista de una yonqui, Dallas. ¿En la oscuridad, bajo la lluvia, desde el otro lado de la calle?

—Me ha hablado del paraguas. Joder, nadie sabe nada del paraguas.

—Y el color era, textual, «brillante». —Levantó ambas manos antes de que Eve pudiera darle una palmada—. Sólo intento evitarte algún disgusto. Tienes la intención de poner a Angelini entre los acusados por una yonqui y los abogados van a darte unos azotes en el culo, niña.

Eve había pensado en eso. Y lo había descartado.

—Ella no aguantaría una identificación directa. No soy estúpida. Pero era un hombre, está segura de eso. Se fue en coche. Tenía el paraguas. Llevaba un abrigo largo, oscuro.

—Lo cual encaja con la declaración de David Angelini.

—Era un coche nuevo. También entendí eso. Brillante.

—Otra vez lo de brillante.

—Bueno, no ven bien los colores —repuso Eve en tono de burla—. El tipo estaba solo, y el coche era pequeño, un vehículo personal. La puerta del conductor se abrió hacia arriba, no hacia un lado, y él tuvo que agacharse para entrar.

—Podría ser un Rocket, un Midas, o un Spur. Quizá un Midget, si es un modelo de los últimos.

—Ella dijo que era nuevo, y tiene algo con los coches. Le gusta mirarlos.

—De acuerdo. Lo comprobaré. —Le dirigió una sonrisa amarga—. ¿Tienes idea de cuántos de esos modelos se han vendido en los últimos dos años solamente en los cinco barrios? Pero si ella ofreciera una identificación de placa, aunque fuera parcial…

—Deja de joder. He vuelto a lo de Metcalf. Hay una docena de brillantes coches nuevos en el garaje de allí.

—Oh, fantástico.

—Una posibilidad es que sea un vecino —dijo Eve, encogiéndose de hombros. Era una posibilidad muy débil—. Viva donde viva, tiene que poder entrar y salir sin ser visto. O por un lugar que la gente no lo vea. Quizá deja el abrigo en el coche, o lo pone dentro de algo para llevarlo dentro y limpiarlo. Tiene que haber sangre en ese coche, Feeney, y en ese abrigo, no importa cuánto lo haya frotado y limpiado. Tengo que ir al Canal 75.

—¿Estás loca?

—Tengo que hablar con Nadine. Me huye.

—Dios, hablas de la boca del lobo.

—Oh, estaré bien. —Sonrió con picardía—. Me llevo a Roarke conmigo. Le tienen miedo.

Y

—Es tan dulce que me pidas que te acompañe. —Roarke dirigió el coche hacia el aparcamiento de los visitantes del Canal 75 y le sonrió—. Estoy conmovido.

—De acuerdo, te debo una. —El hombre no dejaba pasar una, pensó Eve disgustada mientras salía del coche.

—Hago colección. —La tomó del brazo—. Puedes empezar a pagarme diciéndome por qué me quieres aquí.

—Te lo he dicho. Nos ahorra tiempo, ya que quieres ir a esa cosa de ópera.

Muy despacio y a conciencia, Roarke repasó con la mirada los polvorientos pantalones y las botas destrozadas.

—Querida Eve, aunque siempre te veo perfecta, no vas a ir a la ópera vestida de esta forma. Así que tendremos que ir a casa para cambiarte, de todas formas. Sé clara.

—Quizá no quiero ir a la ópera.

—Eso ya lo has dicho. Varias veces, creo. Pero teníamos un trato.

Ella frunció el ceño y jugó con uno de los botones de la camisa de él.

—Sólo cantan.

—Yo accedía a quedarme a dos sesiones en el Blue Squirrel con la idea de ayudar a Mavis en el tema del contrato de grabación. Y nadie, nadie que tenga oídos, puede considerar que eso es ningún tipo de música.

Ella suspiró. Un trato era, después de todo, un trato.

—Vale, de acuerdo. He dicho que iré.

—Ahora que has conseguido evitar la pregunta, voy a repetirla. ¿Por qué estoy aquí?

Ella levantó la vista desde el botón de la camisa y le miró a la cara. Siempre le era un infierno tener que admitir que necesitaba ayuda.

—Feeney tiene que enterrarse en el trabajo. No puedo utilizarlo ahora. Quiero otro par de ojos, de oídos, otra impresión.

Él sonrió.

—Así que soy tu segunda opción.

—Eres mi primera opción civil. Sabes pillar a la gente.

—Me siento halagado. Y quizá, mientras estoy aquí, puedo romperle la cara a Morse por ti.

Ella sonrió inmediatamente.

—Me gustas, Roarke. De verdad que me gustas.

—Tú también me gustas. ¿Eso es un sí? Me gustaría mucho.

Ella rio, pero en cierto sentido le gustaba la idea de tener a un defensor.

—Es una idea divertida, Roarke, pero de verdad que prefiero rompérsela yo misma. En el momento adecuado y en el lugar adecuado.

—¿Podré presenciarlo?

—Claro. Pero de momento, ¿puedes ser simplemente el rico y poderoso Roarke, mi trofeo personal?

—Vaya, qué sexista. Estoy excitado.

—Bien. Continúa con ello. Quizá nos saltemos la ópera después de todo.

Juntos atravesaron la entrada principal y Roarke tuvo el placer de verla de poli. Enseñó la placa a los de seguridad, le sugirió lacónicamente que dejara de observarla y caminó hacia la rampa de ascenso.

—Me encanta verte trabajar —le murmuró él al oído—. Tienes tanta… fuerza —decidió mientras deslizaba sus manos por la espalda y hacia el trasero.

—Corta.

—¿Ves lo que quiero decir? —Se llevó la mano al vientre, justo donde Eve acababa de darle un codazo—. Vuelve a pegarme. Puedo aprender a que me guste.

Eve consiguió convertir la risa en una burla:

—Civiles —fue lo único que pudo decir.

La sala de prensa era un lugar ocupado y ruidoso. Por lo

menos la mitad de los periodistas se encontraban enganchados en TeleLinks, auriculares y ordenadores. Las pantallas desplegaban las noticias del momento. Unas cuantas conversaciones se interrumpieron en el momento en que Eve y Roarke salieron de la rampa de ascenso. Entonces, como una manada de perros tras el mismo rastro en las narices, los periodistas se les acercaron.

—Apártense —les ordenó Eve con la fuerza suficiente para que uno de ellos diera un paso atrás, tropezara y fuera a caer a los pies de la cohorte—. Nadie tendrá una frase, nadie tendrá nada, hasta que yo no lo decida.

—Si comprara este lugar —dijo Roarke en un tono suficientemente audible—, tendría que hacer cierta reducción de plantilla.

Eso provocó una apertura suficientemente amplia para permitirles el paso. Eve vio un rostro que reconoció.

—Rigley, ¿dónde está Furst?

—Eh, teniente. —Era todo dientes, pelo y ambición—. Si quiere usted venir a mi oficina —la invitó, mientras hacía un gesto hacia su consola.

—Furst —repitió ella en un tono duro como una bala—. ¿Dónde?

—No la he visto en todo el día. La he cubierto en el noticiero de la mañana.

—Llamó. —Todo sonrisas, Morse se acercó—. Se está tomando un poco de tiempo libre —les explicó mientras los rasgos de su rostro adoptaban un aire más serio—. Está bastante afectada por lo de Louise. Todos lo estamos.

—¿Está en casa?

—Dijo que necesitaba un poco de tiempo, eso es todo lo que sé. Le han concedido un permiso. —Volvió a sonreír—. Así, que si quiere un poco de difusión, Dallas, soy su hombre.

—Ya he tenido suficiente difusión por su parte, Morse.

—Bueno. —Dejó de prestarle atención y se dirigió hacia

Roarke. Su sonrisa aumentó de vatios—. Es un placer conocerle. Es usted un hombre difícil de localizar.

De forma deliberadamente insultante, Roarke ignoró la mano que Morse le ofrecía.

—Sólo ofrezco mi tiempo a la gente que considero de interés.

Morse bajó la mano, pero mantuvo la sonrisa.

—Estoy seguro de que si me dedicara unos minutos, encontraría varias áreas que podrían resultarle de interés.

Roarke sonrió con expresión mortífera.

—¿De verdad es usted un idiota, no es así?

—Tranquilo, chico —murmuró Eve mientras le daba unos golpecitos en el brazo—. ¿Quién le pasó la información confidencial?

Era evidente que Morse estaba luchando por recuperar la dignidad. Dirigió la mirada a Eve y casi consiguió dedicarle una sonrisa arrogante.

—Bueno, bueno. Las fuentes están protegidas. No olvidemos la constitución. —En un gesto patriótico, se llevó la mano al corazón—. Ahora, si desean hacer algún comentario, contradecir o añadir algún aspecto a mi información, estaré más que contento de escucharles.

—¿Por qué no probamos con lo siguiente? —dijo Eve, cambiando el tono de la conversación—. Usted encontró el cuerpo de Louise Kirski, cuando todavía estaba caliente.

—Exacto. —Él apretó los labios—. Ya he hecho mi declaración.

—Estaba usted bastante preocupado, ¿no es verdad? Nervioso. Vomitó la cena en los arbustos. ¿Ya se encuentra mejor?

—Es algo que no podré olvidar, pero sí, me siento mejor. Gracias por preguntar.

Ella dio un paso hacia delante, poniéndose frente a él.

—Se sintió lo suficientemente bien para iniciar la emisión al cabo de unos minutos, para asegurarse de que había una cámara ahí fuera grabando un bonito primer plano de su colega muerta.

—La inmediatez forma parte de este negocio. Hice aquello para lo que he sido entrenado. Eso no significa que no sienta nada. —Le tembló un poco la voz pero la controló—. Eso no significa que no vea su rostro, sus ojos, cada vez que intento dormir por la noche.

—¿Se ha preguntado alguna vez qué hubiera ocurrido si hubiera llegado cinco minutos antes?

Eso le pilló por sorpresa y, aunque Eve sabía que era feo y algo personal, se sintió complacida.

—Sí, lo he pensado —le dijo él con expresión digna—. Quizá le hubiera visto o hubiera podido detenerle. Quizá Louise estaría viva si yo no me hubiera demorado por el tráfico. Pero eso no cambia los hechos. Ella está muerta y también lo están las otras dos. Y usted no tiene a nadie retenido.

—¿Quizá no se le ha ocurrido pensar que le está haciendo un regalo? ¿Que le está dando lo que quiere? —Apartó la vista de Morse y observó la habitación a su alrededor y a toda la gente que les estaba escuchando—. Debe de sentirse muy satisfecho al escuchar los informativos, oír todos los detalles y las especulaciones. Le ha convertido en la estrella de la pantalla.

—Es responsabilidad nuestra el informar… —empezó Morse.

—Morse, usted no sabe una mierda de lo que es la responsabilidad. Lo único que sabe es contar los minutos de emisión de que dispone, para ser claros. Cuanta más gente muera, mayor es su audiencia. Puede usted citarme con esta expresión. —Eve se dio media vuelta.

—¿Te sientes mejor? —le preguntó Roarke cuando se encontraron fuera otra vez.

—No mucho. ¿Impresiones?

—La sala de prensa está revuelta. Hay demasiada gente haciendo demasiadas cosas. Están todos muy nerviosos. ¿Ése con quien hablaste al principio de Nadine?

—Rigley. Es un pez pequeño. Creo que le contrataron por los dientes que tiene.

—Se ha estado mordiendo las uñas. Hubo unos cuantos que se sintieron avergonzados cuando hiciste tu pequeño discurso. Se dieron la vuelta, de repente estuvieron muy ocupados, pero no hacían nada. Otros parecieron bastante complacidos cuando le diste un par de bofetadas a Morse. No creo que sea muy apreciado.

—Vaya sorpresa.

—Es mejor de lo que pensaba —dijo Roarke.

—¿Morse? ¿En qué? ¿En divulgar mierda?

—En la imagen —la corrigió Roarke—. Lo cual, a menudo, es lo mismo. Muestra todas esas emociones. No las siente, pero sabe cómo hacerlas aparecer en su cara, en su voz. Está en el lugar correcto y va a continuar hacia arriba.

—Que Dios nos ayude. —Se apoyó en el coche de Roarke—. ¿Crees que sabe más de lo que ha dicho en los noticieros?

—Creo que es posible. Muy posible. Disfruta estirando esto, especialmente ahora que está a cargo de la historia. Y te odia.

—Oh, vaya, esto me duele. —Eve empezó a abrir la puerta, pero se volvió hacia él—. ¿Me odia?

—Te arruinará si puede. Vigila.

—Puede hacerme aparecer como una idiota, pero no puede arruinarme. —Abrió la puerta con un gesto rabioso—. ¿Dónde diablos está Nadine? No es propio de ella, Roarke. Entiendo cómo se siente por lo de Louise, pero no es propio de ella retirarse, no decirme nada, ofrecer una historia de ese calibre a ese bastardo.

—La gente reacciona de formas distintas ante la conmoción y el dolor.

—Eso es estúpido. Ella era uno de los objetivos. Todavía es posible que lo sea. Tenemos que encontrarla.

—¿Es ésa tu manera de escaparte de la ópera?

Eve entró en el coche y estiró las piernas.

—No, es sólo un beneficio colateral. Vamos a su casa, ¿vale? Está en la Dieciocho, entre la Segunda y la Tercera.

—De acuerdo. Pero no tienes ninguna excusa para escaparte del cóctel de mañana por la noche.

—¿Un cóctel? ¿Qué cóctel?

—El que programé hace un mes —le recordó mientras se sentaba a su lado—. Para levantar la fundación para el Instituto de las Artes de la Estación Grimaldi. Al que tú aceptaste asistir y hacer de anfitriona.

De acuerdo, lo recordaba. Él le había llevado a casa un vestido elegante que, se suponía, ella tendría que llevar.

—¿No estaba borracha cuando consentí hacerlo? La palabra de un borracho no vale nada.

—No, no lo estabas. —El sonrió mientras salían del aparcamiento de los visitantes—. A pesar de todo, estabas desnuda, resollando y creo que muy cerca de empezar a rogar.

—Tonterías. —Eve pensó que, en verdad, quizá el tuviera razón. Los detalles le resultaban muy borrosos—. De acuerdo, de acuerdo. Estaré allí. Estaré allí con esa sonrisa estúpida y vestida con un vestido elegante que te ha costado demasiado dinero por tan poco tejido. A no ser que... se presente algo.

—¿Algo?

Ella suspiró. Él sólo le pedía hacer esas tonterías cuando se trataba de algo importante para él.

—Temas policiales. Sólo si se trata de un tema policial urgente. Aparte de eso, estaré allí todo el tiempo que dure todo ese jodido lío.

—Supongo que no puedo esperar que intentes disfrutarlo.

—Quizá pueda. —Le miró y, en un impulso, llevó la mano a su mejilla—. Un poco.

Capítulo dieciocho

Nadie respondió al timbre de la casa de Nadine. La grabación se limitó a solicitar que el visitante dejara un mensaje que sería devuelto lo antes posible.

—Podría estar dentro, encerrada y triste —dijo Eve, mientras se balanceaba sobre los pies, pensativa—. O también podría estar en algún elegante hospedaje. Durante los últimos días ha esquivado bastantes veces a sus guardas. Es astuta, nuestra Nadine.

—Y tú te sentirás mejor si sabes dónde está.

—Sí. —Con el ceño fruncido, Eve consideró la posibilidad de utilizar su código de emergencia policial para entrar. No tenía una razón de suficiente peso, así que se metió las manos en los bolsillos.

—Ética —dijo Roarke—. Siempre resulta instructivo verte manejarte con la ética. Deja que te ayude. —Sacó un pequeño cuchillo de bolsillo y abrió la pantalla lectora de manos.

—Jesús, Roarke, forzar un sistema de seguridad puede significar seis meses de arresto domiciliario.

—Ajá. —Estudió los circuitos con calma—. He perdido un poco de práctica. Nosotros fabricamos este modelo, ya lo sabes.

—Vuelve a poner esa maldita cosa en su sitio y no...

Pero él ya había traspasado el tablero principal. Trabajaba con una velocidad y una eficiencia que la asombraban.

—Y una mierda has perdido un poco de práctica —comentó Eve al ver que la luz del sistema de cierre pasaba de rojo a verde.

—Siempre tuve mano. —La puerta se abrió y él empujó a Eve hacia dentro.

—Forzar los sistemas de seguridad, allanamiento de morada, intrusión en propiedad privada. Bueno, vamos sumando.

Con una mano todavía en el brazo de Eve, Roarke estudió la zona de estar. Era un espacio limpio, frío y con pocos muebles de un caro estilo minimalista.

—Vive bien —comentó él mientras observaba el brillo de las baldosas del suelo y los pocos objetos de arte colocados sobre claros pedestales—. Pero no viene aquí a menudo.

Eve sabía que él tenía buen ojo y asintió.

—No, en verdad, ella no vive aquí. Sólo duerme aquí de vez en cuando. No hay nada fuera de sitio. Ninguna almohada con ninguna señal de haber sido usada. —Se dirigió hacia la cocina, que se encontraba al lado, y consultó el menú disponible en el AutoChef—. Tampoco tiene mucha comida a mano. Casi todo es queso y fruta.

Eve recordó que tenía el estómago vacío y se sintió tentada, pero se resistió. Atravesó el amplio salón de estar en dirección a una habitación.

—La oficina —constató mientras observaba el equipo, la consola, la amplia pantalla que había delante—. Aquí hace un poco más de vida. Zapatos debajo de la consola, un solo auricular para el TeleLink, una taza vacía, probablemente de café.

La segunda habitación era más grande y las sábanas de la cama estaban retorcidas y desordenadas, como si alguien hubiera pasado una larga noche en la cama.

Eve vio el vestido que Nadine llevaba la noche en que asesinaron a Louise. Estaba en el suelo, debajo de una mesa encima de la cual unas margaritas se marchitaban.

Ésas eran señales de dolor y la hicieron sentir mal. Se dirigió al vestidor y apretó el botón para abrirlo.

—Dios. ¿Cómo podemos saber si ha hecho el equipaje? Tiene ropa suficiente para vestir a un grupo de diez modelos.

A pesar de todo, examinó los trajes mientras Roarke se dirigía al TeleLink del lado de la cama y programaba el disco en el principio. Eve echó un vistazo por encima del hombro y vio lo que él estaba haciendo. Se limitó a encogerse de hombros.

—También podemos invadir su privacidad.

Eve continuó buscando alguna señal de que Nadine hubiera salido de viaje mientras escuchaban las llamadas y los mensajes.

Escuchó bastante divertida un directo aparte sexual entre Nadine y un hombre llamado Ralph. Había muchas insinuaciones, sugerencias directas y risas antes de que la transmisión terminara con la promesa de encontrarse en cuanto él llegara a la ciudad.

Ecucharon otras llamadas: sobre temas profesionales, una llamada a un restaurante cercano para que les mandaran comida. Llamadas cotidianas y normales. Entonces, eso cambió.

Nadine habló con los Kirski el día después del último asesinato. Todos estaban llorando. Quizá eso resultaba reconfortante, pensó Eve mientras se dirigía hacia el visor. Quizá compartir las lágrimas y la conmoción resultaba de ayuda.

> No sé si eso importa ahora mismo, pero la responsable de la investigación, Dallas, la teniente Dallas, no cejará hasta que encuentre a quien le ha hecho esto a Louise. No cejará hasta que le encuentre.

Oh, vaya. Eve cerró los ojos en cuanto la transmisión terminó. No había nada más, el disco estaba virgen, y Eve volvió a abrir los ojos.

—¿Dónde está la llamada a la emisora? —preguntó—.

¿Dónde está la llamada? Morse dijo que llamó y pidió un tiempo de descanso.

—Pudo haberlo hecho desde el coche, desde un móvil. En persona.

—Vamos a averiguarlo. —Sacó su comunicador—: Feeney. Necesito la marca, el modelo y el número de identificación del vehículo de Furst.

No tardaron mucho en acceder a la información y en leer la relación del garaje y descubrir que su coche había sido retirado el día anterior y que no había sido devuelto.

—No me gusta. —Eve estaba nerviosa, sentada en el coche de Roarke—. Me hubiera dejado un mensaje. Me hubiera dicho algo. Tengo que hablar con alguien de responsabilidad de la emisora, tengo que averiguar quién respondió a su llamada. —Empezó a marcar el número en el TeleLink del coche de Roarke, pero se detuvo—. Otra cosa. —Sacó el suyo y pidió otro número distinto—. Kirski, Deborah y James. Portland, Maine. El número marcado sonó en espera, pero rápidamente respondió una mujer con el pelo claro y una expresión agotada en los ojos.

—Señora Kirski, aquí la teniente Dallas, del Departamento de Policía de Nueva York.

—Sí, teniente, la recuerdo. ¿Hay alguna cosa nueva?

—No hay nada que pueda decirle de momento. Lo siento. —Mierda, tenía que darle algo a esa mujer—. Estamos siguiendo una información nueva. Tenemos esperanzas, señora Kirski.

—Hoy hemos despedido a Louise. —Se esforzó por sonreír—. Ha resultado reconfortante ver cuánta gente la quería. Tantos amigos de la escuela y había flores, mensajes de parte de todo el mundo que trabajó con ella en Nueva York.

—No la van a olvidar, señora Kirski. ¿Podría decirme si Nadine Furst acudió hoy al funeral?

—La esperábamos. —Los ojos hinchados adoptaron una

expresión perdida—. Hablé con ella en su oficina hace solamente unos días para comunicarle la fecha y la hora del funeral. Dijo que vendría, pero ha debido de surgirle algo.

—No pudo venir. —Eve sintió una sensación de acidez en el estómago—. ¿No le ha dicho nada?

—No, no durante los últimos días. Es una mujer muy ocupada, lo sé. Tiene que continuar con su vida, por supuesto. ¿Qué otra cosa puede hacer?

Eve no podía ofrecerle ningún consuelo sin añadir preocupación.

—Siento mucho su pérdida, señora Kirski. Si tiene usted alguna pregunta o necesita hablar conmigo, por favor, llámeme. A cualquier hora.

—Es usted muy amable. Nadine dijo que usted no pararía hasta que encontrara al hombre que le ha hecho esto a mi niña. No cejará, ¿verdad que no, teniente Dallas?

—No, señora, no lo haré. —Cortó la transmisión y dejó caer la cabeza hacia atrás con los ojos cerrados—. No soy justa. No la llamé para decirle que lo sentía, sino para que fuera ella quien me diera la respuesta.

—Pero sí lo sientes. —Roarke le puso una mano cariñosa encima de la suya—. Y sí eres justa.

—Puedo contar a la gente que significa algo para mí sin necesitar dos dígitos. Lo mismo vale para la gente para quienes significo algo. Si él hubiera venido a por mí, tal y como se suponía que ese bastardo tenía que hacer, yo me hubiera ocupado de él. Y si no hubiera podido…

—Cállate. —Le apretó la mano con tal fuerza que le provocó una exclamación de dolor. Tenía la mirada enojada—. Haz el favor de callarte.

Ausente, Eve se frotó la mano mientras él conducía rápidamente por la calle.

—Tienes razón, lo estoy haciendo mal. Lo estoy tomando personalmente, y eso no resulta de ninguna ayuda. Hay demasiada emoción puesta en este caso —murmuró, al recordar la advertencia del jefe—. Hoy empecé el día pensando con claridad, y eso es lo que voy a continuar haciendo. El próximo paso es encontrar a Nadine.

Llamó a la central y ordenó una búsqueda completa de la mujer y del vehículo.

Más tranquilo, aunque todavía con las últimas palabras clavadas en el estómago, Roarke bajó la velocidad y la miró.

—¿A cuántas víctimas de homicidio has defendido durante tu ilustre carrera, teniente?

—¿Defendido? Es una forma curiosa de decirlo. —Se encogió de hombros e intentó concentrarse en un hombre con un abrigo largo y oscuro en un coche nuevo y brillante—. No lo sé. A cientos. El asesinato es algo que no pasa de moda.

—Entonces, diría que sí necesitas más de dos dígitos, en ambos sentidos. Necesito comer algo.

Eve tenía demasiada hambre para discutir con él.

—El problema de contrastar la información reside en el diario de Metcalf —explicó Feeney—. Está plagado de pequeños códigos privados y de símbolos. Y ella los cambiaba constantemente, así que no podemos establecerlo de manera clara. Hemos encontrado nombres como Dulce Rostro, Bollo Caliente, Tonto del Culo. Hay iniciales, estrellas, corazones, pequeñas caras sonrientes o con el ceño fruncido. Tardaremos tiempo, bastante, en contrastarlo con la copia del de Nadine y con el de la fiscal.

—Así que lo que me estás diciendo es que no puedes hacerlo.

—No he dicho que no pueda. —Pareció ofendido.

—De acuerdo, lo siento. Sé que estás quemando los chips de tu ordenador en esto, pero no sé cuánto tiempo nos queda. Él va a ir a por alguien más. Hasta que encontremos a Nadine…

—Crees que la ha raptado. —Feeney se rascó la nariz, la barbilla y alargó la mano hasta su bolsa para sacar las nueces acarameladas—. Eso se sale del modus operandi. Y los tres cuerpos fueron abandonados allí donde alguien los encontraría rápidamente.

—Bueno, quizá tiene un nuevo modus operandi. —Se sentó encima del escritorio e inmediatamente se tensó, demasiada nerviosa para reposar un momento—. Mira, está cabreado. Se equivocó de objetivo. Todo funcionaba según tenía previsto y entonces la jode, se carga a la mujer equivocada. Si seguimos el hilo de Mira, ha obtenido mucha atención, horas de emisión, pero ha fallado. Es una cuestión de poder.

Eve caminó hasta la sucia ventana, miró hacia fuera, observó un autobús aéreo que pasaba al nivel de la vista como un extraño pájaro con sobrepeso. Abajo, la gente parecía hormigas, afanándose por las aceras, las rampas, en dirección a donde fuera que sus asuntos les conducían.

Había tantos, pensó Eve, tantos objetivos.

—Es una cuestión de poder —repitió Eve, frunciendo las cejas mientras observaba el tráfico de pie—. Esa mujer ha captado toda la atención, toda la gloria. La atención que debería haber sido para él, la gloria que debería haber sido para él. Cuando se las carga, él se lleva el premio, la publicidad. La mujer se ha ido, y eso es bueno. Ella intentaba llevar las cosas a su manera y ahora el público está concentrado en él. Quién es él, qué es, dónde está.

—Hablas como Mira —comentó Feeney—. Sin las palabras brillantes.

—Quizá ella le ha pillado. En cuanto a qué es él. Cree que es un hombre y que no siente nada. Porque las mujeres son un problema para él. No puede dejar que digan la última palabra, igual que hacía su madre. O como hacía la figura femenina más importante en su vida. Ha obtenido cierto éxito, pero no el suficiente. No puede llegar a la cima. Quizá porque una mujer se interpone en su camino. O las mujeres.

Eve entrecerró los ojos, luego los cerró.

—Las mujeres que tienen la palabra —murmuró—. Las mujeres que utilizan las palabras para obtener el poder.

—Eso es nuevo.

—Es mío —dijo ella, bajando la voz—. Él les corta la garganta. No las maltrata, no las asalta sexualmente ni las mutila. No es un tema de poder sexual, aunque sí tiene que ver con el sexo. Si lo tomas en el sentido de género. Hay muchas formas de matar, Feeney.

—Dímelo a mí. Siempre hay alguien que encuentra una forma nueva e imaginativa para cargarse a otro.

—Él utiliza un cuchillo, lo cual es una extensión del cuerpo. Un arma personal. Podría apuñalarlas en el corazón, abrirles el vientre, sacarles las tripas…

—Vale, vale. —Feeney se tragó una nuez con expresión dura e hizo un gesto con la mano—. No hace falta que describas el cuadro.

—Towers era importante en los tribunales, su voz era un arma poderosa. Metcalf, la actriz, lo era con los diálogos. Furst hablaba al público. Quizá es por eso porque no vino a por mí —murmuró Eve—. Hablar no es mi poder.

—Lo estás haciendo muy bien, niña.

—No importa —dijo, meneando la cabeza—. Lo que tenemos es a un hombre insensible metido en una carrera en la cual es incapaz de destacar, un hombre que ha tenido una fuerte influencia femenina.

—Cuadra con David Angelini.

—Sí, y con su padre, si añadimos el hecho de que sus negocios están en problemas. También Slade. Mirina Angelini no es esa frágil flor que yo creí que era. Y está Hammett. Estaba enamorado de Towers, pero ella no le tomaba demasiado en serio. Eso es un golpe a la dignidad masculina.

Feeney gruñó y se removió, incómodo.

—También hay unos dos mil hombres ahí fuera que están frustrados, enfadados y que tienen inclinación a la violencia. —Eve dejó escapar el aire entre los dientes—. ¿Dónde diablos está Nadine?

—Mira, no han localizado el vehículo. No se ha ido tan lejos.

—¿Hay alguna constancia de que haya utilizado créditos durante las últimas veinticuatro horas?

—No. —Feeney suspiró—. De todas formas, si decide salir del planeta, nos va a costar más saberlo.

—No se irá del planeta. Querrá quedarse cerca. Mierda, tendría que haber sabido que iba a hacer una tontería. Yo veía lo destrozada que estaba. Lo veía en sus ojos.

Frustrada, Eve hizo un gesto con las manos, entrelazó los dedos y se puso tensa.

—Se lo veía en los ojos —repitió, despacio—. Oh, Dios mío. Los ojos.

—¿Qué?¿Qué?

—Los ojos. Él vio los ojos. —Alargó la mano hasta su TeleLink—. Ponme con Peabody —ordenó—. Oficial de campo en... mierda, mierda... ¿cómo era? El 402.

—¿Qué tienes, Dallas?

—Vamos a ver. —Se pasó la mano por la boca—. Vamos a ver.

—Peabody. —El rostro de la oficial apareció en la pantalla con una expresión de irritación que le tensaba los labios.

—Dios, Peabody, ¿dónde está?

—Control de viandantes. —La irritación dejó paso a un tono de burla—. Una manifestación en Lex. Es una cosa irlandesa.

—El día de la Liberación de los Seis Condados —dijo Feeney en un ligero tono de orgullo—. No se ría.

—¿Puede apartarse del ruido? —gritó Eve.

—Claro. Sí, si dejo mi puesto y me alejo tres manzanas. —Y añadió—: Teniente.

—Diablos —dijo Eve, pero continuó—: El homicidio de Kirski, Peabody. Voy a transmitirle una imagen del cuerpo. Échele un vistazo.

Eve ordenó que apareciera el archivo y mandó la foto de Kirski tirada bajo la lluvia.

—¿Es así cómo la encontró usted? ¿Es así exactamente cómo la encontró? —preguntó Eve solamente con el audio.

—Sí, señora, exactamente.

Eve retiró la imagen y la dejó en la esquina inferior de la pantalla.

—La capucha encima de su rostro. ¿No tocó nadie la capucha?

—No, teniente. Tal y como dije en mi informe, la gente de la televisión estaba tomando fotos. Les hice alejarse y sellé la puerta. Ella tenía el rostro cubierto justo hasta encima de la boca. La declaración del testigo que encontró el cuerpo era bastante inútil. Estaba histérico. Usted tiene esa grabación.

—Sí, la tengo. Gracias, Peabody.

—Bueno —empezó Feeney cuando la transmisión se cortó—. ¿Qué significa esto para ti?

—Vamos a echar un vistazo a la grabación otra vez. A la declaración inicial de Morse. —Eve esperó un momento para que Feeney la sacara. Juntos, estudiaron a Morse. Tenía el rostro mojado por lo que parecía ser una mezcla de sudor y de lluvia, quizá de lágrimas. Tenía el rostro pálido y los ojos se movían nerviosos.

> Entonces vi que era una persona. Un cuerpo. Dios, toda esa sangre. Había tanta sangre. Por todas partes. Y la garganta... Me mareé. Se podía oler... me mareé. No pude evitarlo. Luego corrí hacia dentro en busca de ayuda.

—Ahí está lo esencial. —Eve juntó las manos y se las llevó contra la barbilla—. De acuerdo, vamos hasta donde yo hablaba con él después de que cerráramos la emisión esa noche.

Eve se dio cuenta de que él todavía estaba pálido, pero tenía esa sonrisa de superioridad en los labios. Ella le había hecho hablar de los detalles más o menos igual que Peabody había dicho, y recibía básicamente las mismas respuestas. Ahora estaba más tranquilo. Eso era de esperar, era normal.

> —¿Tocó el cuerpo?
>
> —No, no lo creo... no. Ella estaba allí tumbada y tenía la garganta abierta. Sus ojos. No, no la toqué. Me mareé. Probablemente usted no lo entienda, Dallas. Algunas personas tienen reacciones humanas básicas. Toda esa sangre, sus ojos. Dios.

—Dijo casi lo mismo ayer —murmuró Eve—. Que nunca olvidaría su cara. Sus ojos.

—Los ojos de un muerto son potentes. Es posible que se le queden a uno clavados en la mente.

—Sí, los suyos se han quedado en la mía. —Miró a Feeney—. Pero nadie vio su cara hasta que yo llegué allí esa noche, Feeney. La capucha le había caído encima. Nadie vio su cara antes que yo. Excepto el asesino.

—Jesús, Dallas. No pensarás en serio que un mediocre periodista como Morse se dedica a cortar gargantas en su tiempo libre. Quizá lo dijo para resultar más dramático, para parecer más importante.

Ahora Eve sonrió, sólo un poco, con una expresión más maligna que divertida.

—Sí, le gusta ser importante, ¿no es así? Le gusta ser el centro de atención. ¿Qué es lo que uno hace si es un periodista ambicioso, sin ética, de segunda clase, y no puede encontrar una buena historia, Feeney?

Feeney soltó un suave silbido.

—Fabrica una

—Vamos a repasar su trayectoria. Vamos a ver de dónde viene nuestro chico.

Feeney no tardó mucho en obtener una información básica.

C. J. Morse había nacido en Stamford, Connecticut, hacía treinta y tres años. Ésa fue la primera sorpresa. Eve le había creído unos años más joven. Su madre, fallecida, había sido jefa de ciencias informáticas en Carnegie Melon, donde su hijo se graduó en emisión y ciencias informáticas.

—Qué pequeño listo cabrón —dijo Feeney—. El número veinte de la clase.

—Me pregunto si era suficientemente bueno.

Su historial de trabajo era variado. Había ido de emisora en emisora. Un año estuvo en una pequeña filial cerca de su casa. Estuvo seis meses en un satélite en Pensilvania. Casi dos años en un canal de calidad en Nueva Los Ángeles y luego un tiempo en una emisora medio independiente en Arizona antes de volver a dirigirse al Este. Otra estancia en Detroit antes de llegar a Nueva York. Había trabajado en All News 60 y luego hizo un movimiento hacia el Canal 75, primero en temas de sociedad y luego en sucesos.

—Nuestro chico no aguanta un trabajo mucho tiempo. El récord lo tiene en el Canal 75, tres años. Y no se menciona a su padre en sus datos familiares.

—Sólo la mamá —asintió Feeney—. Una mamá con éxito y buena posición. —Una mamá muerta, pensó. Tendrían que dedicar cierto tiempo en saber cómo murió.

—Vamos a comprobar el expediente criminal.

—No hay nada —dijo Feeney, con el ceño fruncido ante la pantalla—. Un chico de vida limpia.

—Comprueba en juvenil. Bueno, bueno —dijo ella mientras leía la información—. Aquí tenemos un informe sellado, Feeney. ¿Qué crees que nuestro chico de vida limpia hizo para que alguien sellara eso?

—No tardaré mucho en averiguarlo. —Empezaba a animarse—. Querré tener equipo propio y luz verde del comandante.

—Hazlo. E investiga en cada uno de esos trabajos. Vamos a ver si tuvo algún problema. Creo que voy a darme una vuelta por el Canal 75, a ver si tengo una charla tranquila con nuestro chico.

—Necesitaremos algo más que el perfil psiquiátrico para encerrarle.

—Entonces lo conseguiremos. —Eve se encogió de hombros—. ¿Sabes? Si yo no le hubiera tenido esa manía personal, me hubiera dado cuenta antes. ¿Quién se beneficia de los asesinatos? Los medios. —Se colocó el arma en el arnés—. Y el primer asesinato sucedió mientras Nadine se encontraba fuera del planeta. Morse pudo tomar su puesto.

—¿Y Metcalf?

—El cabrón estaba en la escena del crimen antes que yo. Me mosqueó, pero no se me ocurrió. Él estuvo tan jodidamente contenido. ¿Y quién encontró el cuerpo de Kirski? ¿Quién estaba emitiendo al cabo de unos minutos?

—Eso no le convierte en un asesino. Eso es lo que va a decir la oficina del fiscal.

—Ellos querrán una conexión. La audiencia —dijo ella mientras se dirigía a la puerta—. Ésa es la maldita conexión.

Capítulo diecinueve

Eve realizó un rápido recorrido por la sala de prensa y estudió las pantallas de visualización. No había ningún rastro de Morse, pero eso no le preocupaba. Era un edificio muy grande. Y él no tenía motivo para esconderse, para preocuparse.

Eve no pensaba ofrecerle ninguno.

El plan que había pensado durante el trayecto hasta allí era muy simple. No resultaba tan satisfactorio como agarrarle por los pelos y encerrarle, pero era más sencillo.

Le hablaría de Nadine, dejaría caer que estaba preocupada. A partir de ahí, resultaría natural llevar el tema a Kirski. Se haría la poli buena, que lucha por una buena causa. Se mostraría sensible al trauma de él, añadiría alguna historia sobre la primera vez que ella se encontró con la muerte. Incluso podría pedirle ayuda y que emitiera la foto de Nadine, de su vehículo. Trabajaría con él.

No debía mostrarse demasiado amigable, decidió. Resultaría extraño, mostraría cierta urgencia soterrada. Si no se equivocaba con él, el tipo estaría encantado de que ella le necesitara y de que él pudiera utilizarla para ganar más tiempo de emisión.

Por otro lado, si no se equivocaba con él, Nadine podía estar muerta.

Eve apartó ese pensamiento. Si era así, ya no se podía cambiar y los lamentos ya vendrían más adelante.

—¿Busca algo?

Eve bajó la vista. La mujer era perfecta. Eve se sintió tentada a buscarle el pulso. El rostro parecía tallado en alabastro, los ojos pintados con esmeralda líquida, los labios de rubí. Las estrellas eran conocidas por dejarse la mitad del sueldo de sus tres primeros años en cosméticos.

Eve se imaginó que, a no ser que ésta hubiera nacido con suerte, se encontraba entre las cinco primeras. Llevaba el pelo de un color dorado con reflejos de bronce y apartado del rostro, impresionante. La voz había sido educada para adoptar un tono cálido y gutural que hablaba de sexo.

—Chismorreos, ¿no?

—Información social. Larinda Mars. —Le ofreció una mano perfecta, de dedos largos y punteados de color escarlata—. Y usted es la teniente Dallas.

—Mars. Me resulta familiar.

—Debería. —Si se sentía molesta por el hecho de que Eve no la hubiera reconocido de inmediato, lo disimuló muy bien detrás de una sonrisa de un blanco deslumbrante y de una voz que dejaba escapar un ligerísimo tono de alta clase británica—. He estado semanas intentando conseguir una entrevista con usted y su fascinante compañero. No han respondido a mis mensajes.

—Es un mal hábito que tengo. Es que creo que mi vida personal es personal.

—Cuando una tiene una relación con un hombre como Roarke, la vida personal es de dominio público. —La mirada se le escurrió hacia abajo y se clavó en un punto entre los pechos de Eve—. Vaya, vaya, eso sí es una baratija. ¿Regalo de Roarke?

Eve contuvo una maldición y cerró la mano sobre el diamante. Lo había sacado para jugar con él mientras pensaba y se había olvidado de introducirlo debajo de la camisa.

—Estoy buscando a Morse.

—Ajá. —Larinda ya había calculado el tamaño y el valor

de la piedra. Sería un buen detalle para su programa. Poli luce las piedras de un millonario—. Quizá pueda ayudarte en eso. Y usted puede devolverme el favor. Hay una pequeña recepción en casa de Roarke esta noche. —Batió las impresionantes pestañas—. Debo de haber perdido la invitación.

—Ése es un trato con Roarke. Hable con él.

—Oh. —Larinda, una experta en tirar de los hilos, se apartó un poco—. Así que él dirige la fiesta, ¿no? Supongo que cuando un hombre está tan acostumbrado a tomar decisiones no tiene en cuenta a su mujercita.

—No soy la mujercita de nadie —respondió rápidamente Eve antes de ser capaz de detenerse. Respiró para retomar el control y volvió a examinar la alegre y bonita cara que tenía delante—. Ésa ha sido buena, Larinda.

—Sí, lo ha sido. ¿Qué hay del pase para esta noche? Puedo ahorrarle mucho tiempo en encontrar a Morse —añadió al ver que Eve volvía a echar un vistazo a su alrededor.

—Inténtelo, y luego veremos.

—Se marchó cinco minutos antes de que usted entrara. —Sin mirar, Larinda puso en espera una llamada que acababa de entrar en su TeleLink. Utilizó un fino puntero en lugar de la cara manicura de las manos—. Tenía prisa, diría yo, ya que casi me tira en la rampa. Tenía bastante mal aspecto. Pobrecito.

El tono de desprecio con que lo dijo hizo que Eve se sintiera en mayor sintonía con ella.

—No le gusta.

—Es un misógino —dijo Larinda en tono meloso—. Éste es un negocio competitivo, querida, y yo no tengo nada en contra de pisar a alguien de vez en cuando para tirar adelante. Pero Morse es de los que te ponen el pie encima y lo deslizan hasta la entrepierna para darte un buen golpe sin ni siquiera derramar una gota de sudor. Lo intentó conmigo cuando estábamos en sociedad juntos.

—¿Y cómo lo manejó?

Encogió un increíble hombro.

—Querida, yo me como a estos pequeños donnadie cada día para desayunar. A pesar de todo, no fue del todo mal; es bueno en investigación y da bien a la cámara. Sólo que es demasiado orgulloso para atar los chismes.

—Información social —la corrigió Eve con una ligera sonrisa.

—Exacto. De todas formas, no me supo mal que se pasara a sucesos. Tampoco ha hecho muchos amigos ahí. Se ha cargado a Nadine.

—¿Qué? —Eve sintió que se le disparaba una alarma.

—Quiere ser el presentador, y quiere estar solo. Cada vez que aparece en plató con ella, esparce un poco de mierda. Le corta las frases, añade unos cuantos segundos de su tiempo. Interrumpe su texto. Una o dos veces, el TelePrompTer ha jodido el texto de ella. Nadie puede probarlo, pero Morse es un genio de la electrónica.

—¿Ah, sí?

—Todos le odiamos —dijo en tono alegre—. Excepto arriba. Los jefes creen que tiene mucha audiencia y valoran su instinto agresivo.

—Me pregunto si de verdad lo hacen —murmuró Eve—. ¿Adónde fue?

—No nos paramos a charlar, pero por el aspecto que tenía, diría que se iba directo a casa y a la cama. Se le veía completamente destrozado. —Hizo un gesto con los hombros que despidió una brisa fragante—. Quizá todavía está impresionado por haber encontrado a Louise, y yo debería tenerle más simpatía, pero resulta difícil tratándose de Morse. ¿Qué hay de esa invitación?

—¿Dónde está su plató?

Larinda suspiró, pasó su llamada a modo mensajes y se levantó.

—Por aquí. —Se deslizó por la habitación y demostró que su cuerpo era tan impresionante como su rostro—. Sea lo que sea lo que esté buscando, no lo va a encontrar. —Le dirigió una sonrisa irónica por encima del hombro—. ¿Ha hecho algo? ¿Es que finalmente han aprobado una ley que declara la misoginia un crimen?

—Tengo que hablar con él. ¿Por qué dice que no encontraré nada?

Larinda se detuvo en la esquina de un cubículo desde el cual una consola miraba hacia fuera para que quien se sentara en ella no diera la espalda a la pared y tuviera vistas a la habitación. Una bonita señal de paranoia, pensó Eve.

—Nunca deja nada fuera, ni la más pequeña nota, el más pequeño recordatorio. Apaga el ordenador cada vez que se levanta para rascarse el culo. Dice que alguien le robó parte de su información en uno de sus anteriores trabajos. Incluso utiliza un optimizador de audio para hablar en susurros y que nadie le oiga. Como si todos estuviéramos peleándonos para pillar sus valiosas palabras.

—Entonces, ¿cómo sabe que utiliza un optimizador de audio?

Larinda sonrió.

—Ésa ha sido buena, teniente. Su consola está cerrada también —añadió—. Los discos están asegurados. —Levantó la mirada detrás de las pestañas punteadas de oro—. Siendo una detective, probablemente se imagine cómo lo sé. Y ahora, ¿la invitación?

El cubículo estaba impecable, pensó Eve. Increíblemente impecable para ser de alguien que había estado trabajando en él justo antes de haber salido apresuradamente.

—¿Tiene alguna fuente de información en la central de policía?

—Supongo que sí, aunque no me imagino a un ser humano de verdad en tratos con Morse.

—¿Habla del tema, se pavonea de eso?

—Eh, según el credo de Morse, dispone de fuentes de información de altísimo nivel en las cuatro esquinas del universo. —El tono de voz perdió algo de sofisticación y delató un acento inequívocamente de Queens—. Pero nunca superó a Nadine. Bueno, hasta el asesinato de Towers, pero no le duró mucho.

A Eve le latía el corazón con fuerza. Asintió y se dio media vuelta.

—Eh —la llamó Larinda—. ¿Qué hay de esta noche? Lo uno por lo otro, Dallas.

—Sin cámaras, o se encontrará fuera antes de haber entrado —la advirtió Eve sin dejar de caminar.

Eve recordaba sus tiempos de uniforme y conocía las ambiciones de esa mujer, así que pidió a Peabody como apoyo.

—Va a recordar su cara. —Eve esperaba con impaciencia mientras el ascensor subía hasta el piso 33 del edificio de Morse—. Es bueno recordando las caras. No quiero que diga nada a no ser que le dé permiso. Y entonces, sea breve, oficial. Y muéstrese severa.

—Nací severa.

—Quizá esté bien que juegue de vez en cuando con la empuñadura del aturdidor. Parezca un tanto… ansiosa.

Peabody levantó una comisura de los labios, como medio sonriendo.

—Como si estuviera deseando usarlo pero no pudiera hacerlo en presencia de un oficial superior.

—Lo ha pillado. —Eve salió del ascensor y giró a la izquierda—. Feeney todavía está trabajando con la información, así que no tengo todo lo que me gustaría para ejercer presión. La verdad es que podría estar equivocada.

—Pero no lo cree.

—No, no lo creo. Pero me equivoqué con David Angelini.

—Usted elaboró un buen caso a partir de las circunstancias, y él parecía totalmente culpable en el interrogatorio. —Ante la mirada de Eve, Peabody se sonrojó—. Los oficiales involucrados en un caso tienen permiso para revisar toda la información relativa a dicho caso.

—Conozco la canción, Peabody. —En tono frío y oficial, Eve se anunció en el comunicador de la entrada—. ¿Desea la placa de detective, oficial?

Peabody se cuadró.

—Sí, señor.

Eve se limitó a asentir con la cabeza, volvió a anunciarse y esperó.

—Camine hasta el final del pasillo, Peabody, y compruebe que la puerta de emergencia está cerrada.

—¿Señor?

—Vaya hasta el final del pasillo —repitió Eve sin apartar los ojos de los de Peabody—. Es una orden.

—Sí, señor.

En cuanto Peabody le dio la espalda, Eve sacó su código maestro y abrió las cerraduras. Abrió la puerta unos milímetros y volvió a guardar el código antes de que Peabody volviera.

—Cerrada, señor.

—Bien. No parece que se encuentre en casa, a no ser que... Vaya, mire Peabody, la puerta no está cerrada del todo.

Peabody miró la puerta y luego a Eve. Apretó los labios.

—Yo diría que esto es inusual. Podríamos entrar, teniente. Quizá el señor Morse se encuentre en problemas.

—Tiene razón, Peabody. Vamos a dejar esto registrado. —Mientras Peabody preparaba la grabadora, Eve abrió la puerta y sacó el arma—. ¿Morse? Aquí la teniente Dallas, del Departamento de Policía de Nueva York. La entrada está abierta. Sospechamos que alguien ha podido entrar por la fuerza y entramos. —Dio un paso hacia dentro y le hizo un gesto a Peabody para que se mantuviera cerca.

Se coló hasta la habitación, comprobó el vestuario y echó un vistazo al centro de comunicaciones, más grande que la cama.

—Ninguna señal de un intruso —le dijo a Peabody antes de dirigirse a la cocina—. ¿Adónde ha volado nuestro pajarito? —se preguntó. Sacó su comunicador y contactó con Feeney—. Dime todo lo que sepas hasta este momento. Estoy en su apartamento y él no está.

—Estoy a la mitad aquí, pero creo que te va a gustar. En primer lugar, el informe sellado de juvenil, y he tenido que sudar por esto, niña. El pequeño C. J. tuvo un problema con su profesora de ciencias sociales cuando tenía diez años. No le dio la nota máxima en un trabajo.

—Vaya, qué zorra.

—Parece que eso es lo que pensó él. Entró en su casa y destrozó todo. Mató al perrito.

—Dios, ¿mató al perro?

—Le cortó la garganta, Dallas. De oreja colgante a oreja colgante. Acabó en terapia forzosa, examen y trabajo comunitario.

—Eso está bien. —Eve pensó que las piezas empezaban a encajar—. Continúa.

—De acuerdo. Estoy aquí para servir. Nuestro chico conduce un Rocket de dos plazas totalmente nuevo y flamante.

—Feeney, que Dios te bendiga.

—Hay más —dijo el, pavoneándose un poco—. Su primer trabajo de adulto consistió en llevar una pequeña emisora en su propia ciudad. Lo dejó porque otro periodista le pasó por delante en un trabajo en directo. Una mujer.

—No pares. Creo que te quiero.

—Todas lo hacen. Es mi cara linda. En el siguiente trabajo emitía sólo los fines de semana como subalterno del primero y del segundo. Lo dejó alegando discriminación. Editora de programa, una mujer.

—Cada vez mejor.

—Pero ahora viene lo bueno. La emisora donde trabajó en California. Lo estaba haciendo bastante bien ahí, subió desde el tercer puesto y consiguió un puesto regular como copresentador de mediodía.

—¿Con una mujer?

—Sí, pero eso no es lo fuerte, Dallas. Espera. La linda niña del tiempo recibía todo el correo. A los jefes les gustaba tanto que la dejaron llevar algunos de los temas ligeros del mediodía. La audiencia subía mientras ella estaba en el aire, así que empezó a ser noticia por sí misma. Morse se largó, diciendo que se negaba a trabajar con alguien que no era una profesional. Eso fue justo antes de que la niña del tiempo consiguiera su gran oportunidad, un pequeño pero estable papel en una comedia. ¿Adivinas su nombre?

Eve cerró los ojos.

—Dime que es Yvonne Metcalf.

—Un puro para la teniente. Metcalf tiene una anotación para encontrarse con un Culo Tonto a quien conoce de su época de sol y sombra. Yo diría que es muy probable que nuestro chico la haya buscado en nuestra ciudad. Es curioso que nunca mencionara que eran viejos conocidos en sus informativos. Le hubiera dado una pátina de elegancia.

—De verdad que te quiero, con desesperación. Voy a darte un beso en esa cara fea.

—Eh, es una cara vívida. Eso es lo que me dice mi mujer.

—Sí, exacto. Necesito una orden de registro, Feeney, y te necesito aquí en casa de Morse para entrar en su ordenador.

—Ya he pedido la orden. Te la mandaré en cuanto entre. Luego me pongo en camino.

A veces, las ruedas del engranaje rodaban con fluidez. Eve tuvo la orden y a Feeney en treinta minutos. Le dio un beso, y lo hizo con el entusiasmo suficiente para que él se pusiera tan rojo como una remolacha.

—Cierre la puerta, Peabody, luego ocúpese de la sala de estar. No se preocupe por ser cuidadosa.

Eve entró en la habitación, dos pasos por delante de Feeney. Él se frotaba las manos.

—Es un sistema bonito —dijo—. Sean cuáles sean sus delitos, el hijo de puta entiende de ordenadores. Va a ser un placer jugar con él. Se sentó mientras Eve empezaba a rebuscar en los cajones.

—Obsesivamente a la moda —comentó—. No hay nada que muestre señales de haber sido llevado y no hay nada excesivamente caro.

—Destina todo su dinero a sus juguetes. —Feeney se acercó con el ceño fruncido—. Este tipo respeta su equipo y es cuidadoso. Tiene códigos de bloqueo en todas partes. Jesús, tiene un sistema de seguridad para los archivos.

—¿Qué? —Eve se incorporó—. ¿En una unidad casera?

—Tiene uno, vale. —Excitado, Feeney se apartó un poco—. Si no utilizo el código adecuado, los datos se borrarán. Es posible que esté codificado con su voz. No me va a dejar entrar con facilidad, Dallas. Voy a tener que traer algo de equipo, y eso me va a tomar cierto tiempo.

—Él ha empezado la carrera. Sé que la ha empezado. Sabe que estamos detrás de él.

Mientras se balanceaba sobre los pies, Eve consideró las posibilidades: filtraciones, humanas o electrónicas.

—Llama a tu mejor hombre y que venga. Llévate el ordenador a la emisora. Ahí es donde se encontraba cuando se marchó.

—Va a ser una noche muy larga.

—Teniente. —Peabody apareció en la puerta. Su rostro

estaba impávido, pero no los ojos. Su mirada despedía fuego—. ¿Cree que tiene algo que ver esto?

Al abandonar la habitación, Peabody le hizo un gesto en dirección al bloque del sofá.

—Le estaba echando un vistazo. Probablemente se me hubiera pasado por alto si no fuera porque a mi padre le gusta construir estas cosas. Siempre estaba poniendo cajones escondidos y agujeros en lugares impensados. Teníamos maña en ello, y lo usábamos para jugar al tesoro escondido. Sentí curiosidad al ver un pomo a un lado. Parece un elemento decorativo ordinario que simula los antiguos.

Eve casi sentía la emoción en la piel de Peabody. Ella elevó el tono de voz una octava.

—El tesoro escondido.

Eve sintió un fuerte y rápido latido del corazón. Entonces, en un grande y ancho cajón que se deslizó de debajo de las almohadas encontraron un paraguas de color púrpura y un zapato de tacón alto rojo y blanco.

—Le tenemos. —Eve se dio la vuelta hacia Peabody con una sonrisa fiera y decidida—. Oficial, acaba de dar un paso de gigante hacia la placa de detective.

—Mi hombre dice que le estás acosando.

Eve frunció el ceño ante el rostro de Feeney en el comunicador.

—Simplemente le he pedido que me ponga al día de forma periódica. —Se alejó un poco de los agentes que estaban registrando la sala de estar del apartamento de Morse. Tenían las luces encendidas a toda potencia. El sol se estaba poniendo.

—E interrumpiendo su ritmo. Dallas, le dije que éste sería un trabajo lento. Morse es un experto en ciencias de informática. Conoce todos los trucos.

—Debe de haberlo escrito, Feeney. Como un jodido reportaje del noticiero. Y, si tiene a Nadine, eso está en uno de estos malditos discos también.

—Estoy contigo en esto, niña, pero pisarle los pies a mi hombre no va a hacer que la información aparezca más deprisa. Déjanos un poco de espacio en esto, por Dios. ¿No tienes un evento esta noche?

—¿Qué? —Hizo una mueca—. Oh, mierda.

—Ve a ponerte el vestido de fiesta y déjanos solos.

—No pienso vestirme como una idiota descerebrada y ponerme a comer canapés mientras él está por ahí.

—Él va a estar por ahí sea lo que sea que lleves puesto. Escúchame, tenemos una red desplegada por toda la ciudad en busca de él y de su coche. Su apartamento está bajo vigilancia, al igual que la emisora. No puedes ayudarnos aquí. Ésta es mi parte del trabajo.

—Yo puedo…

—Ralentizar el proceso obligándome a hablar contigo —la cortó—. Vete, Dallas. En el mismo instante en que tenga algo, lo que sea, te llamo.

—Le tenemos, Feeney. Tenemos a quién y qué.

—Deja que intente averiguar el dónde. Si Nadine Furst todavía está viva, cada minuto cuenta.

Eso era lo que le pesaba. Eve deseaba discutir, pero no le quedaban excusas.

—De acuerdo, me voy, pero…

—No me llames —la interrumpió Feeney—. Yo te llamaré. —Cortó la transmisión antes de que ella pudiera maldecirle.

Eve hacía grandes esfuerzos para comprender en qué consistía tener una relación, la importancia de equilibrar la vida de cada uno con las emociones, el valor del compromiso. Lo que tenía con Roarke todavía era demasiado nuevo para resultar cómodo, era como un zapato ligeramente incómodo, pero lo bastante bonito para continuar llevándolo hasta que se diera y se acomodara al pie.

Así que corrió hasta la habitación a toda velocidad y le vio de pie en el área del vestidor. Decidió utilizar la estrategia ofensiva.

—No me digas que es una pena que llegue tarde. Summerset ya se ha ocupado de ello. —Se quitó el arnés y lo tiró encima de una silla. Roarke terminó de abrocharse un botón de oro del puño. Sus elegantes manos tenían buen pulso.

—Pero tú no le contestas a Summerset. —La miró rápidamente mientras ella se quitaba la camisa—. A mí tampoco.

—Mira, tenía trabajo. —Desnuda de cintura para arriba, se dejó caer encima de una silla para sacarse las botas—. Dije que vendría y he venido. Sé que los invitados van a llegar dentro de diez minutos. —Tiró una bota a un lado mientras las palabras de Summerset todavía le resonaban en la cabeza—. Estaré a punto a tiempo. No se tarda tanto en ponerse un vestido y en desparramar un poco de maquillaje en la cara.

Cuando se hubo quitado las botas, arqueó la espalda y se retorció para sacarse los tejanos. Antes de que éstos llegaran al suelo, ya corría hacia el baño de al lado. Roarke, sonriendo al verla salir así, la siguió.

—No hay prisa, Eve. No hay que fichar en un cóctel, ni tampoco hay que aguantar reprimendas por un retraso.

—Te he dicho que estaré a punto. —Se colocó bajo la ducha y se cubrió el pelo con un líquido verde pálido. La espuma le cayó a los ojos—. Estaré a punto.

—De acuerdo. Pero nadie se sentirá ofendido si llegas dentro de veinte minutos, o treinta. ¿Crees que estoy enojado contigo porque tienes otra vida?

Ella se limpió la espuma de los ojos e intentó verle.

—Quizá sí.

—Entonces siento defraudarte. Si te acuerdas, te conocí

en tu otra vida. Y yo también tengo unas cuantas obligaciones por mi cuenta. —La observó mientras ella se lavaba el pelo. Le gustaba ver cómo echaba la cabeza hacia atrás, cómo el agua y el jabón se deslizaban por su piel—. No intento encerrarte. Sólo intento vivir contigo.

Eve se apartó el pelo húmedo de los ojos mientras él encendía el secador corporal. Ella entró y giró sobre sí misma. Entonces, le sorprendió al tomarle la cara con ambas manos y al besarle en un arranque de entusiasmo.

—No será fácil. —Apretó un botón y el aire caliente la rodeó—. Me cuesta lo mío vivir conmigo misma. A veces me pregunto por qué no te limitas a tumbarme cuando empiezo así contigo.

—Lo he pensado, pero casi siempre vas armada.

Seca y fragante por el jabón, ella salió.

—Ahora no lo estoy.

La tomó por la cintura y le puso ambas manos sobre el sólido y musculoso trasero.

—Cuando estás desnuda se me ocurren otras cosas.

—Sí. —Ella le pasó los brazos alrededor del cuello y disfrutó del hecho de que, al ponerse de puntillas, su boca y sus ojos quedaran al mismo nivel que los de él—. ¿Cómo qué?

Con algo más que disgusto, él la apartó.

—¿Por qué no me dices por qué estás tan excitada?

—Quizá es porque me gusta verte con una camisa elegante. —Ella se distanció y descolgó un vestido corto de un colgador—. O quizá es porque estoy excitada con la idea de ponerme unos zapatos que me destrozarán el empeine durante las próximas dos horas.

Eve se miró al espejo y supuso que tenía que ponerse un poco de maquillaje, tal y como Mavis siempre la había empujado a hacer. Se inclinó hacia él y se colocó el rizador de pestañas, lo cerró firmemente sobre las pestañas del ojo izquierdo y apretó.

—Quizá es que —continuó, echando un vistazo a su alrededor— es porque la oficial Peabody ha encontrado el tesoro escondido.

—Bien por la oficial Peabody. ¿Cuál es el tesoro escondido?

Eve se peleó un poco con el rizador de pestañas y cuando hubo acabado, las observó.

—Un paraguas y un zapato.

—Le tienes. —La tomó por los hombros y la besó en la base del cuello—. Felicidades.

—Estamos a punto de tenerle —le corrigió ella. Intentó recordar qué venía después y escogió el lápiz de labios. Mavis alababa las virtudes del tinte labial, pero a Eve no le gustaba la idea de llevar un color que duraba tres semanas—. Tenemos las pruebas. Los agentes han confirmado sus huellas digitales en los souvenirs. Las suyas y las de la víctima están en el paraguas. Tenemos unas cuantas más en los zapatos, pero seguramente serán las de los vendedores u otros clientes. Unos zapatos completamente nuevos, no tienen ni una rozadura en el tacón y ella había comprado unos cuantos pares en Saks antes de morir.

Eve volvió a la habitación y recordó la crema perfumada que Roarke había traído de París. Se quitó la bata para ponérsela por todo el cuerpo.

—El problema es que todavía no le tenemos. De alguna manera se ha enterado de que yo iba a por él y se ha escurrido. Feeney está trabajando en su equipo justo ahora para ver si puede averiguar algo que nos conduzca hasta él. Hemos organizado una red en la ciudad, pero quizá se ha ido. No hubiera venido esta noche, pero Feeney me dio el pasaporte. Dijo que estaba acosando a su hombre.

Abrió el vestidor, empezó a rebuscar y encontró el minúsculo vestido de color cobre. Lo sacó y lo mantuvo delante de ella. Las mangas eran muy largas y caían sueltas desde un cuello muy profundo. La camisa terminaba en algún lugar más allá de la ley.

—¿Se supone que debo ponerme algo debajo de esto?

Roarke buscó en el cajón superior y sacó un triangulo de un color adecuado que parecían unas medias.

—Esto puede servir.

Eve las tomó y se rio.

—En fin —dijo después de echarse una rápida mirada en el espejo—, ¿por qué preocuparme? —Era demasiado tarde para discutir, así que se puso el vestido y empezó a ajustarse el tejido en el cuerpo.

—Siempre es entretenido ver cómo te vistes, pero en estos momentos estoy distraído.

—Lo sé, lo sé. Vete abajo. Voy enseguida.

—No. Eve. ¿Quién?

—¿Quién? ¿No te lo he dicho?

—No —respondió Roarke con una paciencia admirable—. No me lo has dicho.

—Morse. —Se agachó para buscar los zapatos.

—Bromeas.

—C. J. Morse. —Sujetó los zapatos como si se tratara de un arma y su mirada se oscureció y se concentró—. Y cuando haya terminado con ese pequeño hijo de puta, va a tener más atención pública de lo que nunca haya soñado.

El TeleLink doméstico sonó. Oyeron la desagradable voz de Summerset:

—Los primeros invitados están llegando, señor.

—De acuerdo. ¿Morse? —le dijo a Eve.

—Exacto. Te lo contaré con los canapés. —Le pasó una mano por el pelo—. Te dije que estaría a punto. Ah, Roarke. —Entrelazó los dedos de la mano con los de él mientras salían de la habitación—. Necesito que se deje pasar a una invitada de última hora. Larinda Mars.

Capítulo veinte

Eve supuso que debían de haber maneras peores de esperar durante las últimas fases de una investigación. La atmósfera superaba a la de su atiborrada oficina en la Central de Policía, y la comida se encontraba muy lejos de parecerse a la del comedor.

Roarke había abierto las puertas de su sala abovedada, con sus pulidos suelos de madera, muros espejados y brillantes luces. Unas largas y curvadas mesas seguían a las paredes semicirculares y estaban repletas de exóticos manjares.

Unos coloridos huevos de paloma enana del tamaño de un bocado provenientes de la granja de la colonia de la Luna, unas delicadas gambas rosadas de los mares de Japón, unos elegantes tirabuzones de queso que se deshacían en la lengua, unas pastitas rellenas de patés y nata en una gran variedad de formas, el brillo del caviar amontonado sobre el hielo picado, la exuberancia de la fruta fresca caramelizada.

Pero había más. Una mesa caliente al otro lado de la habitación despedía calor y aroma a especias. Había toda un área que constituía un tesoro para los amantes de la cocina vegetariana, y había otra, a cierta distancia, que se ofrecía a los que comían carne.

Roarke había elegido música en directo en lugar de una simulación, y la banda que se encontraba en la terraza adyacente tocaba tranquilas melodías que acompañaban la conversación. Se animarían a medida que transcurriera la noche hasta seducir a los bailarines.

En medio del color, los aromas, los brillos, unos camareros vestidos de riguroso negro se paseaban con bandejas de plata en la mano y ofrecían unas flautas de cristal llenas de champán.

—Esto está bastante bien. —Mavis se introdujo un botón de seta en la boca. Se había vestido de forma discreta para la ocasión, lo cual significaba que una gran parte de su cuerpo se encontraba cubierta. Llevaba el pelo de un tono rojizo y, propio de ella, los iris de los ojos se veían del mismo color—. No me puedo creer que Roarke me haya invitado.

—Eres mi amiga.

—Sí. Eh, crees que quizá más tarde, después de que todo el mundo haya bebido a placer, podría pedirles a los de la banda que me dejen ofrecer una canción.

Eve observó a los ricos y privilegiados invitados, admiró el brillo de piedras y oro de verdad, y sonrió.

—Creo que sería genial.

—Fantástico. —Mavis apretó la mano de Eve—. Voy a hablar con los de la banda ahora, voy a intentar camelarlos un poco.

—Teniente.

Eve apartó la mirada de Mavis, que ya se alejaba, y la dirigió hasta el jefe Tibble.

—Señor.

—Tiene un aspecto... poco profesional, hoy. —Al ver que ella hacía una mueca, se rio—. Era un cumplido. Roarke ha montado una buena fiesta.

—Sí, señor, lo ha hecho. Es por una buena causa. —Pero no podía recordar de qué causa se trataba.

—Yo pienso lo mismo. Mi mujer está muy comprometida. —Tomó una de las copas de una de las bandejas y dio un sorbo—. Lo único que lamento es que estos trajes de mono nunca pasen de moda —se lamentó mientras se aflojaba el cuello con la mano que le quedaba libre.

Eso hizo reír a Eve.

—Debería probar a llevar estos zapatos.

—Hay que pagar un precio alto por ir a la moda.

—Yo prefiero estar menos elegante y sentirme cómoda. —Pero se resistió a tirar del vestido que se le pegaba al trasero.

—Bueno. —La tomó del brazo y la apartó un poco—. Ahora que ya hemos pasado por el tono conversacional, me gustaría decirle que ha hecho usted un excelente trabajo con esta investigación.

—Pero tuve un tropiezo con Angelini.

—No, usted siguió una línea lógica. Luego dio marcha atrás y encontró piezas que otros pasaron por alto.

—La yonqui albina fue una casualidad, señor. Sólo suerte.

—La suerte cuenta. También cuenta la tenacidad, y la atención a los detalles. Le ha acorralado, Dallas.

—Pero todavía está suelto.

—No irá muy lejos. Su propia ambición nos ayudará a encontrarle. Su cara es conocida.

Eve ya contaba con eso.

—Señor, la oficial Peabody ha hecho un buen trabajo. Tiene un ojo agudo y un instinto muy fino.

—Así lo ha hecho constar usted en el informe. No lo olvidaré. —Echó un vistazo al reloj y Eve se dio cuenta de que estaba tan nervioso como ella—. Le prometí a Feeney una botella de whisky escocés si lo tenía a medianoche.

—Si eso no funciona, nada lo hará. —Ella sonrió. No había necesidad de decirle que no habían encontrado el arma del crimen en el apartamento de Morse. Ya lo sabía.

En ese momento vio que Marco Angelini entraba en la habitación y Eve sintió que se le tensaban los músculos de la espalda.

—Discúlpeme, jefe Tibble. Hay alguien con quien tengo que hablar.

Él le puso una mano en el hombro.

—No es necesario, Dallas.

—Sí, señor, lo es.

Ella notó en qué momento él la vio por el involuntario y altivo gesto de barbilla. Él se detuvo, juntó las manos a la espalda y esperó.

—Señor Angelini.

—Teniente Dallas.

—Lamento las dificultades que le he causado a usted y a su familia durante la investigación.

—¿Lo lamenta? —La miró con frialdad y sin pestañear—. ¿Acusar a mi hijo de asesinato, someterlo al terror y a la humillación, añadir más dolor a un dolor ya insoportable, ponerle tras los barrotes cuando su único crimen consistió en ser testigo de la violencia?

Eve hubiera podido justificar sus actos. Hubiera podido recordarle que su hijo no había sido solamente testigo de la violencia, sino que había huido sin pensar en nada más que en su propia supervivencia, que había aumentado su delito al intentar desvincularse de ello mediante un soborno.

—Lamento haber aumentado el trauma emocional de su familia.

—Dudo que comprenda realmente lo que acaba de decir. —Bajó la vista—. Y me pregunto si, de no haber estado usted tan ocupada disfrutando de la posición de su compañero, no hubiera atrapado al verdadero asesino. No es difícil ver quién es usted. Es usted una oportunista, una trepa y una puta ordinaria.

—Marco. —Roarke habló en tono suave mientras le ponía a Eve una mano en el hombro.

—No. —Eve se puso rígida al sentir el contacto de la mano—. No me defiendas. Déjale terminar.

—No puedo hacer eso. Estoy dispuesto a tener en cuenta tu estado mental, Marco, y considerarlo como la razón de que insultes a Eve en su propia casa. Creo que no querrás quedarte —le dijo en un tono frío que indicaba que no estaba dispuesto a tener nada en cuenta—. Te mostraré la salida.

—Conozco el camino. —Marco fulminó a Eve con la mirada—. Daremos por terminada nuestra asociación profesional tan pronto como sea posible, Roarke. Ya no confío en tu buen juicio.

Eve apretó los puños, temblando de rabia, mientras Marco se alejaba.

—¿Por qué lo has hecho? Yo podía haberlo manejado.

—Podrías haberlo hecho —asintió Roarke mientras la obligaba a ponerse de cara a él—. Pero era algo personal. Nadie, absolutamente nadie, entra en esta casa y te habla así.

Eve intentó soltarse.

—Summerset lo hace.

Roarke sonrió y le rozó los labios con los suyos.

—La excepción, por razones demasiado complicadas para explicarlas ahora. —Le pasó el dedo pulgar por la frente, como para borrarle la arruga que se le marcaba en el entrecejo.

—De acuerdo. Supongo que no intercambiaremos felicitaciones navideñas con los Angelini.

—Aprenderemos a vivir con ello. ¿Te apetece un poco de champán?

—Dentro de un minuto. Quiero ir a refrescarme un poco. —Le pasó la mano por la mejilla. Cada vez le resultaba más fácil hacer eso, tocarle aunque no estuvieran solos—. Supongo que debería decirte que Mars lleva una grabadora en el bolso.

Roarke le dio un golpecito en la barbilla.

—La llevaba. Desde que le permití que me asaltara en la mesa vegetariana, la tengo en mi bolso.

—Muy hábil. Nunca me dijiste que el hurto fuera una de tus habilidades.

—Nunca me lo preguntaste.

—Recuérdame que tengo que hacerte muchas preguntas. Vuelvo enseguida.

No tenía intención de refrescarse. Quería tener unos minutos a solas para tranquilizarse, y quizá unos cuantos más para llamar a Feeney, aunque suponía que la maldeciría por interrumpir la búsqueda informática.

Feeney todavía disponía de una hora antes de perder la botella de whisky. Eve creía que no le haría ningún daño que se lo recordara. Estaba en la puerta de la biblioteca a punto de marcar el código para entrar cuando Summerset salió de entre las sombras.

—Teniente, tiene usted una llamada calificada como personal y urgente.

—¿Feeney?

—No me ha permitido saber su nombre —repuso Feeney en tono nasal.

—La responderé desde aquí. —Eve se permitió la pequeña pero valiosa satisfacción de dejar que la puerta se cerrara en sus narices—. Luces —ordenó. La habitación se iluminó.

Casi se había acostumbrado a los muros repletos de libros encuadernados en piel y al siseo de papeles al vuelo de su paso. Por primera vez no prestó atención a nada de eso mientras se dirigía al TeleLink que se encontraba en el escritorio de Roarke.

Lo conectó y se quedó helada.

—Sorpresa, sorpresa. —El rostro de Morse se iluminó en la pantalla—. Me la juego a que no me estaba usted esperando. Un vestido muy elegante para la fiesta. Tiene un aspecto estupendo.

—Le he estado buscando, C. J.

—Ah, sí, lo sé. Ha estado usted buscando muchas cosas. Sé que esto se está grabando, y no importa. Pero escuche con atención. Mantenga esto entre nosotros si no quiere que empiece a cortar en pedacitos a una buena amiga suya. Salude a Eve, Nadine.

El rostro de Nadine apareció en pantalla. Eve, que había presenciado el terror tantas veces que no podía contarlas, volvió a verlo de nuevo.

—¿Le ha hecho daño, Nadine?

—Yo... —Él la tomó por el pelo y le echó la cabeza para atrás. Nadine gimió al sentir un largo y delgado filo sobre su cuello.

—Ahora dígale que he sido muy amable con usted. Dígaselo. —Le frotó el cuello con la parte roma del cuchillo—. Puta.

—Estoy bien. Estoy bien. —Cerró los ojos y una lágrima se le deslizó mejilla abajo—. Lo siento.

—Lo siente —se mofó Morse con los labios apretados mientras colocaba su mejilla al lado de la de Nadine—. Siente haber ambicionado ser la zorra mayor y haber dado esquinazo a los guardas que le puso para protegerla para venir a caer a mis brazos. ¿No es así, Nadine?

—Sí.

—Y voy a matarla, pero no como a las demás. Voy a matarla muy despacio, y dolorosamente, a no ser que su colega, la teniente, haga todo lo que yo le diga. ¿No es así? Dígaselo, Nadine.

—Va a matarme. —Nadine apretó los labios con fuerza, pero no pudo evitar el temblor en ellos—. Va a matarme, Dallas.

—Exacto. ¿No querrá verla morir, no es así Dallas? Es culpa suya que Louise muriera, suya y de Nadine. Ella no lo merecía. Ella sabía cuál era su lugar. No intentaba ser la zorra mayor del reino. Es culpa suya que esté muerta. No quiero que eso vuelva a suceder.

Todavía tenía el cuchillo sobre la garganta de Nadine y Eve se dio cuenta de que le temblaba la mano.

—¿Qué es lo que quiere, Morse? —Recordando el perfil psiquiátrico de Mira, Eve tiró de los hilos adecuados—. Tiene usted el mando. Usted da la señal de salida.

—Exactamente. —Sonrió ampliamente—. Perfectamente dicho. Ahora ya habrá obtenido mi posición en pantalla. Como ve, me encuentro en un punto muy tranquilo del parque Greenpeace, donde nadie va a molestarnos. Todos esos amantes de las plantas han sembrado unos árboles muy bonitos. Es un lugar hermoso. Por supuesto, nadie viene aquí después de que anochezca. A no ser que sean lo bastante listos para traspasar el campo electrónico que mantiene alejados a los holgazanes y a los capos. Tiene usted exactamente seis minutos para llegar hasta aquí y empezar la negociación conmigo.

—Seis minutos. No puedo hacerlo aunque venga a toda velocidad. Si me encuentro con tráfico…

—Entonces no lo haga —la cortó él—. Seis minutos a partir de que se corte la transmisión, Dallas. Diez segundos perdidos, diez segundos destinados a dar aviso o a contactar con alguien, y empiezo a descuartizar a Nadine. Venga sola. Si me huelo a un solo policía más, empiezo. Usted quiere que venga sola, ¿no es así, Nadine? —Como demostración, giró un poco el cuchillo y le rasgó la piel a un lado del cuello.

—Por favor. —Ella intentó apartarse mientras la sangre empezaba a fluir—. Por favor.

—Si vuelve a herirla, no habrá trato.

—Sí habrá trato —repuso Morse—. Seis minutos. A partir de ahora.

La pantalla quedó en negro. Eve jugó con los dedos en los controles, pensó en mandar un aviso, pensó en las docenas de unidades que podrían estar en el parque en cuestión de minutos. Pensó en las filtraciones, las filtraciones electrónicas.

Y pensó en la sangre que brotaba del cuello de Nadine.

Atravesó la habitación corriendo y presionó el panel del ascensor. Necesitaba su arma.

C. J. Morse estaba disfrutando del mejor momento de su vida. Había empezado a darse cuenta de que se había valorado poco al cometer esos asesinatos rápidos. Era mucho más atractivo cortejar el miedo, seducirlo, observar cómo emergía y cómo llegaba al clímax.

Lo vio en los ojos de Nadine Furst. Ahora aparecían vidriosos, con las pupilas dilatadas, brillantes y negras, sin ni siquiera un trazo de color en el iris. Complacido, se dio cuenta de que la estaba aterrorizando de muerte.

No había vuelto a hacerle ninguna herida. Oh, lo deseaba, y se aseguró de mostrarle el cuchillo con frecuencia para que ella no perdiera la certeza de que podía volver a hacerlo. Pero, de alguna forma, le preocupaba la zorra de la poli.

No porque no se sintiera capaz de manejarla, pensó Morse. Era capaz de manejarla de la única forma que las mujeres comprendían. Matándola. Pero no lo haría deprisa, como había hecho con las otras. Ella había intentado ser más lista que él, y eso era un insulto que no estaba dispuesto a tolerar.

Las mujeres siempre intentaban dirigir la fiesta, siempre se interponían en el camino cuando uno estaba a punto de atrapar el trofeo. Eso le había sucedido durante toda la vida. Durante toda su jodida vida, empezando por la zorra de su madre.

«No has hecho todo lo que has podido, C. J. Utiliza la cabeza, por Dios. Nunca serás capaz de ganarte la vida por tu aspecto o tu encanto. No tienes ninguno. Esperaba más de ti. Si no eres el mejor, no eres nada.»

Lo había soportado, ¿no era así? Mientras sonreía para sí, acarició el pelo de Nadine. Ella se estremeció. Él lo había soportado durante años. Había hecho el papel de buen hijo, de hijo devoto, pero por la noche soñaba en las distintas formas de matarla. Unos sueños hermosos, dulces y calurosos, en los que por fin hacía callar esa exigente voz.

—Y eso es lo que hice —dijo en tono de charla mientras presionaba la punta del cuchillo contra el pulso en el cuello de Nadine—. Y fue tan fácil. Ella estaba sola en esa enorme e importante casa, ocupada con sus grandes e importantes negocios. Y yo entré directamente. «J.C. —me dijo—, ¿qué estás haciendo aquí? No me digas que has vuelto a perder tu empleo. Nunca tendrás éxito en la vida a no ser que te concentres.» Y yo me limité a sonreír y le dije: «Cállate, madre, cierra la puta boca». Y le corté la garganta.

Como ejemplo, pasó el filo por encima del cuello de Nadine, ligeramente, sólo con la presión suficiente para rasgarle la piel.

—Ella chorreó y me miró con ojos desorbitados. Y cerró la puta boca. Pero ¿sabe una cosa, Nadine? Hay algo que aprendí de esa vieja zorra. Que había llegado el momento de concentrarse en algo. Necesitaba un objetivo. Y decidí que ese objetivo consistiría en librar al mundo de las mujeres avasalladoras y de lengua larga, las rompe pelotas del mundo. Como Towers y Metcalf. Como usted, Nadine. —Se inclinó hacia delante y la besó en la frente—. Exactamente como usted.

Nadine sólo podía gemir. Tenía la mente en blanco. Había dejado de intentar soltarse las muñecas atadas. Había dejado de intentar cualquier cosa. Estaba sentada con la docilidad de una muñeca, y sólo un estremecimiento ocasional rompía su quietud.

—Usted continuaba intentando dejarme a un lado. Incluso se dirigió a Personal para que me apartaran del plató de noticias. Les dijo que yo era un… —le dio unos golpecitos en el cuello con el filo del cuchillo— un grano en el culo. Usted sabía que esa puta de Towers no me ofrecería ni una entrevista. Me incomodaba, Nadine. Pero acabé con ella. Un buen periodista investiga, ¿no es así, Nadine? Y yo investigué y conseguí una jugosa historia acerca del estúpido amante de su querida hija. Oh, lo mantuve en secreto mientras la feliz madre de la novia hacía los preparativos de la boda. Hubiera podido hacerle chantaje, pero ése no era el objetivo, ¿no es así? Ella se mostró tan inquieta cuando la llamé esa noche, cuando se lo escupí todo a la cara.

Entrecerró los ojos, brillantes tras los párpados.

—Entonces sí estuvo dispuesta a hablar conmigo, Nadine. Oh, por supuesto que iba a hablar conmigo. Ella había intentado acabar conmigo, a pesar de que yo sólo iba a informar de los hechos. Pero Towers era alguien importante, e iba a aplastarme como a una hormiga. Eso es exactamente lo que me dijo por el TeleLink. A pesar de ello, hizo exactamente lo que le dije. Y cuando caminé hacia ella, en esa horrible y sucia calle, me dirigió una sonrisa burlona. La zorra se burló de mí y me dijo: «Llega tarde. Ahora, pequeño bastardo, vamos a poner las cosas en su sitio».

Se rio con tanta fuerza que tuvo que llevarse una mano al estómago.

—Oh, yo la puse en su sitio. Chorreante y con los ojos desorbitados, igual que mi querida y vieja madre.

Le dio una palmada a Nadine en la cabeza, se levantó y se dirigió a la cámara que había preparado.

—Aquí C. J. Morse, informando. Mientras el reloj se come los segundos, parece que la heroica teniente coñazo no llegará a tiempo para salvar a la puta de su amiga de ser ejecutada. Aunque durante mucho tiempo esto se ha considerado como un cliché sexista, este experimento demuestra que las mujeres siempre llegan tarde.

Se rio estentóreamente y le dio un golpe a Nadine con tal fuerza que esta cayó sobre el banco donde estaba sentada. Después de unas últimas y agudas carcajadas, él retomó el control de sí mismo y frunció el ceño, sobrio de nuevo, ante la cámara.

—La difusión pública de las ejecuciones fue prohibida en este país en el 2012, cinco años antes de que el Tribunal Supremo volviera a decidir que la pena capital era inconstitucional. Por supuesto, el Tribunal se vio forzado a tomar esa decisión por cinco mujeres idiotas y de lengua viperina, así que este periodista declara nula y carente de sentido esa ley.

Sacó una pequeña linterna de bolsillo de su chaqueta y se volvió hacia Nadine.

—Voy a comunicarme con la emisora ahora, Nadine. Estaremos en el aire dentro de veinte segundos. —Pensativo, inclinó un poco la cabeza—. ¿Sabe? Podría ponerse un poco de maquillaje. Es una pena que no tengamos tiempo. Estoy seguro de que le gustaría tener buen aspecto durante su última emisión.

Se acercó a ella, le puso el filo del cuchillo sobre la garganta y miró a la cámara.

—En diez, nueve, ocho… —se interrumpió y levantó la vista al oír el sonido de pasos sobre las rocas—. Bueno, bueno, aquí está. Y con algunos segundos de sobra.

Eve se detuvo en seco. Durante esos diez años en el cuerpo había visto muchas cosas. Pero nunca había visto nada comparable con eso.

Había seguido la luz, la pequeña luz que ahora marcaba un círculo alrededor de la escena. El banco del parque donde Nadine estaba sentada, con la sangre casi seca y el cuchillo en el cuello. C. J. Morse se encontraba detrás de ella, elegantemente vestido con una camisa de cuello redondo y una chaqueta a juego, de cara a la cámara que se apoyaba en un elegante trípode. La luz roja brillaba como un ojo de sangre.

—¿Qué diablos está haciendo, Morse?

—Una actuación en directo —dijo él en tono alegre—. Por favor, póngase a la derecha, teniente, para que nuestra audiencia pueda verla.

Sin quitarle la vista de encima, Eve entró en el círculo de luz.

Y

Hacía demasiado rato que se había ido, pensó Roarke al darse cuenta de que la charla de la fiesta empezaba a irritarle. Parecía que ella se había molestado más de lo que había parecido, y Roarke lamentó no haber manejado a Angelini con mayor contundencia.

No pensaba dejar a Eve lamentarse ni entrar en culpa. La única forma de asegurarse de que no lo hacía era o bien divertirla o hacerla enojar. Salió discretamente de la habitación y se alejó de las luces, las voces y la música. La casa era demasiado grande para empezar a buscar, pero podía saber dónde se encontraba haciendo solamente una pregunta.

—Eve —dijo en cuanto Summerset apareció desde una habitación a su derecha.

—Se ha marchado.

—¿Qué quiere decir que se ha marchado? ¿Se ha marchado adónde?

Summerset siempre se ponía a la defensiva cuando hablaba de una mujer. Esta vez se encogió de hombros.

—No podría decirlo. Simplemente salió corriendo de la casa, entró en su coche y se fue. No se dignó a informarme de sus planes.

Roarke sintió un pinchazo en el estómago que le hizo hablar en tono más agudo del habitual.

—No juegues conmigo, Summerset. ¿Por qué se ha marchado?

Ofendido, Summerset apretó las mandíbulas.

—Quizá fuera debido a la llamada que acababa de recibir. La contestó desde la biblioteca.

Roarke dio media vuelta, se apresuró hasta la puerta de la librería y marcó el código. Con Summerset tras sus pasos, se acercó hasta el escritorio.

—Activar, última llamada.

Mientras la escuchaba, el pinchazo en el vientre le pareció de fuego. Era el miedo.

—Dios santo, ha ido a por él. Ha ido sola.

Atravesó la puerta corriendo mientras ordenaba en voz alta:

—Pase esta información al jefe Tibble, en privado.

—Aunque disponemos de poco tiempo, teniente, estoy convencido de que nuestra audiencia se sentirá fascinada por el proceso de investigación. —Morse continuaba con una sonrisa agradable y mantenía el cuchillo contra el cuello de Nadine—. Usted estuvo un tiempo persiguiendo una pista falsa y creo que estuvo a punto de acusar a un hombre inocente.

—¿Por qué las mató, Morse?

—Oh, ya he documentado eso exhaustivamente para que sea informado en el futuro. Hablemos de usted.

—Debe de haberse sentido muy mal cuando se dio cuenta de que había asesinado a Louise Kirski en lugar de a Nadine.

—Me sentí muy mal a causa de eso. Me mareé. Louise era una mujer agradable y tranquila que tenía una actitud adecuada. Pero no fue culpa mía. Fue suya y de Nadine por intentar ponerme un cebo.

—Usted quería notoriedad. —Eve dirigió una mirada a la cámara—. Ciertamente, ahora la ha conseguido. Pero eso le está poniendo en el centro de mira, Morse. Ahora no podrá salir de este parque.

—Oh, tengo un plan. No se preocupe por mí. Y sólo nos quedan unos minutos antes de que acabemos con todo esto. El público tiene derecho a estar informado. Quiero que vean esta ejecución. Pero quería que usted la presenciara en directo. Que fuera testigo de las consecuencias de sus actos.

Eve miró a Nadine. Se dio cuenta de que no podía esperar ninguna ayuda de su parte. La mujer se encontraba bajo los efectos de una fuerte conmoción, posiblemente la había drogado.

—Yo no seré tan fácil de atrapar.

—Pero será más divertido.

—¿Cómo atrapó a Nadine? —Eve se acercó mientras mantenía los ojos fijos en los de él y las manos a la vista—. Ha tenido que ser muy listo.

—Soy muy listo. La gente, y las mujeres en especial, no me valoran lo suficiente. Simplemente le dejé escapar cierta información acerca de los asesinatos. Un mensaje de parte de un testigo aterrorizado que quería hablar con ella, a solas. Sabía que abandonaría a sus guardas, que se comportaría como una mujer ambiciosa que persigue una historia. La capturé en el aparcamiento. Tan sencillo como eso. Le administré una dosis de tranquilizantes, la cargué en su propio coche y salimos. La dejé a ella en el coche, en un pequeño espacio de alquiler en el centro de la ciudad.

—Ha sido usted muy listo. —Dio un paso hacia él pero se detuvo al notar que él arqueaba las cejas y ejercía mayor presión con el cuchillo—. Verdaderamente listo —dijo mientras levantaba las manos—. Usted sabía que yo vendría a por usted. ¿Cómo lo supo?

—¿Usted cree que su viejo amigo Feeney lo sabe todo acerca de los ordenadores? Joder, yo puedo cercar a ese pirata informático. Hace semanas que tengo intervenido su sistema informático. Cada transmisión, cada uno de sus planes, cada paso que usted ha dado. Todo el rato he estado un paso por delante de usted, Dallas.

—Sí, me ha pasado usted delante. Pero usted no quiere matarla, Morse. Usted me quiere a mí. Yo soy quien le molesta, quien le ha provocado todas las molestias. ¿Por qué no la deja ir? Está colocada, de todas formas. Tómeme a mí.

Él le dedicó una rápida sonrisa infantil.

—¿Y por qué no la mato a ella primero y luego a usted?

Eve se encogió de hombros.

—Creí que le gustaban los desafíos. Supongo que estoy equivocada. Towers era un desafío. Tuvo usted que hablar mucho para que ella fuera hasta dónde usted quería que fuera. Pero Metcalf no fue nada.

—¿Habla en serio? Ella pensaba que yo era un cretino. —Apretó las mandíbulas y siseó entre los dientes—. Ella todavía estaría haciendo el tiempo si no fuera porque tenía tetas. Y le dieron a ella el espacio del tiempo que me correspondía a mí. ¡El mío! Tuve que fingir que era un gran admirador, le dije que iba a hacer un programa de veinte minutos dedicado a ella. Sólo a ella. Le dije que lo emitiríamos vía satélite internacional y picó.

—Así fue como ella se encontró con usted esa noche en el patio.

—Sí, se acicaló por completo, se mostró toda sonrisas y sin ningún resentimiento. Intentó decirme que se alegraba de que yo hubiera encontrado mi nicho. Mi jodido nicho. Bueno, le hice cerrar la boca.

—Lo hizo, sí. Supongo que también fue bastante listo con ella. Pero Nadine no dice nada. Ni siquiera es capaz de pensar en nada ahora. No se dará cuenta de que le está dando su merecido.

—Yo sí lo sé. El tiempo se ha terminado. Quizá prefiera apartarse a un lado, Dallas, si no desea que su vestido acabe manchado de sangre por todas partes.

—Espere. —Ella dio un paso hacia delante y, llevándose una mano rápidamente a la espalda, sacó el arma—. Si parpadeas, hijo de puta, te frío.

Él parpadeó, varias veces. Le pareció que el arma había salido de la nada.

—Si utiliza eso, me va a temblar la mano. Ella estará muerta antes que yo.

—Quizá sí —dijo Eve con firmeza—. Quizá no. Usted está muerto, de todas formas. Tire el cuchillo, Morse, apártese de ella o su sistema nervioso va a recibir una sobrecarga.

—Zorra. Cree que va a acabar conmigo. —Obligó a Nadine a ponerse en pie y se escudó detrás de ella. Luego la empujó hacia delante.

Eve agarró a Nadine con un brazo mientras intentaba apuntar con la otra mano, pero él ya había desaparecido entre los árboles. Sin ver ninguna otra opción, Eve abofeteó y sacudió a Nadine.

—Despierta, maldita sea. Mierda.

—Va a matarme. —Nadine puso los ojos en blanco pero volvió a enfocarlos en cuanto Eve la sacudió otra vez.

—No dejes de moverte, ¿me oyes? Continúa moviéndote y da aviso. Ahora.

—Doy aviso.

—Por ahí. —Eve le dio un empujón en dirección al camino y deseó que fuera capaz de mantenerse en pie. Luego salió corriendo hacia los árboles.

Él había dicho que tenía un plan, y a Eve no le cabía la menor duda de que así era. Incluso aunque él consiguiera salir del parque, al final le atraparían. Pero ahora él estaba decidido a matar, mataría a cualquier mujer que saliera a pasear al perro por la calle, o a cualquiera que volviera a casa después de una salida nocturna.

Ahora tenía que utilizar ese cuchillo porque había vuelto a fallar.

Eve se detuvo en las sombras, atenta a cualquier sonido e intentando controlar la respiración. Le parecía que podía escuchar los sonidos de la calle y del tráfico aéreo, que podía ver las luces de la ciudad a través y más allá de las gruesas copas de los árboles.

Desde donde se encontraba, se abrían una docena de caminos que conducían por entre unos claros y unos jardines plantados y diseñados con esmero.

De repente, le pareció oír algo. Quizá fuera el sonido de unos pasos, quizá el susurro de un arbusto agitado por el paso de algún pequeño animal. Con el arma preparada, se internó en la oscuridad.

Se encontró con una fuente de aguas silenciosas y oscuras. Un pequeño campo de juego para los niños con brillantes columpios, ondulantes toboganes y una jungla laberíntica de espuma que evitaba que los pequeños escaladores se dañaran las rodillas o los codos.

Observó la zona y se maldijo a sí misma por no haber traído consigo la linterna de búsqueda. La oscuridad entre esos árboles resultaba demasiado peligrosa. El silencio era excesivo y pendía de los árboles como una mortaja.

Entonces oyó un grito.

«Ha dado la vuelta hacia atrás —pensó—. El bastardo ha dado la vuelta hacia atrás y ha ido a por Nadine otra vez.» Eve se dio la vuelta rápidamente y su instinto de protección le salvó la vida.

El cuchillo le dio en la clavícula. Le hizo una herida larga y superficial pero que escocía con una fuerza ridícula. Ella levantó el codo contra la mandíbula de él y le hizo fallar de nuevo. Pero el cuchillo la hirió por encima de la muñeca. El arma de Eve salió volando de su mano herida.

—Creyó que iba a salir corriendo. —Los ojos de Morse brillaron en la oscuridad mientras éste se colocaba delante de ella—. Las mujeres siempre me subestiman, Dallas. Voy a cortarla a trozos. Voy a cortarle el cuello. —Lanzó una estocada y ella dio un paso hacia atrás—. Voy a abrirle el vientre. —Volvió a atacar y Eve notó el viento que levantó el cuchillo al vuelo—. Ahora tengo el mando, ¿no es así?

—Y una mierda. —El golpe estuvo bien dirigido. Fue el último intento de una mujer por defenderse. Él se dobló y exhaló con fuerza como un balón pinchado. El cuchillo cayó sobre las losas. Y ella se abalanzó sobre él.

Él luchó como lo que era, un loco. Le tiró del pelo y le clavó los dientes. Eve tenía el brazo cubierto de sangre y resbaló contra la mandíbula de él cuando ella intentaba golpearle en un punto exacto para inmovilizarle.

Rodaron por encima de las piedras y de la tierra, en silencio excepto por algún gruñido y alguna exhalación desesperada. Él intentó alargar la mano en busca del cuchillo y ella se lo impidió con la suya. Eve vio que las estrellas explotaban. Él la acababa de golpear con fuerza en la cara.

Se quedó aturdida sólo un instante, pero supo que estaba muerta. Vio el cuchillo y vio su destino. Se llenó los pulmones de aire y esperó a que éste se cumpliera.

Más adelante pensaría que había sonado como el aullido de un lobo, un grito de rabia, un chillido sangriento. De repente sintió que el peso del cuerpo de Morse desaparecía. Se puso sobre manos y rodillas y sacudió la cabeza.

El cuchillo, pensó, frenética, el maldito cuchillo. Pero no pudo encontrarlo. Se arrastró hasta el tenue brillo que despedía su arma sobre el suelo.

Cuando sintió la cabeza más clara, se dio cuenta de que tenía el arma en la mano y de que dos hombres estaban luchando como perros. Uno de ellos era Roarke.

—Apártate de él. —Se puso en pie, preparada—. Apártate de él para que pueda apuntarle.

Pero los hombres rodaron el uno encima del otro. Roarke tenía sujeta la mano con que Morse agarraba el cuchillo. Eve sintió que, a través de la rabia, el sentido del deber y el instinto, un pánico atroz se abría paso en su interior.

Sintiéndose débil, se apoyó en una de las mullidas barras del parque infantil y sujetó el arma con ambas manos. A la luz de la luna vio que Roarke golpeaba a Morse y oyó el sonido de huesos al chocar. Vio el cuchillo, en diagonal.

Entonces vio que se clavaba en el cuello de Morse como si por fin hubiera encontrado su destino.

Alguien rezó. Roarke se puso en pie y Eve se dio cuenta de que era ella quien había rezado. Le miró y bajó el arma. Él tenía una expresión fiera en el rostro, los ojos encendidos. La elegante chaqueta estaba cubierta de sangre.

—Estás hecho un desastre —consiguió decir Eve.

—Pues tú deberías verte. —Él respiraba con dificultad. Sabía, por experiencia, que más tarde notaría cada uno de los golpes y los rasguños—. ¿Es que no sabes que es de mala educación abandonar una fiesta sin ofrecer una disculpa?

Con las piernas temblorosas, Eve dio unos pasos hacia él, se detuvo y contuvo el llanto que le subía por la garganta.

—Lo siento. Lo siento. Dios, ¿estás herido?

Se precipitó a sus brazos, acurrucándose en ellos.

—¿Te ha herido? ¿Estás herido? —Se apartó un poco y empezó a palparle el cuerpo por debajo de la ropa.

—Eve. —Él la obligó a levantar la cabeza y la calmó—. Estás sangrando mucho.

—Me ha dado un par de veces. —Se limpió la nariz con el dorso de la mano—. Pero no es grave. —A pesar de ello, Roarke ya le estaba envolviendo el brazo herido con un trozo de tela irlandesa de su bolsillo—. Y es mi trabajo. —Respiró profundamente y sintió que la vista se le aclaraba—. ¿Dónde te ha herido?

—Es su sangre —dijo Roarke con calma—. No es la mía.

—Su sangre. —Eve estuvo a punto de desfallecer y se esforzó por mantener las piernas firmes—. ¿No estás herido?

—Nada importante. —Preocupado, él ladeó un poco la cabeza para examinar el corte sobre la clavícula de ella y el ojo que ya empezaba a hincharse—. Necesitas un médico, teniente.

—Enseguida. Deja que te pregunte algo.

—Dispara. —Como no disponía de otra cosa, se arrancó la manga de la camisa para limpiarle la sangre del hombro.

—¿He aparecido yo alguna vez en medio de una reunión de las tuyas en la que te está siendo difícil llevar a cabo una negociación?

Él la miró. Los ojos de Roarke perdieron un tanto la expresión de fiereza.

—No, Eve, no lo has hecho. No sé qué me ha dado.

—No pasa nada. —No había ningún otro sitio donde ponerla, así que Eve introdujo el arma en su bolso y la sujetó con cinta adhesiva—. Esta vez —murmuró mientras le tomaba el rostro entre las manos— no pasa nada. No pasa nada. Me asusté al ver que no podía apuntar porque tú estabas en medio. Creí que te mataría antes de que pudiera detenerle.

—Entonces debes de comprender lo que me ha sucedido. —La rodeó por la cintura y empezaron a alejarse, cojeando. Al cabo de unos momentos, Eve se dio cuenta de que cojeaba porque había perdido un zapato. Sin perder el ritmo, se deshizo del otro. Entonces vio las luces delante de ellos.

—¿Polis?

—Supongo. Me tropecé con Nadine mientras ella se apresuraba hacia la puerta principal. El tipo se lo ha hecho pasar muy mal, pero ella consiguió decirme por dónde te habías ido.

—Probablemente habría podido manejar a ese bastardo yo sola —murmuró Eve, un poco más recuperada ya—. Pero tú te ocupaste de él, Roarke. Tienes un don para el cuerpo a cuerpo.

Ninguno de los dos mencionó cómo el cuchillo había acabado clavado en el cuello de Morse.

Eve vio a Feeney en el círculo de luz, cerca de la cámara, al lado de una docena de polis. Él se limitó a menear la cabeza e hizo un gesto al equipo médico. Nadine ya estaba en una camilla y se la veía tan pálida como la cera.

—Dallas. —Levantó una mano y la dejó caer de nuevo—. La jodí.

Eve se inclinó hacia ella mientras uno de los médicos le administraba algo en el brazo.

—Te hinchó de droga.

—La jodí —repitió Nadine mientras la llevaban en camilla hacia la unidad médica—. Te estaré agradecida para el resto de mi vida.

—Sí. —Eve se alejó y se sentó en uno de los asientos de la zona de espera—. ¿Tienen algo para mi ojo? —preguntó—. Empieza a doler.

—Se va a poner negro —le dijeron mientras le ponían un trozo de gel helado encima.

—Ésa es una buena noticia. Ningún hospital —dijo en tono firme. El médico se limitó a chasquear la lengua y empezó a limpiarle las heridas.

—Siento haber destrozado el vestido —le dijo a Roarke con una sonrisa al tiempo que señalaba una manga destrozada—. No estaba muy bien cosida. —Se puso en pie y obligó al médico a apartarse de ella—. Tengo que volver y cambiarme de ropa antes de escribir el informe. —Le miró directamente a los ojos—. Es una pena que Morse se clavara el cuchillo. A la fiscalía le hubiera gustado mucho llevarle ante el tribunal. —Alargó la mano para examinar los nudillos destrozados de la mano de Roarke—. ¿Fuiste tú quien aulló?

—¿Perdón?

Ella se rio y se apoyó contra él mientras se alejaban del parque.

—Al final, ha sido una fiesta fantástica.

—Ajá. Tendremos más. Pero hay algo más.

—¿Ajá? —Eve estiró y encogió los dedos de las manos, aliviada al sentir que volvía a moverlos con naturalidad. Los técnicos médicos hacían bien su trabajo.

—Quiero que te cases conmigo.

—Ajá. Bueno, bueno… —se interrumpió y estuvo a punto de tropezar. Entonces le miró con el ojo que todavía le quedaba—. ¿Que quieres qué?

—Quiero que te cases conmigo.

Él tenía un moratón en la mandíbula, sangre en la chaqueta y los ojos brillantes. Eve se preguntó si se habría vuelto loco.

—Estamos aquí, hechos caldo, alejándonos de la escena de un crimen de la cual quizá ninguno de los dos habría salido con vida, ¿y me pides que me case contigo?

Él la rodeó por la cintura otra vez y la empujó suavemente hacia delante.

—El momento perfecto.